Hervé Jourdain

Ancien capitaine de police à la brigade criminelle de Paris, Hervé Jourdain est l'auteur de *Sang d'encre au 36* (Prix des lecteurs du Grand Prix *VSD* du polar, 2009), de *Psychose au 36* (2011), du *Sang de la trahison* (Prix du Quai des Orfèvres, 2014), de *Femme sur écoute* (Grand Prix Sang d'Encre, 2017) et de *Tu tairas tous les secrets* (2018). Nommé récemment commandant, il officie désormais comme analyste au ministère de l'Intérieur.

FEMME
SUR ÉCOUTE

DU MÊME AUTEUR
CHEZ POCKET

SANG D'ENCRE AUX 36
PSYCHOSE AU 36
FEMME SUR ÉCOUTE

HERVÉ JOURDAIN

FEMME SUR ÉCOUTE

Pocket, une marque d'Univers Poche,
est un éditeur qui s'engage pour la préservation
de l'environnement et qui utilise du papier fabriqué
à partir de bois provenant de forêts gérées
de manière responsable.

Le Code de la propriété intellectuelle n'autorisant, aux termes de l'article L. 122-5, 2e et 3e a, d'une part, que les « copies ou reproductions strictement réservées à l'usage privé du copiste et non destinées à une utilisation collective » et, d'autre part, que les analyses et les courtes citations dans un but d'exemple ou d'illustration, « toute représentation ou reproduction intégrale ou partielle faite sans le consentement de l'auteur ou de ses ayants droit ou ayants cause est illicite » (art. L. 122-4).
Cette représentation ou reproduction, par quelque procédé que ce soit, constituerait donc une contrefaçon sanctionnée par les articles L. 335-2 et suivants du Code de la propriété intellectuelle.

© 2017, Fleuve Éditions, département d'Univers Poche.
ISBN : 978-2-266-28653-4
Dépôt légal : octobre 2018

*À la mémoire de ma marraine,
Marie Genauzeau*

Extraits des retranscriptions de la ligne cellulaire n° 06 51 44 04 XX utilisée par Manon Legendre

Conversation n° 1568 en date du 14/04/2017 à 12 h 37, établie entre Manon LEGENDRE dite Monica et Diana SANGARÉ :

Diana SANGARÉ *(voix nasillarde avec léger zozotement)* : Allô ?
Manon LEGENDRE : Salut, négresse ! T'es déjà levée ?
Diana : Mmh… Comme toi, sale catin.
Manon : Qu'est-ce que tu fous ?
Diana *(rires)* : J'me caresse.
Manon *(rires)* : Pourquoi ? Ton dernier client a pas été foutu de te faire mouiller ?
Diana : C'est sûr que c'est pas sur les Gaulois qu'il faut compter pour prendre son pied…
Manon : Parce que tu crois que tes cousins de la savane sont meilleurs au pieu, petite pute ? Tu te mets le doigt dans l'œil, ma chérie.

Diana *(rires)* : C'est pas dans l'œil que je vais te foutre mon doigt, sale catin.

Manon : T'as fini à quelle heure, cette nuit ?

Diana : J'ai fait la fermeture. J'étais vannée. Le pire, c'est que Vercini m'a encore pris la tête quand je me rhabillais.

Manon : Dans le vestiaire ?

Diana : Ouais, c'est qu'un sale pervers. En plus, y avait d'autres filles qu'ont assisté.

Manon : Qu'est-ce qu'il voulait ?

Diana : Toujours la même chose. Il dit que je chauffe trop les mecs pendant les *lap dances*, que si je finis par me faire violer dans un recoin des Champs, faudra pas que je vienne chialer.

Manon : Quel connard ! Qu'est-ce que ça peut lui foutre à lui ?

Diana : Je crois surtout qu'il est en mode vénère parce que Moussa est encore passé cette nuit avec toute une équipe.

Manon : Qui ça ?

Diana : Comme d'hab. Il a encore réussi à lever quatre ou cinq princes du sultanat d'Oman. Il m'a dit qu'il y avait toute une famille installée au quatrième étage du Pierre-Ier. Vingt-quatre chambres au total réservées pour six semaines.

Manon : Putain ! Ils ont la caillasse, les bâtards.

Diana : Il a demandé après toi.

Manon : Qui ça ? Moussa ?

Diana : Ben oui. Je lui ai dit que t'étais de repos. Il m'a dit qu'il t'appellerait pour un plan.

Manon : Avec les Arabes ?

Diana : J'sais pas. Probablement... Moi je les supporte plus, les Bédouins. Ils peuvent pas s'empêcher de jouer à trois ou quatre avec toi...

Manon : On te demande pas de les supporter. Ils ont l'oseille, à chaque fois c'est le pactole. J'ai qu'un conseil à te donner : ramasse un max de blé pendant qu'il est encore temps. Parce que quand tes boobs ressembleront à des gants de toilette, t'auras plus aucun souvenir de la robinetterie en or du Bristol.

Diana : À propos de nibards, j'aimerais bien me les faire refaire. T'es passée par qui, toi ?

Manon : Boileau. Il a son cabinet près du parc Monceau. Il s'est occupé de la plupart des filles du JDE. Il fait même dans la vaginoplastie, à ce qu'il paraît.

Diana : La quoi ?

Manon *(soupirs)* : La vaginoplastie. Il s'occupe de retoucher les vagins.

Diana : Putain ! Y a des malades ! Tu connais des filles qui ont fait ça ?

Manon : Ben ouais. Roxana, celle qui s'est cassé la gueule de deux mètres de haut, l'année dernière.

Diana : La Moldave ?

Manon *(rires)* : Ouais. Avant, il paraît que sa moule ressemblait à deux crêtes de dindon en colère. Boileau lui a taillé tout ça au scalpel, et il lui a injecté du Botox à deux ou trois endroits.

Diana : Putain, elle a dû douiller...

Manon : Tu bosses ce soir ?

Diana : Ben ouais. 23 heures. Vercini veut qu'on se fasse notre duo aux barres. Pour mes seins, y a un problème...

Manon : Lequel, négresse ?

Diana : Ben tu sais, j'en ai un qui est légèrement plus petit que l'autre.

Manon : C'est pas grave, ça. Boileau te mettra une prothèse un peu plus épaisse de ce côté. Je t'envoie son 06, si tu veux.

Diana : Cool.

Manon : Bon, j'te laisse, je crois que ma sœur est en train de rentrer. Bisous partout, ma négresse.

[...]

Conversation n° 1601 en date du 17/04/2017 à 15 h 15 établie entre Manon LEGENDRE et Moussa SISSOKO :

Manon LEGENDRE : Allô ?

Moussa SISSOKO : Salut, ma beauté. Wesh, comment tu vas, ma gueule ? Tranquille ?

Manon : Fatiguée.

Moussa : Houlà ! T'as une petite voix, ma gueule.

Manon : C'est rien, ça va passer. L'histoire de quelques jours.

Moussa : T'as des soucis ?

Manon : Non, rien. Juste des broutilles que je suis en train de régler.

Moussa : Hé, Manon, t'hésites pas, si t'es en galère, tu sais que tu peux compter sur moi. OK, ma gueule ?

Manon : OK. Merci, Mouss, c'est gentil.

Moussa : Et Bison, comment il va ? Il tient le coup ?

Manon : Ça va, il est solide comme un roc. Il est confiant, il dit qu'ils n'ont rien contre lui.

Moussa : ...

Manon : Tu le connais, il dit qu'il va tous les bouffer tout crus au procès.

Moussa : ...

Manon : Mouss ?

Moussa : Excuse, j'avais un double appel. Je t'appelle parce que je t'ai calé un bon plan pour ce soir.

Manon : Je sais pas, j'ai pas trop le temps, là, et puis y a ma sœur...

Moussa : Vas-y, fais pas ta gamine, c'est un super rancard, un type à Reims.

Manon : Reims !?

Moussa : Ouais, une heure en TGV, la nuit sur place, ma gueule. Tu rentres au petit matin.

Manon : Je sais pas, j'en ai marre de tout ça...

Moussa : Attends, c'est le gros lot, là, une super gâche. 1 000 pour moi, 2 000 pour toi. En plus, vu sa tronche, il va pas te faire bien mal.

Manon : J'le connais ?

Moussa : Je crois pas.

Manon : Pourquoi tu prends pas Diana ?

Moussa : Je lui ai proposé, mais les Blackettes c'est pas son trip au bouseux.

Manon : Putain, tu fais chier ! Combien t'as dit ?

Moussa : 2 000 pour toi. Tout est déjà calé. T'as rendez-vous au Milord, à deux cents mètres de la gare de Reims. J't'envoie toutes les infos.

Manon *(résignée)* : Putain, tu fais chier !

Moussa : OK, super. J'te réserve le billet et j'te l'adresse par mail. Passe le bonjour à Bison.

[...]

Conversation n° 1639 en date du 18/04/2017 à 13 h 12 établie entre Manon LEGENDRE dite Monica et sa sœur Julie LEGENDRE :

Julie LEGENDRE *(voix douce)* : Allô ?
Manon LEGENDRE : C'est moi. T'es où ?
Julie *(crissement de chaise en fond sonore, l'intéressée semble se déplacer pour mieux dialoguer)* : À la bibliothèque Sainte-Geneviève. T'es déjà debout ?
Manon : Ouais. J'ai mal au crâne. Les clients ne m'ont pas laissée en paix.
Julie : Qu'est-ce qu'il y a ? C'est la pleine lune ?
Manon : J'en sais rien. J'ai jamais commandé autant de taxis. Et puis il y en a un qui n'arrêtait pas de se plaindre de la saleté de sa chambre, et comme on était complet il a fallu que j'organise son transfert au Meurice. J'en peux vraiment plus de ce boulot de merde.
Julie : Attends, qu'est-ce que tu comptes faire d'autre ? Ton boulot est super, t'auras jamais de plus grandes responsabilités ailleurs…
Manon : Qu'est-ce que t'en sais ? Moi, ce que je veux, c'est tenir un commerce. Là t'as de vraies responsabilités. T'es seul maître à bord.
Julie : Sauf que tu ne comptes plus tes heures…
Manon : Peut-être mais tu ne bosses pas la nuit, non plus.
Julie : Mmh.
Manon : Tu rentres à quelle heure, Julie ?
Julie : Je sais pas. Je comptais manger dans le 5e et faire la fermeture. J'ai encore pas mal de recherches à faire. Pourquoi ?

Manon : T'as du Doliprane dans ta chambre ?

Julie : Je crois pas. Mais si ça peut attendre, je peux passer à la pharmacie en rentrant...

Manon : Je veux bien. Est-ce que tu peux me prendre une boîte de tampons, aussi ?

Julie : Des tampons ? Je croyais que tu les supportais pas !

Manon : T'occupe. Et prends une baguette pendant que t'y es.

[...]

Conversation n° 1707 en date du 20/04/2017 à 15 h 04 établie entre Manon LEGENDRE et Philippe PERCEVAL, banquier à Choisy-le-Roi (94) :

Philippe PERCEVAL : Crédit de France, Philippe PERCEVAL, j'écoute...

Manon LEGENDRE *(débit soutenu)* : Bonjour, monsieur. Manon LEGENDRE, je suis cliente chez vous et une commerçante vient de m'informer qu'un chèque tiré sur mon compte courant que je lui ai adressé est revenu impayé ce matin...

Philippe : Une seconde, madame. Je me connecte sur le logiciel. Votre numéro de compte, s'il vous plaît ?

Manon : 3005 3789 00049700036.

Philippe *(il pianote en direct)* : Manon LEGENDRE, domiciliée tour Anatole France à Choisy-le-Roi... Oui, effectivement. Vous êtes dans le rouge, madame LEGENDRE. Vous êtes en débit de 744,34 euros, sachant que vous avez une autorisation de découvert de 500 euros.

Manon : Attendez, c'est pas possible ! C'est quoi, cette histoire ? Hormis ce chèque et quelques mandats, je n'ai pas fait d'opérations majeures depuis plusieurs semaines !

Philippe : Vous en êtes certaine ? Peut-être une confusion avec un autre compte, ça arrive…

Manon : Je n'ai pas d'autre compte courant, bordel de merde ! C'est quoi, ces conneries ?

Philippe : Passez à l'agence si vous voulez, pour qu'on fasse le point…

Manon : Non, j'ai pas le temps ! J'avais plus de 3 000 euros la semaine dernière. Il est passé où, mon fric !?

Philippe : Calmez-vous, il y a forcément une explication… Peut-être une personne dans votre entourage qui a procédé à divers achats…

Manon *(mouvements qui laissent penser que l'intéressée fouille l'intérieur de son sac à main)* : Pas possible. Personne n'a procuration, et je ne me sépare jamais de ma carte bleue.

Philippe : Vous êtes certaine de ne pas l'avoir égarée ?

Manon : Non, je l'ai sous les yeux.

Philippe : Pourtant, il y a effectivement plusieurs retraits. Des achats à distance, principalement. La Fnac le 19/04/2017 pour un montant de 147,90 euros…

Manon *(décontenancée)* : C'est pas moi, je n'achète ni CD ni DVD.

Philippe : Ils vendent des livres aussi, vous savez… Vous allez vous marier, madame LEGENDRE ?

Manon : Pardon ?

Philippe : Est-ce que vous avez prévu de vous marier dans les semaines ou les mois à venir ?

Manon *(hésitante)* : Oui, pourquoi ?

Philippe : Je note l'achat d'une robe de mariée pour un montant de 3 600 euros.

Manon : Attendez ! J'ai jamais commandé de robe, moi ! Et auprès de quelle enseigne, s'il vous plaît ?

Philippe : San Valentino. La société possède son siège au Luxembourg.

Manon : Attendez ! J'ai jamais mis les pieds là-bas.

Philippe : Commande par Internet, madame.

Manon : Je n'ai jamais fait cette opération. Jamais de la vie !

Philippe : Alors, c'est que vous vous êtes fait pirater votre numéro de carte bleue. Je ne vois rien d'autre. Mais vous avouerez que c'est quand même surprenant, cette commande de robe de mariée, non ? Quelqu'un de votre entourage n'aurait-il pas pu recopier votre numéro et votre code de sécurité ?

Manon : Non ! Qu'est-ce qu'il faut que je fasse ?

Philippe : Déposer plainte. Il n'y a pas d'autre choix si vous voulez savoir qui vous a joué ce mauvais tour. Et surtout si vous voulez récupérer votre argent...

[...]

Conversation n° 1709 en date du 20/04/2017 à 15 h 26 établie entre Manon LEGENDRE et sa sœur Julie :

Manon LEGENDRE *(tendue)* : T'es où, bordel ?
Julie LEGENDRE *(froide)* : À la fourrière.
Manon : Magne-toi ! Faut qu'on cause.
Julie : Hé ! Me parle pas comme ça. T'es pas ma mère !

Manon : Je suis peut-être pas ta mère mais faut qu'on cause. Je viens de recevoir tes bouquins.

Julie : Pardon ! Quels bouquins ?

Manon : Ceux que t'as payés avec ma CB, sale mytho.

Julie *(de plus en plus énervée)* : Je t'ai déjà dit que c'était pas moi, arrête de me prendre la tête avec ça. Et je te rappelle qu'entre nous deux, c'est toi la salope. Six ans que tu me pipeautes avec le Pierre-Ier. Putain, t'es sacrément douée, une vraie comédienne *(cynique).*

Manon : Tais-toi, tu ne sais rien. Jamais t'aurais fait ce que j'ai fait…

Julie *(tranchante)* : Ça c'est certain, c'est pas demain la veille que tu me verras me dandiner devant des centaines de mâles en rut.

Manon : Sauf que t'oublies que t'es bien contente que je me dandine. Parce que tes études, c'est moi qui te les paye pendant ce temps.

Julie : Mais je t'ai rien demandé. Je t'ai certainement pas demandé d'aller te dépoiler. Et puis si t'avais pas fait l'idiote, c'est papa et maman qui me les auraient payées, mes études…

Manon : Pauvre conne ! *(Elle raccroche.)*

[…]

Conversation n° 1728 en date du 21/04/2017 à 6 h 47 émise entre Manon LEGENDRE et David RIBEIRO :

Manon LEGENDRE : Oui ?

David RIBEIRO : Hé ! Redis-moi tout. Qu'est-ce qui s'est passé, bordel de merde !?

Manon : Je t'ai déjà dit, je m'approchais de l'Audi de ton pote et un motard a surgi sur la rampe et lui a tiré dessus.

David : OK, OK. Et la moto, c'était quoi ?

Manon *(en panique)* : Putain, tu comprends pas, j'ai rien vu, j'ai pas fait gaffe, il a tiré plein de coups de feu, je suis repartie en courant...

David : Et le fric ?

Manon *(toujours en panique)* : Qu'est-ce que j'en sais, moi ? Tu comprends rien ou quoi ! J'ai décampé, j'te dis...

David *(il hurle)* : À qui t'as bavé ? Dis-moi à qui t'as bavé, salope !

Manon : J'ai rien dit. À personne. J'te jure ! J'ai peur, David...

David : Hé ! Fais pas ta gamine ! T'as forcément bavé à quelqu'un. Y a que toi qui savais, sale pute !

Manon : Me parle pas comme ça, t'as compris ? Je suis pas une poucave, moi. Et le fric, je l'ai pas, j'ai pas eu le temps de m'approcher.

David : Et ta copine, la négresse, tu ne lui as pas causé ?

Manon : J'te jure que non !

David : Arrête de jurer.

Manon : Sur la tête de ton fils que j'ai rien dit à personne.

David : Et Mehdi, il est mort ?

Manon : J'sais pas. Y a eu plusieurs coups de feu, trois, je crois. Je sais rien d'autre.

David : Sur le Coran, J'te jure que si tu m'as fait du sale, ton compte est bon... Et celui de ta sœur avec. Tu vas la retrouver en petits morceaux au fond d'une benne à ordures.

Manon : Tu parles de Coran, tu l'as jamais lu ! Tu sais même pas lire, pauvre merde ! *(Elle raccroche, en colère.)*

[...]

SMS n° 3279 en date du 21/04/2017 à 16 h 59 émanant de la ligne 07 35 11 98 XX utilisée par David RIBEIRO dit BISON :

Va chez Pierre. J'ai besoin que Mouss me bipe. Et qu'il te refourgue un 50 grammes au passage.

[...]

1

« Les mots cachent toujours quelque chose », lui avait dit un Chinois chez lequel elle se ravitaillait le midi lors de son séjour à Singapour. Elle avait longuement médité sur cet adage prononcé dans la pénombre d'un *food court*, alors qu'elle fixait le dos d'un Asiatique priant à voix haute le Bouddha qui lui faisait face. Depuis peu, Lola Rivière essayait de l'appliquer à son nouveau job, à ses nouveaux « clients ». En l'occurrence, aujourd'hui, elle entendait déchiffrer cette langue qui ne parle pas, celle qui est inaudible, ces silences, soupirs et sanglots, ces notes blanches ou noires, ces demi-croches qui donnaient du corps, du sens au propos rétif, au discours retenu, au mensonge.

Didier Jeanjean avait découvert sa femme dans une mare de sang, lardée de dix-sept coups de couteau, alors qu'il rentrait du travail. Il l'avait embrassée le matin même, comme d'habitude, vers 8 heures, après un bol de café au son de France Musique. Malgré leurs trente ans de vie commune, malgré une aventure avec son assistante de direction, Didier Jeanjean l'aimait, sa femme.

Il était encore à l'école d'ingénieurs lorsqu'il l'avait rencontrée. L'héritière de la société Defoe était jolie, son père avait fait fortune au sortir de la guerre dans le domaine de la cimenterie. Ce dernier l'embaucha avant d'en faire son gendre. Un joli conte de fées. Il avait plus de quarante ans lorsqu'on le chargea du développement de la société au Proche-Orient. Et c'est à Damas qu'il croisa une autre beauté. Elle s'appelait Mireille Dunois, était alors secrétaire à l'ambassade de Belgique.

— Et ensuite ?

— J'ai passé trois ans en Syrie. Jusqu'à la mort de mon beau-père. Sa disparition a été un coup très dur pour ma femme restée en France, d'autant qu'il n'y avait eu aucun signe annonciateur. Je me plaisais là-bas, mais mon heure était venue. Le poste de directeur du conseil d'administration m'était logiquement dévolu. Et bien sûr, Mireille m'a suivi...

— Et votre femme, elle savait pour vous et Mireille ?

— À l'époque, non. En fait, j'ai toujours été très attaché à elle. Mais Mireille était séduisante, et la rigueur professionnelle que nous partagions quinze heures par jour a fini par nous rapprocher... d'un point de vue physique.

— Séduisante ? C'est elle qui vous a séduit ? Ou bien vous qui l'avez séduite ?

— Non, vous n'y êtes pas. C'était le fruit de sentiments communs, on en avait besoin tous les deux. Nos journées étaient longues, on s'épuisait du matin au soir sur la paperasse, épaule contre épaule. Et, surtout, on se sentait tous les deux responsables de la société, responsables de l'emploi de milliers de personnes, tout en veillant à toujours garder nos dossiers dans les clous d'un point de vue juridique et technique. Notre rapprochement était inévitable. On en avait tous les deux besoin pour exorciser notre quotidien. Comme des petites récréations.

— Des petites récréations qui se sont transformées en week-ends clandestins, non ?

— Oui, sourit Didier Jeanjean. Un peu trop fréquents, d'ailleurs. C'est ça qui a mis la puce à l'oreille de ma femme. Mais je veux être clair, et je tiens à ce que vous le consigniez sur votre procès-verbal : j'ai toujours été amoureux de ma femme, y compris durant les quelques mois d'escapades avec Mireille.

— Concrètement, comment votre femme s'est-elle rendu compte de votre liaison ? Et comment vous l'a-t-elle signifié ?

Jeanjean et Rivière se faisaient face. Une génération les séparait, mais aussi et surtout une table sur laquelle était disposé un ordinateur portable relié à une imprimante. Rien d'autre autour si ce n'est des murs blanc crème et une caméra de vidéosurveillance protégée par une bulle discrète. La salle d'interrogatoire à l'américaine dans toute sa splendeur, sans chichis.

Ils se trouvaient à quelques mètres à peine des geôles de garde à vue, au quatrième étage de ce que certains journalistes appelaient le « New 36 ». Éviter les longs déplacements entre les cellules et les bureaux faisait partie des nouveaux standards sécuritaires que les architectes avaient respectés au pied de la lettre. Autre innovation, et non des moindres, le patron de la brigade criminelle était en mesure, de son poste de travail, de les observer, de les écouter à distance.

Installé au sixième étage, le commissaire divisionnaire Hervé Compostel avait tout loisir, à l'aide de sa souris, de naviguer d'une salle d'audition à une autre. Il ne s'en priva pas, cliqua sur la caméra 4 qui figeait l'une des quinze salles d'interrogatoire du troisième étage. Mireille Dunois apparut en gros plan sur son écran 25 pouces. Face à elle, le frêle Richard Kaminski, commandant de police et chef d'un groupe qui portait son nom, trente ans de police judiciaire, une sommité dans le Landernau du fait divers qui ne s'embarrassait pas de circonlocutions.

— Venons-en à la journée du mardi 10 janvier 2017. Pourquoi n'êtes-vous pas allée travailler ce jour-là ?
— J'étais en arrêt de travail.
— La cause ?
— Burn out.
— À quelle date, ce burn out ?
— La dernière semaine de décembre.
— Les causes de ce burn out ?
— Fatigue, stress, besoin de repos.
— Et le 10 janvier, vous avez fait quoi ?
— Je ne sais pas. Quatre mois après, c'est difficile de se souvenir.
— Et en règle générale, vous faisiez quoi durant votre convalescence ?
— Je me reposais.
— Où ?
— Chez moi.
— Chez vous ? À Paris ?
— Oui, dans le 15ᵉ.
— Pas de résidence secondaire ? Pas de repos dans votre famille, ou chez des amis, par exemple ?

— Non, pourquoi ça ?

— Parlez-moi d'une journée classique, pendant votre convalescence. Heure de lever, horaires des repas, sorties, coucher ?

— Je suis plutôt une lève-tôt.

— C'est-à-dire ?

— Réveil à 6 heures du matin, jus d'orange au petit déjeuner, je me forçais à sortir, au moins jusqu'à la boulangerie, je faisais une sieste après le déjeuner. Le soir, je me couchais de bonne heure.

Les enquêteurs avaient une autre théorie sur les raisons de son coup de fatigue : Mireille Dunois n'avait pas supporté que son amant l'éconduise la veille d'un Noël qu'il avait passé exclusivement en compagnie de son épouse, dans leur résidence secondaire du Périgord. Des coups de téléphone à n'en plus finir avaient été échangés entre le mari et son ex-maîtresse, puis, lorsque celui-ci avait coupé sa ligne, entre la maîtresse et l'épouse. Car les deux femmes se connaissaient. Elles s'étaient rencontrées chez l'une, chez l'autre, à l'initiative de l'héritière des cimenteries Defoe, laquelle, depuis que la relation extraconjugale de son mari avait été officialisée par un détective privé, avait cherché une sortie honorable à cette situation incongrue. Au dire de Didier Jeanjean, Mireille Dunois, elle, n'aspirait à aucun compromis. Elle le voulait pour elle seule, ne supportait plus le partage. Elle lui avait consacré sa vie professionnelle, s'était sacrifiée pour le bien de la société, elle entendait désormais en recevoir l'usufruit.

Le raisonnement policier avait toutefois ses limites. Des limites techniques. Car à leur arrivée sur la scène de crime, dans le salon de ce pavillon de Saint-Cloud, il n'y avait plus grand-chose à glaner. C'est le mari qui avait découvert sa femme baignant dans son sang. Tard le soir. Elle était percée de toutes parts, thorax, estomac, tête et nuque, mains et avant-bras. Et surtout, il avait attendu un certain temps avant d'aviser la police. Près de deux heures, selon l'estimation des flics de la Crim' et des calculs reposant sur l'heure d'appel, le témoignage d'un agent de sécurité de la société Defoe et le temps de transport entre le siège de la société et Saint-Cloud à une heure de pointe par temps de pluie.

Le commissaire divisionnaire Hervé Compostel switcha de nouveau sur son écran. La douce voix du lieutenant de police Rivière succéda au rythme saccadé de Richard Kaminski :

— Pourquoi ne pas avoir averti les secours lorsque vous avez découvert le cadavre de votre femme ?

— Son corps était froid. J'ai très vite compris qu'elle était morte depuis de longues heures.

— Quelle a été votre première réaction en la découvrant ?

— J'ai cru à un cambriolage qui avait mal tourné. Et puis la raison a repris le dessus.

— C'est-à-dire ?

— C'est-à-dire que j'ai très vite pensé à Mireille et aux désagréments qu'elle nous avait causés à la fin de l'année. D'autant que ça faisait plusieurs jours qu'elle ne venait plus travailler.

— Vous saviez pourquoi ?

— Oui. Pour un burn out. Au fond de moi, j'espérais recevoir sa démission. J'avais même évoqué avec elle une rupture conventionnelle assortie d'un gros chèque.

— Qu'est-ce qui vous fait dire que ça pourrait être elle qui...

— Pas de trace d'effraction. Pas de vol à l'intérieur du pavillon, non plus. Et puis le nombre de coups laisse sérieusement penser à un acte passionnel, non ?

La jeune Lola Rivière s'abstint de répondre. Compostel l'entendit remuer ses notes, puis elle reprit :

— Et qu'avez-vous fait durant ces deux heures ?

Didier Jeanjean se frotta le nez pour la première fois.

— Des bêtises. J'ai mal réagi. J'étais obnubilé par son cadavre, ce sang partout... Ça ne lui ressemblait pas, elle aimait la propreté, elle passait ses journées à chasser la poussière et la saleté. Alors j'ai pris un seau, une serpillière et j'ai frotté les dalles, tout autour d'elle, de manière convulsive, pour ne penser à rien d'autre et surtout pas à ce qui me sautait aux yeux.

— À savoir ?

— À savoir la culpabilité de Mireille.

— Pourtant ce n'est pas elle qui se trouve en ce moment devant moi, c'est bien vous, Didier Jeanjean, le patron de la société Defoe, celui qui a laissé de belles empreintes sur l'arme du crime...

— Pour le couteau, je suis vraiment désolé. Je ne sais pas ce qui m'a pris. Un réflexe idiot, sans doute. Inconsciemment, je n'avais peut-être pas envie que vous croyiez que Mireille puisse être la coupable, je ne voulais pas que les médias plongent la tête la première dans notre intimité.

À l'étage inférieur, l'ambiance était différente. Beaucoup plus tendue.

— Ça vous fait quoi de savoir que Didier vous accuse ? demanda le commandant Kaminski.

— Ça me fait mal. Ça montre surtout qu'il est coupable, et qu'il cherche à noyer le poisson en m'accusant.

— Et si je vous dis que le couteau qui a donné la mort à l'épouse de votre amant correspond en tout point à ceux que l'on a retrouvés chez vous en perquisition ?

— Je vous réponds qu'à la place de Didier, j'aurais agi de même. Pour me faire porter le chapeau, pour accuser une femme jalouse, j'aurais choisi comme arme du crime un couteau identique à ceux qu'elle possède. Mais vu que je n'ai pas tué sa rombière, je doute que vous trouviez dessus mes empreintes ou mon ADN...

— Et si je vous dis que vous n'êtes pas restée dans votre arrondissement, le matin de la mort de Mme Defoe ?

— Arrêtez-moi si je me trompe, c'est à la justice de prouver la culpabilité d'une personne et non au justiciable de prouver son innocence, si ?

Elle se défendait bien, s'était même permis de réviser son droit durant les quatre mois de l'enquête.

— Justement, j'y viens. Votre téléphone vous situe non pas dans le 15e arrondissement le matin du meurtre, mais dans un parc. Vous aimez vous promener dans les parcs, madame Dunois ?

— Ce n'est pas interdit, que je sache...

— Vous fréquentez des parcs ?

— Ça peut m'arriver...

— À quels endroits ?

— Au gré de mes promenades, ça dépend.

— Un parc de Nanterre ? Le mont Valérien, pour être précis.

— ...

— Vous ne répondez pas !?

— ...

— Vous n'êtes pas sans savoir que le mont Valérien surplombe la commune de Saint-Cloud, si ?

Le chef de groupe attendait ce moment depuis des mois. Cet instant fragile, intense, fugace, celui où le contradicteur est pris à la gorge. Où il n'a pas d'autre porte de sortie que la voie de la vérité. L'aveu. Hervé Compostel, derrière son écran, attendait la bascule. Elle était figée et fixait droit dans les yeux Kaminski, que l'on savait mal à l'aise lorsqu'il frottait convulsivement sa barbe blanche. Moment suspendu. Cette affaire présentait tous les ingrédients cinématographiques : du mystère, de l'intime, des personnages retors, un cadre bourgeois. Cela ressemblait à du Simenon, voire à du *Columbo*.

Assis à son bureau, Compostel ne bougea pas d'un pouce. Il était fasciné par les corps, par celui de Kaminski, entre autres, qu'il apercevait de dos en train de s'agiter à la manière d'un ancien président de la République. Ce tic d'épaule était une autre de ses marques d'agacement. Qu'allait-il faire ? Poursuivre l'interrogatoire ? L'enfoncer plus bas que terre ? Lui servir un dernier élément incriminant ? Ou mettre un terme à l'audition, lui chanter sur le chemin des geôles son couplet sur le Bien et le Mal, la rappeler à la raison, à l'obligation d'assumer ses actes afin d'être en règle avec la société ?

— Nous avons épluché vos factures détaillées de téléphonie mobile. Alors que vous vous trouvez au mont Valérien, à cinq cents mètres à peine du domicile de Mme Defoe, vous lui passez un coup de fil. On peut savoir pourquoi ?

— Je ne sais plus. Je ne m'en souviens plus.

— Un appel de vingt-sept secondes. Il était 8 h 38.

— Possible.

— Ce qui est surprenant, c'est qu'il s'agit du dernier appel que vous lui ayez passé. La fin d'un harcèlement puisque, la veille, vous avez tenté de la joindre une vingtaine de fois, tout comme l'avant-veille.

— Vous avez le contenu des échanges, commandant ?

Kaminski ne répondit pas. Le téléphone cellulaire de la victime n'avait pas été retrouvé. Devant ce silence, Mireille Dunois enchaîna :

— Alors arrêtez votre blabla. Vous n'avez rien contre moi. Je vous l'ai dit, mettez le paquet sur son mari. C'est lui le coupable, ça ne peut être que lui... Si mon souvenir est bon, lorsque j'ai appelé, c'est lui qui a répondu à sa place. Si ça se trouve, elle était déjà morte.

— Et de quoi avez-vous parlé ?

— Je ne m'en souviens plus.

— Admettons. Admettons que vous ayez raison à propos de M. Jeanjean, s'agita Kaminski. Expliquez-moi quelle raison il avait de tuer sa femme, alors ? L'argent ?

Elle fit une moue.

— Non, je crois pas. Je crois qu'il l'a tuée par amour, tout simplement.

— Pardon !?
— Il n'a pas supporté qu'elle se mette entre nous. La place est libre, maintenant, on va pouvoir vivre notre amour en toute sérénité.

Kaminski et Compostel, chacun de son côté, n'en revenaient pas. Cette femme était-elle folle à lier ? L'un comme l'autre en doutaient. Il y avait du machiavélisme chez elle. Après avoir mis en cause son ex-amant pendant des heures d'audition, elle semblait prête à vivre le grand amour avec lui. Ils changèrent sensiblement de point de vue lorsqu'elle lâcha sa dernière banderille :

— Au fait, il y a un cimetière au mont Valérien. Mes grands-parents maternels y sont enterrés. Je n'étais pas allée fleurir leur tombe depuis plus d'un an.

Lola Rivière et Richard Kaminski se retrouvèrent dans le bureau de leur taulier, Hervé Compostel, au sixième étage d'un immeuble pour l'heure en grande partie vide. Sur plusieurs niveaux, les travaux n'étaient pas tout à fait terminés. Le calme de l'enquêtrice tranchait avec le visage sombre de Barbe blanche, lequel avait explosé au retour d'un équipage qui avait confirmé la présence d'une couronne de fleurs séchées sur la tombe des aïeux de Mireille Dunois.

— Elle nous a baisés sur toute la ligne !

La maîtresse dévoyée, jalouse, avait réfléchi à son geste. Elle s'était fabriqué un alibi.

— Ils ont agi à deux. Ils sont tous les deux coupables, lâcha Lola. Ils se renvoient la balle volontairement, pour faire diversion. En fait, ils ont tout préparé à deux, tout imaginé bien avant le meurtre. Ce n'est pas un meurtre, d'ailleurs. C'est un assassinat. Ils ont toujours eu un temps d'avance sur nous. On s'est fait berner.

— C'est ta faute ! T'as été trop tendre avec lui ! tempêta le chef de groupe.

— Pardon ?

— T'es trop tendre. T'as peur de lui. Ce n'est pas parce qu'il voyage en classe affaires et qu'il côtoie les ministres qu'il a droit à un traitement de faveur.

Lola le laissa parler. Compostel aussi. Il ne servait à rien de lui répondre. La mauvaise foi de Kaminski était légendaire. Il ne s'arrêta pas pour autant :

— Fallait lui mettre la tête dans le caca, le pousser dans ses retranchements. Tu sais pas t'y prendre. Faut dire que vu ton investissement...

Il s'arrêta là. Il ne savait pas si elle était syndiquée ou non. Et devant le patron, il ne pouvait aller trop loin.

— Il nous reste combien d'heures de garde à vue ? coupa Compostel.

— Une douzaine, à peine, répondit le lieutenant Rivière. On fait quoi, alors ?

— On les libère. Je vais passer le bébé à un autre groupe. Un regard neuf ne peut pas faire de mal, décida le chef de service. Laissez-moi, je vais appeler le procureur.

— Putain ! Ils vont ressortir le cul propre, pesta à son tour Kaminski en claquant la porte au nez de sa collaboratrice.

Kaminski était fou de rage. Il avait perdu le combat, s'était laissé rouler, par une femme qui plus est. Et on lui retirait un dossier criminel mystérieux, cérébral, une « affaire d'estomac », l'une de celles qui font la réputation d'un homme... lorsqu'elles sont résolues. Lola le suivit, dix mètres derrière, et le vit pénétrer dans son bureau. Un lieu où il ne s'était pas privé de punaiser une affiche de 1966 invitant en lettres majuscules au recrutement de gardiens de la paix : *La police, un métier d'homme.*

2

Le chauffeur décéléra à la hauteur de la statue de Rouget de Lisle. Il connaissait le goût des flics pour ce carrefour stratégique du Val-de-Marne ; des flics qui adoraient écorner à la lumière de leur lampe Maglite son vieux permis de conduire sur lequel il ne restait qu'une maigre poignée de points. Il progressa à allure réduite sur l'avenue Gambetta, tourna la tête en direction du parc Maurice Thorez, jeta un œil dans son rétroviseur, stoppa au feu rouge, au niveau de la BNP.

Face à lui, la brume résistait tant bien que mal à la lumière blanchâtre qui s'élevait au-dessus du pont de Choisy. Des corps emmitouflés surgissaient des rues adjacentes, des anonymes qui, encore endormis, accéléraient le pas pour attraper le premier bus de la journée. La vie ne s'arrêtait jamais à Paris. Même à 5 heures du matin. Les uns, météorites usés par une nuit sans sommeil, rentraient se coucher ; les autres, fantomatiques, plus sages, prenaient le relais, de manière à faire tourner à plein régime la lessiveuse, celle de l'économie de marché qui leur permettait de remplir leur caddie chaque samedi matin.

Il redémarra calmement, tourna à droite et progressa sur deux cents mètres. Puis, devant la tour Anatole France, il coupa le moteur de sa vieille Mercedes. C'était le signe. Manon se réveilla de la torpeur dans laquelle elle était plongée depuis une petite demi-heure. Ses mouvements étaient toujours les mêmes : la main gauche qui se porte à hauteur de la nuque dans un geste instinctif, et la main droite qui empoigne les anses de son sac à main en cuir rouge.

« Merci, Miguel », lui lança-t-elle par réflexe. Il la salua à son tour, s'empara d'un petit carnet à spirale sur lequel il nota cette énième course, puis la regarda pénétrer dans le hall de son immeuble.

Les talons aiguilles de Manon claquèrent sur le dallage du rez-de-chaussée. Malgré les récriminations répétées du syndic, elle n'avait jamais trouvé la force de marcher sur la pointe des pieds. Elle appela l'ascenseur, fouilla au fond de son sac, en retira un jeu de clés. Puis fit grincer la serrure de la boîte aux lettres. L'habitacle était vide. Elle le referma vivement avant de s'engouffrer dans l'ascenseur qui s'ébroua en direction du dix-septième étage. Elle se saisit de sa clé Fichet, sortit sur le palier, visa l'interrupteur de sa main libre. Défectueux, comme d'habitude. Elle tâtonna jusqu'à son paillasson, aidée par la faible lueur propagée par le bloc lumineux vert de sortie de secours. Le bruit de la clenche la rassura. Elle s'empressa de refermer derrière elle. Carotte, le vieux chat siamois de sa sœur, vint se frotter le long de ses jambes. Elle le repoussa, au contraire de ses amants d'un soir qu'elle aimait faire ronronner en les caressant du bout des ongles.

Elle pénétra dans le salon et alluma la lampe Gallé, cadeau qui lui avait été offert par un directeur de l'hôtel Drouot qui l'avait expertisée sous toutes les coutures. Hérité de ses parents défunts, ce grand F4 avec balcon plongeant sur la Seine offrait assez d'espace pour trois personnes. Manon et Julie occupaient chacune une chambre, tandis que le bébé, quatre mois depuis quelques jours, se reposait dans un « dix mètres carrés » aménagé d'un mobilier dernier cri et décoré de frises animales. Le charme de l'appartement contrastait avec la vétusté de la tour. Tout y avait été refait à neuf. Et pour un investissement mineur. Manon savait s'y prendre. Elle avait de l'entregent, des relations, du bagout. La tapisserie du couloir avait été posée « à l'amitié » par le décorateur de son lieu de travail, le parquet et les peintures murales des chambres ne lui avaient pas été facturés. Dernièrement, la cuisine avait même été refaite à neuf pour une somme modique par deux ouvriers dont les visages burinés et frondeurs ne cessaient d'inquiéter Julie. Sa grande sœur avait l'art de dénicher les bons plans qui, souvent, se transformaient en embrouilles. Manon avait la poisse, tant dans ses entreprises que dans sa vie sentimentale.

Elle retirait sa robe lorsqu'elle aperçut une enveloppe brune posée sur la table basse du salon. Le courrier lui était adressé. Le cachet de la Poste, *75008 Paris cedex*, la guida. Elle l'attendait depuis des jours, des semaines, pour ne pas dire des mois. Trois mois précisément, depuis que les « condés » avaient arrêté Bison. Un léger bruit lui parvint des chambres. Peut-être un mouvement de son fils qui, engoncé dans sa layette, cherchait sa tétine qui s'était dérobée. Elle ne bougea pas, déchira l'enveloppe et se saisit de son contenu. Référence de dossier, adresse de l'administration, le blabla habituel dont l'encre salissait les doigts. Convocation à témoin, *vous êtes invité(e) à vous présenter au tribunal de grande instance de Paris sis 7, boulevard du Palais 75001 Paris le jeudi 27 avril 2017 à 9 h 30 (cour d'assises n° 2) muni(e) d'une pièce d'identité et de la présente convocation.*

Dans dix jours.

— C'est quoi ? s'enquit Julie, les cheveux ébouriffés, qui serrait son neveu éveillé dans les bras.

— Rien qui te concerne.

Manon replia le courrier, le glissa dans l'enveloppe et agrippa son fils. Celui-ci n'avait que faire des mamours de sa mère, il avait faim. Julie se dirigea vers la cuisine.

— Et ta nuit ? questionna Julie qui ouvrait une succession de tiroirs.

— Difficile. Les clients sont insupportables. Ça doit être la pleine lune. Il y en a un qui m'a réclamé un oreiller en plume de canard parce qu'il est allergique à la plume d'oie. Il a fallu que j'envoie une navette en chercher un au Ritz.

La cadette l'écoutait à peine. Les deux sœurs étaient si différentes. Physiquement, moralement, tout les séparait. L'aînée était brune, séduisante, mondaine et insouciante ; sa jeunesse avait été quelque peu chaotique. Il en restait des stigmates. Julie, elle, avait hérité des taches de rousseur de sa mère et de la rigueur paternelle. Étudiante en philosophie, elle travaillait dur pour arriver à ses fins.

— Tu lui donnes ou je lui donne ? demanda Julie qui tenait un biberon dans la main.

— Occupe-t'en, je suis vannée, j'ai besoin de dormir, répondit Manon qui lui tendit son bébé dont elle était toujours incapable de prononcer le prénom.

Julie ne désirait qu'une chose : accéder au plus vite à l'enseignement, gagner sa vie, ne plus dépendre financièrement de Manon qui trimait toutes les nuits comme programmatrice dans un hôtel de luxe parisien et qui ne se gênait pas pour le lui rappeler. S'appréciaient-elles ? S'aimaient-elles ? Pas sûr. Elles cohabitaient, sans plus.

— Tu as contacté le tribunal d'instance ?

— J'irai dans l'après-midi.

Julie sourit, agacée. Elle n'y croyait pas. Cela faisait des semaines que sa grande sœur devait s'y rendre. Elle laissait traîner. Elle laissait grandir un fils en mal d'identité, un enfant portant un prénom illégitime, condamné à la différence, à l'ostracisme, à la haine. Au grand dam de Julie, Manon n'avait aucune conscience politique. Elle se moquait bien de Gambetta, d'Anatole France ou de Rouget de Lisle, de leurs biographies ou de leurs prénoms. En fait, Manon avait surtout peur d'une chose : la réaction de Bison, le père de l'enfant, s'il venait à apprendre qu'elle avait rectifié le tir dans son dos.

3

Les murs étaient nus et propres, ça puait encore la peinture fraîche. Une multitude de spots incrustés dans le plafond éclairaient l'immense bureau de Compostel, avec son mobilier aux angles arrondis, son double vitrage, et surtout sa vue panoramique sur l'ensemble de la capitale, à l'exception du Sacré-Cœur, déjà caché sur la gauche par le monumental tribunal de grande instance de Paris.

Label « haute qualité environnementale », avait vendu l'architecte au moment de chiffrer son projet. Les fonctionnaires ne seraient plus perturbés par les sirènes de police et les coups de klaxon intempestifs, les administratifs ne tomberaient plus malades à cause des courants d'air. Et – ô merveille ! – les conditions de sécurité étaient enfin réunies, avec des locaux de garde à vue et des couloirs entièrement sécurisés sous l'œil vigilant d'innombrables caméras de surveillance.

Mais il ne subsistait rien de la vue plongeante sur le Pont-Neuf et la Seine, de ce cœur apaisé à l'aurore qui, au fil du jour, s'agitait au rythme des péniches.

L'heure était au changement. Beaucoup, au siège de la préfecture de police, voyaient là l'occasion de tourner la page d'une histoire du 36 quai des Orfèvres dont l'épilogue n'était pas joyeux. Une page écornée par une succession d'affaires, de bavures, de bêtises qui avaient entaché la police judiciaire pour des années.

Hervé Compostel n'avait que faire du nouveau panorama qui s'ouvrait à lui. Le commissaire divisionnaire avait toutefois pris la peine de sortir d'un carton quelques souvenirs et médailles de police afin d'habiller un meuble vitré. Mais pas encore celle de fixer la cimaise destinée à supporter le cadre d'un président de la République. De toute manière, à quelques semaines de la présidentielle, il semblait de plus en plus établi qu'une nouvelle bobine allait venir décorer le bureau de tous les chefs de service de France.

Lola Rivière, vingt-huit ans dans quelques mois, avait posé sa bouteille d'eau minérale à ses pieds. Assise face au patron de la Crim', elle attendait les premiers commentaires. Son pantalon lui serrait le ventre, elle n'osa pas le déboutonner devant lui. 19 h 30, un horaire tardif pour l'entretien annuel avec son taulier. Mais Compostel était de permanence pour l'ensemble des brigades centrales de la PJ tandis que Lola, d'astreinte, était bloquée dans les murs jusqu'à 21 heures. Célibataire, pas d'enfant à charge, domiciliée dans la capitale, elle était taillable et corvéable à merci. La disponibilité semblait sa seule qualité au dire de Richard Kaminski, son chef de groupe, qui avait rédigé son appréciation. Pour le reste, tout était médiocre, voire franchement mauvais :

Maîtrise et efficacité : *faible* ;
Fiabilité et conscience professionnelle : *insuffisant* ;
Qualités relationnelles dans l'exercice des fonctions : *faible* ;
Faculté d'anticipation et d'adaptation aux changements : *insatisfaisant* ;
Capacité d'écoute et de négociation : *insuffisant* ;
Sens du commandement : *non évalué.*

Lola attendait maintenant depuis deux minutes, observant tour à tour la chemise fripée de son chef de service et ses cheveux épars et broussailleux qui auraient mérité un bon coup de peigne. Deux longues minutes au cours desquelles Compostel prenait connaissance de cette grille de notation en bas de laquelle elle aperçut le chiffre 15 en caractères gras. Quinze points, bien loin du chiffre parfait, le 49 que seuls les fonctionnaires émérites, ceux qui faisaient preuve de grandes qualités professionnelles, atteignaient parfois en préalable à une promotion au grade supérieur. Puis le chef de service fixa le haut de la feuille. Ses yeux clairs prenaient maintenant connaissance de l'appréciation générale dressée par le commandant Kaminski.

Au bout de trois allers-retours, il osa un coup d'œil à Lola. Un regard interrogateur, fait d'incompréhension et de gêne. Il se mit à lire à haute voix, à regret :
Tout à fait absente de la vie du groupe et sans expérience, Mlle Rivière a foncièrement manqué d'enthousiasme dans le cadre des nombreuses enquêtes menées au cours de l'année écoulée. Pour preuve, elle est à créditer de cinquante-quatre jours d'absence (jours maladie) sur l'exercice 2016, record absolu au sein du

service. Fonctionnaire énigmatique et mystérieuse qui se cantonne à un rôle de figurante et qui doit à tout prix revoir sa copie si elle entend poursuivre dans un service de police judiciaire et diriger efficacement une équipe dans les années à venir.

Hervé Compostel tourna la feuille sans redresser la tête. Au dos, les références administratives et quelques éléments sur le parcours professionnel de l'intéressée. Il prenait en compte les diplômes, titres universitaires et brevets professionnels acquis par sa subalterne lorsqu'il l'entendit se saisir de sa bouteille plastique et boire au goulot. *BTS informatique*, *DUT Réseaux et télécommunications*, et *brevet ESCI*. Il en profita aussitôt pour reposer la fiche.

— Brevet ESCI, ça correspond à quoi ? s'enquit le nouveau chef de service de la Crim', qui ne savait pas comment débuter cet entretien.

— Brevet d'enquêteur spécialisé en criminalité informatique, répondit poliment Lola. Un mois de formation validée par un examen à la fois théorique et pratique, ce qui vous permet ensuite d'analyser tout type de support informatique.

Les lèvres du divisionnaire s'animèrent. Une moue incompréhensible, une marque de respect peut-être, ou alors un tic. Elle poursuivit :

— En bref, via une machine d'investigation qui m'a été fournie par l'Administration, je suis en mesure d'analyser n'importe quel disque dur.

Compostel fit tout de suite le rapprochement avec une brigade composée de cyberpoliciers installée rue du Château-des-Rentiers dans le 13e arrondissement. Leur arrivée sur le nouveau site avait été repoussée au mois de septembre, comme celle de la plupart des autres brigades centrales de la police judiciaire parisienne. Il rebondit aussitôt :

— Que diriez-vous d'une mutation dans un service spécialisé ? Une unité plus adaptée à votre champ de compétence ?

Il détestait ce type d'exercice. Arrivé depuis quelques mois à la tête de la brigade criminelle, il avait eu à peine le temps de se familiariser avec les us et coutumes de ce service centenaire, à peine le temps d'appréhender les noms et prénoms de la centaine de policiers désormais placée sous son autorité. D'autant qu'il avait rapidement dû ingurgiter le contenu de nombreuses procédures et, sous la pression des syndicats, réclamer en urgence au directeur de la police judiciaire du sang neuf pour combler plusieurs départs de policiers mutés en province afin de garder les douze groupes opérationnels. Recevoir chacun des fonctionnaires pour valider leurs notations apparaissait comme le point d'orgue d'une longue période d'apprentissage. Et le cas Lola Rivière ne semblait pas le plus simple à régler.

Elle le fixa de ses yeux noirs. Comme les autres, il attendait une explication à ses trop nombreuses absences. « Disponible certes, mais seulement les jours où elle daigne venir au service ! » ne cessait de jacter à son sujet un Barbe blanche qui passait son temps près de la machine à café. Certains de ses collègues lui prêtaient des épisodes dépressifs. Elle se gardait bien de commenter. L'intrusif Kaminski avait même envoyé un mail à son ancien chef, à Interpol. Il n'avait jamais obtenu de réponse.

Compostel reprenait le verso de la feuille de notation lorsqu'elle rompit enfin le silence :

— Vous savez, ce n'est pas en me déplaçant que ça va s'arranger. Mes problèmes de santé sont insolubles, je n'y peux rien. Mais je vous assure que, lorsque je suis présente, je donne le meilleur de moi-même...

— ... Sauf que j'ai une brigade à diriger, moi, coupa le patron de la Crim'. Et puis, au-delà de vos relations avec votre chef de groupe, il semblerait que vous ayez du mal à vous intégrer au sein du service...

— Laissez-moi du temps. C'est certain, il y a un fossé qui me sépare des vieux briscards de la Crim', mais je travaille à le combler.

Elle parlait bien, il aimait ça. Elle poursuivit :

— J'arrive tout droit de Singapour où je viens de passer presque trois ans, monsieur. Et je vis là mon premier poste en PJ. J'ai conscience d'avoir des lacunes, peut-être même que je n'ai pas les bons réflexes, mais je m'investis et j'observe.

— Faites vite, alors ! la tança-t-il.

Il regretta aussitôt ces quelques mots. Il en eut honte. La vie qu'il s'inventait depuis sa reprise d'activité, après un intermède de plus de deux ans, était pure escroquerie. S'activer, se démener pour oublier. Combien de temps tiendrait-il ? Il accrocha aussitôt le regard de son fils unique, dont un cliché trônait en bonne place sur son bureau. La bouille blonde de l'enfant alors âgé de cinq ans, grimpé sur son dos tel un cow-boy, lui pinça le cœur.

À l'extérieur, le jour tombait. Compostel observa la lune qui veillait sur la capitale. Comme épuisé, il céda et reprit la feuille de renseignements de Lola

Rivière. Née le 2 septembre 1989 à Paris 10e, domiciliée 24, quai des Grands-Augustins à Paris 6e, matricule 523 791, entrée au sein de la police nationale le 2 janvier 2010, nommée lieutenant titulaire le 3 janvier 2011, affectée à la direction de la coopération internationale en sortie d'école d'officiers.

— Qu'est-ce qui vous a poussée à choisir la DCI ?
— Mon classement. J'ai fini parmi les meilleures de ma promotion. Et puis je parle couramment l'anglais et l'allemand.
— Quel niveau ?
— C1 pour les deux langues.

Compostel aussi avait terminé bien classé. Très bien classé même. Vingt ans plus tôt, il était brillamment sorti major de sa promotion. Certains de ses concurrents directs y avaient vu là le résultat d'une politique interventionniste. Car l'un de ses bisaïeuls n'était autre que l'architecte de la première ligne du métro parisien, tandis que son père, encarté à droite, avait fait carrière durant trente ans dans la Préfectorale.

Compostel empoigna son stylo-plume et le lui remit avant d'allumer son abat-jour. D'un coup, les traits de Lola se firent plus nets. Ses yeux noirs en amande gagnèrent en intensité. Son visage, clair, était encadré de longs cheveux bruns et frisés, coiffés ce jour-là en queue-de-cheval. Ses lèvres étaient légèrement ourlées. Cet éclat naturel paraissait pourtant contrebalancé par une certaine forme de mélancolie. Et les battements saccadés de la jugulaire, derrière une peau fine, montraient toute sa fragilité. Elle avait un côté « petit oiseau tombé du nid ».

— Tenez ! Lisez, datez et signez là, dit-il en indiquant du doigt le bas de la feuille de notation afin de valider l'entretien professionnel.

Lola se leva, contourna le bureau, aperçut la photo du fils Compostel, fit glisser la feuille sur l'immense sous-main de cuir marron et la parapha énergiquement à deux endroits sans relire les commentaires. Elle s'en moquait. Elle s'apprêtait à sortir lorsque Barbe blanche, son chef de groupe, entra en trombe. Il avait conservé sa tête des mauvais jours.

— On les a à peine remis en liberté qu'il y a déjà un article !

Il parlait sans aucun doute de Didier Jeanjean et de Mireille Dunois, lesquels étaient rentrés chez eux, chacun de son côté, deux heures plus tôt.

Compostel s'assombrit. Au dire de Kaminski, ce n'était pas la première fois qu'une affaire traitée par la Crim' fuitait aussi vite.

— Ça participe de leur stratégie de diversion, le calma Compostel.

— Vu le titre du papier, j'en doute, répondit le chef de groupe qui tendit l'impression écran de l'article. Tenez !

Compostel ressemblait étrangement à Vincent Lindon. Son visage dégageait une forme de gravité dont il avait du mal à se défaire. Il prit l'imprimé alors que Lola, silencieuse, le dos tourné, scrutait le voile gris du crépuscule qui tombait sur le parc Martin Luther King.

— « Les amants maudits libérés : vers un nouvel échec de la police ? » Le titre est accrocheur, commenta, placide, le chef de service. C'est qui, cette

Milena Popovic ? s'enquit-il en visant le nom de la journaliste qui s'affichait en bas de l'article.

— Une emmerdeuse ! Ça fait six mois qu'elle évente la plupart de nos affaires.

— On connaît sa source ?

— Je suis prêt à mettre ma paye pour le savoir. En tout cas, ça ne peut être qu'un gars du cru, ajouta-t-il, la mâchoire serrée.

Du point de vue de Kaminski, le cru correspondait aux deux mille fonctionnaires de police, actifs ou administratifs, qui composaient la grande maison de la police judiciaire parisienne. Deux mille hommes et quelques femmes répartis sur une vingtaine de sites, dont la plupart, à court terme, allaient se retrouver réunis aux côtés des flics de la brigade criminelle, dans ce nouveau bâtiment ultrasécurisé, composé de huit étages et de quatre sous-sols, qui les accueillait depuis quelques jours.

Les premiers locataires n'avaient pas traîné : l'édifice était déjà affublé d'un surnom. Le Bastion, du nom de la rue qui courait le long du bâtiment en mémoire du fortin voisin habillant l'ancienne ceinture de Thiers. D'autres flics ne juraient que par le « 36 ». La Mairie de Paris s'était en effet prêtée de bonne grâce aux doléances des plus conservateurs : l'entrée du Bastion était couverte du numéro emblème de l'ancienne maison du crime.

4

Manon était fille de la nuit. De la lune, précisément. Elle croyait au pouvoir des constellations et des planètes, en particulier à l'influence de l'astre lunaire sur les émotions. Les grands astrologues étaient très clairs sur le sujet : le satellite de la Terre exerçait une forte influence sur la fertilité et la métamorphose. Manon prenait ces informations au pied de la lettre.

Le réveil avait été un supplice. Le miroir de la salle de bains lui renvoyait l'image d'un visage cerné. Trois heures de sommeil ne suffisaient plus à la remodeler. Surtout depuis sa grossesse. La mâchoire serrée, elle s'était réfugiée dans la cabine de douche. En était ressortie cinq minutes plus tard, une serviette nouée autour de ses longs cheveux noir de jais. Sans même un regard pour le petit grassouillet qui ronflait encore.

Le client ne l'avait pas laissée en paix. Au vu du tarif, 3 000 euros la nuit, ça se comprenait. Et à ce prix-là, hors de question de jouer la revêche. Elle s'était pliée à tous ses caprices. À commencer par le déplacement jusque dans la cité du Champagne, à une heure de TGV de la gare de l'Est.

Elle dormit tout au long du retour, allongée sur une banquette d'une voiture première classe, un gros sac rempli de vêtements propres en guise d'oreiller. Commanda un double espresso dans l'enceinte de la gare de l'Est avant d'affronter les masses anonymes de travailleurs parisiens qui couraient pour attraper leur métro. À Saint-Michel, elle grimpa enfin à bord du Transilien. Direction Épinay-sur-Orge.

Elle détestait les trains de banlieue, la grisaille des faubourgs traversés. Elle n'appréciait guère plus leurs usagers, des quidams perdus dans la lecture ou dans leurs pensées. À peine assise, elle se saisit de son sac à main et en sortit une trousse de maquillage qu'elle posa sur ses genoux. Son iPhone en main en guise de miroir, elle fit un rapide constat. Vingt minutes ne seraient pas de trop pour un bon ravalement de façade. Elle fixa ses cheveux en chignon à l'aide d'une pince, s'empara d'un pinceau et se poudra le visage. Puis elle prit un mascara et vint rehausser l'arc de ses sourcils. À quelques mètres, un chauve d'une soixantaine d'années observait en douce la transformation. À chaque geste, le visage devenait lumineux et le regard intense. Elle profita de la minute d'arrêt à Juvisy pour donner du volume à ses cils, puis, avec dextérité, appliqua une touche de gloss sur ses lèvres. Elle finit par retirer sa pince à cheveux avant de prendre une brosse.

Épinay-sur-Orge. Attention à la marche en descendant du train. Avant de descendre, assurez-vous de ne rien oublier à bord. Son téléphone dans une main, son sac à main retenu par les anses à la hauteur du coude et son baluchon à bout de bras, elle descendit enfin de la rame. Les portiques franchis, elle se dirigea vers un bus-accordéon qui stationnait à l'arrêt. *Départ dans quatre minutes*. Elle se faufila dans le couloir, composta un nouveau ticket, et finit par s'asseoir côté fenêtre. Elle se contempla de nouveau dans son iPhone, hésita à faire une retouche. À l'arrière, des collégiens chahutaient. Des Blacks. *Chouffe Kévin, Chouffe. Trop bonne la meuf !* Manon les snoba, détourna le regard vers le bar de la place Stalingrad devant lequel deux Maghrébins parlaient à grands gestes. Le bus démarra enfin. Les ados s'étaient finalement retranchés dans le fond, loin du chauffeur, loin de la caméra de vidéosurveillance. Ils se turent pour de bon lorsque des agents de la RATP grimpèrent au premier arrêt.

Elle fut seule à descendre à la maison d'arrêt. Son barda en main, elle gagna à petits pas la porte vert bouteille devant laquelle une vingtaine de personnes patientaient en silence. Surtout des femmes, accompagnées pour certaines d'enfants en bas âge. Les vieilles, celles couvertes d'un foulard terne, venaient visiter leur fils. Quant aux autres, elles apportaient un peu de réconfort et parfois des messages ou des mandats. Manon, elle, refusait de venir avec son bébé. Bison n'aurait pas apprécié.

Il n'appréciait pas grand-chose. Il avait grandi dans une cité du 9-3, à l'ombre d'une barre de six cents mètres de long où pullulaient les antennes paraboliques dirigées vers le sud. Certains disaient qu'il devait son surnom à ses errances, la nuit, dans les coursives de sa cité. Bison, le verlan de zombie. La réalité était tout autre. Il avait gagné cet alias alors qu'il n'avait pas encore huit ans. Car, par jeu, il n'hésitait pas à foncer la tête la première contre la vitre en plexiglas d'un hall de la rue Verlaine, là même où les grands, dirigés par un certain Samir Rabehi, faisaient commerce de blanche. Ces derniers n'étaient plus là pour témoigner. Excepté leur chef, ils étaient tombés sous les balles d'une équipe concurrente. Samir, lui, avait longtemps survécu. Puis, à son tour, il avait disparu. Certains disaient qu'il était au bled. Bison, lui, savait la vérité mieux que personne. Rabehi ne jouait pas à cache-cache, il servait tout bonnement de nourriture aux silures qui abondaient dans la Marne.

Manon connaissait le chemin par cœur. Contrôle au portique, dépôt de l'iPhone et de tout matériel électronique dans un casier cadenassé, progression en direction des hygiaphones, remise du permis de visite et d'une pièce d'identité, vérification du linge et des colis, attente de l'appel au niveau de la rotonde. *Manon Legendre ! Parloir 4 !* Elle sursauta, se dirigea vers le colosse à moustache muni d'un trousseau de clés qui venait de la héler. La grille s'ouvrit sur un long couloir. Un peu plus loin, Bison l'attendait derrière une porte vitrée, ce qui ne manqua pas de la faire frémir.

— Vous avez une demi-heure, commanda le maton qui partit sur-le-champ en faisant tinter son jeu de clés le long des parois.

En une semaine à peine, Bison s'était encore transformé. Assis sur une chaise en plastique, derrière une table en bois, il n'en paraissait pas moins massif. Son cou de taureau ressemblait désormais à celui d'un buffle, ses pectoraux et ses quadriceps distendaient le jogging qu'il portait à longueur de journée. Quant à son faciès, plus d'une grand-mère avait changé de trottoir par le passé : lèvres boursouflées, peau granuleuse, nez épaté, le sourcil droit barré d'une cicatrice, et une barbe de plusieurs semaines qui lui protégeait le menton des courants d'air. Ne lui manquait que la dent en or.

— Y a de quoi cantiner là-dedans ? débuta-t-il de sa voix grave en visant le sac que Manon avait rapporté.

— C'est du linge propre. Je t'ai mis des photos, aussi, ajouta-t-elle au moment de s'asseoir face à lui.

— Des photos ? Quelles photos ?

Manon blêmit. Le ton de Bison ne présageait rien de bon. Habituellement soupe au lait, il paraissait cette fois-ci pour le moins acariâtre.

— Je ne suis pas venue pour me battre, David, lui répondit-elle en fixant des yeux son cal au milieu du front, trace noire héritée de la génuflexion et de la prosternation devant Allah.

Non content d'être un caïd, David Ribeiro s'était converti dès son deuxième séjour carcéral après qu'un camarade de division l'avait convaincu que l'islam représentait un cadre-refuge face à un État laïc qui stigmatisait et ghettoïsait les immigrés et leurs descendants.

— Excuse. Je suis comme un lion en cage, ici. J'en peux plus. Tu comprends ? J'en peux plus de cette thurne.

— T'abuses peut-être des anabolisants aussi, non ?

— Ta gueule ! hurla-t-il en levant la tête vers le plafonnier.

Elle comprit aussitôt sa bévue. Bison fixait le seul endroit où les flics étaient susceptibles de placer un appareil de sonorisation. Bison, David Ribeiro pour l'état civil, était un vieux de la vieille. Il vivait son quatrième séjour en maison d'arrêt. Une affaire de « recouvrement », commise au préjudice d'un commerçant libanais de la banlieue sud qui peinait à rembourser son dû, l'avait envoyé pour la première fois derrière les barreaux à l'âge de dix-sept ans à peine. Une série de vols à l'étalage, le plus souvent commis avec violences, et le braquage d'un camion transportant du matériel hi-fi dans la ZAC de Villepinte lui avaient permis de compléter sa connaissance du monde carcéral francilien. Enfin, après Fresnes, Bois-d'Arcy et Nanterre, il visitait de nouveaux quartiers à la suite du braquage avorté d'un fourgon blindé.

Manon pleurait. Bison, au naturel, lui faisait peur. Ses coups de pression avaient le don de la mettre en panique. Il se redressa, fit le tour de la table, vint l'enserrer par-derrière, plongea son nez dans ses cheveux. Elle n'osait bouger.

— Mmh, tu sens si bon.

Elle l'avait connu trois ans plus tôt dans le cadre de son travail. Il n'était guère appétissant, ressemblait plus à Stallone qu'à James Bond. Mais elle avait senti tout de suite le potentiel. Bison, le nouveau portier, était de la trempe des leaders. Il fleurait bon le futur taulier, l'intrépide, le protecteur. Et Manon, qui avait perdu son père depuis plusieurs années, avait bien besoin d'un ange gardien.

Il la redressa. Collé dans son dos, il continuait de la bécoter, de la décoiffer. Ses paluches la maltraitaient, lui malaxaient la poitrine à travers le tissu. Elle avait mal. Il la fit pivoter, trouva sa bouche, la força de sa langue puissante. Elle répondit à l'étreinte. En finir au plus vite, avant que les matons reviennent. Elle glissa une main à l'intérieur de son jogging, il poursuivait ses attouchements. Son pénis demeurait mou. Mou et poisseux.

— Qu'est-ce que t'as ? osa-t-elle.

— Plus vite, plus vite, ordonna-t-il tandis qu'il cherchait une ouverture sous le tissu pour atteindre ses seins refaits.

Mais Bison n'était pas en mesure de bander.

— Faut vraiment que t'arrêtes de prendre tes produits pour la gonflette, souffla-t-elle, désespérée.

— Ferme ta gueule ! C'est toi qui es bonne à rien.

Ce manque de virilité le rendait dingue. Manon, elle, savait très bien qu'elle était douée dans ce domaine. Elle y connaissait rarement l'échec. Elle s'écarta de lui, de ses gestes brusques, le temps de se réajuster. Les secondes de silence qui s'égrenaient étaient autant de victoires. Les pas d'un gardien se firent entendre. *Fin du parloir !* Bison se rapprocha de Manon, porta sa bouche à son oreille.

— Faut que tu me fasses rentrer une puce, la prochaine fois.

Manon s'écarta, le fixa, impassible. Elle ne savait que répondre. Elle fouilla dans son sac à main, en retira un paquet de Kleenex, se moucha. Jeta le mouchoir dans la corbeille. Elle se sentait incapable d'un tel geste. Incapable de lui dire non, aussi. Elle finit par faire diversion.

— Ce sont des photos de ton fils, dans le sac.

Jihad était né quatre mois plus tôt. Et Manon ne parvenait toujours pas à prononcer son prénom.

5

Le divisionnaire Compostel fut le premier à sonner à la porte du directeur. Thomas Andrieux occupait le huitième et dernier étage du Bastion. Deux semaines plus tôt, le patron de la police judiciaire parisienne avait investi son nouveau logement de fonction. Il était fier de cet avantage même s'il reconnaissait en privé n'avoir que peu contribué aux prises de décision relatives à la construction du nouveau site. Il décida très vite d'organiser la « grand-messe » hebdomadaire dans son salon qui, d'après certaines mauvaises langues, aurait pu héberger une grande partie des ouvriers sans papiers qui s'échinaient encore sur le chantier voisin du futur tribunal de grande instance.

Mme Andrieux avait fait les choses en grand : la table en marbre déménagée à grand renfort de bras de l'ancien appartement de fonction situé boulevard du Palais était recouverte de pâtisseries et sucreries en tout genre. Des Thermos remplies de thé et de café, ainsi que du jus d'orange et de pamplemousse en bouteille complétaient le tableau. Elle accueillit l'ensemble des convives, en l'occurrence les quatre sous-directeurs de la PJ ainsi que tous les chefs de service des brigades centrales et, bien sûr, le grand escogriffe Éric Moreau, le chef de cabinet de son mari, celui qui faisait tampon, qui filtrait, qui répondait aux doléances toutes plus farfelues les unes que les autres, qui faisait l'éloge de certaines enquêtes abouties aux médias. Ils étaient douze au total, exclusivement des hommes.

Mme Andrieux avait un petit faible pour Compostel. L'événement qui l'avait poussé à se mettre en retrait de la vie policière durant deux ans le rendait attachant. Elle était présente au bras de son mari le jour de l'enterrement. Et elle avait beaucoup pleuré lors de l'homélie.

Le chef de la Crim' buvait un café noir dans son coin, devant le dessin du visage bleu et blanc d'une Marianne pleurant du sang, esquissé en hommage aux victimes du Bataclan. Cette tristesse affichée lui fit penser une nouvelle fois à son fils, à son départ précipité. Les autres, par grappes, discutaient. Le sous-directeur des brigades centrales avalait à tour de bras des mini-chaussons aux pommes qu'il faisait couler avec un jus de fruits, pendant que le patron de la brigade des stupéfiants l'entretenait de sa dernière mission effectuée en Albanie. Andrieux, lui, était entouré de son chef de cabinet et de trois autres chefs de service. Ils s'esclaffaient tous de ses blagues sur les blondes qu'il répétait à longueur d'année. À les voir, une forme de plénitude rejaillissait avec le sentiment que rien ne pouvait les toucher ou les surprendre.

Au bout de vingt minutes, le directeur frappa dans ses mains. Sa voix forte finit de mobiliser ses troupes. Mme Andrieux en profita pour s'éclipser. Les collaborateurs s'assirent tous, ouvrirent leurs sacoches, en sortirent pour les uns un cahier, pour d'autres des notes dactylographiées. Puis, tour à tour, ils firent le point sur l'activité de leurs départements respectifs. Sabatier, le patron de la Mondaine, venait de « faire tomber » une gérante de salon de massage thaïlandais qui abusait des « finitions à la main » ; la brigade des décisions de justice avait interpellé au cours de la semaine écoulée sept individus sous main de justice dont l'un s'était évadé de la maison d'arrêt de Melun ; la BRB travaillait de concert avec l'Antigang sur une équipe de « saucissonneurs » ; et les Stups étaient dans l'attente d'une remontée de cannabis du Maroc estimée à plusieurs tonnes.

— Et toi, Hervé ?

— Concernant Didier Jeanjean et Mireille Dunois, on a décidé de surseoir. On s'est fait balader, commenta-t-il, réaliste. Donc on reprend tout à zéro, on épluche toutes les écoutes, on retourne sur la scène de crime, on la passe au peigne fin.

— Parfait, je n'en attendais pas moins. Qui a le dossier en main ?

— Le groupe Kaminski. Mais je le lui retire, je veux un œil neuf.

— Très bien. J'ai peut-être un travail pour lui. On en parle à la fin de la réunion.

— Le problème, c'est la presse, poursuivit Compostel. Ils étaient à peine libérés que des pans entiers de l'enquête étaient en ligne sur le Web.

Andrieux se tourna vers Éric Moreau, lequel, point d'entrée des médias au sein de la police judiciaire, épluchait tous les articles relatifs aux faits divers.

— C'est encore Popovic ?

Le dircab confirma d'un hochement de tête. Les autres baissèrent la tête. Ils avaient tous plus ou moins connu la même mésaventure au cours des derniers mois.

— Putain ! Si je trouve celui qui balance, je le fais enferrer à la Bastille ! vociféra-t-il avant de fixer le chef d'état-major.

— Il n'y a pas de taupe chez moi, coupa ce dernier. J'ai vérifié, les télégrammes relatifs aux affaires qui ont fuité ne sont jamais rédigés par les mêmes fonctionnaires.

— Je peux « gratter » sur cette journaliste, si vous le souhaitez, reprit Compostel.

— À une semaine de la présidentielle ? Tu veux ma peau ou quoi ! J'ai à peine eu le temps de profiter de ce bel appartement.

L'assemblée se mit à rire.

— Non, on fait le dos rond. On y réfléchira après les élections. En attendant, j'aimerais qu'on évoque le sujet brûlant du jour : l'inauguration du bâtiment…

Les travaux du Bastion avaient débuté deux ans plus tôt. Le constructeur l'avait promis : livraison définitive en février 2017. La découverte d'une nécropole mérovingienne lors du creusement des fondations avait tout gâché. Aujourd'hui, tout était terminé, ou presque. Restait à poser le dallage des niveaux 2 et 5 ainsi que l'ensemble des ouvertures du premier étage. Pour l'heure, seuls la Crim' et l'état-major avaient investi les sixième et septième étages. Des trente-huit tonnes finissaient d'acheminer en ce moment même le lourd équipement de l'Identité judiciaire dans les sous-sols. À terme, les autres services rejoindraient le site au compte-gouttes, sur une période de six mois, selon un échelonnement validé par le directeur lui-même.

De toute manière, ils pouvaient attendre. Le quartier était engorgé du matin au soir en raison de problèmes de voirie que la Mairie refusait de régler à cause d'un vieux contentieux avec la préfecture de police. Et le prolongement de la ligne de métro 14 en direction de Pont-Cardinet avait une nouvelle fois été repoussé. Chose rare dans la police, les syndicats s'étaient regroupés pour négocier. Andrieux n'avait pas eu le choix. Dans l'incapacité d'octroyer des tickets-restaurants aux fonctionnaires qui ne disposaient plus de la cantine, il avait dû lâcher du lest en matière d'amplitude horaire. Le 9 heures/19 heures de l'ancien temps était devenu un 9 heures/18 heures qui ravissait les conjoints de flics.

Qu'importe l'état de l'avancée des travaux, l'Élysée et Beauvau l'avaient voulu ainsi : inauguration du site l'avant-veille du premier tour de l'élection présidentielle. Personne n'était dupe, l'idée était de montrer au Français moyen, celui qui restait rivé derrière son écran du matin au soir, que l'État avait su mener à terme certains de ses chantiers. Et celui-là avait valeur de modèle. Il était, selon ses architectes, le fleuron de la modernité et de l'élégance.

— Je vous rappelle que vous êtes tous conviés à l'inauguration vendredi prochain. Je ne tolérerai aucune absence, poursuivit Andrieux en fixant tour à tour ses convives. Je vous rappelle également que vous avez jusqu'à 18 heures dernier carat pour m'adresser vos listes d'invités.

— Ça se passera où ?

— Réception dans le hall, suivie d'une visite d'une délégation restreinte aux premier et second sous-sols, puis aux sixième et septième étages. L'idéal, c'est que vos troupes soient au boulot lors du passage des huiles, ajouta-t-il en s'adressant à Compostel et au chef de l'état-major.

— Il y aura qui, au juste ?

— Le président et sa garde rapprochée, une demi-douzaine de ministres pour bien montrer qu'ils sont encore soudés, le préfet de police et son cabinet, le préfet de région, le président du conseil régional et de nombreux élus du conseil municipal. Ah oui ! J'allais oublier : Pierre-Yves Dumas en personne sera présent en qualité d'ancien maire du 17e arrondissement. Je vous rappelle que c'est lui qui a porté le projet à bout de bras il y a cinq ans.

Drôle de perspective. Le président de la République sortant et son concurrent direct, chef de file de la droite dure, allaient se retrouver sur le même site au même moment, sous le feu des projecteurs.

— Tout est prévu pour qu'ils ne se croisent pas, ajouta Andrieux. En principe, Dumas ne fera qu'un bref passage.

— Pour les invitations, il y a une limite en termes de chiffre ? questionna le patron de la BRB.

— Restez raisonnables, c'est tout ce que je demande. Contentez-vous d'inviter vos honorables correspondants. Et surtout pas de *people* ! Je pense que le président ne souhaite pas qu'on lui vole la vedette. C'est compris ? lança-t-il en particulier à l'adresse des commissaires des Stups et de la Mondaine qui possédaient sur leurs tablettes les identités des chanteurs et acteurs français les plus sulfureux. Je compte sur vous pour faire office de guides touristiques, poursuivit-il. Il y aura des journalistes à foison. Ça serait bien de leur vendre une belle image du site. C'est compris ?

Ils acquiescèrent. Seul Compostel resta dans le salon.

— Tu voulais me voir ?

En privé, les deux hommes se tutoyaient. Le chef de la Crim' se saisit d'un dossier anonyme que lui tendait le directeur. Il le feuilleta, puis parcourut la synthèse.

— C'est pour les Stups, ça !

— Vu le nom de la victime, je préfère que ce soit toi qui traites. Considère-le comme un dossier réservé.

Compostel ouvrit de nouveau le dossier, s'arrêta sur l'identité complète de l'intéressée.

— Attends ! C'est technique comme dossier. Je ne sais pas faire, moi !

— Appuie-toi sur la petite Zoé Dechaume. Elle était au groupe Overdose des Stups, il y a trois ans. Et bien sûr, je compte sur ta discrétion.

6

De nuit, la rue de Berri n'avait aucun charme. Des bâtiments modernes et des immeubles anciens se succédaient, des deux côtés, sans harmonie. Seuls les véhicules de luxe et quelques passants en costume trois-pièces venaient rappeler la proximité de l'avenue des Champs-Élysées. La vie dans ce quartier se situait derrière les murs ; non pas dans les appartements cossus des familles bourgeoises, mais au cœur même des clubs de rencontre. Le Jardin d'Éden, le JDE pour les habitués, représentait l'une des enseignes les plus prestigieuses du secteur. Sa pomme verte percée d'une flèche rouge, pendue en devanture d'une façade noire, marquait du sceau de l'anonymat la seule entrée de ce club select protégé par deux portiers.

L'intérieur était noir de monde. Au sens propre comme au sens figuré. Un colloque au salon du Bourget sur la francophonie rassemblait le gratin de la diplomatie subsaharienne. La gent masculine, fatiguée par les échanges souvent ampoulés et stériles sur l'influence de la langue française dans le monde, s'était donné rendez-vous dans les salons du JDE. Histoire de se rincer l'œil, et pourquoi pas, pour les plus audacieux, de croquer la pomme. À ceux-là s'ajoutaient quelques VRP logés dans les hôtels environnants, des filles des quatre coins du monde, des Juifs trafiquant du CO_2 entre Paris, Tel Aviv et Hong Kong, des représentants du show-biz, et la crème de la voyoucratie ; le tout dans un établissement géré en sous-main par un Corse qui employait comme agents de sécurité des colosses aux mines patibulaires engoncés dans des costumes Cardin. Un cocktail explosif au milieu du strass et des bulles de champagne. En bref, pendant que les touristes de passage lorgnaient les serveuses et autres échassières, des alliances se créaient et des coups se montaient sur le coin d'une table basse.

Vercini n'apparaissait nulle part sur les papiers, mais il tenait fermement la baguette. Les filles ne bronchaient pas. Un véritable P-DG d'une petite entreprise d'une centaine de personnes. Un autodidacte qui savait se faire comprendre des germanophones, des russophones et même des Albanaises. Son concept fonctionnait à merveille : température constante à 24 degrés, couleurs chaudes, vagues de lumière stroboscopique, volume à 115 décibels. Tout pour bouleverser les sens du chaland, le rendre sourd, aveugle et fou à lier, le faire transpirer, le pousser à consommer, lui faire brûler la Visa Premier. Le voisinage s'était plaint. Pas suffisamment fort, semblait-il. Ni les flics du groupe Cabarets de la brigade mondaine, ni les quelques relations des résidants de la rue de Berri n'avaient réussi à faire baisser le niveau sonore. Et pour cause : l'établissement était l'un des fleurons du monde de la nuit parisienne.

D'un signe de tête en direction du couloir menant au vestiaire, le taulier donna le top. Il était minuit pile. Une fille brune en cuissardes transperça la foule et progressa en direction de la scène centrale sur le rythme lent et puissant de Marilyn Manson. *Sweet dreams are made of this, who am I to disagree ?* Pas lents, gestes sensuels, elle dénoua sa queue-de-cheval au moment de grimper sur la piste de verre. Le public, assis sur les canapés rouges, dossiers en forme de lèvres pulpeuses, la fixa. *Some of them want to use you...* D'autres, debout au bar, se retournèrent, se rapprochèrent. *Some of them want to abuse you...* Elle attrapa la barre de *pole dance*, pivota, se cambra, gesticula contre le tube métallique, s'étira puis s'envola. La souplesse et la puissance d'une panthère. Batterie, riff de guitare, synthé... Elle tira sur ses bras, prit de la hauteur, tournoya dans les airs à un rythme affolant, ralentit enfin pour mieux onduler du bassin autour de la barre jusqu'à retomber sur ses talons. Immobile, bras tendus et poignets croisés accrochés au métal, regard soutenu, elle pivotait la tête pour fixer tour à tour l'ensemble des spectateurs. La grâce d'un cygne. Ils semblaient conquis. Elle imprima un lent mouvement de va-et-vient en direction de la barre. Le mime était sans équivoque. Les hommes n'en perdaient pas une miette. La température montait, l'air devenait irrespirable, Marilyn Manson crachait sa rage langoureuse. Et les serveuses ne chômaient pas. Elle rampait maintenant au sol, progressait autour de la scène tel un cobra, la poitrine orgueilleuse, le visage mutin, les fesses soumises aux regards envieux. Elle se redressa, s'approcha de la barre, s'en saisit. Le chanteur de glam-metal abordait le dernier couplet. Elle s'agrippa, grimpa au sommet en trois mouvements, se renversa. Les pieds enserrés, les cheveux en chute libre, elle serpentait désormais contre la barre. La clientèle, cosmopolite, frappait des mains à l'unisson. Elle n'avait pas terminé qu'ils en redemandaient déjà. Elle choisit ce moment pour se mettre à l'équerre, sans effort notable, telle une gymnaste. La beauté d'un papillon. Elle poursuivit durant une demi-seconde par un grand écart vertical, le long d'une barre trempée de sueur, avant de se laisser de nouveau glisser au sol de manière lascive. L'ensemble de la salle l'acclama.

— Putain ! Tu les as chauffés à mort !
— Diana ! Au lieu de jacter, file au bar faire le service.

Pénétrer dans le vestiaire ne gênait nullement Vercini. Il était chez lui, après tout.

— Manon, te repose pas sur tes lauriers. Y a du monde qui te réclame… Un *lap dance* en cabine 3.

Vercini était plutôt avare en compliments. Il était par exemple incapable de reconnaître que Manon était bien plus rentable que les grandes perches ukrainiennes qu'il faisait venir à prix d'or et qui réclamaient les meilleurs hôtels.

— Laisse-moi souffler cinq minutes, merde ! répliqua-t-elle alors qu'elle troquait ses grandes bottes en cuir contre des escarpins qui laissaient apparaître ses ongles vernis.

Manon était l'une des seules à lui tenir tête. Si elle avait été un peu moins individualiste, elle aurait eu toutes les qualités pour assurer les fonctions de représentante du personnel.

— Magne-toi, le client n'aime pas qu'on le fasse poireauter. Et c'est pas parce que tu fais de beaux ronds de jambe que je ne suis pas en mesure de me passer de toi. Compris ?

Elle haussa les épaules. Sa chorégraphie lui avait demandé des dizaines d'heures de travail pour gommer la difficulté de certaines prises. Moralement, elle sortait épuisée de ce tableau de trois minutes qu'elle devait reproduire quatre fois durant la nuit.

Paul Vercini avait besoin de garder la face, surtout devant les autres danseuses qui se trouvaient dans le vestiaire. Manon but une grande gorgée d'eau, se dénuda, enfila de nouveaux dessous, et retourna affronter la chaleur et les fumigènes diffusés de manière ponctuelle pour couvrir les odeurs de transpiration et d'endorphines dégagées par les mâles en rut. Désinhibé par l'alcool, encouragé par ses potes, l'un d'eux s'empressa de l'aborder. Il voulait faire connaissance, et plus si affinités. Elle tenta de se frayer un chemin. Il insista, lui tendit un ticket de métro sur lequel il avait noté son téléphone. Elle le refusa. Il était prêt à payer. Elle s'arrêta, chercha autour d'elle, trouva, puis reprit son chemin en fendant la foule. Un videur s'interposa d'un geste sûr, empêchant le malotru de la suivre.

— Pas de contact, pas d'échange, le coupa le costume Cardin.

Manon écarta le pan d'un rideau ocre, pénétra dans un salon privé. Son « deux-pièces » minimaliste accrocha le peu de lumière diffusée par des spots basse intensité. À proximité, une ombre patientait un verre à la main, assise sur un canapé de velours. Sur la table basse, ronde, trônait la contremarque du *lap dance*. Pas un échange, pas un regard. Au son d'*Erotica*, les yeux mi-clos, Manon se mit à onduler devant le client. Ses mains flottaient le long de ses courbes, son corps s'agitait au rythme du son électro de Madonna. L'homme restait stoïque, les jambes croisées. Séductrice, elle se rapprochait petit à petit. Provocante, son pied droit vint se poser sur l'assise. Une impulsion du gauche la propulsa sur le canapé, l'entrejambe narguant le visage de l'homme dont elle distinguait désormais la barbe naissante. De nouveau le mime de l'amour, ce mouvement élastique, lent ou violent. Il ne bougeait pas. Elle redescendit, se retourna et, d'un geste assuré, dégrafa son soutien-gorge. Ses seins jaillirent, des seins parfaits, des seins refaits, hors de vue du client. Elle balança le bout de tissu par-dessus son épaule, poursuivant ses caresses. Le clou du spectacle se précisait. Celui où elle se retourne, où elle se jette à genoux à ses pieds, où elle enivre le client de l'odeur de sa poitrine. La bouche entrouverte, une langue insolente, elle pivota enfin... sur un emplacement vide et un verre à peine entamé. L'homme avait disparu. Un autre vigile, garant de la sécurité des filles, pénétra au même moment :

— Il y a eu un problème ?

— Il est passé où ?

— Il est parti. Y a un problème ? Il t'a touchée ? Tu veux que je le rattrape ?

Manon ne répondit pas. Les mains cachant ses seins, elle semblait interloquée. Pour la première fois, un client mettait un terme à un *lap dance* qu'il avait réglé rubis sur l'ongle. Qu'avait-elle fait pour mériter cet affront ? Elle regarda autour d'elle, cherchant à savoir si d'autres filles étaient susceptibles de témoigner de cet incident.

— T'en parles à personne sinon je te jure que je mets tout en œuvre pour te faire virer.

Elle en était capable. D'autant qu'un vigile ne valait pas cher par rapport à une danseuse du calibre de Manon.

7

Venir me voir dans mon bureau à 11 heures.
Signé du chef de service, le mail, quelque peu sibyllin, était adressé à trois personnes : le commandant Richard Kaminski, le lieutenant Lola Rivière, et le brigadier Zoé Dechaume.

Cette dernière ne faisait pas partie du groupe Kaminski. Elle travaillait depuis son arrivée à la Crim' avec Guillaume Desgranges, récemment promu commandant de police et chef de groupe. Au cours d'une affaire tragique, les deux équipiers étaient devenus complices puis amis. Gérer la mort et la souffrance avait le don de rapprocher. Les sachant tous deux célibataires, certains de leurs collègues leur prêtaient même une aventure malgré leur différence d'âge. Ils arrivaient ensemble, quittaient le service ensemble, déjeunaient ensemble... il y avait là de quoi alimenter la rumeur.

— Tu sais ce qu'il nous veut, le taulier ?

Barbe blanche se trouvait sur le pas de la porte du bureau de Zoé Dechaume, qu'elle partageait avec deux autres collègues. Des cartons estampillés

Batignolles-déménagements étaient empilés le long des murs. Se trouvaient également derrière le poste de travail de Dechaume de longs étuis à posters qu'elle n'osait toujours pas punaiser. À cet égard, une note de service de la direction était stricte : pas d'affiche sur les murs, consigne que Kaminski, lui, avait omis de respecter.

— J'en ai pas la moindre idée, répondit-elle.

Kaminski avait bien la sienne.

— Ça fait un bail maintenant que tu bosses avec Guillaume...

— Presque trois ans.

— Trois ans, c'est beaucoup...

Zoé leva la tête dans sa direction.

— Si tu cherches à me débaucher, c'est avec Guillaume qu'il faut voir. En ce qui me concerne, sache que je suis très heureuse dans son groupe.

Kaminski avait effectivement fini par se convaincre que ce rendez-vous dans le bureau du taulier n'avait qu'un but : permuter deux fonctionnaires, en l'occurrence Zoé Dechaume et Lola Rivière. Lui n'était pas contre l'idée, même s'il avait tenu des propos assez caustiques à l'égard de Dechaume lorsqu'il avait appris qu'elle était la fille de l'ancien directeur de la police judiciaire. Il se trompait sur toute la ligne.

— Asseyez-vous ! invita Compostel lorsqu'ils pénétrèrent tous les trois dans son bureau.

Puis, après un silence :

— Tout ce qui sera dit dans cette pièce reste dans cette pièce ! C'est d'accord pour tout le monde ?

Aucun des trois policiers ne lui connaissait cette gravité. Benoîtement, ils acquiescèrent.

— Bon. Le directeur vient de me remettre en main propre un dossier réservé, dit-il en caressant la pochette rouge posée sur son sous-main. Il s'agit de Toumi...
— Dalila Toumi !?
— Sa fille, précisément.
— Qu'est-ce qu'elle a ? demanda de nouveau Kaminski.
— Elle a qu'elle a dix-sept ans et qu'elle est plongée dans le coma.

Barbe blanche pensa tout de suite à une affaire de violences intrafamiliales.

— C'est pour la brigade des mineurs, alors !
— Non ! C'est nous qui traitons, ordre du directeur. Et si j'ai invité Mlle Dechaume à se joindre à nous, c'est parce que l'hôpital Lariboisière nous signale que son coma est dû à une OD. Vous avez bien travaillé au groupe Overdose, par le passé ?

Elle confirma.

— Qui est au courant ? s'enquit Kaminski.
— Andrieux a été avisé en personne par le procureur de la République, lequel a reçu un coup de fil du directeur de Lariboisière. Et nous quatre.
— Ça fuitera tôt ou tard, c'est certain.
— L'idée, c'est de rester discrets, au moins jusqu'à dimanche soir. Par conséquent, tout passe par moi, et tout échange se fait par mail, en catimini. Le directeur, lui, s'occupera d'informer le préfet de police. Si fuite il doit y avoir, ça ne viendra pas de chez nous. C'est clair ?

C'était très clair. Lola Rivière restait silencieuse, même si elle crevait d'envie de savoir qui était cette fameuse Dalila Toumi.

— Et je dis quoi à mon chef de groupe, moi ? questionna Zoé Dechaume qui avait nécessairement des comptes à rendre à Desgranges.

— Débrouillez-vous ! Inventez un bobard si vous voulez. Je suis convaincu que vous trouverez une bonne excuse. Je vous laisse prendre connaissance de l'affaire, conclut-il en tendant la pochette rouge à Kaminski. On fait le point dans une demi-heure.

Cette histoire perturbait le chef de groupe. Fier d'avoir été choisi par le taulier pour gérer un dossier réservé, il était paniqué à l'idée de devoir rendre sans arrêt des comptes, de ne pas avoir les coudées franches sur l'enquête, et surtout de devoir travailler avec deux femmes. Suivi de Zoé et de Lola, il prit le chemin d'une salle de réunion, l'une des rares pièces de l'étage où l'on pouvait s'enfermer et travailler en toute discrétion. Sur le chemin, Lola apprit en consultant son iPhone que la candidate Dalila Toumi était créditée, lors du dernier sondage, de 3,5 % des intentions de vote à la prochaine élection présidentielle.

8

Une fois n'est pas coutume, Manon et Diana s'étaient réfugiées au Rouge Marine, le bar lounge de l'hôtel Miami qui se trouvait à deux pas du JDE. L'endroit, qui ressemblait à un club anglais, présentait l'avantage d'être l'une des seules brasseries du quartier ouverte de jour comme de nuit. Elles sirotaient chacune un Perrier citron. Vercini, lui, n'aimait pas l'endroit. Car il suspectait plusieurs des filles de finir la nuit dans les chambres de luxe de l'établissement avec les clients du Jardin d'Éden. Ni Diana ni Manon n'avaient commis cette erreur, prenant toujours soin de s'éloigner de la rue de Berri.

Diana était la nièce d'un couple d'immigrés maliens installé dans un HLM de Gennevilliers. La misère sociale, la promiscuité et les échecs scolaires l'avaient rendue sauvageonne au point de se soustraire régulièrement aux cours d'orthophonie prescrits pour gommer son zozotement. À l'adolescence, elle avait cumulé les naufrages. Enceinte à seize ans, elle n'avait pas gardé le bébé. L'année suivante, elle tournait une scène dans un film porno en échange d'un petit chèque. Une « erreur de jeunesse » qui l'avait menée en garde à vue, le temps qu'elle crache le nom de son recruteur. Par la suite, elle s'était plutôt assagie. Mais son trouble d'élocution lui avait fermé de nombreuses portes.

Manon, elle, avait été cocoonée par des parents qui s'étaient saignés aux quatre veines pour rembourser leur appartement de banlieue. Un père employé dans une casse automobile, une mère harcelant les fonctionnaires de l'ANPE à la fin de chaque mission d'intérim, la famille connaissait la valeur de l'argent. Mais, comme sa sœur, elle n'avait jamais manqué d'amour ni de jouets. Les soucis de Manon étaient tout bonnement d'ordre psychologique. En effet, comment expliquer autrement qu'une élève de troisième, mention *très bien* au brevet des collèges, finisse par fuguer quelques mois plus tard ? Qu'elle abandonne les cours de danse qui, jusque-là, constituaient sa raison de vivre ? Le centre médico-psychologique de Choisy-le-Roi s'était saisi de son cas. À raison d'un rendez-vous par semaine, le médecin l'avait interrogée, il s'était entretenu avec la famille au grand complet, et même isolément avec la sœur cadette. Tout le monde avait joué le jeu. Mais « docteur Freud » n'avait pas décelé de faille et ne comprenait pas les causes de son décrochage scolaire. Son mal-être, ses colères et révoltes quotidiennes, ses insultes à l'égard de sa mère « prolétaire » paraissaient inexplicables.

— Ça passera avec le temps, avait conclu le spécialiste de la santé mentale, qui avait hésité à signaler le cas de Manon au juge des enfants.

Quelque temps plus tard, Manon avait fugué du côté de Bruxelles.

— Qu'est-ce que t'as ? T'as l'air ailleurs...

Manon était contrariée. Elle ne se remettait pas de l'échec de son *lap dance*. Pourtant, elle n'entendait rien lui révéler de l'incident. Toute zozoteuse qu'elle était, Diana avait la langue bien pendue.

— Je crois que je vieillis. Je crois surtout que les clients s'en rendent compte.

— Tu rigoles ! T'es la meilleure ! Tu gagnerais *Danse avec les stars* les doigts dans le nez...

Manon sourit. Elle avait tenté sa chance, avait même envoyé une vidéo. TF1 n'avait pas pris la peine de la contacter, considérant probablement que le quotidien d'une strip-teaseuse du JDE pouvait heurter la bonne conscience de la ménagère de cinquante ans.

— J'ai vingt-huit ans, Diana. Et ma grossesse ne m'a pas aidée.

— Arrête de faire ton Calimero. Toutes les autres filles jalousent ton cul. T'es qu'une grande mytho ! Et tu ferais quoi à la place ? Me parle pas encore de ton fonds de commerce. C'est pas pour nous, ça. La gestion, la comptabilité, se lever le matin pour ouvrir la porte à 9 heures pétantes... On en est incapables.

— Si Bison m'aide un peu, j'ai assez de fric pour me lancer.

— Tu rêves. Jamais Bison t'aidera. Il a peut-être l'oseille, mais il préférera investir dans l'import-export. Et lui, les fringues, ça l'intéresse pas. Il est plus branché sur les produits à forte valeur ajoutée, si tu vois ce que je veux dire. Et puis je te laisse imaginer la hchouma[1]

---

1. La honte.

quand ses potes apprendront que Bison le converti a investi dans les strings et le porte-jarretelles...

Manon ne répondit pas. Elle termina son Perrier, croqua la tranche de citron et s'empara de son iPhone. À l'extérieur, le jour se levait. Elle retira le mode avion, consulta son répertoire et adressa un SMS à Miguel.

— Je vais rentrer. Je dois passer chez Martine, ce soir, avant le boulot. Tu veux m'accompagner ?

— Non, je peux pas. Je pars à Nice pour de l'escorting. Un Russe qui rêve d'exotisme, m'a dit Moussa.

— La veinarde ! Prends ton maillot de bain !

— Pas la peine. Le type est blindé aux as. Hôtel particulier et piscine privée.

Diana sourit de manière espiègle.

— Il y a juste que je ne connais pas un mot de russe.

— Tant mieux, ça t'évitera de faire la pie. Et entre nous, avec la bouche, t'es meilleure en succion qu'en diction.

Diana éclata de rire alors que le barman se rapprochait.

— Non, merci, le coupa Manon. On s'en va.

Elle était debout lorsqu'elle prit connaissance des deux messages que sa sœur lui avait adressés durant la nuit. Le premier, reçu à 23 h 29 : « Coucou, Manon, juste un mot pour te dire que je suis passée à la mairie dans l'après-midi. Pour changer le prénom de Jihad, il faut faire une requête devant le juge aux affaires familiales. L'officier d'état civil qui m'a accueillie a voulu savoir si Jihad avait été reconnu par les deux parents. Il m'a surtout fait comprendre que notre situation était légitime. Il a dit aussi que la démarche se fait nécessairement par voie d'avocat. Bon, je te laisse. On en reparle demain, si tu veux. Bonne nuit. »

Manon serra la mâchoire. Elle n'était pas certaine de vouloir en parler avec sa sœur. Le fait que Bison ait profité de sa présence à la maternité pour baptiser de manière unilatérale leur fils lui restait en travers de la gorge. Mais avait-elle la force d'engager une procédure et d'entrer en conflit avec l'homme qui la chaperonnait depuis plusieurs années ? Elle en doutait.

Le second message de Julie, à 6 h 54, était plus concis : « Manon, je pars à la fac. Jihad a fait toute sa nuit. Je viens de le déposer chez Rose. Je rentrerai en milieu d'après-midi. Dors bien. »

Elle serrait son téléphone contre elle lorsque Miguel stoppa sa Mercedes à la hauteur de la brasserie. Elle salua Diana à qui elle souhaita un bon voyage et s'engouffra à l'arrière du taxi.

— Bonjour, Miguel. À Choisy, s'il te plaît.
— La nuit a été bonne, madame ?
— Pas vraiment.

Ce furent les seuls mots échangés. Manon avait une demi-heure de trajet devant elle. Elle reprit son smartphone, se connecta à Internet, fit défiler ses favoris, s'arrêta sur un site de vente de vêtements en ligne, et sélectionna un article qu'elle glissa dans le panier d'achats. Sur le périphérique, elle composa le numéro vert du site en ligne, patienta de nombreuses secondes, puis tomba enfin sur une interlocutrice qui se fit communiquer son numéro de carte bleue. Rien de plus simple, rien de plus réparateur qu'un achat inutile après une nuit stressante.

— Je vois avec Moussa pour le règlement de la course ? demanda Miguel une fois garé en vis-à-vis de la tour Anatole France.

— Comme d'habitude, Miguel. Comme d'habitude.

9

Le pressentiment de Richard Kaminski était le bon : il n'avait pas du tout les coudées franches. Et pour cause, Hervé Compostel, dont le rôle classique se cantonnait à du pur management, entendait, à titre exceptionnel, faire office de chef d'orchestre. Après avoir révisé sa partition, son premier violon, le brigadier Zoé Dechaume, assise à côté de Lola, ouvrit le bal :

— Yasmine Toumi a fait une overdose liée à un mélange de cocaïne et d'héroïne. En bref, la cocaïne, d'un côté, agit comme stimulant cardiaque tandis que l'héro, elle, avec un effet retard, provoque un brusque ralentissement du cœur, voire un arrêt. Ce qu'on appelle un *speedball*. On peut le prendre en snif ou en intraveineuse.

— Et cette came, on la trouve où ? demanda Compostel.

— Essentiellement dans les milieux festifs. Il y a pas mal d'artistes qui en sont morts. Basquiat, par exemple.

Barbe blanche fit la moue. Il ne semblait pas savoir de qui on parlait. Zoé, elle, se surprit à découvrir le pantalon déboutonné de sa voisine. Elle resta concentrée sur le sujet du jour :

— Le chanteur de Depeche Mode aussi a tenté de se suicider en s'injectant un *speedball*. Ça serait peut-être bien de savoir si les Stups ont récemment bossé sur des overdoses de ce type. On pourrait tisser des liens. Si la came est mauvaise, elle n'est pas mauvaise que pour la petite Toumi.

— Je suis désolé, on ne peut pas se le permettre. L'heure est à la discrétion. On n'a pas le choix, répondit Compostel. Que sait-on sur ses conditions d'arrivée à Lariboisière ?

C'est Kaminski qui réagit. Selon les premiers éléments communiqués par la structure hospitalière, la gamine avait été déposée au milieu de la nuit par un véhicule sombre. Un homme jeune, de type caucasien, l'avait portée non sans mal jusqu'au service des urgences avant de filer.

— Ils ont de la vidéo sur place ?

— Oui. J'ai déjà demandé à un technicien de me bloquer les images.

— Parfait, commandant. Autre chose ? lança-t-il à la cantonade.

— Oui, répondit Lola, restée jusque-là distante. Il apparaît dans les fichiers que Yasmine Toumi a déposé plainte la semaine dernière pour un vol à l'arraché. On lui aurait dérobé plusieurs chaînes en or qu'elle portait autour du cou…

— On s'en fout de ça, la coupa Kaminski.

— Pas vraiment, répondit Dechaume. Les toxicos en mal de fric ont tendance à vendre leurs objets de valeur pour se ravitailler en came.

— Et tu crois que la fille d'une candidate à la présidentielle aurait besoin de vendre des bijoux en or ?

— T'en sais rien, riposta Zoé. Tant que t'es pas rentré dans l'intimité de la famille...

— Elle a surtout communiqué son numéro de téléphone lors du dépôt de plainte..., ajouta le lieutenant Rivière.

— Parfait. On lance une réquisition sur ce numéro. Je veux tout savoir : contacts habituels, déplacements réguliers, et surtout où elle se trouvait précisément le soir de son malaise.

Le quatuor était inédit : un commandant de police misogyne qui se faisait rabrouer par une subalterne officiant d'ordinaire dans un groupe tiers, une jeune femme débarquée de Singapour en arrêt maladie plus souvent qu'à son tour, le tout dirigé par un commissaire qui consacrait plus de temps à gérer les comptes du service et transmettre en haut lieu des chiffres statistiques qu'à lire les procédures.

— Voici ce que je propose : Richard et Zoé, vous foncez à l'hôpital. Vous me récupérez les images de vidéosurveillance et vous me les décortiquez. Je veux la bobine du type qui a déposé la gamine aux urgences sur mon bureau avant ce soir. Quant à nous, Lola, on va aller faire un tour chez les Toumi.

Informée de l'hospitalisation de sa fille le matin même, Dalila Toumi s'était rendue seule et en bus dans le 10e arrondissement pour s'entretenir avec le directeur de l'établissement. Mais sa condition de femme publique et politique ne lui avait pas permis de franchir les barrières imposées par le corps médical. En soins intensifs, Yasmine ne pouvait être visitée.

Elle se trouvait chez elle lorsque Compostel et Rivière déboulèrent. Elle demeurait seule avec sa fille dans un trois-pièces géré par l'office des HLM de la ville de Paris, dans la très chic rue Henri-Barbusse.

— Nous sommes désolés de vous importuner, madame. Nous venons au sujet de votre fille, ajouta Compostel en présentant sa carte de police à l'hygiaphone muni d'une caméra miniature.

Elle leur ouvrit l'accès.

Née de parents algériens, Dalila Toumi avait grandi dans le quartier des Izards, à Toulouse. Seule fille d'une fratrie de six, elle avait cumulé les diplômes en anthropologie et en sociologie avant d'obtenir à la fin des années Giscard un poste de chargée de mission au CNRS. Elle tenait une tasse de café dans ses mains lorsqu'ils pénétrèrent dans le hall de son appartement.

Compostel se présenta. Compostel comprenait son désarroi. Compostel l'assura de sa discrétion. Une mimique laissa penser qu'elle en doutait.

La fiche Wikipédia de Dalila Toumi mentionnait sa spécialisation en sociologie de l'éducation avant une orientation plus poussée pour la discrimination. La notice biographique, probablement autobiographique d'ailleurs, listait en outre toute une série d'articles techniques parus dans des revues de sciences sociales. Plus bas, on apprenait qu'elle avait publié un premier ouvrage en 1989 intitulé *Politique de la ville et exclusion*, livre qui avait connu un petit succès après avoir bénéficié d'une chronique dans

L'Humanité et *Libération*. C'est peu avant les élections municipales de 2001 qu'elle était « entrée » en politique. Yasmine dans le porte-bébé, elle passait ses week-ends à tracter au nom du parti communiste. Profitant de la première loi dite « de parité », elle devint l'une des rares élues d'extrême gauche du Conseil de Paris.

— Nous aurions besoin de vous poser quelques questions...

— Je vous écoute.

Lola s'empressa de sortir un porte-documents de sa sacoche qu'elle ouvrit sur un procès-verbal vierge.

— Vous faites quoi, là ?

— En procédure pénale, tout est consigné. C'est la règle.

— Je ne signe rien. C'est ma règle !

— Pas de problème. On fera sans, tempéra le patron de la Crim' en invitant Lola à ranger son support. On aimerait toutefois avoir quelques indications sur votre fille. Ses relations, son entourage, ce que vous savez de sa consommation de drogue, entre autres. Et le nom de son dealer par la même occasion...

Dalila Toumi était figée, comme frappée par des vents contraires. Sa fille unique se trouvait entre la vie et la mort sur un lit d'hôpital alors qu'elle abordait la dernière ligne droite d'un combat où elle portait les espoirs de plusieurs centaines de milliers d'électeurs. Elle se résolut à s'asseoir.

— Je ne l'ai pas vue grandir, débuta-t-elle après avoir avalé une gorgée. Et elle a fini par m'échapper.

Hervé Compostel aurait pu en dire autant de son fils. Il attendait la suite, histoire de savoir s'il y avait d'autres similitudes. Mais la confession s'arrêta là :

— Ne comptez pas sur moi pour vous dire quoi que ce soit sur ses relations.

Dalila Toumi ne pouvait avoir confiance dans une police qui stigmatisait les immigrés, un monstre froid et sans cœur qui s'en prenait toujours au plus faible, qui faisait office de bras armé d'un État capitaliste. Elle était de tous les combats contre les discriminations, contre le racisme, contre le machisme, contre le totalitarisme. La police dans son ensemble en était le représentant. Elle se révoltait contre les bavures, contre les violences illégitimes à l'encontre de jeunes contrôlés au « faciès » dix fois par jour. Elle militait pour les systèmes de caméra embarquée permettant de surveiller le travail des policiers, pour la remise d'un récépissé à l'issue d'un contrôle d'identité, pour la sanction en cas de tutoiement.

Le téléphone de Compostel bipa. Une photo s'afficha sur l'écran. Kaminski venait de lui adresser un mauvais cliché de l'homme qui avait déposé Yasmine aux urgences de l'hôpital Lariboisière. Le chef de service fixa l'image, réfléchit, redressa la tête vers cette femme en colère. Il rangea finalement son appareil, sans lui soumettre le cliché.

— On va procéder à une perquisition de la chambre de votre fille.

— Pardon ! Vous avez un mandat, j'espère ?

Pas de mandat, non. Pas besoin dans le droit français. Les deux flics se regardèrent. Si cette femme devait un jour présider la destinée du pays, elle aurait bien besoin de cours du soir.

À bout, Dalila Toumi finit par se taire. Lola s'empressa de dresser un état des lieux de la chambre. Elle aurait gagné du temps à photographier l'endroit mais elle ne voulait pas se montrer trop intrusive. La mère de Yasmine dans son dos, elle revêtit une paire de gants fins, débuta ses opérations par les étagères de l'armoire. Lola glissait ses mains entre les piles de vêtements, à la recherche d'un quelconque indice, tandis que Compostel désirait en savoir plus. Où se trouvait le père de Yasmine ? Avait-elle un petit ami ? Il n'osa pas demander.

— Elle est scolarisée ?

— En classe de première, série L. Elle est douée en anglais.

Lola Rivière grimpa sur une chaise après s'être déchaussée, puis jeta un œil sur le haut de l'armoire. Hormis une épaisse couche de poussière, elle n'y trouva rien. L'enquêtrice aussi avait suivi cette voie. Le développement du streaming de séries anglo-saxonnes en version originale sur Internet poussait de nombreux lycéens vers les langues.

— Dans quel lycée ?

Lola n'avait pas besoin de la réponse. Elle venait de découvrir la carte scolaire de Yasmine dans un tiroir du bureau. Elle y trouva surtout un agenda et des dizaines de photos de tout format rangées de manière anarchique. Elle les passa les unes après les autres à son patron. Mais ce dernier ne reconnut sur aucune d'entre elles l'homme qui avait déposé Yasmine aux urgences.

— Vous connaissez son code d'accès ? sollicita Lola pour la première fois en visant l'ordinateur portable qui se trouvait au centre du plateau du bureau.

Dalida secoua la tête. Lola retourna la bécane, visa le modèle et le système d'exploitation. Elle ouvrit le capot, tenta de l'allumer. En vain.

— Hormis votre fille, il y a d'autres personnes qui sont susceptibles d'utiliser cet ordi ? relança Lola.

— Non. Nous avons chacune le nôtre.

— Et où est-ce qu'on peut trouver ses mots de passe ?

— Débrouillez-vous !

Hervé Compostel s'agaçait.

— Vous ne nous aidez pas beaucoup. On n'est pas là pour vous faire perdre votre temps ou vous mettre des bâtons dans les roues. On cherche juste à éviter que ce qui arrive à votre fille ne se reproduise ailleurs.

— En fouinant dans son ordinateur !?

— Si ça peut nous aider à remonter jusqu'à son dealer, oui.

— Je ne connais pas ses codes d'accès.

Ce furent ses derniers mots. Compostel réussit en fin de compte à lui arracher une signature en échange de la saisie de l'ordinateur et du jeu de photos, promesse tenue que le matériel lui serait très vite restitué. Il laissa une carte de visite sur la table du salon.

Lola était penchée sur son bureau, un tournevis cruciforme à la main, en appui sur la carcasse de l'ordinateur de Yasmine Toumi, lorsque Compostel pénétra discrètement dans son antre.

— Vous faites quoi ?

— Je démonte le fichu disque dur de cet ordinateur portable, répondit Lola en ahanant. Le problème… c'est que… l'une des vis est mal filetée.

Le clapet de protection finit par céder. Aussitôt Lola retira la pièce essentielle de l'ordinateur et la connecta sur une nappe reliée à un bloqueur en écriture. Puis, d'un geste assuré, elle relia le bloc à une machine d'investigation avant d'allumer les deux appareils.

— Et là, vous faites quoi ?

Lola ne répondit pas. Elle semblait absorbée par ses recherches. Comme un reflet de l'écran, son visage paraissait lumineux. La bouche entrouverte, ses billes noires virevoltaient au rythme du ronronnement du disque dur. Compostel fit un pas de plus, vit défiler des lignes entières de données incompréhensibles, tandis que l'enquêtrice jouait en rythme avec sa souris, ouvrant à l'instinct des fichiers photo ou vidéo. Ici le cliché de la victime au cours d'une soirée Halloween, un peu plus tard Yasmine et une copine se déhanchant dans une cave au son d'une musique métallique. Un disque dur était plus qu'une boîte à souvenirs. C'était le reflet des pensées de son utilisateur qui faisait de l'investigateur le meilleur des psychothérapeutes.

— Vous trouvez des choses ?

Elle fouinait depuis à peine cinq minutes. Lola se retourna vers l'importun et le fusilla d'un regard qui valait réponse. Ce type d'investigations nécessitait des heures de travail, et surtout du silence pour une meilleure concentration.

10

Rose demeurait deux étages plus bas, dans un studio qu'elle sous-louait.

À vingt-quatre ans, elle vivait un dilemme particulier : continuer de bénéficier des aides relatives à son statut de mère célibataire, ou bien se marier avec un Français dans l'espoir d'obtenir enfin un titre de séjour. Elle savait bien qu'elle ne risquait pas grand-chose, puisque ses deux filles étaient nées dans la commune voisine de Villejuif et qu'il était dès lors délicat pour l'État français de l'expulser en privant ses enfants de sa compagnie. Mais cette situation la peinait. Elle sortait assez peu de chez elle, par crainte des contrôles d'identité. Et se limitait à conduire ses enfants à l'école maternelle de secteur, sise rue Georges-Clemenceau et, une fois par semaine, à faire ses courses à la supérette de quartier. Elle ne pouvait pas non plus travailler légalement. Par conséquent, Rose se contentait d'heures de ménage, de repassage ou de couture non déclarées. C'est elle qui gardait le petit Jihad plusieurs jours par semaine, pour un revenu défiant toute concurrence.

Manon frappa chez Rose en milieu d'après-midi. Elle venait de raccrocher avec sa sœur qui se trouvait à la bibliothèque Sainte-Geneviève, dans le Quartier latin, en train de travailler sur la thèse qu'elle consacrait depuis plus de six mois à Montaigne et la mort. Julie était une énigme, une machine à passer des examens, et surtout à les réussir. Manon ne lui avait jamais connu de relation sérieuse. Elle était une sorte de religieuse des temps modernes, une ascète qui se consacrait à son sacerdoce.

L'aînée des filles de Rose lui ouvrit la porte sur la pointe des pieds. La fillette, cinq ans, un pouce dans la bouche, la morve au nez, tenait une poupée contre son buste. L'appartement était petit, mais propre. La nounou, debout derrière sa table à repasser, débrancha l'appareil et se précipita vers sa fille, un mouchoir en tissu à la main, afin de lui nettoyer le nez. La petite sœur, assise au bout d'un clic-clac aux couleurs passées, feuilletait un livre cartonné. À proximité, Jihad dormait à poings fermés dans son lit nacelle posé à l'aplomb d'une branche de rameau coincée entre le mur et un crucifix.

— En plus de son biberon, il a mangé un pot entier de compote, ce midi, débuta Rose, souriante.

Elle savait les mamans attentives à ce genre d'information. En guise de preuve, elle avait laissé le pot en verre bien en évidence sur le rebord de l'évier. Julie aurait demandé quel type de compote Jihad avait avalé. Pas Manon. Manon exprimait une certaine distance à l'égard de son bébé qui, malgré son jeune âge, avait les traits de son père.

— J'ai appelé votre sœur tout à l'heure, poursuivit Rose. Elle m'a dit que demain je pouvais essayer de lui donner une purée de légumes verts.

— Si vous voulez.

Rose avait carte blanche pour l'achat de petits pots.

— Vous n'oublierez pas de monter à l'appartement. Il y a deux pleines corbeilles de linge à repasser, et le sol à nettoyer.

— Je viendrai demain matin. Les filles sont à l'école. Je vous laisserai dormir, précisa Rose qui possédait l'un des trois jeux de clés de l'appartement.

Manon empoigna les anses de la nacelle puis remonta chez elle. Elle fit en sorte de ne pas réveiller son fils, ce qui lui permit de se poser longuement sur son canapé en cuir et de naviguer sur les réseaux sociaux.

Jihad babillait sur un tapis d'éveil lorsque sa tante rentra à son tour.

— T'as mis du temps ! soupira Manon.

— Colis suspect à gare de Lyon. Le trafic est resté bloqué une demi-heure.

— Faut que je sorte. J'ai une course à faire avant de filer au boulot. Tu peux lui donner son biberon ?

Julie avait-elle le choix ? À peine arrivée, elle devait prendre le relais. Ses cours, ses recherches, une nouvelle fois, attendraient. Julie n'avait pas de temps à elle, ni de vie sociale. Manon était l'aînée, Manon trimait toute la nuit pour faire vivre le foyer, pour lui payer ses études. Dès lors, Julie devait effectuer sa part d'obligations, et ne pas être source de difficultés. L'arrivée de Jihad n'avait fait que renforcer cette dépendance.

Manon fut déposée rue Marbeuf. L'axe présentait le défaut d'être à sens unique. Mais sa situation, en plein cœur du Triangle d'or de la capitale, à quelques encablures des Champs-Élysées, rendait ses commerces particulièrement attractifs. Les plus grandes enseignes de bijouterie et de joaillerie y avaient pignon sur rue, dans la proximité immédiate des hôtels chics et de la plupart des ambassades et consulats étrangers. La présence de plusieurs stations de radio ajoutait au charme ambiant puisqu'il n'était pas rare que des stars du show-biz, à l'issue d'une interview, se détendent en faisant du shopping dans les environs. Martine Lapasset, la gérante de la boutique Chez Monique, en savait quelque chose. Il ne se passait pas une semaine sans qu'elle obtienne sa photo avec une personnalité en visite dans son établissement. Cette publicité, affichée sur les murs, lui permettait de conserver un volume de vente satisfaisant malgré la crise qui touchait les commerçants indépendants et la concurrence des e-shops. Et Manon le savait mieux que quiconque. Elle avait épluché en personne le registre des stocks.

Martine « Monique » Lapasset vendait exclusivement des sous-vêtements. Barbara, Simone Pérèle, Lejaby, la plupart des grandes marques de lingerie fine étaient représentées sur ses rayonnages. Au même titre que beaucoup d'employées des cabarets parisiens, toutes les filles du Jardin d'Éden s'y ravitaillaient en échange d'une réduction substantielle. Car « Monique » n'oubliait pas son passé, celui où elle levait la jambe à la verticale sur les planches du Moulin Rouge. Sa reconversion avait été un franc succès. Mais aujourd'hui, à soixante-quatre ans révolus, elle aspirait enfin à une retraite paisible dans ses Vosges natales.

Cela faisait des mois que Manon lorgnait son commerce. Elle savait les risques minimes. D'autant que, depuis quelques années, la clientèle féminine de la péninsule arabique, en villégiature dans les grands hôtels parisiens, recherchait des dessous toujours plus affriolants à glisser sous leurs amples vêtements traditionnels.

— Tu aurais le même en taille 38 ? s'enquit Manon qui avait arrêté son choix sur un bout de tissu nacré dont le mètre carré devait avoisiner quelques milliers d'euros.

— Non, tout est là. Mais je peux passer commande si tu le veux à tout prix.

— Non, je vais prendre cette guêpière, répondit Manon qui palpait un nouveau produit cousu de dentelle noire imaginé par Dita von Teese.

Manon fila en direction des cabines d'essayage. Elle revint dix minutes plus tard. Martine l'attendait avec un café.

— Tu es toujours intéressée par la boutique ?
— Pourquoi cette question ?

Manon rêvait chaque nuit de ce commerce en se déhanchant au Jardin d'Éden. Elle n'avait pas trouvé mieux pour se sortir du cercle vicieux dans lequel elle était plongée depuis son adolescence chaotique. Vice et mensonges l'accompagnaient depuis plus de dix ans. Elle sentait que le moment de la sagesse était arrivé.

— Parce que j'ai un repreneur potentiel. Un type qui veut transformer les murs en parfumerie. Personnellement, je n'y suis pas très favorable. Alors, si tu es toujours intéressée, je t'invite à te manifester au plus vite. Je suis même prête à faire un geste en ta faveur.

— Pourquoi ça ?

— Parce que tu es courageuse, répondit la patronne. Parce que tu me ressembles quand j'avais ton âge. La plupart de tes copines du Jardin sont des écervelées. Elles rêvent toutes au prince charmant, dépensent sans compter, sans même penser un instant que Vercini les virera à la première ride venue. Ce sont des gourdasses qui finiront dans le caniveau, à cinquante euros la passe. Toi, tu es différente, et ça me plaît. Alors, si tu as une proposition à me faire, fais-la vite.

Manon sortit son chéquier, paya son dû, à deux pas d'un portrait en pied représentant Martine et ses cheveux courts cendrés aux côtés de Michelle Obama. Elle quitta les lieux non sans avoir serré la commerçante dans ses bras. En traversant l'avenue des Champs-Élysées à hauteur du George-V, elle se promit de convaincre Bison de lui fournir les 150 000 euros manquant à son projet. Par tous les moyens.

11

Le brigadier Zoé Dechaume était une compétitrice hors pair. À trente ans, elle brillait désormais au sein d'une équipe de badminton de la banlieue sud qui luttait régulièrement pour le titre de champion de France. Elle devait bien sûr ses succès à une motricité et à une assiduité aux entraînements sans égales, mais sa détermination et son abnégation n'avaient pas d'équivalent. Et cet état d'esprit transpirait hors des gymnases. Munie d'un plan de quartier du 20e, elle était partie avec son passe Navigo pour seule compagnie à l'assaut des boutiques spécialisées dans le rachat d'or.

— Je peux savoir ce qui se passe, patron ?

Le commandant Guillaume Desgranges se trouvait debout, face à Compostel. Le ton était rude, l'homme un dur à cuire. Il avait longtemps bourlingué à l'Antigang, il en gardait les stigmates. Il venait réclamer des comptes.

— Ça tombe bien que vous soyez là, je voulais vous voir.

— Moi, j'aimerais bien savoir ce qui se passe avec le brigadier Dechaume. Depuis hier, elle passe son temps chez Kaminski, lâcha Desgranges. Et ce matin, reprit-il, elle se barre en douce en prétextant une compétition de badminton avec l'équipe de France Police. Il y a juste un petit problème : la Fédé n'en a pas entendu parler. C'est quoi, ces conneries !?

— Calmez-vous, Guillaume, calmez-vous…

— Je suis très calme.

— Il y a que je lui ai demandé un travail. Un travail particulier qui nécessite de la discrétion.

— Sans m'aviser !?

— C'est que…

— C'est que quoi ?

Tout commissaire divisionnaire qu'il était, Hervé Compostel ne faisait pas le poids face à Desgranges. Au sens propre comme au sens figuré, d'ailleurs.

— Je suis désolé, Guillaume. J'ai besoin d'elle pour une mission spéciale pendant deux ou trois jours, pas plus. Et je ne peux rien vous dire. J'ai également besoin de vous…

Desgranges fronça les sourcils. Il attendit.

— Vous n'êtes pas sans savoir que Mireille Dunois et Didier Jeanjean sont sortis de garde à vue les couilles propres.

Le chef de groupe opina du bonnet. Ce vocabulaire peu châtié, dans la bouche d'un patron, le fit sourire. Sans doute cherchait-il à se mettre au diapason du gros de ses effectifs.

— J'aimerais que vous repreniez le dossier à votre compte…

— Kaminski est d'accord, au moins ?

— Je me moque qu'il soit d'accord ou pas. J'ai besoin d'un œil neuf sur cette affaire. Je me contrefous des traditions de la Crim' et de l'attachement des flics à leurs dossiers. Ce qui m'importe avant tout, c'est de mettre sous les verrous les assassins, point barre.

Il réagissait, enfin. Le volcan n'était pas complètement éteint.

— D'accord pour le dossier Defoe. Mais pour Zoé…

— Ne vous inquiétez pas pour le brigadier Dechaume. Vous allez très vite la récupérer. C'est une question de jours, peut-être même d'heures.

— Ça ne me dit pas ce qu'elle fout toute seule sur le terrain…

Les chefs de groupe de la Crim' détestaient qu'on touche à leurs effectifs sans leur aval. Sans compter que Desgranges était viscéralement attaché à sa collaboratrice.

Il fila dans le bureau de son homologue Kaminski. Ce dernier cherchait les paramètres de son ordinateur lui permettant de régler le chauffage et de monter le store de la pièce. Il n'y avait a priori pas que des inconvénients à déménager dans un bâtiment ultramoderne.

Les deux hommes ne s'appréciaient guère. Ils firent fi de leurs contentieux, au moins vingt minutes, le temps que Barbe blanche daigne transmettre quelques informations essentielles sur l'affaire Defoe qui n'apparaissaient pas dans la procédure. Puis il lui remit trois tomes de paperasse, environ un kilomètre de papier linéaire, que Desgranges, malgré ses gros bras, eut du mal à porter jusque dans son bureau en une seule fois.

Kaminski revint à son poste, s'empara de sa carte de police qu'il inséra dans un boîtier relié à son ordinateur, ouvrit un logiciel, composa plusieurs codes d'accès qu'il listait consciencieusement sur la page intérieure de son agenda administratif, puis entra des données. Une cartographie des caméras de vidéosurveillance de la préfecture de police s'afficha. Il releva certaines références sur une feuille, nota des adresses. Aucune caméra ne couvrait le domicile de Yasmine Toumi. Par contre, les rues environnantes de l'hôpital Lariboisière étaient relativement bien couvertes. Son visage s'illumina. Avant de débuter le visionnage, il s'empressa de contacter Lola Rivière dans le bureau voisin :

— T'as lancé la réquisition pour la ligne cellulaire de la gamine ?

— Je l'ai fait hier soir. L'opérateur n'a toujours pas répondu.

— Qu'est-ce que tu attends !? Relance-le ! Et au passage demande une géolocalisation de l'appareil...

Lola peinait. Comme chaque fois, elle croulait sous le poids du disque dur, en l'occurrence un Maxtor de 500 Go. Seuls les deux tiers de l'espace étaient occupés mais la recherche n'en restait pas moins fastidieuse. Elle devait surtout se poser les bonnes questions. Qu'est-ce qui paraissait essentiel dans cette affaire ? Dresser l'environnement de l'utilisatrice de l'ordinateur, prouver son intérêt pour la drogue, ou bien récupérer les échanges mails de l'intéressée ? Ne pouvant multiplier les opérations au risque de se noyer, elle dut faire des choix.

L'opérateur n'avait toujours pas répondu lorsque, en fin de journée, Kaminski, Lola et Zoé se retrouvèrent face à leur chef de service.

— Lola, on vous écoute...

— Yasmine Toumi s'est connectée pour la dernière fois le 16 avril dernier. Elle a éteint son appareil à 23 h 57. Les consultations de la journée sont sans grand intérêt. Elle a essentiellement écouté de la musique sur YouTube. En ce qui concerne les logiciels installés sur sa bécane, il n'y a rien qui soit hors du commun. Pas de logiciel de cryptage en tout cas, comme on peut en trouver dans le domaine pédoporno, chez les djihadistes ou les trafiquants de came. Par contre, il y a Skype. Et je suis tombée sur deux adresses récurrentes : skype@andrewAUS et skype@meg75.

— C'est bien joli, ça, mais on peut les identifier, au moins ? intervint Kaminski.

Lola savait bien que non. Les adresses Skype étaient protégées par le droit américain.

— Par contre, j'ai réussi à extraire une copie écran des visages des deux interlocuteurs de Yasmine, conclut-elle en leur présentant deux photographies différentes.

L'un des visages, celui du pseudo AndrewAUS, ressemblait fortement au conducteur qui avait déposé Yasmine aux urgences. Meg75 correspondait à une magnifique brune d'une trentaine d'années.

— Beau boulot, lieutenant Rivière. Et vous, commandant ?

— J'ai rebecté le modèle du véhicule utilisé par le fameux AndrewAUS ainsi qu'une partie de la plaque. Une Mini Austin sombre dont l'immatriculation se termine par RH avec le sigle Île-de-France. Manque de bol, la caméra qui se trouve devant Lariboisière est pivotante. Elle tourne de 90 degrés toutes les quinze secondes, ce qui fait qu'on n'a en visu ni l'arrivée ni le départ du véhicule. Et comme ce con s'est garé devant un plot en béton, on ne distingue pas l'intégralité du numéro.

— Zoé ?

— J'ai fait chou blanc. J'ai consulté tous les livres d'achat d'or des commerces du 20ᵉ. J'ai même poussé sur Montreuil et Bagnolet. Que dalle.

— Tu devrais peut-être essayer le Crédit municipal de Paris. Ils font du prêt sur gage, intervint Lola tout en épluchant sa liasse d'impressions écran extraites du disque dur de Yasmine Toumi.

— Pardon ?

— Je ne sais pas si cela a un lien mais elle a fait une recherche Google pour l'adresse du Crédit municipal la veille de son dépôt de plainte pour vol à l'arraché. Pour info, le Crédit municipal a ses locaux rue des Francs-Bourgeois dans le Marais.

— Je m'en occupe demain matin, c'est sur ma route, mentit Compostel.

De concert, les trois enquêteurs se levèrent et se dirigèrent vers la sortie.

— Lola, vous pouvez rester cinq minutes, s'il vous plaît ?

— Moi aussi, patron ? demanda un Kaminski volontairement à la traîne.

— Non, pas besoin. Je veux juste m'entretenir avec le lieutenant Rivière…

Après son départ, Compostel se rapprocha de la porte d'entrée qu'il ferma sur-le-champ. Lola, elle, se figea, les mains en appui sur le dossier du fauteuil qui faisait face au bureau du commissaire divisionnaire tandis que celui-ci, dos à elle, tentait d'extraire un objet volumineux d'une sacoche en cuir noir.

— J'ai un service à vous demander, Lola. Vous pourriez jeter un œil à cet appareil ?

Elle prit le Toshiba que son chef de service lui tendait. La machine était plutôt lourde, pas toute jeune. D'instinct, elle déverrouilla le capot et constata la présence d'un système de webcam intégré. Puis elle appuya sur le bouton de démarrage. En vain. Batterie déchargée.

— C'est quoi ?

Compostel était muet. Ses lèvres étaient pincées, blanches, son visage livide. Lola regretta sa question. L'homme qui se trouvait face à elle semblait souffrir. Plus qu'elle.

— Vous n'avez pas le cordon d'alimentation, au moins ?

— Non...

— Si vous ne me dites pas ce que vous cherchez, je ne vais pas vous être d'une grande aide...

Nouvelle question incongrue. Lola l'observa quelques instants, il semblait à la dérive. Il ne lui laissa pas le temps de poursuivre.

— Faites ce que vous pouvez. Mais, surtout, je vous demande de rester discrète.

La tête basse, il la raccompagna d'un geste jusqu'à la porte. Avant de s'enfermer dans son bureau.

12

Le JDE s'était totalement vidé lorsqu'elles sortirent par l'entrée principale, que le dernier portier leur déverrouilla. L'aurore n'allait plus tarder. Manon et Diana s'en moquaient. Pour elles, il n'y avait jamais de trêve. La vigueur du jour succédait au feu de leurs nuits. Manon releva le col de son long trench-coat, Diana enfonça son bonnet à visière jusqu'aux oreilles. Elles étaient épuisées, n'aspiraient qu'au silence. La rue ne l'entendait pas ainsi. La benne d'un camion-poubelle leur vrilla un peu plus les tympans, tandis qu'une Maserati noire s'arrêtait à leur hauteur, toutes fenêtres ouvertes.

— On vous dépose ?

Manon et Diana se regardèrent puis pouffèrent de rire. Les deux types, mal rasés, chemises blanches ouvertes et cravates dénouées, sortaient vraisemblablement d'une des rares boîtes de nuit parisiennes ouvertes en milieu de semaine. Elles poursuivirent leur chemin en direction de la borne de taxis.

— Un dernier verre, peut-être ? lança le passager tandis que le conducteur faisait ronfler le moteur.

— Je pense que vous avez déjà trop bu, riposta Manon.

La nuit, espace de liberté, les masques tombaient, les normes sociales s'effritaient et laissaient place à l'audace.

— Allez les filles ! Juste un verre, quoi !

— Trop jeunes pour nous, les gars, désolées.

La réponse de Manon était rude, sans appel.

— Attends, ils sont canon, intervint Diana. Et puis un tour dans une voiture de sport, moi je ne dis pas non.

Manon s'arrêta, fixa sa meilleure amie :

— Fais ce que tu veux, négresse. Moi, je m'en tape de ces deux guignols qui ont emprunté la voiture de papa. Et je ne couche surtout pas gratos. Si tu as envie de passer un bon moment, libre à toi…

— Qu'est-ce qu'il y a ? On hésite, finalement ? leur lança le chauffeur à travers la vitre.

— Un plan à quatre, ça peut être sympa, non ? relança le passager.

— On est trop chères pour vous, les garçons, zozota Diana.

— Putain ! C'est des putes ! lança l'un d'eux.

Ils démarrèrent en trombe. Les deux filles s'esclaffèrent et se remirent à marcher. Jusqu'à ce que Manon reconnaisse la jeune femme qui les observait de la tête aux pieds depuis cinq bonnes minutes : sa sœur Julie.

— Qu'est-ce que tu fous là ? Où est mon fils ?

— T'occupe pas de Jihad. Il est chez Rose. C'est plutôt à toi de me dire ce que tu fabriques ici, non ?

— J'ai pas de comptes à te rendre.

— Je suis passée au Pierre-Ier. Tu ne devineras jamais : personne ne connaît une certaine Manon Legendre là-bas. Tu peux m'expliquer ?

— J'ai rien à t'expliquer. Jusqu'à preuve du contraire c'est moi qui te fais vivre, c'est moi qui paye tes études...

— Encore heureux ! la coupa Julie. Je te rappelle que si t'avais pas fait la connasse il y a dix ans, papa et maman ne seraient pas morts ! Et je te rappelle aussi que je vis principalement sur ma bourse d'études et que je possède en usufruit la moitié de l'appartement !...

— Arrêtez de crier, vous allez réveiller le quartier, intervint Diana.

— *(À Diana :)* Toi, ferme-la ! *(À sa sœur :)* C'est qui, elle, avec ses faux cils et sa jupe de pétasse ? Tu peux me dire ? Vous faites quoi, dans ce club ?

— De quel club tu parles ?

— Du Jardin d'Éden ! lança Julie en récupérant son téléphone sur lequel elle lut à haute voix le message suivant : « Ta sœur chérie te ment. Elle fait la pute au Jardin d'Éden, un club de strip-tease qui se trouve rue de Berri dans le 8e arrondissement. »

— Qui t'a envoyé ça ?

— Je ne sais pas et je m'en fous. Alors comme ça, tu fais la pute ?

— T'es venue comment ?

— En voiture. Je te rappelle que j'ai le permis. J'en reviens pas, ça fait six ans que tu me mens, que tu me racontes des histoires, des conflits avec le personnel, des oreillers qu'il faut récupérer dans d'autres hôtels... Tu fais la pute, c'est ça ?

— C'est pas ça, je peux... je peux t'expliquer...

— Tu fais la pute ou tu fais pas la pute, merde !?
— S'il te plaît… Pas ici…, tempéra Manon.

Diana ne lui connaissait pas cette facette. Elle la découvrait embarrassée, déconfite. Il était temps pour elle de s'éloigner. Elle regrettait presque de ne pas être montée seule à l'arrière de la Maserati. Elle s'éclipsa discrètement alors que, cinquante mètres plus loin, à l'angle de l'avenue des Champs-Élysées, un véhicule de la fourrière soulevait le train arrière d'une AX blanche.

— C'est pas ta Citroën, là-bas ?

Des larmes dans les yeux, Julie détourna le regard. Elle se mit à courir en direction du véhicule de police qui avait requis la fourrière.

La sœur cadette eut beau s'excuser mille fois, jurer qu'on ne l'y reprendrait plus à se garer sur un passage clouté, dire tout le bien qu'elle pensait de l'action de la police, elle n'obtint pas gain de cause. Elle vit partir sur deux roues sa voiture, achetée d'occasion trois ans plus tôt pour assurer un emploi estival de guide touristique au château de Versailles. Perdue dans ce quartier qu'elle connaissait mal, elle erra seule de longues minutes à la recherche d'une bouche de métro. Derrière les larmes, elle nota la présence de l'avenue Montaigne. Mais pas celle d'un homme, mal rasé, au volant d'un Kangoo blanc, qui l'observait depuis son arrivée dans le quartier. Ce dernier jeta son mégot par la vitre puis démarra tranquillement.

13

Hervé Compostel demeurait depuis toujours dans un pavillon de deux niveaux bordant le parc de la Roseraie, sur la commune de L'Haÿ-les-Roses. La villa avait été construite un siècle plus tôt, selon des plans dressés par son arrière-grand-père. Aujourd'hui, abandonné de tous, il s'y morfondait. De temps à autre, il imaginait vendre le bien et, pourquoi pas, s'installer dans la capitale. Mais il ne pouvait s'y résigner. Même s'ils étaient douloureux, ses derniers souvenirs s'ancraient dans cette banlieue située à quelques kilomètres au sud de la porte d'Orléans.

Les oisillons piaillaient dans les troènes encadrant le terrain de tennis lorsqu'il sortit. Il grimpa à bord de son véhicule de fonction, une C4 gris souris, puis longea la coulée verte qui surplombait un affluent souterrain de la Seine, en direction du nord.

Jeune, Compostel avait débuté sa carrière de commissaire sur ce secteur. C'était la belle époque, celle où il était marié, celle où son bambin de fils cassait les vitres du pavillon à cause d'un mauvais coup de raquette, celle où il montait en compagnie de ses effectifs dans les quartiers sensibles de sa circonscription pour mener des opérations de sécurisation, celle où il organisait des barbecues sur le toit du commissariat. Aujourd'hui, il ne restait rien de tout ça, si ce n'est la nostalgie.

Englué dans la circulation, il mit plus d'une heure à déboucher dans le quartier du Marais et presque autant pour trouver une place de stationnement.

L'hôtesse d'accueil du Crédit municipal de Paris lorgna d'emblée son costume sombre. La présentation de sa carte de police finit de la convaincre qu'il méritait le respect. Il fut aussitôt reçu dans le bureau des responsables des prêts sur gage, service qui, sur présentation d'une pièce d'identité et d'un justificatif de domicile, prêtait jusqu'à 60 % de la valeur des objets déposés.

— J'aimerais savoir si une certaine Yasmine Toumi est passée déposer des bijoux au cours de la semaine écoulée, précisa-t-il. Ça concernerait le prêt de plusieurs chaînes en or et un pendentif serti d'un diamant représentant une main de Fatma…

La chef du bureau, une femme d'une soixantaine d'années, lunettes épaisses, cheveux gris, pull à col roulé, se fit préciser l'orthographe du nom de famille qu'elle pianota sur son clavier.

— Il n'y a rien.
— Pardon ?
— Je suis désolée, il n'y a rien à ce nom-là sur la semaine écoulée. Et notre système prend en compte toutes les opérations de nos autres succursales.

Compostel réfléchissait. Elle en profita pour relancer la recherche en élargissant la datation. Aucun ou aucune Toumi ne s'était manifesté depuis le début de l'année 2017.

— Vous permettez ? demanda-t-il en sortant son téléphone et en s'éloignant de quelques pas.

Compostel s'empressa de contacter le lieutenant Rivière. Celle-ci se trouvait à son poste de travail lorsqu'elle décrocha.

— Lola, c'est négatif au Crédit municipal de Paris.

— C'est impossible. J'ai reçu sa fadette. Elle se trouvait rue des Francs-Bourgeois il y a trois jours, à 15 h 42 précisément.

Il raccrocha et revint au comptoir.

— Elle serait passée lundi dernier, entre 15 et 16 heures.

— Je suis désolée, mais aucune Toumi n'est passée depuis le début de l'année. Le logiciel est formel.

— Il y a peut-être eu erreur de saisie lors de l'enregistrement, c'est possible, non ? insista Compostel.

La femme replongea vers son clavier. Elle refit de nouvelles manipulations, ouvrit le listing des clients de l'après-midi en question, visa les identités puis finit par tourner l'écran vers le commissaire.

— Voyez par vous-même...

Il n'y avait effectivement aucune identité approchante.

— Et on peut faire une recherche par objet gagé ?

— Bien sûr. Il me faut juste des mots clés...

— Bijou en or et main de Fatma, proposa-t-il.

Elle se remit à pianoter jusqu'à redresser la tête.

— J'ai un match. Mais elle ne s'appelle pas Toumi. Elle est passée il y a trois jours, a obtenu un prêt de

425 euros en espèces pour la vente de trois colliers or et d'une main de Fatma. Je vous imprime la fiche.

C'était plus qu'il n'en demandait. Et la fiche avait été enregistrée à 15 h 38, soit dans un temps très voisin de la présence de Yasmine Toumi dans les environs. L'enquête ouvrait enfin sur une identité, un fil à tirer. Sans doute une amie proche de Yasmine Toumi. Mégane Philippi avait trente-trois ans et demeurait à deux pas de la place de la République, dans le 11e arrondissement. Ce devait être la fameuse meg75 référencée sur Skype. Il s'empressa de contacter Zoé Dechaume.

À son arrivée au Bastion, un pedigree complet de l'intéressée lui fut communiqué :

— Mégane Philippi est connue pour un vol à l'étalage dans une parfumerie du Bon Marché, il y a trois ans. Elle est surtout surveillante dans un lycée… le même bahut que Yasmine Toumi.

— Excellent ! Et on sait si elle possède une voiture ?

— Ni voiture ni permis.

— L'étude du bornage du numéro utilisé par Yasmine Toumi montre qu'avant d'être conduite aux urgences elle a passé une grande partie de la soirée à Montmartre. Concrètement, ça veut dire qu'elle n'a pas dû se camer chez cette Mégane Philippi. Pour le reste, j'ai lancé des demandes d'identification de ses contacts réguliers. Et j'ai demandé une géolocalisation de son téléphone. Ce serait bien qu'on puisse le retrouver, au moins pour avoir accès à ses SMS.

Barbe blanche s'agitait sur sa chaise. Il rêvait d'en découdre, de foncer l'interpeller. Compostel se tourna à nouveau vers l'ancienne fliquette du groupe Overdose :

— Qu'est-ce que vous proposez, Zoé ?

— Placer sur écoute Mégane Philippi, au moins vingt-quatre heures, le temps de voir à qui on a affaire. La serrer maintenant sans savoir qui elle est vraiment me paraît un peu… prématuré, prit-elle soin d'ajouter.

— Je suis d'accord. J'appelle le magistrat pour l'autorisation.

Zoé poursuivit ses recherches sur Mégane Philippi. Elle avait simplement besoin d'un accès Internet, d'un jeu de réquisitions, d'un téléphone et d'un fax. Et, bien sûr, de la réactivité des administrations et sociétés partenaires en mesure de lui communiquer un numéro de téléphone ou de carte bancaire afin de la tracer.

Lola, de la même manière, passa le reste de la journée dans la paperasse. « Brancher une ligne » nécessitait d'attendre une autorisation signée par un magistrat et transmise par son greffier, puis de procéder à un enregistrement télématique de la demande. Sur le papier, cela paraissait simple. Dans les faits, cette succession d'étapes nécessitait de relancer sans arrêt les partenaires.

La ligne de Mégane Philippi « tournait » enfin lorsque Lola décida de quitter le navire. Son estomac criait famine, et son œsophage se tordait de douleur. Mauvais présage. En urgence, elle prit un nouveau cachet et but la moitié de sa bouteille d'eau. Elle n'oublia surtout pas l'ordinateur que son patron lui avait remis en « off », ni sa bécane d'investigation qu'elle glissa dans un sac à dos avec tout un tas de connectiques propres à faciliter ses recherches. Une demi-heure plus tard, elle se trouvait dans son deux-pièces, au dernier étage d'un immeuble du quai des Grands-Augustins, de l'autre côté du 36 quai des Orfèvres où la police judiciaire avait laissé place nette pour l'accueil de plusieurs groupes de la direction du renseignement de la préfecture de police. Elle s'empressa de se dévêtir, posa le matériel informatique sur l'épaisse table de travail de sa cuisine américaine. Elle bouda la commande du téléviseur mural, préféra glisser un album de Portishead dans la chaîne hi-fi. À la fin du premier morceau, sa machine d'investigation crépitait.

Percer les secrets d'un disque dur n'avait rien de compliqué en soi. Quelques connaissances informatiques, beaucoup de patience, une machine d'investigation puissante et un logiciel de compétition, et le tour était joué. Il fallait aussi aimer fouiner, jouer au voyeur. Par nature un flic était nécessairement curieux. En quelques années, la cybercriminalité était devenue un élément d'enquête incontournable ; l'élément essentiel au dire des cyberpoliciers puisque le disque dur s'apparentait à une copie écran de vos pensées, de vos désirs, de vos envies. Lola était rarement restée sèche. Sauf lorsque le « client » avait pris soin de *wiper* son PC avant l'arrivée de la police. Là, ce n'était pas le cas. Rien ne semblait avoir été formaté. Le disque dur contenait une trentaine de mégaoctets de données.

La manœuvre complète effectuée, des fichiers par milliers s'affichèrent en quelques secondes dans une grande fenêtre. Une autre fenêtre, latérale, offrait à Lola la racine du répertoire. Elle s'agrippa au clavier, plaça sa main droite sur le tableur numérique et se mit à jouer avec la barre de menu et les divers onglets à l'aide des flèches de contrôle. En deux manipulations elle nota la date et l'heure de la dernière utilisation du PC. Puis elle jeta un œil à l'arborescence, vérifia les programmes mis en place, constata que la corbeille n'avait pas été vidée, puis ouvrit la galerie d'images correspondant au panel de toutes les photographies consultées via la machine.

Face aux milliers d'images consultées, elle resta sans réaction. D'un coup, Lola se retrouvait à l'autre bout du monde, dans la chaleur moite de son bureau, face à des photos de mineurs en souffrance, victimes de sévices sexuels. À Singapour, elle triait les clichés, repérait les mineurs, les référençait. Et lançait les avis de recherche qui atterrissaient aux quatre coins du monde, dans chaque service de police. Ici, les images liées à des sites de rencontres homosexuelles représentaient de jeunes éphèbes posant torse nu, vraisemblablement tous majeurs et consentants. À qui appartenait cet ordinateur ? Où Compostel l'avait-il dégotté ? Que voulait-il en tirer ? Lola n'en savait rien. Elle allait refermer le capot, mettre un terme à ces investigations à peine commencées, lorsqu'elle aperçut parmi les centaines d'images à forte charge érotique un fichier mp4. Elle cliqua dessus. La vidéo était particulièrement explicite.

14

Son pas n'était pas aussi leste qu'à l'accoutumée. Était-ce le résultat des contorsions de la nuit ? Elle en doutait. Elle pratiquait la *pole dance* depuis de nombreuses années et elle n'avait jamais connu de telles courbatures. Elle visa son iPhone, se connecta sur l'un de ses nombreux favoris. Son climat astral indiquait : *Vous aurez des facilités à vous pencher sur vos soucis. Profitez-en pour en parler à vos proches. Vous serez à l'abri de gros accès de fatigue tant que vous ne donnerez pas d'accélérations trop brutales. Misez sur la régularité.* Dans le train, elle relut son horoscope à trois reprises. Le conseil faisait explicitement référence à l'effort, à la fatigue. Comme quoi, le rédacteur du site était un bon professionnel, un véritable analyste des astres. Manon fut rassurée. Son état de fatigue n'avait rien à voir avec son sommeil mouvementé, avec son âge ou avec un moral en berne. Non, c'était ni plus ni moins que la conséquence d'une lune en Bélier, en position 29 degrés, 52 minutes.

Elle patienta près d'une demi-heure devant la maison d'arrêt, au milieu de familles qui s'agglutinaient devant l'entrée principale. Son malaise grandissait à mesure que le rendez-vous approchait. Elle transpirait plus que lors des cours de *pole dance* qu'elle avait suivis durant plus de cinq ans dans un club du 12ᵉ arrondissement pour parfaire son art. Elle s'épongeait le front sous le regard d'un môme de huit ans qui tenait la main de sa mère lorsque le pêne de la porte métallique fut déclenché. Elle laissa passer quelques personnes puis s'inséra dans le ventre mou de la file d'attente. Devant, un nourrisson piaillait dans les bras de sa grande sœur. Elle visa le portique de sécurité. Ses jambes en coton la tenaient à peine. Une jeune femme n'en finissait plus de faire biper l'appareil. Manon pencha la tête dans sa direction, elle refusait de soulever son tee-shirt devant un maton et de retirer le bijou qui lui perçait le nombril.

Manon retrouva son plus beau sourire lors de son passage. Le lieu ressemblait à un portique de détection d'un aéroport. En plus étroit, en plus lugubre. Délestée de son sac à main et de tout objet métallique, par réflexe elle écarta les mains en l'air sous le chapiteau. Pas de signal.

— Mademoiselle ?
— Oui ? sursauta-t-elle à l'adresse du gardien.
— N'oubliez pas votre sac à main.

Elle reprit ses effets personnels et fuit en direction de la rotonde, guidée par les cris des détenus et par le déclenchement strident des lourdes portes d'acier trempé.

Les démarches administratives effectuées, un quart d'heure plus tard, elle se retrouva face à Bison. Ils se faisaient face, assis, séparés par une table rectangulaire en Formica. Tel un pacha, Bison était avachi sur une chaise qui supportait à peine son poids. Manon avait posé ses mains manucurées bien à plat sur la table. Elle ne savait par où commencer. *Vous aurez des facilités à vous pencher sur vos pensées profondes. Profitez-en pour en parler à vos proches.*

— Qu'est-ce t'as ? T'as l'air zarbi.

Elle tourna la tête vers une paroi.

— J'ai des soucis…

— Des soucis ? Toi, des soucis ? C'est moi qui suis au ballon et c'est toi qui as des soucis ?

— T'énerve pas, je sais tout ça, t'énerve pas, je t'aime, lui lança-t-elle pour le calmer alors qu'elle tentait de lui saisir les mains.

— Lâche-moi ! Je m'en branle de tes soucis, tu comprends ? C'est moi qui suis en galère. Et toi, t'es juste là pour m'aider… Viens là, rapproche-toi…

Manon souleva ses fesses, se pencha en avant. Elle s'attendait à un baiser ou tout au moins à un geste de tendresse.

— Tu m'as rapporté ce que je t'ai demandé ? lui souffla-t-il à l'oreille.

Elle se mit debout, jeta un œil dans le couloir par la porte vitrée, et, sans pudeur, fit glisser dans le même geste son pantalon de cuir et son string. Légèrement accroupie, elle tira sur une ficelle et extirpa de son intimité un tampon.

Bison sourit. Il fit le tour de la table, s'empara du Tampax dans lequel Manon avait créé une ouverture pour y glisser la puce téléphonique réclamée. Ses gros doigts eurent du mal à s'en saisir.

— Il y a quelqu'un qui m'en veut, reprit Manon alors que Bison glissait la puce dans la couture déchirée de son bas de jogging.

Bison redressa la tête.

— Ma sœur a reçu un SMS bizarre. Un SMS qui lui a révélé que je bossais au JDE, précisa-t-elle alors qu'elle était restée à distance, appuyée contre une cloison.

— Qu'est-ce que tu veux que ça me foute ?
— T'as peut-être une idée de qui ça peut être, non ?
— T'as relevé le *number* ?
— Non, apparemment c'était un numéro masqué.
— Alors je peux rien pour toi.
— Tu sais, je suis repassée à la boutique de Monique, hier…

Bison s'était de nouveau assis. Les mains jointes sur la table, il la regardait.

— … elle est prête à faire une petite remise pour son commerce. Il me manque juste 150 K.

— Je peux rien pour toi, ma grande. Je suis raide, j'ai pas le moindre kopeck, finit-il en parlant fort en direction du plafonnier, persuadé qu'il était écouté.

Le visage de Manon s'éclaircit. Elle se rapprocha, se glissa derrière lui, l'enlaça. Il ne bougeait pas. Elle vint coller sa bouche sur sa nuque, la fit glisser en direction d'une oreille. Ses doigts caressaient ses pectoraux, cherchaient un chemin sous l'élastique de son caleçon.

— Il me faut de l'oseille, David, chuchota-t-elle. Je te la rendrai au centuple, promit-elle alors qu'elle se saisissait de son sexe.

— Dégage ! Comment faut que j'te le dise ? J'ai pas un rond. J'ai même pas de quoi régler mes frais d'avocat.

Manon se redressa d'un coup. Ses jambes avaient retrouvé toute leur puissance.

— N'oublie pas ça, lui tendit Bison en parlant du Tampax. Et garde ton téléphone allumé H24. Tu devrais très vite recevoir un appel important.

Profitez-en pour parler de vos soucis à vos proches. Le conseil, en fin de compte, était mauvais. Elle quitta la maison d'arrêt précipitamment, et jeta le tampon hygiénique que Bison lui avait rendu dans une poubelle de l'arrêt de bus.

15

Zoé était déjà au travail lorsque son chef de groupe débarqua. Depuis le déménagement, Guillaume Desgranges et elle avaient pris l'habitude de se retrouver au Gyrophare, une brasserie tenue par un ancien flic qui avait recouvert les murs intérieurs de son établissement d'affiches de films policiers. Ils y commandaient chacun un café, commentaient les bonnes feuilles des quotidiens nationaux qui traînaient sur le comptoir, puis traversaient la rue en direction du hall du Bastion. Depuis l'avant-veille, Desgranges boudait. Compostel refusait de lui dire à quoi était employée la plus chère de ses collaboratrices, et celle-ci ne paraissait pas plus loquace malgré les liens d'amitié qui les unissaient. Il passa devant son bureau sans même détourner la tête. Elle ne s'en offusqua pas, se replongea dans le listing des opérations bancaires de Mégane Philippi et marqua au fluo les nombreux retraits d'espèces effectués dans les distributeurs automatiques du quartier de la République au cours des derniers mois.

Dans un autre bureau, les mains jointes devant la bouche à la manière d'une nonne, les pieds sur la table, Lola était concentrée. Dès son arrivée, elle s'était connectée sur le logiciel d'écoute à l'aide d'un ordinateur dédié. Via un mot de passe standard fourni par l'administrateur de la société Intercept, elle avait tout loisir de surfer sur les centaines d'interceptions de sécurité sollicitées par les fonctionnaires de la PJ parisienne habilités. Elle ne conserva pas longtemps les écouteurs sur la tête. Quatre messages avaient été enregistrés depuis la veille sur la boîte vocale de Mégane Philippi. Des appels brefs émanant tous d'un même numéro de téléphone cellulaire : « Meg, rappelle, faut que tu me dépannes. » Mégane Philippi n'avait jamais rappelé, en tout cas pas à l'aide de son appareil désormais sur écoute. Elle n'avait à aucun moment consulté ses messages. Pire, le dernier appel avait déclenché un message automatique indiquant que la boîte vocale était pleine. Mégane Philippi semblait faire la morte.

— Elle a « cassé » sa puce, débuta Lola lors de la réunion matinale.

— Et on a du neuf pour le téléphone de Yasmine Toumi ? s'enquit Compostel.

— Sa géolocalisation montre qu'il est allumé et qu'il se trouve dans le secteur de l'hôpital Lariboisière. Mais il n'est pas du tout utilisé.

Par un système de transmission d'impulsions électriques, la société Intercept était également en mesure de trianguler la position d'un appareil.

— Un infirmier a dû se servir au moment de son arrivée aux urgences. On a moyen de localiser l'appareil avec précision ?

Compostel connaissait la réponse. Mais il voulait se l'entendre dire. Il n'y avait que dans les mauvais films que les appareils étaient géolocalisables à trois mètres près.

— Non. La triangulation est trop large. Ça nécessiterait de fouiller toutes les chambres de l'hôpital, voire les immeubles d'habitations contigus.

— On fait quoi, alors ? rebondit Kaminski. Avec cette écoute foireuse, on a perdu une journée. La Philippi, ça doit faire un bail qu'elle nous attend...

Le cellulaire d'Hervé Compostel vibra au même moment : le directeur Thomas Andrieux en personne. Le patron de la Crim' se redressa puis s'éloigna de quelques pas à l'écoute des premiers mots. L'air grave, il tourna le dos au reste de son équipe tout en répondant a minima. Il finit par raccrocher.

— Il y a un problème à Lariboisière.

— Elle est morte ?

— Non, mais ça reste un gros souci. C'est le début des emmerdes. Je file. Foncez chez Philippi, vous me la ramenez dare-dare.

Barbe blanche détestait conduire. Il mit pourtant le premier la main sur les clés du véhicule de groupe. Lola se fit une nouvelle fois attendre. Elle semblait livide lorsqu'elle sortit des toilettes.

— Qu'est-ce que tu foutais ? pesta-t-il.

Zoé l'observait attentivement. Lola ne répondit pas. Les neuf cents grammes d'acier qu'elle portait dans son étui de ceinture lui pesaient sur le bas-ventre. L'ascenseur les mena en un clin d'œil au quatrième sous-sol. Le parking, gigantesque, lumineux, tranchait avec l'antique parc de Harlay, creusé sous le quai des Orfèvres.

Le commandant frotta le bas de caisse du véhicule en sortant du Bastion. Ils enquillèrent le périphérique, en direction de l'est, se faufilèrent entre les files de véhicules qui cherchaient à gagner l'embranchement A6 / A10, sortirent à la hauteur de la porte de Montreuil, prirent une voie de bus à contresens, jusqu'à ce que Kaminski demande de retirer le gyrophare à quelques centaines de mètres de la place de la République. Depuis deux ans, Zoé connaissait le quartier sur le bout des doigts. Elle l'avait arpenté des jours durant, dans le cadre de l'enquête de voisinage relative à l'attentat du Bataclan. Ce qui ne l'empêchait pas d'être toujours fébrile à l'approche d'une Marianne devenue mausolée.

Kaminski stationna son véhicule rue du Château-d'Eau. Les habitants s'étaient habitués à la présence de flics en civil. À celle des militaires également qui, par trois, FAMAS en main, arpentaient le secteur de long en large. Ces derniers participaient désormais au métissage du quartier. Avec les résidants bourgeois bohèmes branchés, les commerçants au sourire de façade, les derniers militants de Nuit debout, les touristes en pèlerinage, les prostituées chinoises et autres perruquiers africains, ils expérimentaient le vivre-ensemble.

Le trio de flics entra dans une arrière-cour taguée à la mémoire des dessinateurs de *Charlie Hebdo*. Puis ils gravirent un escalier de service et débouchèrent au deuxième étage, devant la porte de l'appartement de Mégane Philippi. Kaminski tendit l'oreille. Pas de bruit, pas de mouvement. Il sonna. Aucune réponse. Sa colère décupla. Il récupéra son téléphone, attendit la connexion 4G, chercha le numéro du lycée Jean-Zay, puis appela.

— Bonjour. J'aimerais parler à Mme Mégane Philippi.

— Un instant, je vous transfère...

Sa correspondante le mit en attente. Neuvième symphonie de Beethoven. Une voix nouvelle, plus jeune, reprit la communication.

— Allô ?

Il raccrocha aussitôt et fonça vers la voiture, les deux filles à la traîne. Ils décanillèrent, gyrophare sur le toit et deux tons hurlant. Dix minutes plus tard, dans les locaux du conseiller principal d'éducation du lycée, Lola Rivière plaçait Mégane Philippi en garde à vue.

— On peut savoir ce qui se passe ? questionna le proviseur alors que le trio se dirigeait vers la sortie en compagnie de la suspecte.

Kaminski n'aimait pas Beethoven, ni l'Europe, ni le monde enseignant en général. Les profs lui sortaient par les yeux, presque autant que les avocats et les hommes politiques. En vérité, un livre de trois cents pages n'aurait pas suffi à recenser tout ce qu'il détestait.

Il ne répondit pas et traça son chemin pour retourner dans le quartier de la République.

— On est là pour Yasmine, poursuivit un Kaminski volontairement elliptique en fixant Mégane Philippi dans le rétroviseur.

Elle ne répondit pas.

— Yasmine. Vous voyez de qui je veux parler, non ? continua le chef de groupe.

— Des *Yasmine*, j'en connais plein.

— Et des *Yasmine* scolarisées dans votre lycée ? Yasmine Toumi, par exemple ?
— La fille de la candidate ?
— Par exemple...
— Oui. Et alors ? Qu'est-ce qu'il lui arrive ?
Kaminski sourit. La lutte s'annonçait rude. Il aimait ça. Pourtant, il avait perdu le dernier combat, s'était même vu retirer le dossier au profit de son collègue Desgranges. Il fonça de nouveau vers la place de la République pour opérer la fouille du logement de Mégane Philippi. La perquisition se révéla vaine.
— C'est négatif, patron. Pas de came et aucune trace du passage de la petite Toumi, lâcha-t-il amèrement au téléphone après s'être isolé dans les communs de l'immeuble de la garde à vue.

Compostel rangea son appareil dans son étui alors qu'il se dirigeait à grands pas vers le bureau du directeur de l'hôpital Lariboisière. Ce dernier l'attendait.
— Elle fait les cent pas dans la galerie Pierre-Gauthier. Elle tente d'obtenir des infos auprès du personnel du service de Réa. Si j'osais, je demanderais bien à mes gars de la sécurité de la virer mais je ne suis pas certain que ce soit la bonne méthode...
Hervé Compostel remercia son hôte. Il marchait dans les couloirs dallés qui ressemblaient à ceux de l'ancien palais de justice lorsqu'il reçut un énième appel. Dalila Toumi en personne :
— Monsieur Compostel ?
— Lui-même.
— Elle était belle votre promesse de rester discret, tiens ! Parole de flic, parole de pute !

Il laissa passer l'orage. Elle poursuivit :

— Je viens de recevoir l'appel d'une journaliste...

Il n'avait pas besoin de connaître son nom, elle se trouvait à vingt mètres devant lui.

— Je suis désolé, madame. Je doute que ça vous console, mais soyez assurée que la fuite ne vient pas de mon service. Je...

Il n'était pas certain qu'elle l'ait écouté. Elle avait raccroché.

Les cheveux de Milena Popovic, longs, noir de jais, tombaient comme des baguettes de tambour de chaque côté de son visage. La journaliste afficha son plus joli sourire à l'approche du commissaire. Elle le reconnut, lui tendit la main. Il la refusa.

— Vous faites quoi, là !?

— Je pensais que la presse était libre en France, non ?

— Je pensais que vous vous intéressiez exclusivement aux faits divers...

— Si vous vous déplacez en personne, j'en déduis que mon info est fondée. Il s'agit bien de la petite Toumi, c'est ça ?

Elle venait de marquer un point. Ses yeux brillaient. Pas ses pommettes qui semblaient constellées de traces d'acné que ses cheveux dissimulaient mal. Tout le monde avait ses fragilités, y compris elle.

— Il se dit qu'elle a fait une overdose. Vous confirmez ?

— C'est qui, *il* ?

— Vous confirmez, ou pas ?

— C'est qui, *il* ? insista Compostel en la fixant sévèrement.

— Mes sources importent peu. Ce qui compte, c'est ce que je vais mettre dans mon papier, vous ne croyez pas ?

Plantés au milieu de la galerie, ils faillirent se faire percuter par deux infirmiers qui se précipitaient en salle de réa.

— Je ne sais pas, je ne lis pas la presse. Dites-moi qui vous balance vos infos et je répondrai.

— C'est du chantage, ça...

— Du donnant-donnant... Je vous propose un autre marché : laissez-nous trois jours et je vous offre en exclusivité toutes les infos sur cette affaire.

Trois jours de paix. Nul doute que le directeur de la police judiciaire serait favorable à cette stratégie, l'avant-veille du premier tour de l'élection présidentielle.

— Je veux aussi l'assurance de pouvoir passer un mois en immersion dans vos nouveaux locaux, surenchérit-elle.

La chose s'était déjà faite par le passé, dans les anciens murs du « 36 ». Des journalistes étaient restés des mois durant à tourner de la pellicule pour des reportages à prix d'or. Il accepta du bout des lèvres.

— Je vous laisse ma carte. J'attends votre appel. Bonne journée.

Il la laissa partir. Son téléphone vibra de nouveau. Le numéro du directeur de Lariboisière s'afficha.

— Yasmine Toumi vient de mourir.

16

Comme souvent en début d'après-midi, Manon était allongée sur le canapé du salon. Elle se laissait bercer par les programmes, jouant à zapper entre les récits de gens anonymes interviewés par Évelyne Thomas et les programmes courts des chaînes de la TNT conçus comme des reportages. Il lui arrivait alors de s'endormir, la tête bien calée sur un coussin, pendant que Jihad était sous bonne garde chez Rose. Parfois même, elle se dressait sur la pointe des pieds face au meuble télé, remuait sa collection de DVD, hésitait de longues secondes puis finissait la plupart du temps par s'abrutir à base de *Dirty Dancing* ou de *Flashdance*. Une quadragénaire témoignait de sa ménopause devant des millions de téléspectateurs lorsque son iPhone vibra.

— Manon ?

— Bonjour, Martine, répondit Manon, polie, en visant le numéro qui s'affichait.

Que lui voulait la gérante de Chez Monique ? À n'en pas douter, lui proposer une offre pour son commerce. Tout sourire, Manon attendait.

— Il y a un problème avec ton chèque, Manon.
— Pardon ? Quel chèque ?
— Celui que tu m'as remis hier pour l'achat de la guêpière en dentelle.
— Quoi ? J'ai oublié de signer ? Le montant n'est pas le bon ?
— Ton chèque est en bois. Je viens de recevoir un appel de ma banque.
— Pardon ? s'inquiéta Manon.
— Tu m'as refilé un chèque en bois.

Manon s'était redressée. Elle observait les péniches ancrées sur la Seine, en direction de Paris. Son cerveau tournait à plein régime.

— C'est pas possible. Il y a une erreur. Ton banquier a dû se tromper. J'ai plusieurs milliers d'euros sur mon compte courant…
— Pas d'erreur possible. Ton chèque ne peut être encaissé. C'est quoi, toute cette comédie avec ta proposition d'acquisition de mon commerce si tu n'es pas fichue de régler dix centimètres carrés de soie, Manon ?
— Attends, Martine ! Tu me connais, quand même ! Je vais pas m'amuser à te truander si, derrière, j'envisage de faire affaire avec toi, si ?
— Je sais pas, Manon. Je sais pas. En tout cas, je ne suis plus certaine d'avoir envie de faire affaire avec toi. Tu comprends ?
— Laisse-moi cinq minutes, Martine. J'appelle mon banquier, je mets tout ça au clair, et je te recontacte.

Martine Lapasset raccrocha sur-le-champ. Manon chercha dans le répertoire de son iPhone et contacta sans plus tarder son banquier. Par chance, Philippe Perceval se trouvait à son poste. Méthodique, celui-ci se fit communiquer le numéro de compte de Manon puis confirma : oui, elle était dans le rouge, en particulier à cause de récentes commandes Internet, des achats sur le site de la Fnac, et surtout l'acquisition pour 3 600 euros d'une robe de mariée sur un site luxembourgeois. Manon fulminait. Elle se trouvait toujours en possession de sa carte bleue, et elle n'avait jamais communiqué ses coordonnées bancaires. « Probablement quelqu'un de proche », avait conclu Perceval en apprenant que Manon envisageait de se marier. Elle coupa court à la conversation, puis composa le numéro de sa sœur.

— Julie ?

— Oui ?

— C'est toi qui as fait des achats avec ma CB ?

— Pardon ?

— J'te demande si tu as fait des opérations bancaires avec ma carte bleue, t'es sourde ou quoi ?

— Hé ! Tu ne me parles pas comme ça ! Je ne suis pas un chien ! Et non, j'ai pas fait d'achat avec ta carte. J'ai la mienne, elle me suffit.

L'interphone sonna. Qui venait la déranger ? Elle ne broncha pas, s'apprêtait à rappeler Perceval afin de faire virer de l'argent de son PEL sur son compte courant. Au pied de l'immeuble, on insistait. Elle se rapprocha du combiné.

— Bonjour, société Chronopost. Un colis pour Mme Legendre. Manon Legendre.

Elle n'attendait aucun colis.

— Dix-septième étage, porte du fond en sortant de l'ascenseur, répondit-elle par réflexe.

Un homme d'une trentaine d'années, crâne rasé, la tête du supporter du PSG, se présenta un colis sous un bras, une tablette numérique dans une main.

— Il me faut une pièce d'identité, s'il vous plaît, demanda le livreur. Et une petite signature là, ajouta-t-il en tendant un stylet.

Manon obtempéra. De nouveau seule, elle arracha le carton et découvrit plusieurs ouvrages, facture Fnac à l'appui, pour un montant total de 147,90 euros. *Les Essais* de Montaigne, collection La Pléiade, accompagnait un ouvrage sur l'histoire de la littérature française au XVIe siècle, un second livre intitulé *La Philosophie de A à Z*, et enfin un ouvrage plus technique sur la littérature et la mort.

— La salope, lâcha-t-elle.

Manon s'empressa de rappeler Julie, qui pour l'heure faisait le pied de grue à la fourrière de Pantin. Elle ne pouvait plus continuer à feindre. Si l'aînée n'avait jamais rien lu de Montaigne, elle savait tout au moins que sa cadette était inscrite en Master 2 de Philosophie à la Sorbonne et qu'elle préparait un mémoire qui traitait de Montaigne et de la mort.

Conversation de nouveau tendue, les deux sœurs finirent par s'insulter. Manon raccrocha. Jihad pouvait bien attendre, elle enfila une tenue correcte et se précipita au pied de la statue de Rouget de Lisle, au commissariat de police de Choisy-le-Roi.

17

Le président n'avait pas été brillant lors de son mandat, mais il fallait reconnaître des qualités à ses collaborateurs. Ceux-ci n'avaient pas perdu toute leur intelligence en quittant les bancs de l'ENA. Pour preuve, ils avaient choisi la date de l'inauguration du nouveau « 36 » en toute fin de campagne de l'élection présidentielle. Le matin même, Compostel avait fait le tour des bureaux. Beaucoup d'enquêteurs, Kaminski en tête, avaient consenti des efforts vestimentaires. Le chef de groupe avait même décroché temporairement le poster de son bureau, tout en bougonnant, afin d'offrir une image civilisée de la brigade.

Une fois n'est pas coutume, tous les policiers portaient leur badge bien en évidence accroché à un tour du cou, comme le règlement l'imposait désormais. Lola et Zoé l'utilisèrent à trois reprises pour rejoindre les cellules de garde à vue. Une première fois pour appeler l'ascenseur central, une deuxième fois pour le diriger vers les étages inférieurs, puis, enfin, pour déverrouiller l'accès principal menant au couloir desservant les salles d'interrogatoire.

Le Bastion était une véritable forteresse où il fallait montrer patte blanche en permanence. Mieux, certains accès étaient désormais protégés par un système de biométrie. Les groupes d'enquête de la section antiterroriste ne pouvaient plus pénétrer dans leurs locaux classés « point d'intérêt vital » sans appliquer leur index droit sur une tablette digitale. Le tout, bien sûr, était contrôlé à distance par des caméras de surveillance pilotées par une société privée. Le temps des vagabondages de touristes qui réussissaient à franchir les contrôles en se glissant derrière les policiers et celui des disparitions de scellés étaient révolus.

— Parlez-nous de Yasmine Toumi, démarra Zoé Dechaume.
— Elle est en classe de première L au lycée Jean-Zay.
— Et vos relations ?
— Des relations classiques, des relations de surveillante à élève.
— C'est tout ? Rien de plus ?
— On s'entendait bien…
— Ça veut dire quoi, « s'entendre bien » ?
— Ça veut dire qu'on parlait souvent ensemble au lycée.
— Et de quoi vous parliez, au juste ? Qu'est-ce qui a fait que vous êtes devenues copines ?
— Difficile à dire. C'est une fille unique. Alors, peut-être que je suis une sorte de grande sœur pour elle. Vous savez, le rôle de surveillante, c'est un peu ça : en quelque sorte faire office de référent, de modèle…

— De modèle ? Et vous parliez de quoi, au quotidien ?

— Je vous ai dit. De tout, de rien.

— Est-ce que vous avez déjà parlé de drogue entre vous ?

Mégane Philippi se tut. Elle réfléchit quelques instants.

— On parlait de tout, c'est possible qu'on ait parlé de drogue.

Inutile d'insister, elle allait éluder.

— Vous vous voyiez en dehors du lycée ? Je veux dire physiquement ?

— Il nous est arrivé d'aller boire un verre ensemble, oui.

— À quel endroit ?

— Dans des bars. Dans mon quartier, en général.

— Et la dernière fois que vous l'avez vue, c'était quand ?

— En début de semaine, je crois. Lundi, mardi peut-être.

— Lundi ou mardi ? Faites un effort !

— Je sais plus. Attendez, je suis stressée, là. J'aimerais bien savoir ce que vous me reprochez, enfin !

— Qu'avez-vous fait de votre téléphone ? l'interpella tout d'un coup le lieutenant Rivière. On ne l'a retrouvé ni au lycée ni chez vous ?

— On me l'a volé, répondit la surveillante.

— Où ça ?

— Je ne sais pas.

— Vous faisiez quoi, lundi après-midi ?

— Je sais plus.

— Le quartier du Marais, rue des Franc-Bourgeois. Ça vous dit quelque chose ?

— Vaguement.

— Et le Crédit municipal de France, également surnommé le mont-de-piété ? poursuivit Lola qui en avait marre de la voir tourner autour du pot.

— Vous voulez parler des bijoux de Yasmine, c'est ça ?

— C'est ça...

— Et alors ? C'est pas interdit de vendre ses bijoux, si ? Yasmine est mineure. Sa mère ne voulait pas lui signer une procuration. Elle m'a demandé tout simplement de les déposer pour elle, point barre !

— Dans quel but ?

— Elle avait besoin de fric, répondit-elle en se redressant sur sa chaise.

— Pour ?

— Aucune idée. Elle ne m'a pas dit, je ne lui ai pas demandé.

— Vous n'avez pas une petite idée ?

Les deux enquêtrices la questionnaient tour à tour.

— Vous vous camez ? questionna Zoé.

— Je ne suis pas contre un petit joint de temps en temps, ouais. J'aime bien faire la fête.

— Et hormis l'herbe, autre chose ?

— Un ou deux cachets par-ci par-là, une ligne de coke dans une rave-party aussi.

— Et Yasmine ?

— Aucune idée.

— Vous faisiez quoi dans la soirée du lundi 17 au mardi 18 avril ?

— Je me suis couchée de bonne heure.

Elle résistait plutôt bien au ping-pong de questions. Effrontément. Car Lola savait qu'elle mentait. L'étude du « bornage » du téléphone de Yasmine révélait qu'elle était allée à République puis à Montmartre quelques heures avant de tomber dans le coma.

— Vous avez des relations dans le quartier de Montmartre ?

— Montmartre ? Non.

Ni Lola ni Zoé n'insistèrent. Elles remontèrent au sixième étage. Compostel et Kaminski, qui avaient suivi les débats en direct, les attendaient.

— Elle est coriace. On n'obtiendra rien de plus. Il faut la relâcher ! dit Zoé Dechaume.

— Et puis quoi, encore ! Tu n'as qu'à lui décerner une médaille, pendant que tu y es ! riposta le chef de groupe. Il faut l'user, elle finira bien par craquer.

— Relâchons-la et plaçons-la sous surveillance. Elle va commettre une bêtise, insista Dechaume.

— Attends, on n'est pas aux Stups, là. On est nuls à chier sur le terrain. Tu nous vois en costume-cravate à la filocher à travers Paris ! Et puis elle va nous rebecter en moins de deux, elle nous connaît tous...

— Non, pas tous, répondit Lola en tournant la tête en direction du commissaire divisionnaire Compostel.

Kaminski baissa la tête. Compostel la releva.

Dix minutes plus tard, le taulier patientait aux abords du hall d'entrée du Bastion lorsque Mégane Philippi sortit du bâtiment. Elle regarda à droite, à gauche, semblait perdue. Elle fit deux pas en arrière, se campa devant un policier en faction, lui demanda une direction. Elle partit vers la porte de Clichy, située à une dizaine de minutes à pied. Elle marchait vite.

Compostel prit soin de se placer sur le trottoir opposé, comme le lui avait indiqué Zoé Dechaume. Délesté de sa cravate, le chef de la Crim' peinait toutefois à tenir le rythme. Ses souliers vernis et son pantalon à pinces ne favorisaient pas la marche forcée qu'elle lui imposait. Par chance, le manteau et le béret rouges de la suspecte offraient une cible parfaite. Il se mit presque à courir à l'approche du métro. Elle venait de s'engouffrer dans les sous-sols. Il paniqua devant les tripodes. Qu'avait-il fait de son Navigo, lui qui n'utilisait que son véhicule de service ? Où était passée Mégane Philippi ? Il retrouva enfin son passe dans un rangement intérieur de son portefeuille. Il débarqua sur un quai, le balaya du regard. Pas de vêtement rouge parmi la foule. Il paniqua. Où était-elle ? L'avait-il déjà perdue ? Qu'allaient penser ses collaborateurs ? Il l'aperçut, enfin, assise sur le quai d'en face. Elle se redressa à l'approche de son train. Il se retourna, se mit à courir, se brûla les jambes à monter quatre à quatre les marches, sprinta sur le pont, manqua de chuter lourdement en descendant de nouvelles marches. Il parvint in extremis à pénétrer dans la première rame au moment où un signal strident annonçait la fermeture des portes. Avait-elle grimpé dans la rame ? Il en doutait. Il sortit un mouchoir, s'essuya le front. Puis progressa en direction de la queue du train. Métro Brochant, le train stationna, les portes s'ouvrirent. Il sortit de la rame, progressa sur le quai, scruta les tenues vestimentaires, puis remonta dans la voiture suivante au moment du signal de départ. Il la retrouva à la station La Fourche. Soulagé. À quelques pas d'elle. Il prit son téléphone, adressa un SMS à Kaminski pour annoncer sa progression. De nouveau un arrêt. Place de Clichy. Deux secondes d'un bip strident, encore et toujours. Les portes se rabattaient lorsqu'elle se jeta sur le quai. Compostel s'étrangla. Un geste réflexe entraîna une douleur. Son pied droit bloquait la fermeture des battants. Il tenta de les forcer afin de s'extraire à son tour de la rame. En vain. Un Black lui vint en aide, tira de tout son poids sur l'une des portes. Le commissaire était enfin libre. Il claudiquait, il l'avait de nouveau perdue de vue. Il progressa dans un couloir, tomba sur un embranchement. Trois directions possibles alors qu'un joueur de harpe, en demande de pièces jaunes, s'escrimait sur *Jeux interdits*. Il fixa son téléphone. Une barre de réseau. Il contacta Kaminski, qui, en surface et au volant, longeait la ligne de métro.

— Elle est descendue place de Clichy. Je l'ai perdue.

Il entendit Lola Rivière qui criait en fond sonore.

— Faut tenter la ligne 2, direction Nation ! Ça mène à Montmartre !

Il visa les panneaux de direction, reprit son chemin. Il arriva exténué sur le quai. Elle se tenait debout, à cinquante centimètres du quai. Un train était annoncé dans trois minutes. Il finit par s'asseoir et se saisit de son téléphone. Le palpitant ne baissait pas. Où le conduisait-elle ? Il grimpa dans la rame, à sa suite. Puis descendit trois stations plus loin, dans sa foulée, pour déboucher au pied de Montmartre. Le temps s'était assombri, la lumière baissait de minute en minute. Les touristes restaient nombreux sur le secteur. Il la laissa prendre de la distance, traverser le boulevard de Rochechouart. Un bus de la RATP puis deux impériales avancèrent au pas. Il se faufila comme il put entre les files de voitures arrêtées au feu rouge du métro Anvers, l'aperçut au loin en train d'emprunter une ruelle sur sa droite. Il fit au plus vite. Mais ne la revit plus. Elle avait disparu.

— Je l'avais dit que ce n'était pas une bonne idée ! hurla Kaminski en fixant Lola Rivière alors que tous, à l'exception de Zoé, étaient rassemblés en bas du funiculaire qui menait vers le Sacré-Cœur.

— C'est ma faute, tempéra Compostel. J'ai pas été assez vigilant.

Le chef de service s'était assis à bord du véhicule, portière ouverte, les pieds en dehors de l'habitacle. Il avait défait sa chaussure et se massait le cou-de-pied.

— On a l'air de cons, bordel de merde !

Lola Rivière s'écarta. Kaminski continuait de pester. Il ne la vit pas se pencher, tête vers le sol. Compostel se précipita à sa hauteur lorsqu'il l'entendit vomir de la bile.

— Hé, Lola ! Ça va ?

Elle se redressa, s'essuya la bouche avec sa manche alors que Zoé revenait toute guillerette.

— Ça va, ça va…, le rassura-t-elle.

La cause était toute trouvée : la conduite brusque de Kaminski à travers les rues de Paris. Tandis que Lola reprenait vie à l'arrière du véhicule de son chef de groupe, l'ancienne enquêtrice du groupe Overdose sortit son vieux BlackBerry et leur présenta une photo :

— Regardez ! La fameuse Austin Mini, elle est garée à trois cents mètres. Au niveau du 12 rue d'Orsel.

Un véhicule couleur chocolat, dont la plaque se terminait par RH.

Soulagement. Sauf chez Lola, pliée en deux.

— Tu ne serais pas enceinte, toi, par hasard ? questionna Zoé dans le creux de son oreille.

Elle redressa la tête, faillit confirmer. Elle se retint in extremis. Elle avait menti par le passé, à de nombreuses reprises. La grossesse, l'anorexie, les crises d'angoisse, elle avait pratiqué toutes les excuses. Mais les alibis ne menaient jamais loin.

Il y avait des caillots de sang dans son vomi. Ce n'était pas bon signe.

18

— Manon ! Je peux te voir un instant ?

Vercini faisait le pied de grue à la sortie du vestiaire. Son royaume de la luxure était désert depuis une grosse demi-heure.

— Je suis rincée, là. Ça ne peut pas attendre demain ?

Manon connaissait la réponse. La patience n'était pas la qualité première du Corse.

— Hé ! Si je t'attends depuis une plombe, c'est pas pour te renifler le derche. Qu'est-ce qu'il y a ? Qu'est-ce que t'avais ce soir ? T'as vu comment tu t'es comportée toute la nuit ? Il n'y avait rien de sensuel dans tes solos, c'était de la merde ! Je te paye pour éveiller les sens des clients, pas pour les ramollir et les faire fuir. T'as intérêt à te ressaisir illico presto. C'est compris ?

— C'est fini ? répondit-elle, revêche.

— Hé ! Tu ne réponds pas ! Des filles comme toi, y en a vingt qui font la queue, qui attendent à la porte pour prendre ta place, vingt qui ne demandent qu'à sourire pendant l'effort. Et toi, je t'ai pas vue vendre du rêve, cette nuit. Tu piges ?

Manon était pressée d'en finir, pressée de déguerpir. Elle acquiesça et partit.

— Hé, petite catin ! Tu me déposes ? lui demanda Diana en la rattrapant dans la rue.

Sa copine accéléra le pas.

— Qu'est-ce qu'il y a ? zozota sa copine.

— Je veux rentrer seule. Désolée.

Diana s'arrêta, la regarda partir vers l'avenue des Champs-Élysées. Manon ne cessait de repenser à cette journée compliquée, aux livres de la Fnac, à la robe de mariée, au chèque sans provision, au dépôt de plainte effectué après une heure et demie d'attente au commissariat de Choisy. Elle était tombée sur un gardien de la paix stagiaire. Pas plus de vingt-deux ans, de la viande fraîche avide de patrouiller dans les cités de la banlieue sud, de cueillir les dealers, de faire son premier « flag de cambriolage ». Un bachelier propre sur lui, l'uniforme tiré à quatre épingles, sans taches de graisse, peu coutumier du clavier azerty. Perdu entre les touches, le questionnement mal assuré, peut-être troublé par la plastique de la plaignante, il avait mis du temps à formuler les bonnes questions. Manon avait pris sur elle d'autant plus facilement qu'elle avait fait en sorte de rester très évasive. Elle précisa qu'elle ne comprenait pas qui pouvait lui jouer ce mauvais tour. Seul le remboursement de cette escroquerie lui importait. Il promit d'enquêter, elle ne le crut pas.

À l'issue de sa déposition, elle avait laissé un long message sur la ligne de Martine où il était question de malentendu. Depuis, celle-ci n'avait pas daigné rappeler. Quelle mouche avait donc piqué sa sœur ? Elle n'en savait rien. Elle n'espérait qu'une chose, désormais : un tête-à-tête avec Julie où elle pourrait appréhender le sens de la commande de la robe de mariée.

Pour l'heure, un rendez-vous particulier l'attendait. Elle avait reçu un autre SMS, peu avant sa première *pole dance*. Le numéro, non masqué, lui était inconnu mais son contenu lui apparut très explicite. La prose de Bison dans toute sa splendeur : Rdv 6 heures sur le parking sup de V2. Un keum va te filer 10 000 e. À remettre au baveux.

Elle se précipita vers la station de taxis la plus proche où l'attendait Miguel.

Un crachin se colla sur le pare-brise de la Mercedes qui progressait sur la Nationale 118. De chaque côté s'étendait la masse sombre du bois de Meudon.

— Je vous dépose où, précisément ?

Par réflexe, Manon fixa son portable.

— Laisse-moi derrière le Décathlon.

Le chauffeur stationna sur un arrêt de bus, remit son compteur à zéro. Manon sortit sans même un salut. Elle attendit qu'il reparte, fit le tour du magasin puis se retrouva face à l'immense parking à ciel ouvert du centre commercial Vélizy 2, l'un des plus grands d'Europe, situé à une dizaine de kilomètres de Paris. Trois véhicules, probablement à l'état d'épaves, étaient garés ici et là. Pas la moindre âme qui vive. Il était beaucoup trop tôt, y compris pour les livraisons de la centaine de commerces qui peuplaient les galeries du complexe. Sur sa gauche, elle distingua la station en libre-service dont l'enseigne brillait à l'intention des dizaines de milliers de clients potentiels qui empruntaient le nœud autoroutier de Vélizy. Elle pivota de l'autre côté et aperçut la rampe abrupte qui permettait l'accès au parking supérieur. À l'époque, ses parents s'y garaient lorsque, une fois par mois, ils venaient faire leur plein de courses. Manon n'y mettait plus les pieds, elle détestait les grandes surfaces, ne supportait pas la populace.

Elle avait un peu d'avance. La bruine semblait prendre fin. Elle progressa en direction de la rampe, les lanières de ses Louboutin lui transperçant la chair. À cet instant, elle les aurait volontiers échangées contre les ballerines de sa petite sœur. Le parking supérieur était totalement désert. Des flaques d'eau reposaient dans les ornières goudronnées déformées par le temps et le stationnement continu de millions de clients. Elle se revit petite, tenant l'arrière de la veste de son père qui transportait à bout de bras un aquarium du magasin Auchan au coffre de leur voiture. Depuis, la mode de l'aquarium était passée. Julie et elle s'étaient lassées très vite des guppies et autres néons.

Le jour se levait, les lampadaires de la ville s'éteignirent. Six heures. Manon avait les yeux rivés sur la rampe. Qui allait venir ? Comment ? Le connaissait-elle ? Le SMS de Bison n'était pas très explicite à ce sujet. Le bruit de la circulation routière prenait de l'ampleur, les véhicules avançaient désormais au ralenti en direction de la capitale, un bus de la RATP klaxonna au loin. Plus loin encore elle aperçut l'hôpital Béclère et sa tour principale au sommet de laquelle un hélicoptère était posé. Elle consulta à nouveau l'heure sur son iPhone lorsque, à 6 h 12, un véhicule puissant gravit la rampe. Une Audi noire conduite par un Maghrébin. L'homme accéléra de nouveau en surface, éclaboussa les pieds de Manon et, la vitesse aidant, fit un dérapage contrôlé en guise de demi-tour. Dix ans plus tôt, elle aurait été séduite. Plus maintenant. Elle était pressée d'en finir et de rentrer discrètement à Paris.

— Alors ! C'est toi la pute à Bison ? questionna le type après avoir baissé la vitre « passager » de sa berline.

L'homme, trente à trente-cinq ans, avait des dents magnifiques, de beaux yeux marron en amande, et un diamant au lobe de l'oreille droite. Manon ne se souvenait pas de l'avoir rencontré. Elle aperçut surtout une poche plastique posée sur le siège passager.

— T'as l'argent ? rétorqua Manon.

— Vas-y, sers-toi, lui dit-il en visant le paquet posé à sa droite. Tu diras à Bison que…

Il n'eut pas le temps de finir sa phrase qu'une moto cross déboulait au sommet de la rampe. Pantalon, blouson, gants, casque intégral, rien que du noir. Le visage du chauffeur de l'Audi se contracta. Il se pencha en avant, attrapa une arme cachée sous son siège. Il n'eut pas le temps de l'utiliser. Trois impacts brisèrent sa vitre et vinrent accrocher son thorax. Le tueur, un gaillard d'un mètre quatre-vingts, descendit calmement de son engin moteur tournant, mit la béquille, s'approcha du corps agonisant, plia le buste sur le volant et fit claquer une dernière fois son Glock. Le coup de grâce, la balle dans la nuque. Il ramassa les quatre étuis, les glissa dans sa poche, fit le tour de l'Audi, se pencha par la vitre « passager » et empoigna la poche plastique contenant les 10 000 euros. Deux minutes avaient suffi, un travail de professionnel. Il remonta sur sa cylindrée, redescendit la rampe, vit Manon à l'autre bout du parking qui courait en claudiquant comme une dératée, puis s'arrêta une dernière fois. Un talon aiguille de couleur rouge, luisant, trônait au milieu de la chaussée. Il s'en saisit et le glissa dans la poche de son blouson.

19

La nuit était tombée. Hervé Compostel, de son bureau, contempla Paris qui brillait de mille feux. Il avait laissé Zoé Dechaume et Richard Kaminski au pied de la butte Montmartre. Cette virée dans les sous-sols de la capitale l'avait exalté. Des sentiments, qu'il n'avait plus connus depuis des années, s'étaient rappelés à son souvenir. Des muscles, également. Il devait le reconnaître, il avait eu peur. Peur de mal faire, peur de l'échec devant trois de ses subordonnés. Certes, cette première filature n'était pas un franc succès mais il avait démontré un certain courage, bien aidé par les indications de ses partenaires du jour. Il en redemandait. Cette poussée d'adrénaline était plus bénéfique que tous les médicaments du monde. Pendant une heure pleine, il avait oublié son malheur, la perte de son fils. Mais il devait se rendre à l'évidence. Son statut de chef de service l'obligeait à prendre de la hauteur, du recul, à apporter cette dose de sagesse nécessaire au suivi des enquêtes, quitte, parfois, à brider la liberté d'initiative de ses troupes.

Il se rassit à son poste, sortit le téléphone de son étui, ouvrit sa boîte de messagerie. Les mails s'étaient accumulés. Il n'en recevait jamais moins de cinquante par jour. La faible capacité de stockage l'obligeait à les lire et à les archiver en continu, sous peine de bloquer son compte. L'un d'eux provenait de Lariboisière. Le corps de Yasmine Toumi avait été déplacé du service de Réa à la chambre funéraire. Un transport à l'institut médico-légal de Paris, en vue d'une autopsie, était envisagé pour le lendemain. Compostel s'empressa de contacter Thomas Andrieux. Le directeur de la PJ n'était pas à son poste. Il ne répondit pas non plus sur son cellulaire. Dans la foulée, le commissaire divisionnaire contacta Kaminski. Celui-ci se trouvait dans une brasserie de la rue d'Orsel, en compagnie de Zoé Dechaume, avec vue sur l'Austin Mini qui n'avait pas bougé.

— Qui va payer les consommations ? s'enquit Barbe blanche qui n'avait jamais toléré de mettre un sou de sa poche dans une mission de service public.

Compostel le rassura, il lui rembourserait l'addition, personnellement si nécessaire.

Il raccrocha, débuta un mail à l'intention du directeur, dans lequel il récapitulait l'avancée de l'enquête lorsque Lola Rivière frappa à sa porte.

— L'Austin Mini appartient à un certain Andrew Lloyd, il a quarante et un ans. Il est *social media manager*.

— Lola, vous n'êtes plus à Singapour. En français, ça donne quoi ?

— Ça veut dire qu'il aide au développement de la visibilité des entreprises sur le Web.

— C'est un Anglais ?

— Non. Un Australien. Il a un titre de séjour de dix ans.

— On a sa photo ?

— Pas pour le moment. Le service informatique de la Préfecture est fermé. Et le permanent ne répond pas.

— On a son domicile précis ?

— Oui. EDF vient de me répondre, quatrième étage, porte droite, au 3 rue Seveste. C'est une rue perpendiculaire à la rue d'Orsel.

Il n'avait pas projeté de retourner sur le terrain aussi vite. D'autant que l'inauguration du Bastion, à laquelle il ne pouvait échapper, approchait. Les deux flics mirent un temps infini à sortir du bâtiment. Veille de week-end, le périphérique était bouché. De plus, la présence d'une ligne de tramway en vis-à-vis de la sortie du parking condamnait les policiers à n'emprunter qu'une seule direction, celle du nord. Kaminski piétinait devant l'immeuble de l'Australien depuis dix minutes lorsqu'ils le rejoignirent. Par chance, un emplacement venait de se libérer.

— T'as pensé à prendre le bélier ? demanda Barbe blanche à Lola.

— Il est dans le coffre.

Kaminski ouvrit l'habitacle, se saisit du *doorbreaker*.

— Tu restes en bas, des fois qu'ils aient l'idée de se carapater par les fenêtres, commanda-t-il à Lola tandis que Zoé Dechaume enfilait un brassard Police orange sur l'une des manches de sa veste.

Il fallait un effectif qui sécurise les alentours. Lola obéit. Deux minutes plus tard, elle entendit un grand fracas suivi de hurlements et de cris.

— Police ! On ne bouge plus !

Compostel passa enfin la tête par la fenêtre du quatrième. La situation était figée, Mégane Philippi et Andrew Lloyd interpellés et menottés, elle pouvait les rejoindre à l'intérieur de l'appartement. La serrure de la porte d'entrée n'avait pas résisté, elle reposait sur le seuil. À six dans un deux-pièces, il ne restait pas beaucoup d'espace pour se mouvoir. D'autant que d'épaisses volutes de cannabis embrumaient le salon. Les deux locataires furent séparés. Un dans chaque pièce. Ce qui n'empêcha pas Mégane Philippi de hurler à l'intention de son ami un « *shut up* » tonitruant.

— Vous êtes en garde à vue. Vous comprenez ce que je vous dis ? demanda Zoé Dechaume à l'Australien.

Bien sûr qu'il comprenait. Il travaillait en France depuis dix-huit mois, au profit de sociétés françaises. Pourtant, il fit la sourde oreille.

— Lola, prenez le relais, s'il vous plaît, lui demanda Compostel en voyant que le brigadier Dechaume peinait.

Lola obtempéra. La cour de cassation et, à défaut, la cour européenne des droits de l'homme se faisaient une joie de casser les procédures lorsque des droits n'étaient pas notifiés dans la langue d'origine du gardé à vue.

— *You are under arrest for drug trafficking and negligent homicide.*

Andrew Lloyd, menotté dans le dos et assis sur le canapé, baissa la tête. Il apprit que le droit français lui offrait la possibilité de se taire, de faire prévenir un membre de sa famille ou son employeur et, en ce qui le concernait, son consulat, mais aussi d'être vu par un médecin et de faire appel à un avocat. Il choisit toutes les options, y compris celle de garder le silence face aux questions des enquêteurs.

Pour l'heure, la priorité allait à l'état des lieux. Les deux filles prirent des photos avec leurs appareils téléphoniques puis saisirent tout ce qu'elles trouvèrent : cadavres de bouteilles de bière, canettes de Coca écrasées, mégots avec filtre, papier à rouler, sans oublier un bout de shit qui traînait sur le Frigidaire. Elles fouillèrent les tiroirs, tombèrent sur le certificat d'immatriculation de l'Austin Mini, s'emparèrent des relevés de comptes de l'intéressé, recueillirent une photo d'identité de l'Australien. Le cliché collait parfaitement à celui extrait de la bande vidéo récupérée à l'hôpital Lariboisière. Kaminski, lui, contacta l'état-major de la PJ et commanda le remorquage de l'Austin Mini. Ils ne quittèrent pas les lieux avant de ramasser au centre de la table à manger du salon une coupelle en acier sur laquelle on distinguait quelques infimes traces de neige. La paille, elle, fut découverte dans la poubelle de la cuisine.

À leur retour, la surprise fut de taille. Une colonne de véhicules haut de gamme empêchait l'accès au parking en sous-sol. Kaminski reconnut au premier coup d'œil la DS5 du président de la République. Il redémarra, fit le tour du pâté d'immcubles et stoppa devant l'entrée du hall du Bastion. L'équipe au grand complet fendit la foule présente dans le hall alors que le préfet de police se trouvait au pupitre. L'inauguration démarrait.

— Allez-y ! souffla Compostel à ses collègues.

Lola, Zoé et Barbe blanche savaient ce qu'ils avaient à faire. Ils n'avaient nul besoin de leur chef de service.

Compostel les abandonna et tenta de rejoindre la cohorte de commissaires qui encadrait Thomas Andrieux sur le côté droit de l'estrade. Le directeur fit mine de ne pas remarquer son arrivée tardive. Un tonnerre d'applaudissements vint saluer le discours du préfet qui, pendant dix minutes, avait encensé cette police judiciaire parisienne, fer de lance de la lutte contre la criminalité. Plutôt que les noms de voyous illustres, il avait préféré citer les grands noms du « 36 », « des hommes mais aussi des femmes ordinaires qui s'étaient dépassés » : l'inspecteur Rossignol, les commissaires Guichard et Ottavioli, Robert Broussard, Martine Monteil, des flics qui avaient écrit leurs mémoires et qui « représentaient des générations d'enquêteurs anonymes ». Le président, à qui revenait la parole en dernier, eut moins de tact. Les noms de Landru, Petiot et Guy Georges résonnèrent sous la coupole parmi tant d'autres voyous qui avaient versé le sang dans la capitale. Mais jamais il ne cita celui de son concurrent direct à la présidentielle, Pierre-Yves Dumas, ancien maire du 17ᵉ arrondissement, l'homme qui avait porté le projet des Batignolles à bout de bras durant des années.

Principal instigateur du projet immobilier et du déplacement du pôle judiciaire dans le quartier, Dumas, chef de file de la droite dure, écoutait sans broncher. Il était accompagné de son directeur de campagne mais aussi de François Delagarde, une figure du milieu de la sécurité en France, un « ami de la police » selon un article de presse signé Milena Popovic dans lequel la journaliste avait souligné le nombre substantiel de marchés glanés par sa société au cours des dernières années.

Le président se moquait bien de François Delagarde. Il n'avait pas besoin du soutien de celui-ci pour rappeler à qui voulait l'entendre, en particulier aux nombreux médias présents pour l'occasion, que la sécurité des sites policiers en particulier, et celle des Français en général, était un enjeu qu'il n'avait jamais sous-estimé au cours de son mandat. Et il ne se priva pas d'égrener les nombreux atouts du site qui faisaient du nouveau « 36 » un ouvrage fortifié habillé des couleurs d'un impressionniste et répondant à des normes écologiques : des panneaux solaires équipant les toits ; un système de récupération d'eau relié à une station de lavage des véhicules de police installée dans un sous-sol ; un bâtiment inspiré des ouvrages de Vauban, recouvert de plaques de verre émaillé et sablé, blanc cassé, gris, bleu ou mauve, couleurs rappelant un célèbre tableau d'Alfred Sisley ; des vitres à l'épreuve des balles, un tunnel sécurisé reliant le site au tribunal de grande instance. « Une forteresse majestueuse, des conditions de travail optimales pour plus de 1 700 flics d'élite », conclut-il avant d'être guidé vers le ruban tricolore qu'il trancha d'un coup de ciseaux assuré devant un aréopage de journalistes surtout désireux de le questionner sur son échec annoncé à la présidentielle.

— C'est une bonne soirée pour lui, glissa Andrieux dans le creux de l'oreille de Compostel. Dalila Toumi vient de se retirer de la course et, au gré de cette inauguration, le président drague à fond à droite les électeurs encore indécis.

— On a retrouvé le chauffeur de l'Austin Mini, répondit le chef de la Crim'.

— Qu'est-ce qu'il raconte ?

— Pour l'instant, rien. Il refuse de parler.

— Tiens-moi au courant, dit-il au moment de s'éloigner pour rejoindre le préfet de police qui réclamait sa présence pour les « photos de famille ».

Compostel bouda les coupes de champagne offertes par de magnifiques hôtesses. Il aperçut Milena Popovic, préféra s'éclipser et remonter au sixième étage, au milieu des siens.

20

Manon s'était réfugiée dans un abribus. Un tramway se profilait à l'horizon. Elle grimpa à l'intérieur, le visage défait, sombre, usée par un jour noir et une nuit blanche. Où était son téléphone ? Elle palpa ses poches, le sentit lors du second passage. Elle s'y reprit à plusieurs fois pour déverrouiller son appareil. Pas de message, pas le moindre SMS. Elle bougea légèrement, de manière à se saisir d'un Kleenex, afin de s'éponger le front. Une douleur aiguë lui vrilla la cheville droite. Au mieux une cheville tordue, au pire une belle entorse. Sous les yeux d'une grand-mère munie d'un cabas, elle retira la chaussure orpheline de son talon. Elle reprenait ses esprits. Elle s'empara de la seconde chaussure, tenta de briser le talon rouge, en vain. Que faire ? Se faire remarquer en claudiquant ? Elle insista de nouveau. Le talon céda.

Elle réenfila ses souliers, agrippa une barre qui ressemblait aux barres de *pole dance*. En l'état actuel, elle se sentait incapable de la moindre acrobatie. Elle se redressa. Marcher avec des Louboutin sans talons relevait de l'exploit. Tant pis, elle ferait avec, préférant se brûler les mollets en progressant sur la pointe des pieds plutôt que de paraître ridicule.

Elle se retrouva au terminus du tramway, à la porte de Vanves, au sud de Paris. Elle descendit sous le regard dédaigneux de la mamie, tourna en rond à la recherche d'une cabine téléphonique. Elle n'en trouva pas. Elle revint vers la desserte du tramway, s'arrêta face au plan de quartier, lorgna les commerces. Hormis une boulangerie, tout était fermé. Y compris le taxiphone de quartier. Elle se rabattit sur un adolescent boutonneux à qui elle fit un grand sourire.

— Je peux utiliser ton téléphone ? Mon forfait est expiré. J'en ai pour deux minutes à peine.

Elle se détourna au moment où son conjoint décrochait, se colla contre une rambarde de sécurité bordant une excavation de deux mètres de profondeur. Un panneau annonçait une réfection du tout-à-l'égout. Plus loin, malgré l'heure matinale, un Goliath ressemblant étrangement à l'acteur Idris Elba, revêtu d'un bleu de travail estampillé Bouygues, se préparait à percer le bitume à l'aide d'un énorme marteau-piqueur.

— Ouais ?

— C'est moi...

Un blanc.

— C'est moi..., reprit Manon.

— J'ai compris ! Pourquoi tu m'appelles ? Je t'ai interdit de m'appeler, bordel de merde ! Tu veux que j'me fasse repérer, c'est ça !? Tu veux que j'finisse au mitard !?

— Je suis dé... Il y a un problème...

— Avec quel téléphone tu me bipes, là ?

Bison prenait des risques à répondre au téléphone. Il n'était pas à l'abri d'une intrusion inopinée des matons dans sa cellule. Surtout, cet appel ne lui disait rien de bon. D'autant que Manon avait reçu l'ordre de ne jamais le contacter.

— Le téléphone d'un môme, dans la rue. Ton pote, à V2...

— Quoi V2 !?

— Il s'est fait tirer dessus.

— Quoi !? Qu'est-ce que tu me chantes, là ? Oh ! Qu'est-ce que tu racontes ?

— Ton pote, il s'est fait tirer dessus. Sur le parking.

— Qui ça ? Dis-moi qui ?

— Je sais pas, moi. Un motard, merde ! Comment tu veux que je sache ?

— Calme-toi ! Calme-toi ! T'étais avec lui, ou pas ?

— Je suis montée à pied sur la rampe d'accès... Il m'a rejointe au volant d'une Audi...

— Vas-y, accouche !

— Et là, y a un motard qui a déboulé et qui a tiré sur ton pote.

— Arrête tes conneries ! C'est qui, le mec ?

— Qu'est-ce que j'en sais, moi ? Hein, qu'est-ce que j'en sais qui c'était...

— Tu te fous de ma gueule, là ! Il n'y a que toi qui étais au courant. Et le fric, il est où ?

Visiblement, Bison contenait sa rage. Un téléphone dans les mains, il ne pouvait se permettre de hurler en plein cœur d'une maison d'arrêt.

— Madame, madame ? Mon bus arrive...

Manon leva la main, de manière à gagner du temps de communication.

— Tu m'appelles d'où, là ?

— Vanves. Porte de Vanves, répondit-elle tout bas, continuant de tourner le dos au propriétaire du téléphone.

Le bus de l'adolescent se remplissait petit à petit.

— Faut que je monte, madame.

— Je fais quoi, David ?

— Raccroche !

Manon prit quelques secondes pour effacer le numéro de Bison de l'historique des conversations. Sans un mot, elle rendit l'appareil à l'adolescent qui voyait son bus s'éloigner. Elle sortit son iPhone, trouva le site de la société Uber et commanda un taxi.

Elle hésita à répondre lorsqu'elle vit que le numéro utilisé par Bison s'affichait sur son écran.

— Oui ?

— Hé ! Redis-moi tout. Qu'est-ce qui s'est passé, bordel de merde ?

— Je t'ai déjà dit, je m'approchais de l'Audi de ton pote et un motard a surgi sur la rampe, et lui a tiré dessus.

— OK, OK. Et la moto, c'était quoi ?

— Putain, tu comprends pas, j'ai rien vu, j'ai pas fait gaffe, il a tiré plein de coups de feu, je suis repartie en courant...

— Et le fric ?

— Qu'est-ce que j'en sais, moi ? Tu comprends rien ou quoi ! J'ai décampé, j'te dis...

— À qui t'as bavé ? Dis-moi à qui t'as bavé, salope !

— J'ai rien dit. À personne. J'te jure ! J'ai peur, David...

— Hé ! Fais pas ta gamine ! T'as forcément bavé à quelqu'un. Y a que toi qui savais, sale pute !

— Me parle pas comme ça, t'as compris ? Je suis pas une poucave, moi. Et le fric, je l'ai pas, j'ai pas eu le temps de m'approcher.

— Et ta copine, la négresse, tu ne lui as pas causé ?

— J'te jure que non !

— Arrête de jurer.

— Sur la tête de ton fils que j'ai rien dit à personne.

— Et Mehdi, il est mort ?

— J'sais pas. Y a eu plusieurs coups de feu, trois, je crois. Je sais rien d'autre.

— Sur le Coran, j'te jure que si tu m'as fait du sale, ton compte est bon... Et celui de ta sœur avec. Tu vas la retrouver en petits morceaux au fond d'une benne à ordures.

— Tu parles de Coran, tu l'as jamais lu ! Tu sais même pas lire, pauvre merde !

21

Kaminski ne disait rien mais il n'avait pas aimé se faire retirer le dossier Defoe. Il refusait surtout d'être le comptable des erreurs de ses collègues, considérant que Lola Rivière avait failli face à Didier Jeanjean. Ce métier nécessitait du vice, de l'entrain, de la perspicacité. Il considérait qu'elle n'avait montré aucune de ces qualités.

Barbe blanche avait fait une grande partie de sa carrière à la Crim', dont plus de dix ans comme chef de groupe. Diriger était une seconde nature chez lui, il se sentait fait pour ça. Mais la présence d'une femme dans son groupe le mettait hors de lui. Il n'en voulait pas, que ce soit Lola Rivière ou une autre. Pour la paix sociale, les prédécesseurs de Compostel avaient tous cédé devant ses caprices. Tous sauf le dernier, qui, avant de quitter son poste, lui avait glissé cette peau de banane en réponse à sa mauvaise humeur légendaire.

Elle finirait par céder, par demander une autre affectation, par quitter le service, il le savait. Son harcèlement la ferait craquer tôt ou tard. Pour le moment, il n'avait pas le choix. Le contrôle exercé par Compostel sur l'enquête et surtout la présence d'un Australien en garde à vue qui faisait montre de faiblesses dans le domaine de la langue de Molière l'empêchaient de la reléguer à des tâches subalternes. De fait, c'étaient les deux femmes qui auditionnaient, chacune de son côté, Mégane Philippi et Andrew Lloyd.

— Ça donne quoi ? s'enquit Compostel en pénétrant dans le bureau du chef de groupe qui observait les débats devant son écran.

— Elle n'est pas faite pour ça, répondit Kaminski de manière grinçante. Regardez par vous-même ! Elle est molle, elle gamberge trop, elle n'a aucune repartie.

— Je ne savais pas que vous compreniez l'anglais, commandant, glissa Compostel.

— Il n'y a pas besoin de le comprendre. Tout est dans l'attitude, rebondit-il en haussant les épaules.

En tout état de cause, Lola était parvenue à convaincre Andrew Lloyd de parler. De s'expliquer. Le débit était lent mais les questions s'enchaînaient. Tout le contraire de la confrontation entre Zoé Dechaume et Mégane Philippi, qui finit par tourner court. Copieusement insultée par cette surveillante de lycée qui refusait a minima d'avouer qu'elle consommait des drogues dures, Zoé mit un terme à l'audition et la renvoya se calmer et réfléchir dans les geôles.

La surprise fut de taille lorsque les deux policiers, rejoints par Zoé, reçurent la visite du directeur de la police judiciaire. Thomas Andrieux, sombre, tenait un feuillet imprimé dans sa main.

— Les nouvelles ne sont pas bonnes, débuta-t-il après avoir serré la main des trois flics et visé l'affiche sexiste que Kaminski s'était empressé de remettre sur son mur. J'ai reçu un appel du directeur de l'IML... L'autopsie de la petite Toumi a révélé une insuffisance cardiaque.

— Et alors ? coupa Zoé. Insuffisance ou pas, elle est morte d'une overdose, non ?

Andrieux sourit. Zoé Dechaume avait raison, il le savait. Mais cette faiblesse médicale risquait fort d'annihiler les poursuites judiciaires.

— Il y a ça, aussi, tendit le directeur à Compostel. C'est sorti ce matin...

Le chef de la Crim' se saisit du document. Il s'agissait d'un article de presse publié sur Internet. Si la vignette de son rédacteur n'apparaissait pas, son identité était en gras : Milena Popovic en personne. Et le titre ne laissait aucune place au suspense : *Suite à l'overdose de sa fille, Dalila Toumi se retire de la course à la présidentielle.*

— La salope ! souffla Hervé Compostel.

Tous les quotidiens du matin annonçaient le retrait politique de Dalila Toumi. Mais aucun rédacteur n'avait eu l'audace d'en révéler les véritables causes. Exception faite de Milena Popovic. En colère, Compostel les laissa tous en plan et regagna ses pénates.

Réfugié dans son bureau, Hervé Compostel composa plusieurs numéros. Son premier coup de fil fut pour la journaliste. Elle ne répondit pas. Celle-ci n'avait pas respecté sa promesse, il ne fallait pas qu'elle compte sur lui pour honorer la sienne. Il se fendit d'un message dans lequel transpiraient colère et déception. Son second coup de fil trouva preneur. Il s'adoucit au moment où Desgranges décrocha.

— Qu'est-ce qui me vaut cet honneur ? s'enquit le chef de groupe de Zoé.

— Je voulais m'excuser, Guillaume...

L'autre le laissa chercher ses mots.

— Je vous invite à vous connecter sur le site du *Matin*. Il y a un papier qui concerne la fille de Dalila Toumi ; elle a fait une OD. C'est pour ça que j'avais besoin de Zoé...

— Vous auriez pu m'en parler. Je ne suis pas du genre à aller baver, vous savez.

— Je sais. En tout cas, soyez assuré de ma pleine confiance. Et, surtout, n'en veuillez pas à Mlle Dechaume, elle avait ordre de ne rien dire.

Les quatre équipiers se retrouvèrent en salle de réunion en fin de matinée alors que la capitale prenait un bain de soleil. Lola venait de terminer une audition longue de trois heures. Sa bouteille d'eau légendaire à proximité, elle en vint très vite aux faits :

— Andrew Lloyd reconnaît tout. Il explique que les deux filles ont débarqué dans son appartement lundi dernier en fin de soirée, qu'ils ont picolé du whisky tous ensemble, qu'ils ont fumé des pétards pour finir par se faire un snif de *speedball*. C'est à ce moment-là que Yasmine est partie en vrille, qu'elle a fait une syncope. Ils ont tenté de la ranimer, il lui a mis des gifles, il dit même qu'il voulait appeler les secours mais que Mégane Philippi l'en a empêché. Au bout de cinq minutes, ils ont pris la décision de la transporter à l'hosto. Lloyd l'a prise dans les bras, l'a portée jusque dans sa voiture et, sur les indications de Mégane, l'a déposée à Lariboisière.

— Il y a des témoins ? questionna Kaminski.

— Pas d'autre témoin. Ils étaient tous les trois, c'est tout.

— Donc Mégane Philippi l'a accompagné à Lariboisière ?

— Oui. Mais elle est restée à l'extérieur des urgences, elle n'est pas entrée.

— Qui c'est qui a ramené la dope ?

— Il dit que c'est la gamine.

— Ben tiens. Il ne va pas dire le contraire, maintenant qu'elle est morte.

— Ça fait longtemps qu'il la connaissait ?

— Un mois. En fait, Mégane et lui se fréquentent depuis qu'il est installé en France, ils se sont rencontrés en boîte de nuit. De fil en aiguille, ils en sont venus à consommer ensemble de la coke, chez lui. Et puis elle a ramené Yasmine à deux ou trois reprises, vu que celle-ci avait du fric et les moyens de payer la came pour trois.

— Et elle aurait acheté la came auprès de qui ?

— Il ne sait pas.

— Il t'a baratinée. Ce n'est pas la gamine qui s'est payé la came, c'est pas possible.

Compostel coupa court à toute récrimination en leur proposant d'aller déjeuner tous les quatre. Ils se retrouvèrent à deux. Lola n'avait pas faim ou refusait de passer son temps libre avec un chef de groupe qui la détestait, et Zoé avait mieux à faire.

C'est ensemble qu'elles sortirent du Bastion, c'est ensemble qu'elles prirent le métro en direction de Lariboisière, avec, dans la poche de Lola, le numéro du téléphone portable de Yasmine Toumi qui avait disparu. Les enquêteurs avaient pensé dans un premier temps que Dalila Toumi avait récupéré l'appareil de sa fille à leur insu. Mais Lola et Zoé en étaient désormais moins sûres. La géolocalisation de l'appareil montrait en effet que la ligne, toujours active, continuait d'émettre du secteur. Le téléphone n'avait pas bougé depuis que son utilisatrice avait été conduite aux urgences.

— Tu ne veux toujours pas me dire ?
— Te dire quoi ?
— Si tu es enceinte ? Je t'ai vue en réunion, l'autre jour, avec le pantalon déboutonné. Ça ne trompe pas. Ce n'est pas à un vieux singe qu'on apprend à faire la grimace…
— Ce n'est pas du tout ce que tu crois.
— Alors c'est quoi ?

Lola ne voulait plus mentir. Elle avait envie de faire confiance à Zoé. Mais son secret était lourd. Le dévoiler risquait de la fragiliser un peu plus, surtout si Zoé venait à le révéler. Car, tôt ou tard, l'information fuiterait, à l'occasion d'une soirée arrosée ou d'un moment de confidence par exemple. Elle fut sauvée par le bruit strident du métro et se précipita sur le quai de la gare du Nord pour gagner au pas de course l'entrée de l'hôpital.

C'est Zoé, la première, qui repéra les trois antennes relais qui permettaient à la ligne téléphonique d'être géolocalisable grâce à l'émission d'impulsions électriques. L'une se trouvait sur les toits d'un immeuble de la rue Ambroise-Paré, la deuxième sur la rue de Maubeuge, et la dernière au sommet de la station de métro Barbès-Rochechouart. L'appareil se trouvait là, quelque part, dans ces centaines de milliers de mètres carrés de bâtiments publics et privés.

Elles se dirigèrent vers les Urgences. Lola pénétra dans le bâtiment, carte de police dans la main. Pas Zoé.

— Tu fais quoi ?

Elle réfléchissait, seule sur le trottoir, les mains dans les poches.

— Tu cherches quoi ?

— Ça ! répondit-elle en visant la boule de vidéo-surveillance qui se trouvait fixée sur une façade à une hauteur de dix mètres. L'Austin Mini était garée précisément ici.

— Et ?

— Et je doute que Mégane Philippi en soit sortie vu qu'elle n'apparaît jamais sur les images de vidéo-surveillance.

Les deux femmes se trouvaient sur un emplacement en bordure de trottoir, réservé aux véhicules de secours. Zoé baissa la tête, sortit son appareil téléphonique, demanda le numéro de Yasmine que Lola avait conservé dans sa poche. Elle attendit le passage complet d'une file de véhicules, le temps que le silence s'installe. Puis lança l'appel. Une sonnerie retentit aussitôt, en forme d'écho. Une musique de Stromae, précisément. *Papaoutai*. Cela provenait de la bouche d'égout située à l'aplomb de l'emplacement.

Retrouver son chez-soi, même tard le soir, la soulageait. Lola n'aspirait qu'à souffler. Pourtant, elle ne put s'empêcher de brancher sa machine d'investigation et de se connecter de nouveau aux entrailles de l'ordinateur remis par son patron. Le disque dur se mit à crépiter, à respirer comme un vieillard qui ne trouve plus son souffle. Le ruban métallique peinait à tourner. Elle ne mit pas longtemps à retrouver trace de la vidéo qui l'avait alertée la veille. Celle-ci durait vingt-quatre minutes pour une seule et unique scène filmée de manière continue en plan fixe. La prise de vues était lointaine, un peu oblique, assombrie sur la partie droite de l'écran. Le manque de lumière et l'absence totale de son ajoutaient à l'aspect amateur de l'entreprise. Elle débutait par la vision d'un homme basané, trente ans environ, torse nu, qui rejoignait un autre Apollon, plus jeune, adolescent peut-être, souriant, assis à califourchon sur le lit d'une chambre qui ressemblait à celle d'un hôtel. Lola vit les deux amants s'embrasser longuement tout en se caressant. Un désir partagé transpirait de cette scène. Elle vit le Maghrébin se redresser, se relever, se retourner face à la caméra, retirer ses baskets et son jean. Lola fit une pause, puis lança une copie écran de l'image stabilisée. Elle hésita à relancer la lecture, choisit pour finir le mode accéléré, un doigt sur la touche arrêt.

De quel droit épiait-elle ainsi ces deux hommes qui s'offraient du plaisir ? Quelle loi l'autorisait à espionner ce couple dans l'intimité ? Elle replia ses jambes sur l'assise de son siège, les enroula de ses bras, puis posa son menton sur ses genoux, tout en fixant cette image jaunie bercée de gestes lents et sensuels.

La vidéo avait été consultée pour la première fois le 13 juin 2014 à 2 h 23 UTC. L'heure n'avait pas grande importance pour Lola. Elle servait juste de repère, de balise. Elle quitta la fenêtre affichant les fichiers .jpg et .mp4, cliqua sur un nouvel onglet dans la barre de menu, fit apparaître un encart symbolisant les clusters du disque dur. Une case pour chaque date. Elle plaça son curseur sur l'année 2014, visa le mois de juin, encocha le jour 13 puis cliqua sur le bouton droit de la souris. L'historique de consultation de l'ordinateur pour la journée du 13 juin 2014 défila sous les yeux de Lola : de nouveaux fichiers .jpg liés, cette fois-ci, à des vignettes de tennismen, et puis un fichier .html, accolé à la vidéo, que l'enquêtrice traduisit aussitôt comme l'extension d'un mail. Elle cliqua dessus, pour découvrir quelques lignes d'un courriel dont les mots étaient rongés ici par des scories, rognés là par du code ascii. L'exploitation technique du vieux disque dur avait fait disparaître toute ponctuation et l'ensemble de la typographie accentuée. D'autres lettres, de manière aléatoire, avaient laissé place à des signes cabalistiques :

De : fr..° !S*$$_#cq@hotm##l.com
À : al'£*ùdr$$$mpost°°@gm$*l.c°m

Mo c er Ale andr
Ava de ire ce ail je tin@ite jeter un coup dœil la ∆ido que je tai tr£nsmise en pice jointe Inu∅ile de Bala∫rer sur la qua§it de ce▢a œu∆re ou sur les exßloits de ton ßarten★ire ce nest pas lobjet de mon en∆oi Pour faire c⇁urt ja▢ends de toi la p£us °rande a▢ention mes reco▢andat⁊ons sous ßeine d tre obli° de di▢ser ces que▢es ima°es sur le net et den adre⇁⇁er copi∞ ton ßate ▢el que tu ch£ris tant Rendstoi d s d▢ain la consi°ne n 2108 deuxime sous π sol de la °are Montp§rna▢e Le code daccs est 204 code qui n'est ßas sans te ra▢▢ler le numro de cham∅re dans laquelle tu tes ado▢▢tes ßremiers

*ßlaisirs odolπscents Je te lai☐œ le s#in d£y d•oser
le ßa☐πa°ntique du bo⁊reau de ton ßre
Bien toi*

F$

Ce qu'elle comprit de ce mail vraisemblablement adressé à un certain Alexandre, au bout de longues minutes d'effort de décodage, la fit bondir. Le fils défunt d'Hervé Compostel se prénommait Alexandre.

22

Dans le terrain vague, un marteau-piqueur s'activait, irrégulièrement, au coup par coup. La bruine matinale s'était transformée en un brouillard épais que la lumière diffuse des lampadaires n'arrivait pas à percer, au contraire de celle, rase, du soleil qui lui brûlait la cornée. Des sons lui parvenaient de toutes parts. Des crissements de pneus suivis d'insultes d'automobilistes en colère, un chef de chantier qui hurlait ses commandements à ses hommes, le ronflement des pales d'un hélicoptère de l'armée. Agressée, aveuglée, au travers de ses paupières collées, elle percevait une ombre à quelques pas ; celle d'un homme nu, puissant, charpenté, les bras chargés d'ossements. Sûr de sa beauté, il avançait au ralenti et sifflait un air de Daft Punk. Et pour cause, il portait pour seul vêtement un casque de moto intégral. Fascinée, elle l'observait, le suivit dans les boyaux de terre jusqu'à un champ de herses. Il se retourna, lui sourit, puis poursuivit jusqu'à chuter et heurter des aiguilles d'acier.

Elle se réveilla en sursaut, avec l'image du torse d'un homme percé en de multiples endroits. Les lèvres sèches, le corps moite, la tête lourde, Manon mit de longues minutes à émerger. Son premier réflexe fut de regarder par la baie vitrée, en contrebas. Pas de mouvement suspect, pas de véhicule de police. Il était plus de 14 heures, la rue semblait déserte et calme. Elle se dirigea dans la cuisine, ouvrit le Frigidaire, but au goulot une grande gorgée d'eau minérale. Elle repassa par le salon, visa la table basse et son iPhone qui ne cessait de clignoter. Elle fila dans la salle de bains, fit glisser sa nuisette, s'engouffra dans la cabine de douche. Les événements des derniers jours s'imposèrent à elle sous le jet d'eau tiède. Elle monta le thermostat d'eau chaude. Elle haletait. Le regard inexpressif, les épaules basses, les mains jointes à hauteur du pubis, elle resta transie de longues minutes. Elle sortit enfin, se couvrit d'une serviette-éponge que sa sœur lui avait offerte à Noël dernier, observa son visage dans le miroir. Au loin, son téléphone bipa de nouveau. Une énième notification Facebook, elle qui comptait quarante-trois amis. Ses yeux étaient cernés, rougis, sa peau semblait sèche. Elle noua la serviette, retourna enfin dans le salon affronter la réalité.

Elle pianota le code à six chiffres qui lui permettait de débloquer son iPhone et d'accéder à son compte Facebook. Son code secret était relativement récent puisqu'il s'agissait de la combinaison *251216*, la contraction de la date de naissance de Jihad. Son écran lui indiqua qu'elle avait reçu deux mails, cinq SMS et trois appels en absence. Et vingt-quatre notifications sur son mur Facebook ! Comme elle n'avait pas relayé de commentaire sur le réseau social depuis plus d'une semaine, il n'y avait pas lieu de se réjouir de ce nouveau record. Quelle allait être la surprise du jour ? Était-elle en droit de s'inquiéter ?

Elle choisit de consulter en priorité ses appels en absence. Le premier, reçu à 8 h 57, émanait de Rose. Jihad ne cessait de pleurer, il avait de la fièvre, elle demandait des instructions précises. Le second, transmis à 11 h 21, était le fait de Diana : « Hello ma belle, j'arrête pas de recevoir des appels des copines. T'es sacrément couillue de te lâcher comme ça ! J'imagine la tête de Vercini. Bisous. » De quoi parlait-elle ? Manon poursuivit l'état des lieux des appels. Mais le dernier était masqué et silencieux. Pas d'appel de sa sœur ni de Martine Lapasset, la gérante du commerce de sous-vêtements. Elle poursuivit par la consultation des SMS : Rose, de nouveau, à deux reprises. Jihad, fiévreux, inconsolable, rejetait l'anneau de dentition. Elle proposait de lui donner du paracétamol. Puis un message doublé émanant d'un numéro masqué : Appel cab. Pas de ponctuation, c'était la marque de fabrique de Bison qui souhaitait être rappelé de toute urgence d'une cabine. Le dernier SMS était publicitaire. Le site vente-privee.com offrait 40 % de réduction pour tout achat de lingerie fine lors des soixante-douze prochaines heures.

Elle resta estomaquée en ouvrant Facebook. Une photo d'elle, suspendue sur la barre de *pole dance* du Jardin d'Éden, s'affichait sur son mur. Postée au milieu de la nuit précédente, elle était assortie du commentaire suivant :

Je suis la belle de vos nuits,
J'atténue votre peine ;
Je suis le fruit de vos envies,
Cueillez-moi au Jardin d'Éden.

C'était bien trouvé et incontestablement à propos. Mais Manon travaillait au milieu de la nuit précédente, elle n'en était en aucun cas l'auteure. De nombreux commentaires avaient fleuri sur son mur depuis. Paloma, une danseuse espagnole, trouvait la photo magnifique. Sa colocataire, une Italienne qui s'apprêtait à quitter Paris pour Londres, avait traduit à l'intention de ses centaines de contacts les rimes dans sa langue natale. Pour le reste, les commentaires oscillaient entre gêne et jalousie. Nadia, une provinciale qui débutait à peine dans le métier, jouait la conseillère juridique en indiquant que la diffusion de cette photo érotique risquait d'entraîner une fermeture temporaire de son compte. Une autre, un temps suspecte d'être la maîtresse de Vercini, considérait que les employées n'avaient pas à faire la promotion du JDE. Quant à Katia, la doyenne des filles, elle jugea le poème tendancieux : « Et tu prends combien pour te faire cueillir ? » Ce dernier commentaire était accrédité d'une vingtaine de *like*.

Manon pestait. Elle quitta Facebook, fit dérouler les contacts de son appareil, appela sa sœur. Messagerie. Elle réessaya. Julie ne répondit pas plus. Sa sœur avait décidé de se venger de ses années de mensonges. Mais où Julie avait-elle récupéré la photo postée sur Facebook ? Probablement pas sur Internet puisque Manon apparaissait sur Facebook avec une culotte de soie verte qu'elle avait utilisée pour la première fois la veille. Sa haine grandissait à mesure qu'elle réfléchissait. Qui mieux qu'une étudiante en philosophie était susceptible de composer une ode de moyenne facture ? Qui mieux que Julie connaissait ses codes d'accès à Facebook ? Personne. La nuit tombait sur la banlieue parisienne lorsque Julie rentra enfin, Jihad dans les bras.

— T'as fait un môme, ce serait peut-être bien de t'en occuper, tu ne crois pas ? aboya-t-elle en refermant la porte à double tour alors que l'enfant s'était endormi sur son épaule.

— J'aimerais bien. Sauf que je passe mon temps à réparer tes conneries, répondit Manon, qui ne bougea pas du canapé.

— Quelles conneries ? Vas-y, crache ton venin ! Sache que je sors de chez le médecin, que ton fils est à 40 °C. C'est pas parce que madame se dandine toute la nuit dans un club de strip-tease qu'elle doit se passer de ses obligations maternelles.

— Vu qu'il te reste du temps pour composer des jolis poèmes, tu peux bien t'occuper un peu de ton neveu.

— Des poèmes ? De quoi tu m'accuses, encore ?

— Vas-y, ne fais pas l'hypocrite. Tu sais très bien de quoi je parle…

Julie s'arrêta, l'observa. Elle semblait ne pas comprendre. Le bébé contre le torse, elle progressa le long du couloir, ouvrit la porte du cagibi, s'empara d'un siège bébé en plastique et se dirigea vers la salle de bains. Tandis que sa sœur hurlait dans son dos, elle posa l'objet au sol, dans la cabine de douche, se redressa, attrapa d'une main un tapis à langer, le posa sur le capot de la machine à laver le linge, y déposa Jihad qui s'agitait.

— Fais attention ! lança Manon.

— Tu peux prendre le relais, si tu le souhaites, répondit Julie, agacée. Alors, c'est quoi ton problème du jour ? relança-t-elle.

— Ta prose. C'est ça mon problème. De quel droit tu te permets d'aller sur mon compte Facebook ? Tu veux que je me fasse virer, c'est ça ?

— T'es complètement folle, ma vieille, répondit Julie qui, après avoir posé le bébé dans son siège, testait la tiédeur de l'eau qui se déversait sur les carreaux en grès de la douche.

Manon ne supportait pas le déni. Sans la présence de son fils, elle aurait volontiers saisi les longs cheveux roux de sa sœur et l'aurait traînée sur plusieurs mètres, histoire de se défouler. Sa colère fut interrompue par un nouveau coup de téléphone. Elle se précipita dans le salon pour récupérer son appareil.

— Oui ? répondit-elle.

— Gardien de la paix stagiaire Sapin. J'ai un premier retour suite à votre plainte pour escroquerie…

Le jeune flic qu'elle avait visité la veille. Il n'avait pas lésiné. Manon ne souhaitait pas nécessairement que son enquête aboutisse, de peur que sa jeune sœur se retrouve en garde à vue.

— … L'utilisation de votre carte bleue s'est faite d'un taxiphone du quartier de la Goutte-d'Or, dans le 18e arrondissement.

— Vous êtes sûr ? questionna Manon qui doutait que sa jeune sœur soit en mesure de fréquenter ce quartier malfamé.

— Certain. Vous avez des relations qui habitent ce secteur, ou qui le fréquentent ?

Manon ne voyait pas. Un notaire de renom, l'une de ses relations intimes, demeurait dans le quartier voisin de Pigalle. Pas du tout le profil du type à relever le chiffrement d'une carte bleue pour escroquer son propriétaire.

— Non, je ne vois pas. Et vous avez les horaires de connexion ?

— Oui. *(Manon l'entendait feuilleter son dossier.)* Commandes passées il y a deux jours, entre 23 h 35 et 23 h 51.

La plaignante resta coite. Sa sœur ne sortait jamais le soir. Et n'aurait jamais laissé Jihad pour se rendre en plein cœur de Paris.

— Je vais poursuivre mes recherches. Demain, j'irai faire un tour dans le cybercafé en question. Si ça se trouve, le gérant se souviendra de quelque chose. Peut-être qu'il y a de la vidéo, aussi.

Manon en doutait. Elle était une habituée de ce type de lieu propice à donner des coups de fil en toute discrétion, de manière à empêcher les flics de remonter ses appels vers les puces dépackées et utilisées illégalement par Bison du fond de sa cellule. Les cybercafés et autres taxiphones étaient les garants de l'anonymat, le cœur névralgique de l'économie souterraine.

Qui, alors ? Qui avait acheté des ouvrages à la Fnac ? Qui avait commandé une robe de mariée ? Nécessairement un ou une proche. Elle n'eut pas le temps de théoriser car elle reçut un nouveau SMS. Bison, cette fois : Va chez Pierre. J'ai besoin que Mouss me bipe. Et qu'il te refourgue un 50 grammes au passage.

Elle n'en avait pas envie. Il le fallait, pourtant. Sur le trajet, elle se connecta de nouveau sur Facebook, retira photo et poème.

23

Rien ne prouvait que Mégane Philippi s'était délibérément débarrassée du téléphone cellulaire de Yasmine Toumi. Celui-ci avait très bien pu glisser de sa poche alors que l'Australien l'agrippait par les aisselles pour la porter jusqu'aux Urgences. Kaminski, jamais en reste, y était aussi allé de sa théorie : Andrew Lloyd pouvait avoir jeté l'appareil lui-même. Cette hypothèse n'avait pas longtemps résisté à l'exploitation technique de l'appareil. Les SMS échangés entre la défunte et celle qui faisait office de surveillante de lycée étaient criants de vérité :

> Salut ma belle ! Arrivage de speed, super qualité ! 100 € le gramme. Tu prends ?

> Désolée. Je suis raide. Plus de thune. Et ma daronne m'a coupé les vivres.

> T'as qu'à vendre tes bijoux en or.

> Je suis mineure. Sans procuration, c'est mort...

> Tkt. Je peux les vendre à ta place au Mont de piété. Il y a un magasin dans le Marais.

> OK.

> Pas de souci. Rdv cet AM à 15 h chez oim. Puis départ chez Andrew. OK ?

Fières du travail accompli, Lola et Zoé, qui avaient pleinement conscience d'avoir joué un rôle fondamental dans la résolution de cette affaire, ne pouvaient se dérober à l'invitation de leur patron. Hervé Compostel les avait tous retenus dans son bureau, au moins le temps de trinquer de manière informelle en mémoire de Yasmine Toumi. Ce temps *off* dura un petit quart d'heure. D'ordinaire, ce moment était consacré au retour d'expérience, à une sorte de débriefing convivial, où chacun avait son lot d'anecdotes liées à l'affaire, où il était de bon ton de se moquer d'un ou deux de ses partenaires. Mais pas là, pas en cette circonstance, pas au sein de cette équipe. Lola ne souhaitait surtout rien partager devant Barbe blanche.

Ils allaient se quitter lorsque Compostel reçut un coup de fil. Dehors, la nuit couvrait totalement le quartier des Batignolles. Il décrocha. Ses convives gardèrent le silence. Le patron se pencha sur son bureau, attrapa un Post-it, griffonna une adresse. Puis raccrocha.

— Zoé, vous pouvez rentrer chez vous...
— Vous êtes sûr ?

Il confirma. Zoé Dechaume n'était pas de permanence, elle pouvait vaquer, aller s'entraîner au badminton si ça lui chantait.

— On a quoi au menu ? questionna Barbe blanche qui se serait bien resservi une troisième coupe.
— Vous avez déjà visité les catacombes, commandant ? Un macchabée nous y attend. Faites ramarrer votre procédurier, je crois qu'on a du boulot pour une partie de la nuit...

Hervé Compostel grimpa dans le véhicule chauffé par Lola. Une seconde Peugeot à bord de laquelle se trouvaient Richard Kaminski et son procédurier les attendait à l'extérieur du Bastion.

Kaminski prit la tête du convoi, le gyrophare fixé sur le toit. Le regard des mauvais jours, le bouillonnant chef de groupe lança le deux-tons sur la nouvelle rue Mstislav-Rostropovitch avant de faire vibrer la voiture sur les pavés luisants du boulevard Malesherbes. Ils traversèrent à toute pompe la place de la Concorde puis enquillèrent sur le boulevard Saint-Germain. Le jardin du Luxembourg les salua sur la droite, sorte de masse informe ceinte de hautes grilles aux pointes acérées. Puis ils bifurquèrent sur la gauche, rue du Val-de-Grâce.

Le trajet dura à peine dix minutes. Kaminski et ses hommes avaient rarement fait mieux. Il faut dire que le vieux poulet était surtout coutumier des saisines en banlieue, parfois dans des *no man's land* improbables, souvent au pied de grands ensembles vertigineux. Les affaires se faisaient rares à Paris. La ville était sûre, bien peuplée et surfliquée. Au pire, deux ou trois cas de SDF avinés qui se plantaient à coups de surin mal aiguisé, un ou deux règlements de comptes dans les arrondissements périphériques du Nord ou de l'Est, et, pour finir, quelques homosexuels saucissonnés à leurs domiciles piégés par des truqueurs. Guère plus. Des macchabées dans les catacombes, Kaminski n'en avait jamais croisé.

Par temps normal, la rue était paisible. Des blocs d'immeubles de part et d'autre, une voie à sens unique le long de laquelle le stationnement était réglementé et, tout au bout, à trois cents mètres, l'église baroque de l'hôpital militaire du Val-de-Grâce. Mais, ce soir, le quartier résidentiel, essentiellement fréquenté par des familles bourgeoises installées depuis plusieurs générations, était dérangé par tout un lot de flics en civil et par de nombreux véhicules de police sérigraphiés dont les équipements lumineux bleuissaient la nuit par intermittence. C'est Compostel qui le premier mit pied à terre. Le téléphone portable à la main, il était en liaison directe avec l'état-major qui lui communiquait les derniers éléments. De l'autre main, il héla Richard Kaminski et Lola Rivière pendant que le procédurier du groupe furetait dans le coffre de son véhicule à la recherche d'une paire de bottes.

— Voilà ce que je sais, débuta-t-il après avoir raccroché. On a une jeune femme couverte de sang à vingt mètres sous nos pieds, contre un mur de pierre jouxtant une tombe située dans un couloir des carrières. Cette femme, assez jeune d'après les cataflics qui sont intervenus, est totalement nue. Son cadavre est froid.

— On a une identité ? questionna Kaminski.

— Apparemment, non. Ils n'ont pas touché au corps, ils n'ont touché à rien. Ils se sont contentés de préserver la scène de crime...

— Avec le peu de passage qu'il doit y avoir en bas, ils n'ont pas dû avoir beaucoup de mal, sourit le procédurier qui avait rejoint ses collègues après avoir revêtu l'une sur l'autre deux tenues de protection.

— Qui l'a découverte ? demanda à son tour Lola Rivière, qui avait relevé le col de son blouson de cuir pour lutter contre le froid qui commençait à la saisir.

— Un type qui s'appelle Dimitri Hérisson. Il aurait passé sa journée dans les catacombes à la recherche d'une sorte de trésor, ajouta le taulier en reprenant ses notes. Il a été pris en charge par un équipage du 14e.

— Ben tiens ! Une chasse au trésor !? C'est la première fois qu'on me la sort, celle-ci, ironisa Barbe blanche.

La causerie fut vite interrompue. Le procureur de la République en personne, accompagné du maire de l'arrondissement, vint à la rencontre de l'équipe. Compostel se présenta sur-le-champ tout en invitant ses trois subalternes à disposer et à prendre les choses en main. La gestion des relations publiques par Hervé Compostel avait le mérite de libérer le groupe Kaminski qui pouvait ainsi se consacrer entièrement aux premiers actes d'enquête. Lola plongea aussitôt sa main dans sa poche, à la recherche de son brassard. Kaminski, lui, se précipita une dizaine de mètres plus loin, enjambant la rubalise dressée par les premiers intervenants afin de condamner le périmètre situé tout autour d'un regard d'égout menant vers les entrailles. Un homme, jeune, casque sur la tête et combinaison bleu marine sur le dos, remonta au même moment. Un écusson, cousu sur l'épaule, signifiait qu'il travaillait au sein de la compagnie sportive de la préfecture de police. Quand il se redressa, son grade, accroché à du velcro à hauteur de plexus, apparut.

— Brigadier-major Serrault. C'est moi qui dirige l'équipe des catacombes, précisa-t-il à Kaminski. J'ai deux gars en bas. Si vous voulez bien me suivre...

Bien sûr qu'il allait le suivre. Mais il ne semblait pas pressé. Le procédurier du groupe n'avait pas encore rassemblé tout le matériel dont il avait besoin, et, surtout, il voulait en savoir un peu plus sur la chronologie de la découverte du cadavre.

— On a été contactés en milieu d'après-midi, à 16 h 42, par le chef de poste du commissariat du 14e arrondissement. Un cataphile, un certain Dimitri Hérisson, s'est présenté à eux pour signaler la présence d'un cadavre...

— Poursuivez...

— J'ai alors rameuté deux de mes collègues qui étaient de repos. À 17 h 55, selon les indications du cata, on est descendus à hauteur de ce regard d'égout. Il s'agit de l'accès le plus direct à la tombe de Philibert Aspairt. Et à 18 h 05, on est arrivés sur place.

— C'est qui, ce Philibert Aspairt ? demanda le chef de groupe.

— D'après la légende, c'était le portier du Val-de-Grâce. Il se serait perdu en 1793 dans les carrières. Son cadavre n'a été retrouvé que onze ans plus tard. Résultat, l'inspecteur des carrières de l'époque aurait décidé de l'enterrer sur place. Sa stèle est un haut lieu de la cataphilie, peu visitée car très éloignée des chatières sauvages permettant d'accéder aux sous-sols. Mais quelques spécialistes prennent soin de l'entretenir de manière régulière.

— Et au niveau éclairage, ça donne quoi, en bas ? s'enquit le procédurier du groupe qui avait rejoint Kaminski et Rivière.

— Mes collègues ont chacun deux lampes torches.

« Pas suffisant », pensa le flic qui avait la lourde charge des constatations. Il prit des mains de Kaminski son téléphone de permanence et appela l'état-major à qui il réclama en urgence le matériel halogène nécessaire pour quatre heures de travail descriptif.

— Vous parliez de chatières sauvages. À quoi ça correspond ? demanda à son tour Lola qui observait la plaque d'égout d'un mètre de diamètre déposée à quelques pas de là.

— Ce sont des trous creusés par les cataphiles, en général le long de l'ancienne ceinture de Paris, près des Maréchaux. Elles sont régulièrement rebouchées, mais les cataphiles font en sorte d'en creuser de nouvelles pour pénétrer dans les carrières. Pour le GRS, on comptabilise en moyenne une soixantaine d'accès sauvages.

— Le GRS ?

— Ouais, le grand réseau sud. La capitale et sa banlieue surplombent plusieurs carrières. Vous en avez une au-dessous du jardin des Plantes, par exemple. Mais la plus grande, c'est celle du grand réseau sud, qui couvre cinq arrondissements : 5e, 6e, 13e, 14e et 15e. Ce que je peux vous dire aussi, c'est que le GRS est divisé en plusieurs quartiers. Vous avez le quartier Montsouris, le quartier Sarrette, le Carrefour des Morts aussi.

— Et ici ?

— Ici, c'est le quartier Notre-Dame-des-Champs.

Les trois enquêteurs étaient prêts à braver l'inconnu. Seul Barbe blanche avait encore une question avant de descendre l'échelle d'acier qui le mènerait dans les profondeurs de la ville.

— Et Hérisson, vous avez discuté avec lui ?

— Oui. Il n'a pas le profil d'un tueur, répondit le brigadier-major en se tournant vers le fourgon stationné en double file à une cinquantaine de mètres dans lequel patientait le jeune homme sous bonne escorte. Et puis surtout, il a eu le courage de nous prévenir. C'est plutôt rare par les temps qui courent.

Lentement, ils s'enfoncèrent le long du puits aux parois bétonnées. Chacun son tour, ils descendirent avec prudence la vingtaine de mètres de barreaux avant de poser le pied sur un sol de gypse. La douceur du lieu les surprit. Les 13 degrés ambiants contrastaient avec la température extérieure, proche de 5 degrés en cette soirée d'avril. Dans la foulée du major, ils découvrirent une large et haute galerie faite de pierres calcaires taillées. Au sol, une fine pellicule de sable absorbait leurs pas. Pas de crânes, pas d'os, pas de tags, aucune décoration, l'endroit était propre. Lola, qui fermait la marche, se serait sentie presque en sécurité, malgré un manque certain de lumière. Puis, après dix minutes de progression, la lourde carcasse de Kaminski devint ombre. La lampe du brigadier-major venait d'accrocher deux autres faisceaux de lumière. Les policiers des catacombes patientaient à l'intersection de deux boyaux.

— C'est par là ! pointa l'un d'eux en se servant de sa lampe torche.

La stèle de Philibert Aspairt se dessina aussitôt. Mais c'est le cadavre nu d'une femme recroquevillée en position fœtale qui s'imposa à eux. La peau était lisse, la chair blanche à l'exception du dos qui présentait des traces de frottements, des griffures larges et parallèles. Elle reposait sur le côté gauche, face contre la paroi. Trente ans, pas plus, jugea au débotté Kaminski qui resta à deux pas. Grosso modo un mètre soixante-dix pour cinquante-trois kilos, à peu près la même morphologie que Lola. Il prit une photo à l'aide de son appareil, la transmit aussitôt à Compostel, lequel était resté en surface en compagnie d'un ingénieur de l'Inspection des carrières.

Remis de ses émotions, le procédurier ouvrit enfin son sac de doublure. En silence, il tira la fermeture Éclair de la poche centrale et distribua à son chef de groupe une paire de gants chirurgicaux de taille XL. Tous les flics l'observaient, en particulier ceux des catacombes qui tentaient de précéder ses gestes en l'éclairant au mieux. Dans un silence sépulcral, il s'approcha enfin du cadavre dont le visage, noyé sous les cheveux, s'écrasait sur le sol spongieux. Les genoux à terre, il tira avec délicatesse sur le corps qui se déplia en souplesse pour offrir à la vue des spectateurs de jolis seins en forme de poire. Aucune trace d'hémoglobine, à l'exception d'un cou violacé et d'un visage couvert de croûtes. La paupière supérieure de l'œil droit pendouillait, l'arête du nez semblait cassée, les lèvres avaient explosé. Le visage était couvert de sang, méconnaissable.

— Elle a sacrément morflé, lâcha le procédurier. Vous n'avez retrouvé aucun vêtement dans les parages ?

— Rien du tout. Pas le moindre bout de tissu.

Kaminski se pencha à son tour, souleva une main, la retourna, visa les phalanges. Les rigidités cadavériques avaient disparu, preuve que le corps reposait ici depuis au moins une douzaine d'heures. Il semblait perturbé. Cette scène de crime présentait trop d'inconnues : pas d'élément d'identification notable, pas d'arme du crime, pas d'empreinte exploitable. Et, par-dessus le marché, une présence dans les boyaux de la capitale pour le moins mystérieuse. Par dépit, il fureta partout à l'aide d'une Maglite empruntée à un cataflic.

— Et ça, c'est quoi ? s'enquit-il en apercevant une médaille de quelques centimètres de diamètre dissimulée derrière la stèle.

Peut-être une piste. À court d'idées, Kaminski reprit les choses en main.

— Franck, tu restes là pour procéder aux constatations. Une fois que tu as fini, tu fais remonter le corps sans trop me l'abîmer et tu assures le transfert à l'IML.

— Et moi, je fais quoi ? s'enquit Lola, restée en retrait, qui ne semblait pas faire partie des projets du chef de groupe.

— Toi, tu grimpes en surface et tu fais conduire Dimitri Hérisson au « 36 ». Et fais-moi une audition sérieuse, ça te changera...

Lola ne répondit pas. Ça ne servait à rien. Sur le coup, une crampe abdominale la foudroya. Elle n'en laissa rien paraître.

24

Couper son portable, ne serait-ce que quelques heures. Si l'objet n'était pas la source de ses ennuis, il en était tout au moins le vecteur. Une fois n'est pas coutume, Manon emprunta le RER pour se rendre dans le 8e arrondissement. La rame était déserte. Elle retira les bottes à talons qu'elle avait enfilées en lieu et place de ses Louboutin, et allongea ses jambes sur le siège qui se trouvait en vis-à-vis. Sa cheville droite lui faisait toujours mal. Elle avait hésité à se rendre au JDE. Vu les derniers commentaires de Vercini, il n'était peut-être pas de bon ton de le provoquer en lui balançant un arrêt de travail pour un membre douloureux. Et puis une nuit au Jardin d'Éden ne pouvait lui être que bénéfique. Danser pour oublier ses soucis, se transcender au son du rock pour rayer de sa mémoire, au moins temporairement, l'assassinat dont elle avait été le témoin le matin même.

La nuit du vendredi au samedi était capitale. Elle engendrait un maximum de profits. Les cabarets ne désemplissaient pas. Les hommes ne désiraient qu'une chose : se ressourcer, vivre un feu d'artifice, avant d'affronter une nouvelle routine. Le JDE était plein à craquer lorsque Manon arriva. Elle fendit la foule, échappa de peu à un accident lorsqu'un client, une coupe de champagne à la main, se retourna vivement, puis trouva plus d'espace dans le couloir qui la menait au vestiaire. Son entrée mit fin à un brouhaha.

— Salut les filles !

Personne ne répondit. Pas même Diana, occupée à se dessiner un trait noir épais dans le prolongement de l'œil, à la façon de Nabilla.

— Qu'est-ce qui se passe ? s'enquit Manon. C'est à cause de mon mur Facebook, c'est ça ?

Elle n'aurait pas pu mieux dire.

— *You should be ashamed*[1] *!*

Manon comprenait difficilement l'anglais. L'accent néo-zélandais d'Emily ne l'aidait guère. Mais le ton employé ne laissait rien présager de bon. Diana, en quelque sorte, fit le truchement :

— Qu'est-ce qui t'a pris ? T'es devenue folle ! Tu veux que le JDE ferme ses portes ou quoi ?

— Pardon ?

— T'es complètement malade ! Vercini est remonté comme un coucou. J'te préviens, il veut ta peau... T'as intérêt à retirer vite fait ce que t'as mis sur Facebook.

— Attends, je t'ai pas attendu, ma cocotte, riposta Manon. J'ai retiré la photo en milieu d'après-midi. Et d'abord c'est pas moi qui...

Elle n'eut pas le temps de finir son couplet. Vercini poussa la porte, se désintéressa totalement de la

1. Tu devrais avoir honte !

nudité dans laquelle se trouvait la dernière recrue du Jardin.

— Manon, prends tes affaires et suis-moi dans mon bureau. Toutes tes affaires !

— Pardon ? Je vide mon vestiaire, c'est ça ?

— T'as tout compris. T'es virée.

— Je peux savoir pourquoi, au moins ?

Manon, assise face à Vercini, restait interloquée. Il n'était plus question de poésie mais de proxénétisme. Pour preuve, son futur ex-patron avait déconnecté son système de vidéosurveillance pour ouvrir une connexion Internet. Le Jardin d'Éden, référencé sur Facebook, annonçait une notification de l'une de ses danseuses : « Mon corps de déesse pour 300 € la nuit ». Il fit pivoter l'écran à 180 degrés.

— C'est bien ton compte, ça ? Non ?

Manon s'étrangla. Les mains jointes à hauteur de la bouche, elle ne savait que répondre. Toute défense paraissait inutile. Quelqu'un avait de nouveau utilisé son compte à son insu.

— Je t'aimais bien, Manon. T'as un caractère de chien, mais je t'aimais bien, tempéra Vercini. Là, je risque une procédure pour proxénétisme, tu comprends. Ça signifie fermeture administrative du JDE le temps de l'enquête. En bref, chômage technique pour tout le personnel : filles, videurs, barmen et barmaid, et j'en passe. Tu comprends ?

Les yeux pleins de larmes, elle acquiesça.

— J'engage une procédure de licenciement pour faute lourde, je n'ai pas le choix…

— Comment je vais faire pour retrouver du boulot, moi ? sanglota-t-elle.

— ... sauf si tu retires tout de suite ce commentaire. Alors là, on peut peut-être s'arranger. Vu que je t'aime bien, je peux te mettre dans la boucle des voyageuses.

Les voyageuses. Manon n'y était pas favorable. Visiter à longueur d'année les capitales européennes en pratiquant son art n'était plus de son âge. Et puis elle savait pertinemment que les propos qui lui étaient attribués sur Facebook allaient très vite faire le tour du monde. Les filles, pour la plupart, adoraient les scandales. C'était la fin de sa carrière.

Manon se leva de sa chaise, vint se placer derrière le clavier. Elle déconnecta le profil du Jardin d'Éden pour se reconnecter sur le sien. En vain. Son profil ne répondait pas. *Mot de passe erroné* indiquait le serveur. Manon vérifia que la touche du clavier Verr Num était bien activée. Elle l'était. Le mot de passe 251216, qui correspondait à la date de naissance de Jihad, ne fonctionnait plus.

— Il y a un souci ?

— J'arrive plus à me connecter sur mon compte. J'ai été piratée, ajouta Manon, dépitée.

Visiblement, Vercini ne la crut pas.

— Tu comprendras que je suis obligé de me protéger. Je dois aviser la Mondaine. Sinon je suis mort. Tu recevras ton chèque de solde d'ici deux ou trois jours.

C'est à pied, avec un grand sac de sport sur le dos, qu'elle rejoignit le Pierre-Ier. Elle passa devant Chez Monique. Le commerce était fermé. Moussa, son autre source de revenus, l'attendait à une vingtaine de mètres de l'entrée du parking de l'hôtel de luxe.

25

La disponibilité, un maître mot à la Crim'. Lola avait débuté sa journée aux aurores, mangé sur le pouce en compagnie de Zoé, traversé Paris une première fois à la recherche du téléphone de Yasmine Toùmi, enfin elle avait arraché des aveux à Mégane Philippi avant de repartir vent du cul dans la plaine sur une nouvelle affaire. La découverte d'un corps nu dans les sous-sols de la capitale avait sonné comme un coup de semonce. Une « dérouille » un samedi soir, et c'était un groupe dans son ensemble qui se retrouvait confiné au service pour le reste du week-end. Tous sur le pont, chacun dans son coin.

Dans l'immédiat, Lola Rivière était seule dans les murs du Bastion, simplement séparée de Dimitri Hérisson par deux écrans d'ordinateur. « Une facétie de plus », au dire de son chef de groupe qui lui reprochait ce double emploi lorsque lui regrettait encore les bonnes vieilles machines à écrire des années 1980 qui crépitaient à longueur de journée dans les commissariats de police. Face à Dimitri Hérisson, ses deux postes n'étaient pas de trop. L'un pour taper le procès-verbal d'audition, l'autre connecté en permanence à Internet pour valider les déclarations du jeune homme. Car tout ce qu'il racontait lui paraissait passionnant, mais surtout vérifiable.

— Je fais du géocaching. C'est pour ça que je me suis retrouvé dans les catacombes aujourd'hui.

Elle pianota sur Google, son meilleur « ami », et sortit dans l'instant une définition standard de cet anglicisme : *Loisir qui consiste à utiliser la technique du GPS pour rechercher ou dissimuler un objet à travers le monde.*

— Mais encore ? lui demanda-t-elle.

— Je suis connecté en permanence sur un site spécialisé où tout un tas d'énigmes sont rangées par ordre de difficultés ou par région. Le but est de les résoudre afin de découvrir des coordonnées GPS précises. Une fois ces coordonnées connues, vous vous rendez sur place à la recherche de l'objet caché.

Ça paraissait simple à Lola. C'est alors que Dimitri Hérisson, définitivement remis de ses émotions de l'après-midi, sourit :

— Vous savez, ça peut paraître primaire comme jeu. Mais certaines énigmes demandent beaucoup de recherches, de réflexion ou encore de sacrifices. L'été dernier, j'ai participé à un jeu de piste de trente difficultés. Je n'ai jamais réussi à aller au bout. Je bloque toujours à la vingt-sixième.

— Et pour ce qui nous concerne ? demanda Lola.

Hérisson ouvrit son sac à dos posé sur ses genoux. Lola y aperçut un appareil photo avant qu'il ne sorte une feuille de route toute chiffonnée. Puis il se mit à lire :

— *V2.X2.V2 / B1.T1.R1 : NE tourne pas plus de 2 fois pour me trouver. Puis descends de 87 pieds.*
— Faites voir !

Lola le vouvoyait. Difficile avec ce type qui avait tout de l'adolescent attardé et qui devait passer le reste de son temps libre à jouer en réseau avec ses potes. Elle prit la feuille entre ses mains et relut l'énigme. Effectivement, c'était à n'y rien comprendre. Elle le regarda, pensa à se remplir un verre d'eau pendant qu'il gesticulait sur son siège, puis le questionna, à court d'idées :

— Comment avez-vous fait, alors ?

Il rapprocha sa chaise du bureau et posa sa feuille sur le plateau en glissant son index sur le mélange de chiffres et de lettres.

— Ça, vous voyez, c'est pas compliqué. Il s'agit de coordonnées GPS sexagésimales codées. Et le code, le chiffrement si vous voulez, se trouve dans la phrase qui suit. *NE tourne pas plus de 2 fois pour me trouver.* Je peux vous dire que j'ai mis un bout de temps pour trouver. D'abord, il y avait les deux lettres majuscules. À quoi elles correspondent, à votre avis ? questionna le jeune homme, de plus en plus à l'aise dans ce lieu étranger.

Lola ne savait pas. Elle était pressée. Outre l'audition de Hérisson, pour l'heure seul suspect de l'enquête, il y avait plein de recherches à lancer. Récupérer un plan complet des catacombes, recenser les délits commis dans les sous-sols parisiens au cours des six derniers mois, etc.

— Les majuscules N et E ne sont pas là par hasard. Elles correspondent aux coordonnées de la longitude et de la latitude, le Nord et l'Est. Ensuite il y avait cette histoire de *2 fois*. J'ai mis plusieurs jours à comprendre qu'il y avait un rapport avec l'alphabet, d'autant que vous aurez constaté que les chiffres du code ne dépassent jamais le 2. J'ai alors fait plusieurs essais en partant de B1. Pourquoi B1 ? Parce que B1 correspondait au premier chiffre de la latitude. Et en région parisienne, la latitude est de 02. Donc B1 = 02. De là je me suis dit que chaque lettre de l'alphabet devait correspondre à son chiffre, de 1 à 26. Pour T1, j'ai alors calculé 20. Vous comprenez ?

Elle comprenait. Sauf pour les lettres suivies d'un 2.

— Facile, poursuivit-il. Souvenez-vous : *NE tourne pas plus de 2 fois pour me trouver*. C'est encore une référence à l'alphabet. Si toutes les lettres suivies de 1 sont comprises entre 01 et 26, toutes les lettres suivies de 2 sont alors comprises entre 27 et 52. Ce qui fait que j'ai trouvé des coordonnées qui m'ont conduit en plein Paris, au croisement de deux rues du 14e. Sauf que, sur place, je ne comprenais pas ce que je devais trouver. J'ai fouillé les poubelles, rien. J'ai regardé l'intérieur des panneaux de signalisation, pas mieux. Je me doutais bien qu'il y avait un lien avec l'histoire des *87 pieds*. Je suis revenu trois fois sur place. Hormis une plaque d'égout, située exactement sous les coordonnées GPS, il n'y avait que dalle. Et puis j'ai eu comme une lueur en lisant IDC sur la partie extérieure du regard d'égout. IDC, ce sont les initiales du service de l'Inspection des carrières. J'ai aussitôt compris que la cache se trouvait sous terre...

Lola était conquise, enfin. Elle l'imagina convertir les quatre-vingt-sept pieds en mètres, puis s'intéresser au monde souterrain de la capitale.

— J'ai alors préparé mon voyage. J'ai étudié les cartes, fait des recoupements, et j'ai vite compris que les coordonnées souterraines correspondaient à celles du tombeau de Philibert Aspairt, un type qui s'est perdu dans les carrières sous la Révolution.

— Oui, je sais, répondit-elle. Et qu'étiez-vous censé découvrir ?

— Un louis d'or. Vous pouvez vérifier, si vous voulez, tout est mentionné sur le site geocaching.com.

— Et vous l'avez récupéré ?

— Non. Quand j'ai vu le corps, j'ai dégagé vite fait. Je n'ai même pas pris de photo de la stèle.

— Donc le louis d'or est toujours sur place, non ?

— Probablement, oui. Sauf si quelqu'un l'a déjà récupéré. Mais à ma connaissance ce n'est pas le cas. Ça serait indiqué dans les commentaires du site Internet.

— Et ça fait combien de temps que l'énigme est active ?

— Une dizaine de jours.

L'enquêtrice en conclut que celui qui avait placé le louis d'or sur site ne pouvait être qu'étranger à la mort de cette inconnue. Lola s'empara aussitôt de son cellulaire pour composer le numéro du procédurier du groupe. Elle tomba sur la messagerie. L'homme, sous terre, ne devait pas être en mesure de capter les appels. Contrainte et forcée, elle finit par adresser un texto à son chef de groupe : La médaille que tu as découverte à côté de la stèle était l'objet d'une sorte de chasse au trésor initiée il y a une dizaine de jours. Rien à voir avec le meurtre. Elle avait à peine reposé son appareil que son compte de messagerie professionnel bipa.

193

Elle cliqua dessus et, avant d'ouvrir la pièce jointe transmise par Kaminski, lut le bref commentaire : descends à la dactylo.

— Il y aurait moyen de récupérer le louis d'or ?

La moue de Lola valait réponse. Dimitri Hérisson relisait ses déclarations lorsque Lola imprima la pièce jointe envoyée par son chef de groupe. Il s'agissait d'une fiche décadactylaire supportant le relevé des empreintes de la défunte qu'un technicien de l'Identité judiciaire s'était empressé d'effectuer sur zone.

Hérisson enfin libéré, elle réveilla le permanent de l'Identité judiciaire désormais située au deuxième sous-sol. Celui-ci se traîna dans un long couloir pour déboucher dans une pièce ultramoderne dont les murs étaient couverts d'écrans plats. Aidé d'une notice de deux pages, il alluma un ordinateur relié à un énorme scanner, entra une série de codes de sécurité, numérisa la fiche décadactylaire, retravailla les dimensions, puis lança la recherche. La machine moulina à peine trois secondes pour afficher à l'écran un *No match*.

— Elle est inconnue au sein du FAED[1], conclut le permanent.

Il était près de 3 heures du matin lorsqu'elle transféra l'information. Barbe blanche attendit vingt minutes avant de la recontacter par SMS et de lui commander froidement une nouvelle mission : Sois à 8 heures à l'IML pour l'autopsie.

---

1. Fichier automatisé des empreintes digitales.

26

— J'ai donné ma démission, lâcha Manon qui était rentrée de Paris un peu avant minuit.

Sa sœur resta figée sur son bol de café qu'elle tenait à deux mains, silencieuse. Levée à 5 heures du matin pour le premier biberon de la journée, elle n'avait pas retrouvé le sommeil, au contraire de Jihad qui dormait toujours.

— Je peux prendre ta voiture, aujourd'hui ? poursuivit l'aînée. Je vais à Fleury voir David.

— Je croyais que tu détestais conduire, répondit Julie sans lever la tête. Et qu'est-ce que tu vas faire, maintenant ?

— Je vais acheter un fonds de commerce, répondit Manon alors qu'elle enfilait une bague sertie de diamants à son annulaire droit.

— Dans quel domaine ?

— La lingerie de luxe. J'ai entamé des négociations.

— Ça ne va pas te changer beaucoup, finalement... T'as étudié les comptes, au moins ? douta Julie.

— Qu'est-ce que tu crois ? Ça fait des mois que je cogite, que je demande des avis. En plus, la vendeuse est une amie, une personne de confiance.

— Et question investissement ?

— Elle en demande 450 000, murs compris. C'est dans les beaux quartiers. En plus de ma part de l'héritage, j'ai un apport perso de 120 000.

— Ouah ! Ça rapporte le strip, dis donc !

Manon ne releva pas.

— Le Crédit de France est prêt à s'associer au projet. Il me manque juste 150 000 balles à trouver, finit-elle en tournant la tête vers la baie vitrée.

— Et tu comptes faire comment pour trouver 150 000 « balles » ?

— Justement. Je comptais un peu sur toi et ta part de papa et maman.

Julie plissa les yeux, se leva, prit son bol vide, alla le déposer dans l'évier de la cuisine. Elle fila sans rien dire vers la salle de bains. Sans même un regard.

Il pleuvait à torrents lorsque Manon quitta Choisy-le-Roi au volant de l'AX blanche de sa sœur. La direction n'était pas assistée, les vitres manuelles, l'autoradio grésillait, et Manon ne savait pas se servir du dispositif de désembuage. Aidée du GPS, elle finit par récupérer l'autoroute A86 puis rattrapa l'A6. Une demi-heure plus tard, elle était garée devant la prison, en avance sur l'horaire fixé à 11 heures. Elle tremblait. La musique lui était insupportable, elle coupa le son. Elle prit son sac à main sur les cuisses, sortit son iPhone et tout le matériel métallique qu'elle glissa dans la boîte à gants, puis mit la main sur son gel lubrifiant. Cinq minutes plus tard, elle était prête. Elle attendit le dernier moment, celui où la porte de la maison d'arrêt s'ouvrait sur les visiteurs parloirs qu'elle apercevait à travers les gouttes d'eau dévalant le long du pare-brise. Malgré la pluie, elle marcha lentement. Une fois n'est pas coutume, elle avait revêtu un jean délavé, sans charme, aux antipodes de ses jupes à volants qui couvraient à peine ses fesses. Elle arriva trempée et flageolante.

— Je suis frigorifiée, dit-elle d'emblée au maton qui l'accueillit.

L'homme ne sourit pas. Deux barres blanches traversaient ses épaulettes. Un cadre de la pénitentiaire, vraisemblablement. Millet, son nom, apparaissait scratché sur son uniforme bleu marine en lettres majuscules. Il était assisté d'un couple de jeunes gardiens de prison d'origine antillaise. Manon, jusqu'à ce jour, ne les avait jamais croisés. Ils semblaient soucieux de bien faire. Équipés chacun d'un détecteur à main, ils inspectaient les vêtements de l'ensemble des visiteurs. L'air était irrespirable. Dernière de la file, elle s'avança et se glissa sous le portique de détection sans encombre. La matonne se figea devant elle, lui demandant fermement d'écarter les bras. Manon obtempéra. L'opération de balayage dura quelques secondes. Soulagée, elle reprit son chemin jusqu'à ce qu'un berger belge muselé lui saute dessus quelques mètres plus loin. Il était tenu en laisse par son maître mais ce dernier eut du mal à le retenir.

— Calme, Carbone ! Calme !

L'officier de détention se rapprocha.

— Un problème ?

— Il semble que Carbone ait ferré un gros poisson, lieutenant, répondit le maître-chien.

Manon était blême. Collée contre le mur en crépi, elle se tenait le plus loin possible du molosse.

— Votre permis de visite, madame, s'il vous plaît ? demanda le lieutenant Millet.

Elle le tendit aussitôt.

— Je suis indisposée, tenta Manon à leur intention pour expliquer le mouvement spontané du canidé.

— C'est un chien antidrogue, madame. Pas un aspirateur à globules rouges, la coupa le maître-chien.

— Je suis dans l'obligation de vous demander de me suivre en compagnie de ma collègue, insista Millet. On va procéder à une fouille à corps.

— Pardon ?

— C'est le règlement, madame. Suivez-nous.

— Attendez, je ne vais pas me mettre nue devant vous, quand même ! dit-elle de plus en plus crispée.

— Seulement devant ma collègue.

— Et si je refuse ?

— C'est délicat. On est alors obligés de saisir la police, laquelle vous demandera à son tour de vous déshabiller. Et si vous persévérez à refuser, un officier de police judiciaire vous fera passer une radiographie en milieu hospitalier.

Elle était coincée. Elle décida finalement d'obtempérer, en espérant gagner la clémence du lieutenant de détention, celui qui semblait décider de tout. À petits pas, elle suivit dans une pièce aveugle la gardienne de prison à qui elle remit un morceau de résine de cannabis d'une cinquantaine de grammes emballé dans de la cellophane après s'être accroupie.

— Qu'est-ce qui va se passer, maintenant ? s'enquit Manon en remontant son tanga.

— Vous allez faire l'objet d'une enquête pour savoir à qui c'était destiné, d'où ça vient précisément, etc., répondit la matonne.

— C'est votre chef qui va diriger l'enquête ?

— Ah non, c'est du ressort de la police, ça.

— Je peux voir votre chef, s'il vous plaît ?

Sa demande fut aussitôt exaucée. Millet, à qui la gardienne montra la demi-savonnette de cannabis, pénétrait dans la pièce.

— Il y a peut-être moyen de s'arranger, non ? suggéra Manon.

— S'arranger ? s'étonna le lieutenant alors que la gardienne antillaise sortait au même moment de la pièce. Je ne vois vraiment pas de quelle manière on peut s'arranger, mademoiselle Legendre, ajouta-t-il alors qu'il tenait encore son permis de visite dans une main.

Elle ne cessait de le fixer, cherchait à l'amadouer. Mais, bien loin de sa barre de *pole dance*, sa force de persuasion n'avait plus le même impact sur son auditoire. Les larmes lui montèrent aux yeux.

— Cinquante grammes, ce n'est pas rien. On ne peut pas passer outre, conclut Millet qui se voulait moins intransigeant qu'il ne l'était.

L'OPJ de permanence s'appelait Pierre Milan. Il se déclara capitaine de police. Il menotta Manon Legendre sur-le-champ et, comme la règle l'imposait, dans le dos, une paume vers l'avant, la deuxième vers l'arrière. Puis, après l'avoir laissée sous bonne garde de son adjoint, il se mit à l'écart et discuta longuement avec le lieutenant de détention.

— Vous m'emmenez où ? voulut savoir Manon alors qu'ils se dirigeaient vers le parking.
— Versailles, au siège du SRPJ. Vous connaissez ?
Non, elle ne connaissait pas. Elle ne connaissait pas grand-chose du monde policier hormis le commissariat de Choisy-le-Roi où elle avait déposé plainte en milieu de semaine, et, quelques années en arrière où elle avait été remise à ses parents à l'issue de certaines de ses fugues.
Milan lui ouvrit la portière arrière droite d'une Mégane beige, huma son parfum au moment de faire glisser le long de son corps la ceinture de sécurité, puis vint s'installer à sa gauche, derrière le chauffeur qui avait récupéré le cannabis. Le chemin les menant dans les Yvelines se fit dans un silence sépulcral. Le « 19 » de l'avenue de Paris, numéro qui n'avait jamais connu l'aura du « 36 », les accueillit. Située à quelques centaines de mètres à peine du château de Versailles, l'adresse correspondait au siège du plus important service régional de police judiciaire de France, une unité comptant plusieurs centaines d'hommes et de femmes qui avaient pour tâche d'endiguer la moyenne et la grande délinquance sur toute la grande couronne parisienne. À l'instar des locaux du « 36 », les bâtisses situées au 19 – anciennement les écuries de la comtesse du Barry – faisaient l'objet d'un classement aux Monuments historiques. Agrippée par les menottes, Manon gravit difficilement deux étages d'un bâtiment situé en fond de cour pour aboutir dans le couloir desservant les bureaux de la brigade des stupéfiants.

— Installez-vous ! ordonna Milan à son invitée après l'avoir guidée à l'intérieur de son bureau et lui avoir retiré les pinces.

La pièce était longue et étroite. Lugubre aussi. Une douzaine de mètres carrés, tout au plus, où deux bureaux se faisaient face. Pas d'affiches comme dans les films, de la peinture décrépie, rien de personnel hormis l'encadrement d'une médaille dorée cousue à un ruban tricolore, et des armoires d'un autre âge. Manon s'assit dans le fond de la pièce, face à la fenêtre donnant sur une cour pavée et déserte.

— Nom, prénom, date et lieu de naissance, démarra l'enquêteur alors qu'il venait d'ouvrir son logiciel de rédaction de procédure.

Elle s'exécuta. Attendit la suite. Et se mit sérieusement à réfléchir lorsque le flic lui notifia son placement en garde à vue pour importation et détention de stupéfiants.

— Je vous la fais courte : vous êtes en garde à vue pour vingt-quatre heures reconductibles, dans une limite maximale de quatre-vingt-seize heures. Vous avez droit à la visite d'un médecin, et à faire prévenir employeur et famille. Pour l'avocat, on attendra.

— Je risque combien ?

— Ça dépend de vous. Le risque ne s'évalue pas en début de garde à vue mais à la toute fin. En bref, si vous collaborez, si vous répondez avec franchise à mes questions, la peine peut fondre à vue d'œil. Pour l'heure, selon le code pénal, on démarre sur la fourchette haute : vingt ans.

Elle ne pipa mot. La durée lui paraissait quelque peu excessive. Surtout pour un bout de shit. Elle avait côtoyé des voyous reconnus coupables de meurtres qui s'en étaient sortis avec une peine de huit ans. À l'arrivée, avec les remises de peine, ils étaient restés à peine cinq ans derrière les barreaux.

Elle ne sollicita aucun avis. Pas même le coup de fil à sa sœur, de manière à l'aviser de son indisponibilité.

— Vous travaillez ?
— Oui.
— Où ça ?
— À Paris, dans le 8e.
— Pour quelle société ?
— Le Jardin d'Éden. C'est un club de nuit.
— Je peux faire prévenir votre patron, si vous le souhaitez…
— Non, pas la peine. Je ne travaille pas ce week-end.

Manon le dévisageait. Rasé de près, l'homme avait un regard de chien battu, des cernes gonflés de fatigue et d'alcool, des sourcils épais bruns, broussailleux, parsemés de poils blancs, et trois rides lui creusant le front. Elle lui donnait quarante-huit ou quarante-neuf ans, pas moins. Sa peau granuleuse aurait mérité des soins. L'odeur de tabac froid, imprégnée dans les murs, et la présence d'un cendrier situé à proximité d'un vieil abat-jour métallique offraient le début d'une explication.

Milan se redressa de son fauteuil, se pencha sous son bureau et retira le couvercle d'un carton de feuilles vierges qui prenait la poussière. Muni d'un feutre noir qu'il puisa parmi de nombreux stylos dans une tasse à café, il nota bien en vue, en lettres majuscules, les nom et prénom de la gardée à vue, sur un rebord large, puis le posa à l'envers sur le bureau.

— Je vais vous demander de me vider vos poches et de tout déposer dans le couvercle. Ce sera votre fouille, laquelle sera consignée dans un inventaire que vous émargerez. Elle vous sera rendue au moment de votre départ.

Elle se leva à son tour. Pour tout objet, elle possédait la clé de l'AX blanche empruntée à sa sœur.

— Pas de bijou, de chaîne, de piercing ? s'enquit le capitaine Milan.

Manon secoua la tête. Il lui demanda de se rasseoir, se saisit alors du sac à main qu'il avait récupéré dans l'AX de Manon au sortir de la maison d'arrêt, le vida, puis déclina l'inventaire à haute voix :

— Une trousse de maquillage, un paquet de mouchoirs entamé de la marque Kleenex, un portefeuille en cuir noir contenant la somme de 120 euros (constituée de six billets de 20 euros), une carte de crédit de la banque Crédit de France, agence Choisy-le-Roi, n° 49744987396700, une carte France Telecom de cinquante unités, un étui de cuir marron contenant un chéquier au nom de Manon Legendre émanant du Crédit de France au sein duquel il manque trois souches, un téléphone cellulaire de type iPhone 5S connecté sur le réseau Free, un gel lubrifiant de marque Manix (100 ml), un trousseau de six clés, une bague couleur argent sertie de brillants, un bijou de type piercing en forme de papillon...

— Ça s'appelle une banane de nombril. J'y tiens. C'est de l'or 18 carats avec incrustation de diamants Swarovski.

— ... donc une banane de nombril (axe couleur or) sertie de quatre brillants, une montre femme de marque Chopard (couleur or rose), une boîte entamée de préservatifs masculins de marque Durex, un étui à stylos de marque Lancel contenant deux stylos plume couleur bronze de même marque, une paire de lunettes de soleil de marque Ray-Ban, une paire de bouchons d'oreilles. Le tout contenu dans un sac à main rouge siglé Louis Vuitton.

Milan ne fit aucun commentaire superflu.

— Suivez-moi, ordonna-t-il alors qu'il laissait à la vue de tous le carton de valeurs sur son bureau.

Elle se laissa guider. Inutile de palabrer. Ils empruntèrent un long couloir jusqu'à se retrouver dans un local de police scientifique, sous les combles, où l'attendait une technicienne.

— Ma collègue va procéder à un relevé de vos empreintes digitales et génétiques. Ensuite, on pourra enfin se mettre au travail, lui glissa-t-il alors qu'il les abandonnait.

— Dans quel but ?

— Tous les gardés à vue y passent. C'est la règle. À nous, les flics, ça nous permet parfois de faire des rapprochements avec d'autres affaires.

— Mais je n'ai rien d'autre à me reprocher, moi ! répondit-elle, perplexe.

— C'est vous qui le dites. Moi, je suis payé pour m'en assurer, précisa Milan en jouant le blasé.

Il pianotait sur son clavier lorsque Manon fut réintroduite dans son bureau. Elle s'assit, agacée, les paumes fermées. L'encre utilisée pour le relevé de ses empreintes lui collait aux doigts. Elle n'avait pas réussi à s'en débarrasser totalement malgré un long nettoyage sous l'eau chaude. Le flic ne releva pas la tête de son écran. Au bout de cinq minutes, enfin, il lui tendit un premier procès-verbal qu'il arracha de l'imprimante qui se trouvait sur sa droite.

— L'inventaire de votre fouille. Signature en bas à droite, sous votre nom.

— Je dois relire ?

— C'est dans votre intérêt.

Elle fut rassurée par les premières lignes. Milan avait recopié au mot près le détail de ses effets personnels. Elle s'abstint de lire la suite, lui fit entière confiance même si la somme des éléments consignés devait avoisiner quelques milliers d'euros.

— OK, passons aux choses sérieuses, débuta Milan. Racontez-moi…

— Vous raconter quoi ?

Manon détestait les questions ouvertes. Faire le récit de ses péripéties en évoquant dans le détail les raisons de l'entrée illicite de cannabis dans une maison d'arrêt lui paraissait inconcevable.

— Je préfère que vous me posiez des questions précises, insista Manon.

Milan la fixa. Si elle semblait lasse, elle ne tremblait plus.

— OK, à qui était destiné le cannabis ? débuta-t-il alors qu'il tenait dans la main son permis de visite.

— Vous le savez très bien.

— Oui, mais j'ai, ou du moins le juge a besoin de vous l'entendre dire.

— David.

— David qui ?

— Ribeiro, David Ribeiro.

— Numéro d'écrou ?

— Il est noté sur le permis de visite.

— OK, c'est qui ce David Ribeiro ? s'enquit Milan.

— Mon fiancé. On doit se marier dans un mois. Je l'ai connu sur mon lieu de travail.

Milan sourit. Le mariage, en maison d'arrêt, permettait aux condamnés définitifs des remises de peine. Pour les autres, ceux qui attendaient leur procès, il était gage de stabilité et de réinsertion.

— Pourquoi est-il à Fleury ?

— Il est soupçonné d'avoir commis un braquage. Mais c'est des conneries tout ça, il était juste au mauvais moment au mauvais endroit.

— C'est-à-dire ?

— C'est-à-dire qu'il était en train de faire un jogging dans un parc, et un braquage de fourgon a eu lieu le long de ce même parc... En fait, il a commis l'erreur de se rapprocher du braquage en entendant les coups de feu. Et vu qu'il était déjà connu de la justice pour d'autres faits, il a été arrêté.

— C'était quand, ça ?

— Il y a trois mois.

— Il fume, David ?

— Comme tout le monde, oui, répondit-elle en visant le cendrier qui débordait de mégots.

— Moi, j'essaie d'arrêter, coupa Milan qui palpait ses poches à la recherche de son briquet. L'État nous escroque. Les politiques prétendent lutter contre le tabagisme en augmentant le prix du paquet tous les deux mois, mais il n'y a pas meilleure manière de renflouer les caisses de l'État. Vous en voulez une ?

— Non, merci.

Milan la jouait à l'amitié. Il n'avait toujours pas tapé le moindre mot sur son clavier.

— Il fume du shit, David ?

— Attendez ! Il n'a rien à voir dans cette histoire. C'est moi qui me suis fait prendre, pas lui !

— Vous, est-ce que vous fumez du shit, Manon ?

Elle réfléchissait. Le flic, si sympathique au demeurant, la chamboulait. Où voulait-il en venir ?

— Quand j'étais jeune, oui. Mais plus maintenant.

— C'était quand, la dernière fois ?

Elle hésitait. Car elle avait sniffé une ligne de coke à peine quinze jours plus tôt, dans le cadre d'une partie à trois avec sa copine Diana.

— Sept ou huit ans. Et encore, c'était un pétard par-ci, par-là, entre copains.

— Et d'un point de vue global ?

— C'est-à-dire ?

— Hormis le shit, vous consommez d'autres drogues ?

— Non.

— OK. Donc vous ne fumez pas de shit. Mais vous en faites entrer en prison. Et vous voulez me faire croire que David n'a rien à voir avec ça…

— Ce que je veux dire, c'est que c'est moi qui suis coupable dans cette histoire. Pas lui.

— J'entends bien. Sauf que personne ne va croire un instant que David n'est pour rien dans cette entrée illicite de stupéfiants au sein d'une maison d'arrêt. Vous comprenez ?

— Je comprends. Pourtant, c'est la vérité. Je voulais lui faire une surprise.

— Une surprise ?

— Ben oui, un cadeau quoi. Un cadeau qui lui permette un peu d'oublier son quotidien.

— C'est une belle preuve d'amour, ça.

Manon le fixa et le laissa poursuivre :

— Tous les hommes rêvent d'une telle soumission, celle d'une femme qui met son avenir en danger pour donner une forme de réconfort à son futur époux. Respect !

— Merci.

— D'autres que moi diraient que vous êtes inconsciente. Moi, je vous applaudis des deux mains, ajouta-t-il de manière placide.

Puis il reprit :

— Si je résume, vous me dites que David n'était pas au courant de cette remise de cannabis, qu'il n'en est pas l'instigateur ?

— C'est exactement ça. Ça devait être une surprise, afin de renforcer notre amour.

— Vous me parlez de votre travail ? continua l'enquêteur.

— Pourquoi ? Qu'est-ce que ça a à voir ?

— Vous m'avez bien dit que vous aviez rencontré David sur votre lieu de travail, non ?

Milan décortiquait toutes les réponses, retenait tous les éléments.

— Qu'est-ce que vous voulez savoir ?

— Tout.

— Attendez, je suis là pour quoi ? Pour un entretien d'embauche ou pour un bout de shit ?

— Un bout de shit gros comme un brownie caché au fond de son intimité mérite bien quelques questions subsidiaires, non ?

— Hé, il était dans mon slip, pas dans ma chatte ! s'énerva Manon.

— Calmez-vous, dit-il en s'emparant du rapport de mise à disposition de l'Administration pénitentiaire. Je cite : « Procédant à une fouille de sécurité intégrale, un objet de forme rectangulaire mesurant environ huit centimètres de long sur cinq de large a chuté sous mes yeux au moment où l'intéressée s'est accroupie. L'objet, de couleur sombre, était emballé dans un film transparent et gluant. » Je dois également ressortir le gel lubrifiant que j'ai trouvé dans votre sac à main ?

Manon eut un geste de recul. Elle fatiguait.

— Il était portier sur mon lieu de travail. Ça vous va ?

— Et vous, vous y faites quoi, déjà, dans votre... club de nuit ?

Elle avait la désagréable impression qu'il connaissait en grande partie les réponses aux questions qu'il lui posait.

— Hé, Milan ! Il paraît que t'as attrapé du beau gibier, ce matin ? cria un flic en penchant la tête dans son bureau.

— Me fais pas chier ! Va t'occuper de ton macchabée ! répondit l'enquêteur.

Dans la foulée, il se leva et alla pousser la porte du bureau restée jusque-là entrouverte.

— Je suis barmaid, finit-elle par répondre. J'ai en charge les carrés VIP.

— Et ça consiste en quoi ?

— À faire le service pour des types qui passent leur temps à mater les catwalks.

— Catwalk, c'est quoi ?

— Les nanas à moitié à poil qui chauffent les mecs et qui, ponctuellement, font du strip sur scène ou proposent des *lap dances*. Elles se font un max de blé de cette manière-là. Vous n'imaginez même pas le nombre de types qui se laissent berner. Le Jardin d'Éden, vous ne connaissez pas ?

— Je ne suis pas amateur de ce type de loisirs. Et puis Paris, ce n'est pas à côté.

— Pourtant, il y a pas mal de vos collègues qui fréquentent le JDE. Stéphane, au groupe Cabarets, vous connaissez peut-être ?

— On fréquente assez peu les flics de Paris. Chacun son territoire. Vous devez croiser du beau monde, alors ?

— Pas mal de *people*, oui. Surtout des mecs pleins aux as qui viennent du monde entier. Des acteurs aussi, des sportifs de renom, et même des politiques.

Milan, entre deux permanences, avait lu un bouquin qui faisait le détail des frasques des hommes politiques français. Il en avait retenu que ceux-ci, grisés par les voyages et les meetings à répétition, avaient besoin de se ressourcer entre les cuisses de leurs maîtresses ; des maîtresses puisées indifféremment dans le milieu journalistique ou dans les boîtes à cul de la capitale.

— Et des voyous, aussi ?

— Aussi. Et des beaux voyous. Tout ce qui brille attire. Le JDE attire les friqués, et les Rolex aux poignets des touristes attirent les loups.

— Comme David…

— David, c'est différent, il y travaille, lui.

— Et le shit, tu l'as acheté où ? coupa-t-il en la tutoyant pour la première fois.

Silence, de nouveau. Puis :
— Je l'ai trouvé.
— Pardon ?
— Je l'ai trouvé.
Énième silence. Regard de défiance.
— Où ça ?
— Dans un parc. Abandonné sur un banc.
— Il y a beaucoup d'histoires de parcs, aujourd'hui, tu ne trouves pas ?

Manon l'observa. Elle-même ne semblait pas en mesure de croire ce qu'elle était en train d'inventer.

— Je doute que les magistrats se satisfassent de cette... vérité, compléta-t-il.
— Je l'ai volé, rectifia-t-elle. Je l'ai volé dans le vestiaire du JDE, dans le sac à main d'une *catwalk*, justement.
— Son nom à cette chatte ? soupira Milan.
— Aucune idée. J'ai fouillé au hasard dans un sac, j'ai trouvé le shit, et l'idée m'est venue de l'offrir à David.
— Quel type de sac ?
— Un sac de marque, avec des anses.
— OK, lâcha Milan. On arrête là.

Manon fut surprise. Elle s'attendait à une lutte un peu plus acharnée de la part du flic. Il semblait abandonner la partie. Trop facilement. Il se leva, l'invita à le suivre jusque dans les geôles.

— Et maintenant ? demanda-t-elle au moment où la porte vitrée de la garde à vue se refermait sur elle.
— Je te revois dans une petite heure.

Un médecin de Garches passa dans la foulée effectuer plusieurs prélèvements de sang sur Manon. Il en profita pour prendre son pouls et sa tension. Rien d'alarmant même si elle ressentait une fatigue certaine et un mal de crâne insupportable. Elle avait finalement obtenu de bonne grâce la prise d'un comprimé. Elle attendit trois longues heures avant que Milan ne daigne la reprendre en main.

— Désolé de ce contretemps. Il a fallu que je fonce à Poissy pour une enquête de voisinage. Un type qui s'est fait dessouder la nuit dernière.

— Concrètement, je risque quoi, capitaine ? demanda-t-elle, sitôt assise.

— Ta situation est délicate. Sur le rapport de transmission, je vais retranscrire grosso modo ce que tu m'as raconté : à savoir que tu voulais faire une surprise à ton futur époux en lui offrant une petite savonnette de shit que tu as volée dans un sac à main. Il y a donc deux possibilités : soit le magistrat de permanence ne gobe pas et s'évertue à penser que tu mens. Il décide alors de t'incarcérer quelques mois pour te faire la leçon ; soit c'est un grand naïf, et il demande à son OPJ préféré de vérifier tes dires, à savoir d'enquêter au JDE en espérant retrouver la victime d'un vol de cinquante grammes de shit. Inutile de te dire que personne, dans l'environnement du JDE, ne sera assez stupide pour se déclarer le propriétaire de 50 grammes de cannabis. Sauf que, pendant ce temps, le magistrat va requérir l'écrou.

Il y avait une certaine forme de jouissance teintée de cynisme dans le ton employé par Milan. Peut-être liée à un désir de vengeance à l'issue de plusieurs heures d'auditions stériles. Manon, elle, retint que dans les deux cas elle était perdante.

— Et si je vous propose un deal en échange de ma libération ? jeta-t-elle.

— N'aggrave pas ton cas. Corruption de fonctionnaire, ça va chercher dans les cinq ans.

— Non, c'est pas ce que vous croyez...

— Je t'écoute...

— Attendez ! Je veux des assurances, moi...

— T'es pas vraiment en position de négocier des assurances, là...

— Promettez-moi au moins de garantir mon anonymat.

En guise d'accord, Milan se contenta d'éloigner les mains de son clavier. Rien ne serait écrit.

— Le casse de la joaillerie Dubail la semaine dernière, place Vendôme. Je connais le nom du receleur.

— Continue...

— Il s'appelle Johnny.

— C'est maigre. Des Johnny, il n'y en a pas qu'un sur le marché. Ils sont presque aussi nombreux que les Mohamed...

— C'est un ex-voyou de la banlieue sud, un Gitan sédentarisé. Et je connais son attitrée.

— Balance...

— Katia, une des filles du JDE.

— T'en as d'autres, des infos comme celle-ci ?

— C'est pas des craques, là je dis la vérité, ajouta-t-elle avec un accent de sincérité. Par contre, je ne signe rien, on est d'accord ?

— Pas de problème. Ça reste en *off*. Laisse-moi une heure.

Il faisait nuit lorsque Manon ressortit de la cage. Pour la troisième fois, ils se retrouvaient face à face.

Il était plus de 20 heures. Seule différence notable : la pluie s'était arrêtée.

— Tu peux me dire merci. J'ai contacté le magistrat de permanence, il est OK pour un simple rappel à la loi. J'espère que ce n'est pas du pipeau, ton amourette entre Johnny et Katia…

Manon attendait.

— T'es libre. Tiens, récupère ta fouille et signe ce P-V. Je vais te conduire vers la sortie.

— Comment je fais pour récupérer ma voiture ? s'enquit-elle en visant la fenêtre.

— Je te raccompagnerais bien mais on croule sous le taf. À cette heure-ci, je te conseille le taxi. Ce sera plus rapide que les transports en commun. Tiens ! Voici ma carte de visite. Au moindre souci, tu me contactes. Je verrai ce que je peux faire. Surtout, si tu as d'autres tuyaux de cette qualité, je prends.

— Merci beaucoup, dit-elle en lui tendant la main.

Cette garde à vue clôturait une succession de galères. Mais, paradoxalement, en échappant de peu à l'incarcération, Manon avait occulté tout le reste. Y compris la mort de ce Mehdi dont elle avait été le principal témoin. Milan, lui, n'avait pas pour habitude d'être remercié par quelqu'un qu'il avait placé en garde à vue une grande partie de la journée. Il lui sourit en guise d'au revoir.

— Hé, Milan ! Arrête de jouer les jolis cœurs. Y a du boulot ! Faut filer à Poissy annoncer la mort de Moussa Sissoko à ses parents.

Manon, qui marchait devant, devint blême.

27

Depuis plus d'un siècle, l'institut médico-légal avait élu domicile en bordure de Seine, dans un bâtiment de brique froid et humide, en vis-à-vis de la gare d'Austerlitz. Après avoir pas mal galéré, Lola Rivière s'était finalement garée le long du port de la Bastille.

À l'accueil, une secrétaire l'avait guidée vers un long couloir carrelé. Lola s'installa sur un banc métallique, consulta la messagerie de son téléphone avant de l'éteindre. Un photographe de l'Identité judiciaire la rejoignit.

— T'es nouvelle, toi ? lança le flic de l'IJ en guise de présentation.

— Mon procédurier est occupé à la rédaction de ses constatations, répondit Lola.

— C'est ton baptême du feu, alors ? sourit-il.

Le légiste arriva enfin. La soixantaine, l'homme gardait une bouille d'enfant, avec une tête ronde et de grosses bajoues. Il tenait des radios à la main. Lola s'empressa de le saluer et le suivit dans le couloir menant aux salles de nécropsie.

— Passez au vestiaire et enfilez une blouse et une toque ! commanda-t-il.

Lola, à la suite du photographe, pénétra dans un renfoncement. L'homme l'aida à se vêtir d'une blouse de travail qu'il attrapa sur une étagère, puis lui remit des surchaussures et une charlotte.

Dans sa foulée, silencieuse, la néolaborantine le suivit au sous-sol par un escalier étroit. Ils passèrent devant l'amphithéâtre de l'IML, longèrent les frigos puis pénétrèrent dans une grande pièce rectangulaire où trônaient deux tables d'autopsie. Saisie par les remugles de la mort et des détergents, elle semblait pétrifiée sur le seuil de la lourde porte automatique que les garçons de morgue actionnaient par un bouton poussoir.

La salle était immense. Au fond, côté rue, des soupiraux protégés par d'épais croisillons d'acier filtraient la lumière naturelle. Le sol lisse était gris, percé de petites rigoles, tandis que les nombreux néons se reflétaient sur des murs jaunis. Elle s'approcha, enfin, alors qu'un jeune homme venait de pénétrer derrière elle en poussant un immense chariot métallique. Le crissement des roues la submergea. Sa panique monta d'un cran lorsqu'elle se rendit compte qu'elle avait oublié sa bouteille d'eau.

Le cadavre de l'inconnue était allongé sur le dos. Aidé de son assistant, le légiste le transbahuta du chariot sur la table centrale de découpe.

— Approchez-vous, n'ayez pas peur ! lança le légiste alors qu'il affûtait ses outils. Elle ne mordra plus...

Le photographe, lui, s'était déjà saisi d'un escabeau sur lequel il était perché de manière à mitrailler le cadavre nu que le garçon de morgue s'apprêtait à laver à grande eau. Puis, aidé par la lumière des scialytiques, il descendit et zooma sur l'étiquette IML qui enserrait la cheville de la victime. *X femme n° IML 17/783, 1,72 m, 56 kg.*

— Dites-moi tout, lieutenant ?
— On l'a trouvée dans les catacombes hier soir, dans cet état.
— Sans vêtements ?
— Ni vêtements ni le moindre bijou.

Le travail du légiste devenait double : révéler la datation et les causes de la mort et, surtout, relever tout élément susceptible de permettre l'identification du cadavre. Il se pencha, força la bouche à l'aide de ses mains gantées, réorienta les luminaires vers la cavité et visa la dentition. De belles dents blanches, saines. Seul le retrait des dents de sagesse supérieures lui apparut notable. Apparemment, pas de carie, pas de dent sur pivot, pas de bridge, rien d'autre.

— Il faudra nous faire passer une réquisition pour établir un odontogramme, précisa-t-il à l'enquêtrice.

Il retourna les mains, visa les ongles effilés et limés. Ils étaient propres. Il prit un coupe-ongles qu'il nettoya au préalable à l'aide d'une lotion antiseptique afin d'éliminer toute pollution génétique, puis entreprit son travail de manucure alors que son assistant lavait le visage couvert de sang séché. Il se tourna ensuite vers le négatoscope mural, observa attentivement les radiographies effectuées lors de l'arrivée du corps à l'IML. Aucune trace de prothèse ou de fracture mal soignée. Aucune trace de métal, non plus, ce qui excluait tout tir de projectile des causes de la mort.

À deux, ils retournèrent le corps une première fois.

— Corps souple, pas de tache abdominale, soliloqua le légiste.

— Ça veut dire ? s'enquit Lola.

— Ça veut dire qu'elle est morte depuis moins de soixante-douze heures, peut-être même moins de deux jours.

Le médecin s'arrêta sur les lividités qui s'étaient fixées sur un côté, les reproduisit à l'aide de zébrures sur un croquis. Il fut plus intéressé encore par les traces de frottement de droite à gauche qui marquaient le dos de la femme au niveau des omoplates. Dans sa foulée, le photographe immortalisa l'image.

Son objet d'étude de nouveau sur le dos, le légiste revint avec un scalpel à la main. Lola recula de deux pas, se posta dos au mur. Elle n'osait fixer la toison pubienne de la défunte dont la nudité crue participait de son malaise. Elle ferma les yeux lorsque le médecin tira un grand trait d'acier du menton au pubis, comme une vulgaire fermeture Éclair, pour dégager la cage thoracique. Elle les rouvrit alors que l'assistant brisait les côtes une à une à l'aide d'un costotome. Celui-ci retira le plastron pour l'ouvrir sur les viscères qu'il décrocha les uns après les autres avant de les poser sur une planche de bois contiguë à la table de découpe. Le médecin s'empara du cœur, du foie, de la rate, les pesa, nota leurs poids, effectua des prélèvements. Puis il se saisit des poumons qu'il serra très fort entre ses mains. Des bulles éclatèrent à leur surface.

— Syndrome d'asphyxie, dit-il tout haut.

Mais Lola n'avait d'yeux que pour le magnifique intestin grêle de la défunte. Le légiste s'approcha à nouveau du macchabée, retira les pansements qui retenaient les paupières fermées, fixa le blanc de l'œil. Il était marqué de pétéchies.

— Approchez-vous, lieutenant. Vous voyez la pigmentation rouge du blanc de l'œil... Sauf à faire de la plongée sous-marine ou de la natation sans casque, ce signe est l'évocation d'un problème respiratoire sérieux.

— Genre asphyxie ?

— Plutôt étranglement, au vu des traces rougeâtres autour du cou. On va tout de suite le savoir, ajouta-t-il alors qu'il grattait à l'aide de son scalpel dans le tréfonds de la gorge.

Lola revint à son poste. Elle aurait souhaité s'asseoir, n'osait se poser sur le seul tabouret de la pièce. La fatigue des jours précédents, le manque de sommeil, l'émotion liée à cet acte intrusif et violent se cumulaient.

— Ah ! Je me suis un peu précipité, bougonna le légiste derrière son masque protecteur.

Il tenait dans la main l'os hyoïde de son sujet d'étude dont les cornes étaient intactes. Après photo, il le glissa dans un pot en verre. Puis, à l'aide de son outil favori, il entailla les muscles des membres dans le sens longitudinal, releva des hématomes sous-duraux à hauteur des poignets et des chevilles.

Lola souffrait. Cet exhibitionnisme la paniquait, l'étouffait. Elle désirait sortir de la pièce, ne pouvait pas. La présence d'un officier de police judiciaire au cours de l'autopsie était une obligation légale, elle le savait. Elle vit le légiste s'approcher du visage, trancher la langue à la racine, y relever une trace de morsure caractéristique de l'asphyxie. Puis, il s'attarda sur le visage, écarta la chevelure noir de jais, et nettoya doucement les croûtes de sang pour laisser apparaître une peau blafarde et abîmée.

Le lieutenant Rivière trouva la force de se rapprocher, sollicita l'autorisation de prendre un cliché du visage avec son propre téléphone avant que le médecin ne s'y attaque. Elle l'obtint. La morte avait l'air jeune, trente ans à peine. Elle paraissait belle malgré la présence de lésions cutanées. Lola ne put s'empêcher de penser qu'elle aurait bien troqué ses problèmes de santé contre de vulgaires stigmates acnéiques.

Une fois la photo enregistrée dans son appareil, elle franchit en douce la porte battante menant au couloir alors que le médecin s'attaquait au visage et mettait la chair à nu à petits coups de scalpel, en déroulant la peau tel un masque que l'on retire. Puis elle adressa le cliché à ses collègues, affublé de ce bref commentaire : *Résultat partiel de l'autopsie : pas d'élément d'identification*.

Elle resta une heure de plus à l'IML. Une heure de souffrance, le temps que le légiste découpe le crâne de la défunte, exhibe le cerveau, le pèse, que Lola remplisse la paperasse nécessaire à la constitution des scellés biologiques et prenne sous la dictée les conclusions partielles de la cause de la mort.

L'air printanier d'un dimanche électoral la soulagea. Sans nouvelles de ses collègues, elle profita de sa présence à proximité de la porte de Bercy pour embrayer sur l'A6 et poursuivre sur l'A86. Direction Créteil et sa cité administrative, à quelques kilomètres. Une ville massive, grise, l'accueillit. Plus rien à voir avec la capitale et ses touristes qui offraient insouciance et douceur de vivre aux Parisiens. La cité administrative était immense. Elle chercha longtemps un emplacement réservé, abaissa le pare-soleil « police », et progressa dans les étages. Un collègue la reçut dans un couloir sombre du sixième étage. Elle s'excusa de débarquer à l'improviste.

— Il n'y a rien sur le feu. Je m'ennuie ferme. Si je peux quelque chose pour toi... Et puis ce n'est pas tous les jours qu'un flic de la Crim' vient nous visiter...

Lola sourit. Le type semblait sympa.

— Je m'intéresse à une affaire particulière qui a été traitée par ton service...

— Laquelle ?

— La mort d'Alexandre Compostel...

— Ah !

Un long silence suivit la réaction du flic du SDPJ du Val-de-Marne.

— Et qu'est-ce que tu veux savoir, exactement ?

— J'aimerais bien lire le dossier, si c'est possible...

L'homme, par réflexe, regarda derrière lui. Ils étaient seuls. Personne pour les déranger.

— Et pourquoi ça ?

— Des petites choses qui m'intriguent, je peux pas t'en dire plus...

— Je ne vois pas quoi, c'est une affaire carrée... Allez, viens, suis-moi dans mon bureau...

Ils pénétrèrent dans une pièce rectangulaire, refaite à neuf. Lola s'approcha de la fenêtre, observa la boucle de la Marne ceinturant la commune voisine de Saint-Maur avant de se retourner en direction de l'OPJ de permanence qui descendait un carton d'archives situé au-dessus d'une armoire métallique.

— Vas-y, assieds-toi. Jette un œil, tout est là. T'as de la chance, c'est mon collègue de bureau qui a fait tout le boulot. Il est en congé, il vient de se taper quinze jours de procurations pour l'élection.

Lola se mit à piocher dans le carton. Le premier objet qu'elle attrapa était un cordon d'alimentation d'ordinateur placé sous scellé transparent.

— C'est avec ça que le gamin s'est pendu, intervint le flic du SDPJ 94.

Le fameux cordon d'alimentation du Toshiba que Lola avait réclamé lorsque le commissaire divisionnaire Compostel lui avait remis l'ordinateur. Elle posa le paquet, puis s'empara de la procédure qu'elle feuilleta. Elle s'arrêta sur les constatations et le compte rendu d'autopsie. Elle reposa la procédure alors que son hôte suivait en pointillé le Paris-Roubaix sur un vieux téléviseur muni d'une fourchette en guise d'antenne. Lola se saisit d'une enveloppe contenant de nombreux clichés de l'adolescent pendu à un arbre situé au milieu d'une roseraie en fleur. Étrange image.

— Des auditions ? questionna Lola alors qu'à l'écran un Antillais usait ses adversaires à coups de sprint.

— Non, pas la peine. Comme je t'ai dit, affaire carrée. Même pas de perquisition. On n'a pas voulu déranger, d'autant que cette histoire coïncidait avec d'autres ennuis…

Elle redressa la tête. D'un geste, elle coinça une mèche de cheveux derrière son oreille droite.

— Quels ennuis ?

— Ton taulier a été emmerdé à la même époque. Deux ou trois jours avant, me semble-t-il. T'es pas au courant ?

Non. Lola se moquait bien des ragots, était indifférente à toute forme de rumeur. Sa vie et ses problèmes personnels lui suffisaient amplement.

— Vas-y, je t'écoute...

— Ben il a fallu qu'on jongle avec l'IGPN parce que, au même moment, il y a toute une procédure qui a disparu à la brigade financière, le service que dirigeait ton taulier. T'as pas entendu parler de l'affaire du vol des scellés ?

— Je ne lis pas la presse, répondit Lola. Et puis je n'étais pas en France. C'était quoi, cette histoire ? s'enquit-elle en s'asseyant derechef sur la chaise qui faisait face au bureau de l'officier du Val-de-Marne.

Elle l'écouta faire le récit de la disparition de pièces de justice qui se trouvaient dans le bureau même du commissaire Compostel.

— Et l'enquête de l'IGPN a donné quelque chose ?

— Tu penses bien que non. Ça a fait grand bruit au début, et puis la presse est passée à un autre fait divers. Les scellés n'ont jamais été retrouvés et l'affaire a été classée.

— Et Compostel dans tout ça ?

— Il a été entendu par un ponte de l'IGPN durant toute une journée. Compostel lui a dit qu'il ne comprenait pas, que la procédure et les scellés se trouvaient renfermés dans son bureau, que personne n'y avait accès... Qu'il était le seul à posséder le passe magnétique.

— Pas de trace d'effraction ?

— Aucune. Les lieux sont sécurisés grâce à un badge magnétique, même les femmes de ménage n'y ont pas accès hors de sa présence. Ce que je vais dire est difficile à entendre, mais ce qui l'a sauvé, ton taulier, c'est le suicide de son fiston. L'IGPN a lâché l'affaire, pas la peine d'enfoncer un homme qui vient de perdre son fils. Puis il a pris quelques mois de disponibilité. La suite, tu la connais.

Lola quitta Créteil non sans s'être emparée d'une copie du rapport de synthèse relatif au suicide. Elle déverrouillait son véhicule lorsque son téléphone bipa. Un SMS d'Hervé Compostel, sibyllin : Je connais la fille des catacombes.

28

Extraits des retranscriptions de la ligne cellulaire n° 06 51 44 04 XX utilisée par Manon Legendre

SMS n° 3294 en date du 22/04/2017 à 10 h 31, émanant de la ligne 07 35 11 98 XX utilisée par David RIBEIRO dit BISON :

« Parloir annulé. T où ? »

SMS n° 3295 en date du 22/04/2017 à 10 h 34 émanant de la ligne 07 35 11 98 XX utilisée par David RIBEIRO dit BISON :

« T où ? Appel. »

SMS n° 3297 en date du 22/04/2017 à 10 h 49 émanant de la ligne 07 35 11 98 XX utilisée par David RIBEIRO dit BISON :

« Appel. Urgent. »

Message n° 291 en date du 22/04/2017 à 13 h 31 émanant de la ligne 06 84 46 11 XX utilisée par Julie LEGENDRE :

« Je constate de nouveau que tu n'es pas digne de confiance. En retard, comme d'hab. Merci, Casper ! »

Message n° 299 en date du 22/04/2017 à 19 h 12 émanant de la ligne 06 22 57 89 XX utilisée par Diana SANGARÉ :

« Manon, rappelle, y a des filles qui disent que Moussa est mort. Rappelle-moi… vite. »

SMS n° 3316 en date du 22/04/2017 à 19 h 24 émanant de la ligne 07 35 11 98 XX utilisée par David RIBEIRO dit BISON :

« APPEL. URGENT. »

Message n° 308 en date du 22/04/2017 à 19 h 31 émanant de la ligne 06 22 57 89 XX utilisée par Diana SANGARÉ :

« Manon, je t'en prie, décroche, merde… Je suis désolée pour hier, mais j'ai rien à voir avec Vercini. J'étais pas d'accord, moi, avec la décision qu'il a prise. Je voulais pas qu'il te vire. Décroche, s'il te plaît. Y a Mouss… il paraît qu'il est mort. J'arrête pas de le biper, il répond pas… »

Message n° 309 en date du 22/04/2017 à 19 h 59 émanant de la ligne 07 35 11 98 XX utilisée par David RIBEIRO dit BISON :

« Manon, j'te jure sur le Coran que si tu me rappelles pas dans les dix secondes, je te fais la misère. T'as compris ? Hé, écoute, ce que tu m'as fait ce matin, c'est pas tolérable. T'as intérêt à trouver une bonne excuse, j'te jure... *(voix étouffée)* parce que moi je vais... je vais... » *(Messagerie interrompue, délai écoulé.)*

SMS n° 3317 transmis le 23/04/2017 à 8 h 23 émanant de la ligne 07 35 11 98 XX utilisée par David RIBEIRO dit BISON :

« T'es dispo ? »

SMS n° 3318 transmis le 23/04/2017 à 8 h 42 émanant de la ligne 07 35 11 98 XX utilisée par David RIBEIRO dit BISON :

« T'es dispo ? »

Conversation n° 1745 en date du dimanche 23 avril 2017 à 10 h 11 établie entre Manon LEGENDRE et David RIBEIRO :

David RIBEIRO *(le son du téléviseur est à fond, pour couvrir l'échange téléphonique)* : Pourquoi t'es pas venue au parloir ?
Manon LEGENDRE : Je suis venue. Mais j'me suis fait pincer... Mouss est mort...
David : Quoi ?
Manon : Mouss est mort.
David : Quoi ? Qu'est-ce que t'as dit avant ?
Manon : Y avait un clebs à l'entrée. Il a reniflé le shit.

David : Attends, attends, attends... qu'est-ce que tu me chantes, là ?

Manon : Sur Mouss, ou sur moi ?

David *(il hésite entre les deux informations)* : Mouss est mort ? C'est impossible. Mouss, c'est un *jedi* !

Manon : C'est les flics qui l'ont dit alors que j'étais en garde à vue. Et Diana m'a même laissé un message...

David : Attends... En garde à vue pour quoi ?

Manon : J'te dis, y avait un chien à l'entrée de Fleury...

David : Un clebs ! Tu te fous de moi...

Manon : Non, j'te jure. J'ai passé le *day* entier au commissariat.

David : Y a jamais de clébard, d'habitude. T'es où, là ? Ils t'ont libérée ?

Manon : Ben ouais. Le flic était sympa. Et puis il a gobé ce que je lui ai vendu.

David : Attends, attends... T'avais quelle quantité sur toi ?

Manon : Ce que tu m'avais demandé.

David : Hein ! Et ils t'ont laissée ressortir ! Tu me mitonnes, là ? T'es où ?

Manon : À Belle Ep. *(Comprenons le centre commercial Belle Épine, à quelques kilomètres de Choisy-le-Roi.)* Je vais acheter des couches pour ton fils.

David : Hé, hé, c'est pas possible ce que tu me racontes. Ils ont pas pu te laisser repartir avec un 50 grammes. Et tu leur as parlé de moi ?

Manon : Non.

David : Ils t'ont pas posé de questions sur moi !?

Manon : Non. J'ai dit que je voulais te faire une surprise, ils ont gobé.

David : Ils ont perquisitionné ton dom' ?

Manon : Non, même pas. Juste la caisse.

David : C'était qui, les keufs ?

Manon : Ceux de Versailles.

David : Et Versailles t'a relâchée comme ça !? Sans voir de juge ? Sans taper une perquis' ?

Manon : Le flic, en fait, il était seul. Apparemment, ils ont pas mal de boulot en ce moment... en particulier à cause de Mouss. Les flics de Versailles, ils bossaient sur un meurtre. Et je crois bien que c'est Mouss qui a clenché. Je les ai entendus prononcer son nom dans la soirée.

David : Moussa ? Moussa Sissoko ?

Manon : Mmh.

David : Attends ! Des Moussa Sissoko, rien que dans les Pages jaunes, sur Paris, t'en as des dizaines.

Manon : Ils ont parlé de Poissy, aussi.

David *(silence de Bison)* : T'es sûre ?

Manon : ...

David *(silence)* : J'te rappelle.

Conversation n° 1746 en date du dimanche 23 avril 2017 à 10 h 17 établie entre Manon LEGENDRE et David RIBEIRO :

David RIBEIRO : T'as rappelé Diana ?

Manon LEGENDRE : Non. T'as des news de ton côté ?

David : Qu'est-ce qu'ils ont dit, les flics, exactement ? Qu'est-ce que t'as entendu ?

Manon *(silence)* : Attends, je suis dans la cabine d'essayage, là...

David *(impatient, énervé)* : Qu'est-ce que tu me chantes, là ? T'essayes les couches de Jihad !?

Manon : Ben non. J'ai flashé sur une robe kaki et un chemisier. Je veux me faire belle, pour toi...

David : Hé ! Tu me sors que tu vas acheter des couches, et tu te retrouves dans une cabine ? Tu te fous de moi, j'espère.

Manon : C'était quoi ta question, déjà ?

David : Qu'est-ce qu'ils ont dit, en clair, les keufs ?

Manon : Rien. En fait, le type qui s'occupait de moi, il m'a laissée en carafe dans la geôle tout l'après-midi. Et quand il est revenu, il a juste dit qu'il était sur une enquête de voisinage. C'est qu'à la fin, en me relâchant, qu'un autre l'a appelé dans le couloir pour lui demander d'aller annoncer la mort de Moussa à ses parents.

David : Il a dit Moussa Sissoko ou c'est toi qui as déduit que ça pouvait être Moussa Sissoko ?

Manon : Attends... *(Manon semble être occupée avec le vendeur, on l'entend négocier une remise sur le prix du chemisier.)* Ouais ?

David : Il a prononcé Moussa Sissoko ou c'est toi qui as compris que ça pouvait être Moussa Sissoko ?

Manon *(nouveau silence)* : Non, il a prononcé le nom en entier. *(Nouveau silence. Entendons distinctement une voix masculine : « Il vous ira à ravir, ce chemisier, mademoiselle. »)*

David *(voix de Bison de plus en plus grave)* : Hé ! Qu'est-ce que tu fous ? C'est qui, ce clando, là ?

Manon : Attends, il me rend la monnaie. *(Comprenons qu'elle est en caisse puis entendons distinctement le vendeur : « Voici votre monnaie, mademoiselle. » ; suivent quelques mots du commerçant inaudibles.)*

David : Oh ! Il t'a dit *mademoiselle* ! Dis-lui que c'est *madame*. T'es une madame, pas une mademoiselle !

Manon *(Entendons de nouveau le vendeur : « Vous êtes charmante. »)*...

David : Hé, il a dit quoi là ?

Manon : J'en sais rien. Je ne sais pas.

David : Il a dit quoi, le clando là ? Arrête de faire la gamine... Attends ! T'as vu ton comportement, là ? Tu joues à la princesse pendant que je suis pas là, c'est ça ?

Manon : Arrête ! Je suis au téléphone avec toi...

David : En rigolant comme une conne, en plus !

Manon : Non, j'ai pas rigolé comme une conne.

David *(un silence, Bison semble chercher ses mots)* : ... Ça veut tout dire, ça ? Tu te laisses parler comme ça, ça veut dire que tu ne me respectes pas. C'est un putain de manque de respect, ça !

Manon *(mielleuse)* : Non, attends, mais justement c'est tout le contraire, je ne réponds pas, je l'ai ignoré.

David : Dis-lui que t'es mariée ! Il a pas à te parler comme ça, ce clando... En plus tu glousses devant lui.

Manon : ...

David : Vas-y, j'm'en bats les couilles, si tu veux pas me respecter, va niquer ta grand-mère, sale pute.

Manon : Mais arrête ! Je suis au téléphone avec toi, là ! C'est quoi cette scène que tu me joues ?

David : J'm'en bats les couilles. T'as qu'à lui répondre direct, à ce bâtard ! Ton comportement, là, ça montre qui t'es vraiment. Va te faire baiser, sale chienne !

Manon *(elle s'emporte)* : Mais comment tu me parles ?

David : Et en plus tu cries, race de mort !

Manon : Arrête ! Arrête ! Je suis au téléphone avec toi, chéri. Qu'est-ce que tu veux de plus ? Qu'est-ce que j'y peux, moi, s'il me dit que je suis charmante ?

David : Ben tu lui dis que t'as un mari, point barre. Tu lui dis d'arrêter de te parler comme ça. Par principe, tu te laisses pas faire. Mais toi, c'est tout le contraire, tu fais ta belle, là !

Manon : C'est pas vrai, j'ai tracé ma route, OK !

David : Vas-y. Pas de problème, pas de problème... Roule-lui une pelle pendant que tu y es, salope !

Manon : Non mais attends, c'est le caissier...

David : J'ai vu des meufs qui se battaient comme des hyènes, des dames tirées à quatre épingles, qui savent se défendre. Et toi t'es là, « hi hi hi ! », tu glousses et tu dis merci.

Manon : Arrête ! Je fais rien, j'ai un pantalon, je suis avec un pull à capuche, je ne suis même pas maquillée... Vas-y, je ne sors plus, je n'irai plus nulle part. Rien que pour toi, je vais me foutre un voile sur la tête, tiens.

David : Mais je m'en bats les couilles ! Tu comprends pas ce que je te dis ? Retourne le voir, va te faire chauffer le cul vu que t'aimes ça...

Manon : Arrête de me parler comme ça, parce que là c'est toi qui me manques de respect ! Arrête !

David : Hé, vas-y, c'est même pas la peine que tu viennes au parloir demain.

Manon : Mon parloir, le flic il l'a fait sauter, connard !

David : Nique ta grand-mère et ta sœur avec ! Tu t'es fait baiser par toute la France, qu'est-ce que tu viens me parler, sale pute, va ! *(Il raccroche.)*

29

Hervé Compostel avait déposé deux clichés sur son bureau, côte à côte. Celui de la défunte couverte d'ecchymoses, et celui d'une femme souriante, dont les cheveux couleur corbeau tombaient comme des baguettes sur son visage.

— Il s'agit de Milena Popovic. La journaliste.

Lola fixa Barbe blanche. Ce dernier ne broncha pas. Il attendait la suite. Mais Compostel tardait. Il semblait tracassé.

— J'espère que ça n'a rien à voir avec la mort de la petite Toumi, lâcha-t-il enfin.

— Je vois mal sa mère en bottes à talons lui donner rendez-vous au fond des catacombes et la frapper à mort, répondit Kaminski, quelque peu cynique.

— Elle a très bien pu commanditer son meurtre.

— Vous allez vite en besogne, patron. Vous oubliez que Popovic n'en était pas à son coup d'essai. Des types à qui elle a nui, il y en a des dizaines rien qu'à Paris...

Kaminski avait raison. Il y avait tout à faire, cette enquête ne faisait que débuter. Et elle débutait plutôt bien puisqu'ils avaient réussi à l'identifier en quelques heures malgré les précautions prises par son assassin. Il se reprit aussitôt :

— Lola, cette autopsie, ça donne quoi ?

— Selon le légiste, elle est morte à petit feu, à la fois de strangulation et de la perte de son sang. Il pense que l'étranglement a entraîné son inconscience et qu'elle s'est étouffée avec le sang occasionné par sa fracture du nez.

— Il ne peut pas être plus précis ? rebondit Barbe blanche.

— Non.

20 à 30 % des autopsies étaient blanches. Cela signifiait que la médecine légale n'apportait aucune affirmation quant aux causes de la mort. Celle-ci était grise. En tout état de cause, la mort, violente, avait été provoquée par une intervention extérieure.

— Ça pourrait être une femme qui l'a étranglée ?

— Tout est possible. Il a juste dit que ça ne faisait pas très pro. Celui ou celle qui lui a serré le cou n'a pas réussi à lui broyer les cornes hyoïdes. Par contre, il dit que les coups portés au visage semblent violents.

— Pas d'arme utilisée ?

— Aucune.

— Alcool, drogue ?

— Il a sollicité une expertise toxico. En tout cas, pas d'odeur spécifique dans le bol alimentaire.

— Rien d'autre ?

— Si. Ce qui ressemble à des stigmates de prise à hauteur des poignets et des chevilles. Elle a probablement été traînée jusque dans les catacombes.

Compostel se tourna vers une pile épaisse de documents, les feuilleta puis se saisit de la copie du procès-verbal d'audition du chef de la compagnie sportive. Kaminski était allé à l'essentiel. Les éléments importants étaient résumés en quelques phrases :

Les catacombes sont interdites. Seuls deux services y ont autorité : le groupe des catacombes de mon unité, composé d'une douzaine de policiers, et l'Inspection générale des carrières (IGC) basée place Denfert-Rochereau à Paris 14ᵉ. Nous travaillons en bonne entente avec l'IGC. Une à deux fois par mois, des équipes mixtes visitent les sous-sols. L'IGC se charge de relever tous les problèmes liés aux risques d'effondrement et les nouveaux accès, tandis que nous, policiers, nous intéressons surtout aux dégradations commises.

Notre dernière descente dans les carrières remonte au lundi 24 mars. Mais mes hommes ne sont restés que sur le secteur Montsouris, en raison de vols de câbles électriques récurrents. Je précise que les vols de câbles sont en ce moment notre principal souci. Depuis plusieurs mois, on assiste régulièrement à des dégradations commises par des Roumains qui revendent les fils de cuivre aux ferrailleurs. Ils pénètrent de nuit par les chatières qui se trouvent le long de l'ancienne voie de chemin de fer parallèle au périphérique, et coupent les câbles apparents du réseau électrique. Le préjudice est tel que, deux ou trois fois par semaine, nous organisons des surveillances en surface durant plusieurs heures de manière à interpeller et verbaliser ces équipes.

Pour ce qui est de notre dernière visite dans le secteur de Notre-Dame-des-Champs, elle remonte au début du mois de mars. Je précise que la tombe de Philibert Aspairt est un point de passage obligé, tout comme l'abri Laval situé non loin. Ce lieu est rarement dégradé, sauf par les tagueurs qui s'amusent à décorer les murs. Je tiens à ajouter que de nombreux cataphiles sont très vigilants sur la propreté de ces endroits. Les « vrais » cataphiles y tiennent comme à la prunelle de leurs yeux. Pour eux, ce sont de véritables mausolées.

Quant à l'ingénieur de l'Inspection générale des carrières, plan à l'appui, il avait communiqué les soixante accès sauvages aux catacombes connus, tout en précisant que cette liste était non exhaustive et modifiable en permanence en fonction de l'opiniâtreté de certains cataphiles à percer de nouvelles ouvertures.

— Si ça se trouve, c'est tout simplement une mauvaise rencontre, poursuivit Kaminski. Elle faisait peut-être un reportage dans les catacombes et est tombée sur quelque chose qu'elle n'aurait pas dû voir...

Il n'y croyait pas lui-même. Les autres non plus, d'ailleurs. La fille Popovic avait été délestée de tout vêtement et bijou. De tout élément d'identification. Il y avait autre chose, ils le savaient tous.

— Il y a peut-être un lien avec la tombe de Philibert Aspairt ? suggéra-t-il.

Le crime et la symbolique n'avaient cours que dans les séries télévisées. Personne ne releva.

— Richard, vous me la criblez et vous m'identifiez son domicile. Lola, je veux un état des lieux complet des articles qu'elle a écrits depuis dix-huit mois. Si besoin, rapprochez-vous du chef de cabinet du directeur.

Le lieutenant Rivière ne demanda pas son reste. Elle se replia aussitôt dans son bureau et se connecta sur Google. Mais c'était sans compter sur Barbe blanche :

— Vu que tu sembles motivée en ce moment, voilà un peu de travail. Débrouille-toi avec ça !

Cinglant et cynique, comme à son habitude. Une épaisseur de vingt centimètres de papier vint s'écraser sur le bureau de Lola. Des copies de procédure et des listings en pagaille s'étalèrent en éventail. Il y avait de tout. Ici une main courante dressée par le commissariat du 14e arrondissement relative à l'intrusion d'un quadragénaire dans les catacombes par un regard d'égout, là une liste de huit feuillets de noms d'individus verbalisés par des agents SNCF sur les cinq dernières années, coupables de vagabonder sur les anciennes voies donnant accès aux chatières des catacombes ; et tout en dessous, un lot de rapports faisant état de l'interpellation de Roumains et de gens du voyage pris en flagrant délit de vol de ferraille.

Elle ne savait pas par où débuter. Finalement, elle mit de côté la liasse pour interroger Google. L'occurrence « Milena Popovic » lui offrit des centaines de liens. La journaliste était référencée sur Facebook, LinkedIn et Twitter. Elle était surtout l'auteure de trois à quatre articles par semaine pour le compte d'un quotidien national, qui balayaient le fait de société au sens large. Si certains papiers s'apparentaient à des chroniques ou à des instantanés du fonctionnement de services de police ou de justice, d'autres relataient des procès nébuleux ou des enquêtes à tiroirs. Généraliste du fait divers, elle montrait de surcroît des qualités de rédaction indéniables, abusant parfois de phrases courtes, sèches, afin de garder le lecteur en haleine. C'était donner de la confiture à des cochons. Lola ne pouvait s'empêcher de penser au quidam qui, sur son coin de zinc, entre deux gitanes, graissait du beurre qui lui collait aux doigts les pages d'un journal qui pouvait aussi faire office de papier buvard lorsqu'il renversait maladroitement son café.

Faire le tri dans ce maelström d'affaires judiciaires vulgarisées lui paraissait impensable. À lire ses dernières chroniques, la journaliste passait ses journées sur les routes, jonglant entre procès de cours d'assises et divorces de célébrités sur fond de conflit financier, entre histoires de notables provinciaux et violences de quartiers populaires. Lola décida en fin de compte de suivre le conseil de Compostel : monter voir le dircab.

Éric Moreau avait un nom difficile à porter. Il avait un homonyme célèbre, un terroriste d'Action directe qui avait cédé aux caprices de l'anarchisme. Elle emprunta l'ascenseur, pénétra au septième étage après en avoir badgé l'accès, puis progressa le long d'un couloir. Elle demanda son chemin, trouva enfin le bureau du chef de cabinet du directeur qui marquait l'angle sud-est du bâtiment. Elle frappa à plusieurs reprises. En vain. Elle allait repartir lorsque le commandant Moreau arriva à grandes enjambées derrière elle.

— Qu'est-ce que je peux pour vous ?

— Je suis le lieutenant Rivière, de la Crim'. Mon chef de service m'envoie.

— Dans quel but ? s'enquit Moreau dont un pan de la chemise sortait du pantalon.

— On bosse sur la mort d'une journaliste. Une certaine Milena Popovic. Le commissaire Compostel m'a demandé de venir vous voir, vu que vous côtoyez au quotidien le monde de la presse.

— Entrez ! commanda Éric Moreau après avoir déverrouillé la porte de son bureau.

Avec vue plongeante sur le toit de l'Arc de triomphe, la pièce, claire et immense, était remplie de livres. Attaché de presse de la direction, Éric Moreau avait un contact privilégié avec de nombreuses maisons d'édition qui le rendaient destinataire de toute la production littéraire liée au monde policier. Des romans bien sûr, des biographies d'enquêteurs, des bandes dessinées ou encore des revues de droit couvraient les murs, non loin d'une affiche de Simenon en pied fumant sa pipe devant l'entrée du mythique 36 quai des Orfèvres.

Moreau se dévêtit, posa sa veste sur un portemanteau perroquet, puis s'épongea discrètement le front avant de resserrer son nœud de cravate. L'homme était en quelque sorte la personne la mieux renseignée du monde judiciaire parisien. Et son rôle ne se cantonnait pas au contrôle de l'information. Il triait chaque jour un courrier abondant de demandes de visite du « 36 » pour des auteurs ou des réalisateurs en recherche d'informations et, depuis le déménagement, multipliait les visites guidées de l'ancien « 36 » pour des étudiants en droit, de jeunes magistrats, voire des policiers ou pompiers nord-américains en retraite qui étaient membres de l'influente International Police Association.

— Ça devait arriver tôt ou tard, lâcha Moreau.
— Pourquoi ?

— Parce que Popovic était une fouille-merde. Une bonne journaliste, mais une fouille-merde. Elle a fait pas mal de tort à beaucoup de gens. Au cours des derniers mois, c'est elle qui a sorti les plus grosses affaires dans la presse.

— Comme celle de la petite Toumi, par exemple ?

— Par exemple.

— Et vous avez des noms de « candidats » plus... solides ?

— À chaud, c'est difficile. Je peux jeter un œil. Je vais déjà vous transférer par mail toutes les revues de presse de l'année écoulée. Comme ça, vous aurez accès à sa prose en ce qui concerne les événements relatifs à la région parisienne.

— Merci. Et vous, à titre personnel, vous la connaissiez ?

— Bien sûr. Elle faisait partie des journalistes qui vous harcelaient au téléphone jusqu'à ce que vous décrochiez. Et elle appliquait aussi cette méthode avec les chefs de service et les syndicalistes. J'imagine que les avocats, les magistrats et les huissiers y avaient également droit.

— Et on sait qui la rancardait ?

— J'aurais bien aimé savoir.... Et je ne suis pas le seul. Kaminski le premier. Ce qui est certain, c'est que c'était quelqu'un de l'intérieur, vu la qualité des infos et la réactivité avec laquelle elle les sortait.

Lola le remercia. Elle allait regagner son étage lorsqu'il reprit la parole :

— Il y en a, à la Crim' et dans d'autres services, qui étaient convaincus que c'était moi qui lui balançais les infos. Sa mort va en contenter plus d'un au sein de la famille Poulaga. Moi le premier.

Lola se prit à penser que cet accès de sincérité sonnait faux. Elle regagna ses pénates pour se plonger aussitôt dans les fichiers PDF que Moreau venait de lui adresser. Le dernier article signé Milena Popovic était paru le vendredi 21 avril à 18 h 12 sur le site LeMatin.fr., soit la veille de la découverte de son corps dans les catacombes. Le créneau de sa mort se resserrait à un peu moins de vingt-quatre heures. Lola fut rapidement dérangée par un premier coup de téléphone. Celui du jeune Dimitri Hérisson. Il semblait avoir révisé toute la journée son histoire des catacombes :

— Vous savez que les membres de la Cagoule, en 1936, se regroupaient dans la salle « Z » des catacombes pour mieux organiser la chute de Léon Blum.

Lola l'écoutait, le corps penché sur l'immense carte des sous-sols parisiens remise par l'ingénieur des carrières. Elle y cherchait l'emplacement de la salle « Z » au moment où le jeune homme poursuivit :

— Il y a également « le trou de service de Madame la Reine » qui débouchait dans les carrières et qui servait à l'évacuation des latrines d'Anne d'Autriche lorsqu'elle occupait le Pavillon de la Reine.

— Et le Pavillon de la Reine se trouve où, précisément ?

— Place des Vosges. Pour votre info, c'est l'architecte Mansard, sur ordre d'Anne d'Autriche, qui a fait construire l'église et l'abbaye du Val-de-Grâce. Et c'est lui qui, en creusant les fondations, est tombé sur les carrières…

On ne l'arrêtait plus. Hérisson semblait passionné. La découverte de la dépouille au milieu de nulle part paraissait lointaine, désormais.

— Ah oui ! j'allais oublier. L'endroit où j'ai découvert la... femme morte. Eh bien, au Moyen-Âge, la ruelle portait le nom de « la rue d'Enfer ».

— La rue d'Enfer ?

— Oui, il y a plusieurs hypothèses sur l'origine de ce nom dont celle qui tient au fait que la rue fut un lieu de débauche.

Après la symbolique chère à Kaminski, Hérisson pointait sur l'ésotérisme. Lola laissa dire jusqu'à ce qu'il ajoute :

— Aujourd'hui, cette rue d'Enfer longe la rue Henri-Barbusse.

— La rue Barbusse ! Vous êtes sûr ?

— Certain.

Une piste sérieuse s'ouvrait soudain dans l'esprit de Lola Rivière. Elle contacta aussitôt Hervé Compostel, parti en compagnie de Kaminski perquisitionner le domicile de la journaliste.

30

Julie se réveilla en sursaut. Jihad pleurait dans la pièce d'à côté.

— Qu'est-ce qu'il y a, mon bébé ? Chut, lui susurra-t-elle.

Décoiffée et encore déboussolée, elle le berça doucement dans ses bras. Elle s'apprêtait à faire semblant de lui manger l'oreille, pour détourner son attention, de manière à le calmer, lorsqu'elle entendit trois coups sourds de l'autre côté de l'appartement. L'enfant hurla de plus belle. Elle rejoignit le couloir.

— Qu'est-ce qui se passe ?

Manon. Une fois n'est pas coutume, elle s'était levée au son des coups.

— Je ne sais pas, on dirait que ça frappe à la porte.

Récemment, suite à une série de cambriolages dans l'immeuble, les deux sœurs avaient décidé de faire changer la porte principale. Elles avaient choisi le modèle le plus cher, une Fichet à cinq points. L'agent commercial avait été très clair : « Je ne dis pas que la porte pourrait résister à l'assaut du RAID mais, dans tous les cas, un cambrioleur mettra au moins un bon quart d'heure avant de l'ouvrir. Et un quart d'heure, ça laisse largement le temps aux services de police de se transporter sur place. » Elles avaient apprécié cette sincérité. Restait à espérer qu'au moins un voisin, au son des coups d'épaule contre les deux cents kilos de métal, daignerait composer le 17 en cas de pépin.

Elles se rapprochèrent, aperçurent le jour poindre par la baie vitrée du salon. La porte d'entrée, insonorisée, étouffait les coups.

— On fait quoi ? demanda la cadette tandis que Manon se plaçait derrière l'œilleton.

Elle recula en sursaut. Ce n'était pas le RAID mais presque.

— Fait chier ! Les flics.
— Quoi ?
— Il est quelle heure ? s'enquit Manon.
— Un peu plus de 6 heures. Qu'est-ce qu'ils veulent, les flics ?
— Je sais pas. Ça a peut-être à voir avec ma plainte…

Mensonge à peine crédible. Manon savait pertinemment qu'aucun flic de France ne se serait levé aux aurores pour solliciter un complément d'information relatif à une plainte pour escroquerie. Elle tira sur sa chemise de nuit et ouvrit enfin au capitaine Milan et à l'un de ses collègues.

— Votre sonnette est en panne ?
— On l'a débranchée, à cause du bébé, répondit-elle avant qu'ils ne rentrent.
— C'est le vôtre ? demanda Milan.
— Oui.

Petit « oui ».

— Vous m'aviez caché ça...
— Vous ne me l'avez pas demandé.
— Et le père ? C'est celui à qui je pense ?
— Vous pensez bien...

Julie les écoutait. Elle ne comprenait rien. Elle ne comprenait pas qui il était, ni d'où lui et sa grande sœur se connaissaient. Celle-ci s'était bien gardée de lui révéler qu'elle avait passé une journée entière en garde à vue dans les locaux de la brigade des stupéfiants, au SRPJ de Versailles.

— Qu'est-ce qui vous amène ? poursuivit l'aînée.
— Vous pouvez nous laisser seuls cinq minutes, s'il vous plaît ? demanda Milan en se tournant en direction de Julie.

Julie attendit de sa sœur une forme de consentement. Elle l'obtint.

— Je peux récupérer un biberon, au moins ?

Milan accepta. Il avait pris le pouvoir au domicile des Legendre. Julie attrapa un biberon, le prépara et le fit chauffer au micro-ondes alors que Jihad criait de plus belle. Puis le bébé et sa tante se retranchèrent dans la chambre de cette dernière.

— On sera peut-être mieux assis, non ? proposa Milan en visant le canapé.
— Qu'est-ce que vous me voulez encore ?

Milan posa la serviette qu'il tenait dans une main sur la table basse et l'ouvrit sur la photo en couleurs d'un Black. Manon reconnut Moussa Sissoko au moment où Carotte, le chat siamois de Julie, sautait sur la table et s'étirait.

— Vous connaissez ?
— Non.

— Vous êtes sûre ?

— Tout à fait, répondit Manon avec aplomb alors qu'elle s'emparait du chat pour le poser sur ses cuisses.

Milan l'observa longuement. Elle ne flanchait pas. Son collègue, plus jeune, ne cessait de lorgner ses jambes nues et galbées.

— Dans ce cas, je suis dans l'obligation de vous placer en garde à vue...

— Pardon ?

— On a retrouvé au domicile de cet homme des choses qui vous appartiennent.

— Je vous dis, je ne le connais pas. Je ne sais pas qui est cet homme, je vous jure que je n'ai jamais mis les pieds chez ce type.

Pour partie, elle disait vrai. Elle poursuivit :

— Et vous voulez m'embarquer parce que vous avez trouvé des trucs à moi chez lui ?

— Moussa Sissoko, ça ne vous dit rien ?

Elle fit non de la tête.

— Il est mort. Assassiné à son domicile.

— Qu'est-ce que j'ai à voir avec ça ? s'emporta-t-elle. Vous débarquez chez moi à 6 heures du mat' pour un truc qui... qui... avec lequel j'ai rien à voir ! bégaya-t-elle.

Milan resta calme.

— Je vais vous demander de nous suivre... On va essayer de tout mettre au clair au service.

— Je peux m'habiller, quand même ?

— Pas de problème. Vous pouvez même faire un brin de toilette avant. Aujourd'hui, j'ai tout mon temps.

Manon se débarbouilla, se coiffa, enfila une paire de collants noirs épais sous un short court. Elle revêtit son chemisier neuf qui lui avait coûté la colère de Bison la veille, et se chaussa d'une paire de bottes de cheval. Même dans les moments délicats elle ne se départait jamais d'une certaine élégance.

— Je peux faire un câlin à mon fils avant de partir, au moins ?

Milan accéda à sa requête. Elle en profita pour rassurer sa sœur, évoqua un malentendu auquel elle entendait vite mettre fin. Une heure plus tard, elle se trouvait pour la seconde fois en trois jours assise face au bureau du capitaine Milan. Cette fois-ci, elle avait échappé au menottage réglementaire. Et avait même droit à un café servi dans un gobelet en plastique en guise de petit déjeuner.

— Du sucre ? proposa-t-il.

— Non, merci.

— Cette situation n'est pas banale, vous ne trouvez pas ?

— Je vous balance un type qui est dans le fourgue de bijoux volés et la seule chose que vous trouvez à faire est de me taper aux aurores, le fixa-t-elle en usant d'un jargon habituellement employé par Bison.

— Vous avez raison, vous marquez un point. Sauf que vous m'avez menti...

— ...

— Vous n'avez jamais été barmaid au JDE. Vous êtes plutôt à classer dans la catégorie catwalk, non ?

Ses lèvres étaient fermées. Mais son regard toujours perçant.

— Il y a d'autres mensonges de ce genre ? poursuivit-il.

— C'est pas un crime, à ce que je sache. On ne fait pas nécessairement ce qu'on veut dans la vie. Et moi, je ne suis pas née avec une cuiller en argent dans la bouche !

— Je n'ai pourtant pas senti de souci d'ordre matériel chez les Legendre, lors de ma visite matinale...

— Je suis là pour quoi, au juste ? Parler de mon enfance ou répondre à vos questions sur votre Black ? J'ai pas toute ma journée, moi !

Elle jouait la coriace. Elle n'entendait surtout pas se confesser sur sa vie privée. Une seule chose l'intéressait : savoir quel objet lui appartenant avait été découvert au domicile de Sissoko.

— OK, je vous repose la question une dernière fois : connaissez-vous le dénommé Moussa Sissoko dont je vous remontre la photo ?

Milan parlait désormais de manière saccadée, au rythme de la saisie des questions sur ordinateur.

— Non.

— Connaissez-vous la commune de Poissy dans les Yvelines ? Vous y êtes-vous déjà rendue d'une manière ou d'une autre ?

— Non.

— Vous êtes-vous déjà rendue au domicile de Moussa Sissoko ?

— Je vous ai dit que je ne le connaissais pas.

— Désolé, c'est la procédure. Je poursuis : quel a été votre emploi du temps pour la nuit de vendredi à samedi ?

— J'étais au Jardin d'Éden.

— Quels horaires ?

— 23 heures – 5 heures. Comme chaque nuit.

— Mode de transport ?
— Taxi.
— Seule ? Pas seule ?
— Seule.
— Utilisez-vous des serviettes ou des tampons lors de vos menstruations ?
— Pardon ?
— Serviettes ou tampons ?
— Attendez ! Qu'est-ce que ça a à voir avec Sissoko ? C'est ma vie privée, ça ! Ça ne vous regarde pas !
— Au contraire, ça m'intéresse. Au premier chef. Serviettes hygiéniques ou tampons ?
— Serviettes, mais je vois pas...
— Serviettes ? Vous êtes sûre ?
— Ben oui...
— Exclusivement des serviettes ? Jamais de tampons ?
— Jamais, non.
— Pourtant, chez Sissoko, au pied du lit où on a ramassé son cadavre, on a découvert ce tampon protecteur, précisa Milan en sortant de son tiroir un scellé transparent.

Elle écarquilla les yeux.

— Et vous savez quoi ? Le tampon, il supporte votre ADN.

Elle devint pâle face à un Milan en pleine jouissance. Plein de choses lui revinrent en tête, des éléments qu'elle n'entendait certainement pas livrer.

— Ce que je ne comprends pas, c'est qu'il n'y ait pas de trace de sang sur ce tampon. Un tampon, ça sert bien à ça ? À absorber les menstruations, non ?

31

Compostel et Kaminski se trouvaient dans l'appartement de Milena Popovic lorsque le chef de service fut contacté par Lola Rivière. Le serrurier requis par la Crim' leur avait ouvert une porte fermée à double tour sur un local vandalisé. Tout avait été retourné. Les tiroirs des meubles de la chambre étaient renversés, le salon dévasté. Seules la cuisine, les toilettes et la salle de bains étaient intactes. Barbe blanche se gratta la tête. Il y avait tout à faire : trier et recenser les éléments déplacés, chercher à identifier les objets dérobés, faire venir les techniciens de l'Identité judiciaire afin d'isoler d'éventuelles empreintes, en bref, comprendre le pourquoi de ce dérangement et tenter d'en tirer des enseignements. Le travail était considérable, et demandait minutie et rigueur. Un véritable boulot de procédurier. D'autant que les traces brunes sur le plancher du hall d'entrée, ressemblant à des gouttes d'eau éclatées, ne laissaient aucun doute : Milena Popovic avait vraisemblablement été agressée à son domicile, dans l'instant qui avait suivi l'ouverture de la porte d'entrée.

— Patron ?

— Oui, Lola, répondit Hervé Compostel après être ressorti dans le hall d'entrée en évitant de fouler le résiné pas tout à fait sec.

— Vous vous souvenez si Dalila Toumi avait une cave chez elle ?

— Pourquoi ?

— Parce que la rue Barbusse longe ni plus ni moins la rue d'Enfer. Et la rue d'Enfer, c'est la ruelle des catacombes dans laquelle on a ramassé le cadavre de la journaliste.

Compostel se retourna vers le tohu-bohu. La colère d'une mère meurtrie pouvait-elle occasionner un tel ouragan ? Il ne savait pas. Lui-même, à la mort de son fils, avait souffert. Mais, à l'exception de son épouse, il n'avait trouvé personne, à l'époque, sur qui passer ses nerfs. Alexandre, leur fils unique, était parti sans explication, lui laissant pour seule compagnie des questions éternelles.

— Sous terre, il y a un cataflic qui disait que, parfois, des travaux de maçonnerie étaient effectués à la suite d'éboulements de caves.

— Contactez la direction des HLM. Faites une réquisition. On avisera. Pour info, l'appartement de Popovic a été visité, précisa-t-il. Il y a même des traces de sang. Elle a dû être tuée chez elle.

Lola raccrocha, chercha les références de l'office public des HLM de la ville de Paris qui logeait Dalila Toumi, rédigea sa réquisition, la tamponna d'une jolie Marianne, prit un marqueur rouge à l'aide duquel elle griffa la mention TRÈS URGENT, puis la transmit par mail après l'avoir scannée. La requête était simple : *Bien vouloir nous faire savoir si le locataire de l'appartement n° 112 est utilisateur d'une cave. Dans l'affirmative, nous communiquer le numéro de ladite cave et tous les codes d'accès.*

Puis elle s'empara de son téléphone de bureau et composa le numéro de Dimitri Hérisson. Il répondit aussitôt :

— J'ai une énigme pour vous, Dimitri, débuta-t-elle.

— J'adore les challenges.

— Par contre, il n'y a rien à gagner. Pas même un louis d'or.

— Au moins un dîner en votre compagnie, peut-être…

Elle se sentit flattée. Dimitri Hérisson jouait les jolis cœurs. Mais elle avait une dizaine d'années de plus que lui, sans compter certains soucis.

— Un déjeuner, à la rigueur. Mais à la seule condition que vous vous en sortiez…

— Il y a une *deadline* ?

— Non. Mais le plus tôt sera le mieux.

— Et c'est quoi, cette énigme ?

— Une sorte de texte à trous. J'ai besoin que vous me reconstituiez un mail rempli de scories. Ce qui m'intéresse surtout, c'est l'identification complète de l'adresse mail de l'expéditeur.

Elle raccrocha dans la précipitation. Car Compostel cherchait à la joindre sur sa ligne cellulaire.

— Allô ?

— Lola, je suis en bas. Équipez-vous, je vous attends.

Que voulait-il ? Elle se précipita, fixa son arme à la ceinture, se promit une nouvelle fois de s'acheter un holster d'épaule et de troquer sa ceinture contre des bretelles afin de soulager son bas-ventre, attrapa son blouson et sa sacoche de travail, et fila vers l'ascenseur en s'époussetant les cheveux qu'elle prenait rarement la peine de coiffer.

— On va où ? demanda-t-elle en fixant sa ceinture.

— Chez les parents Popovic. J'ai trouvé leur adresse dans les papiers de Milena. Ils demeurent à Argenteuil, dans le Val-d'Oise.

Les enquêteurs avaient échappé à l'annonce de la mort de Yasmine Toumi à sa mère. Et pour cause, celle-ci était décédée à l'hôpital, et la règle voulait que ce soit la direction de l'établissement qui déclare, dans un délai maximum d'une heure, la triste nouvelle. Le silence s'installa dans l'habitacle. Lola n'avait jamais notifié de mort à quiconque. Compostel, lui, gardait le souvenir de la venue d'un sous-directeur accompagné d'un psychologue dans son bureau, du temps où il dirigeait la brigade financière. Il se souvenait absolument de tout, de chaque instant, de chaque mot, de la délicatesse avec laquelle l'annonce lui avait été faite, de l'instant où il s'était rassis à son poste, totalement K.O. À l'époque, le sous-directeur s'appelait Thomas Andrieux.

— Ce n'était pas bien, Singapour ? démarra Compostel alors qu'il traversait la commune de Clichy en direction du pont d'Argenteuil.

— Si, pourquoi ?

— Parce que j'ai cru comprendre que vous étiez rentrée avant la fin de votre contrat de trois ans...

Elle sourit. Finalement, elle n'était peut-être pas aussi transparente que Kaminski le laissait entendre.

— Vous connaissez Singapour ?

Il répondit par la négative. Par contre, il avait fait un séjour d'une semaine à Hong Kong, dans le cadre d'une enquête internationale d'escroquerie à la TVA. Sans compter l'escale dans les îles Nicobar lors d'un tour du monde à la voile en solitaire.

— Au début, j'ai été conquise par ce pays multiconfessionnel, par cette mosaïque de cultures, par les couleurs chatoyantes de Little India, par les nuances de rouge de Chinatown, les buildings tous plus modernes les uns que les autres, et les jardins suspendus. Mais, en fait, au bout de quelques mois, je me suis aperçue que tout ça n'était qu'un leurre. Cette ville-État ne favorise aucun brassage. Les Malais, les Chinois, les Philippins et les expatriés ne se mélangent surtout pas, si ce n'est dans le cadre d'un rapport d'employeurs à employés.

C'était la première fois qu'elle se confiait ainsi sur son court séjour en Asie du Sud-Est. Elle décida de poursuivre :

— La vie y est artificielle, tout comme le pays. C'est l'œuvre d'un homme qui a défriché la jungle pour la remplacer par du béton recouvert de plantes vertes et d'orchidées, comme un enfant qui construit une ville à l'aide du logiciel SimCity. Vous savez comment les expat' appellent la ville ?

Il ne savait pas.

— Une démocrature. C'est-à-dire une dictature qui a l'apparence d'une démocratie. Les flux Internet y sont contrôlés, les manifestations interdites, les condamnations à mort mensuelles, l'homosexualité condamnée. La ville est la plus sûre du monde, cent mille caméras de vidéosurveillance pour un peu plus de cinq millions d'habitants. Un État qui concentre au mètre carré le taux le plus important de millionnaires qui s'enrichissent grâce au commerce de pétrole et d'armes transitant par le port.

Il souhaitait lui poser des questions, savoir quels autres pays elle avait visités, comprendre aussi ce qui la rendait si solitaire. Mais les tours du quartier Val-d'Argent grandissaient à vue d'œil. Ils stationnèrent au pied d'une barre de deux cents mètres de long, haute de dix étages. L'assurance les quitta au moment de s'éloigner du véhicule en direction d'un hall couvert de tags. Le parking, balayé par un léger vent du nord, était recouvert de carcasses.

— Ça doit vous changer de Singapour, non ?
— La nature de l'oppression est différente, oui. Sale époque pour les schizophrènes.

Ils franchirent un premier seuil, s'arrêtèrent devant le bloc métallique des boîtes aux lettres. Certaines portes étaient dégondées, d'autres ne comportaient pas de nom. Celle des Popovic était l'une des rares encore en bon état. Deux pas plus loin, ils furent retenus par une baie vitrée verrouillée. Compostel se tourna vers le digicode où il fit défiler les identités des locataires. Il arrêta sa manipulation. Une petite fille d'une douzaine d'années, cartable sur le dos couvrant en partie une jolie natte, pénétra au même moment dans la bâtisse. Ils entrèrent dans la foulée, se dirigèrent vers la cage d'ascenseur, puis montèrent au neuvième étage. Le paillasson du domicile des Popovic annonçait la bienvenue en plusieurs langues. Compostel fixa Lola avant de sonner.

C'est une femme qui vint leur ouvrir. Y avait-il d'autres personnes à l'intérieur ? Les deux policiers ne savaient pas. L'appartement était-il grand ? Aucune idée. Les flics détestaient les inconnues. Et plus les inconnues étaient nombreuses, plus la résolution de l'équation s'avérait complexe. Lola visa le fond du couloir. Personne, pas un mouvement. Le commissaire divisionnaire Compostel, lui, se lança :

— Vous êtes bien Mme Popovic ? La maman de Milena ?

— Oui ? Qu'est-ce qui se passe ? Elle n'habite pas là, Milena, vous savez, dit-elle avec un fort accent des Balkans.

La femme les fixait tour à tour, comme un oiseau apeuré. Ils avaient l'air grave, ils gardaient le silence.

— Qu'est-ce-qui se passe ? Elle est où, Milena ?

Compostel déglutit. C'est Lola qui poursuivit, carte à l'appui :

— Nous sommes de la police, madame. On peut entrer à l'intérieur ?

Trouver un point d'appui, échapper à l'esclandre dans le couloir d'un immeuble qui pouvait vite devenir un endroit hostile. Elle recula de deux pas, Compostel ferma la porte d'entrée derrière lui. L'hôtesse avançait lentement vers le salon. Une pièce claire et sobre, dont un côté entier était longé par deux immenses canapés dorés qui se mariaient à la perfection avec une gravure représentant la Mère de Dieu aux trois mains, icône des familles chrétiennes orthodoxes. Un vieillard en fauteuil roulant se tenait au milieu de la pièce, face à un téléviseur allumé en sourdine sur une chaîne de sport diffusant un match de football. La Serbie perdait deux à zéro.

— C'est mon père, il est sourd, dit-elle.

— Votre mari, il est où ?
— Au café. Il joue aux cartes.
— Il n'y a personne d'autre, ici ?
— Non. Elle est où, ma fille ?
— On a une mauvaise nouvelle à vous annoncer, madame, reprit Compostel.

Elle finit par s'asseoir, comme un animal enfin apprivoisé.

— On a retrouvé votre fille sans vie.

Où, quand, comment ? Silencieuse, elle ne cessait de les fixer tour à tour. Ses yeux s'embuaient. Le grand-père de Milena avait quitté le match des yeux. D'un geste de tête, il demanda ce qui se passait. Ses épaules s'affaissèrent lorsque sa fille le lui traduisit en langage des signes.

Petit à petit, des pièces s'emboîtaient dans l'esprit des enquêteurs. Milena Popovic avait grandi dans un quartier défavorisé, une zone de sécurité prioritaire comme aimaient le rappeler les politiques. Elle était un pur produit de l'immigration, une fille de la deuxième génération qui s'était affranchie de toutes les barrières sociales et économiques. Malgré tout, elle n'avait pu échapper à un destin sordide : la mort violente.

— Vous avez d'autres enfants, madame Popovic ? s'enquit Compostel.

Ses pleurs redoublèrent. Non, Milena était sa fille unique.

— Elle a des affaires, ici ? demanda à son tour Lola.

La question était malvenue, rapide. Mais le respect de la mort était une chose, le travail d'enquête une autre. Il fallait avancer, coûte que coûte. Glaner des infos, recueillir des éléments, auditionner les proches sur tout un tas d'aspects. Pendant que Compostel lui communiquait l'adresse de l'institut médico-légal et les références d'une association de soutien aux victimes, Lola traversa l'appartement pour aboutir dans la chambre occupée jadis par Milena. Son petit lit d'enfant était vide, au contraire d'une armoire qui regorgeait de livres d'école entassés, de photos de classe et de bulletins scolaires jaunis. Milena Popovic avait lu Ronsard, Molière, Balzac, Zola, Camus. Et, à en croire les éloges de ses enseignants du secondaire, rien ne lui avait échappé.

— Elle avait un petit ami ? questionna Compostel.
— Je ne sais pas. Elle était secrète. Elle en a eu un, il y a longtemps, lorsqu'elle était étudiante. Un gars qui l'a beaucoup aidée... Pourquoi on l'a tuée, monsieur ? Elle était gentille, ma fille...

Toutes les mères trouvaient leurs enfants gentils. En ce qui concernait Milena Popovic, Compostel en doutait. Lui-même avait eu des mots très durs à son égard suite à la révélation publique de la mort de Yasmine Toumi.

Lola revint auprès d'eux, son téléphone à la main. Elle venait de recevoir par mail le résultat de la réquisition adressée aux HLM de Paris. Elle tendit l'appareil à son chef de service. Dalila Toumi possédait bien une cave. Les deux enquêteurs tournèrent la tête en direction des fenêtres. La nuit tombait, il ne fallait pas tarder s'ils voulaient débuter la perquisition aux heures légales. Ils s'éclipsèrent très vite, soulagés d'avoir mis fin à cette corvée. Compostel cherchait les clés de voiture dans ses poches lorsqu'il rompit le silence :

— Vous avez pu jeter un œil sur l'ordi que je vous ai passé ?

— Pas encore, mentit-elle. Il me faut du temps, patron ! Et pour le moment je suis plus souvent au boulot que chez moi.

Les parents de Milena Popovic étaient serbes. Ils étaient arrivés en France peu après la mort de Tito, au début des années 1980. Milena était née en 1983 et s'était vite fondue dans le décor, maniant les mots plus facilement que les derniers Français de souche encore installés dans le quartier du Val-d'Argent. La famille Popovic avait fui la misère post-communiste, s'était intégrée en toute discrétion au sein d'un quartier populaire, s'était mise en quatre pour donner à sa fille une chance de succès. Pour quel résultat ? Une mort violente, inexpliquée, empreinte de fatalisme.

Nul doute que certains, comme les proches de Dalila Toumi, allaient rapidement s'emparer de cette affaire, tenter de la médiatiser, rappeler au plus grand nombre que les faibles et les pauvres, les bannis et les immigrés, ne pouvaient lutter contre un déterminisme commandé par des puissances occultes.

Dalila Toumi, elle, semblait désormais hors jeu. Il était 20 h 30 lorsqu'elle ouvrit sa porte aux deux policiers.

— Qu'est-ce que vous voulez ? Des félicitations pour avoir su identifier le dealer de ma fille ?

L'ancienne candidate à l'élection présidentielle, ce chantre du courant altermondialiste et libertaire, n'avait pas changé.

— On n'est pas là pour votre fille, madame. Milena Popovic, vous connaissez ?

Bien sûr qu'elle connaissait. L'article qu'elle avait signé en avait entraîné de nombreux autres. Et, depuis, plusieurs paparazzi ne cessaient de planquer devant son immeuble, dans l'attente d'une sortie.

— Elle est morte, ajouta le chef de la Crim'.

Dalila Toumi le fixa. Elle ne semblait pas comprendre.

— Elle a été tuée. On est venus perquisitionner…

— Pardon ? C'est de l'acharnement ! Vous avez déjà tout remué la semaine dernière ! Je me fous qu'elle soit morte, cette bonne femme ! Je n'ai rien à me reprocher. Vous croyez que je ne suis pas assez abattue comme ça, que je ne souffre pas assez ?

— On ne sera pas long. On a juste besoin de visiter votre cave, madame, la coupa Lola.

— Et quand est-ce que je recevrai l'autorisation d'inhumer ma fille ? railla-t-elle.

— Ça ne dépend pas de nous, ça, madame Toumi. Ce sont les magistrats qui prennent cette décision.

Elle se calma, se saisit d'une clé qui se trouvait accrochée dans le hall de son appartement, la leur tendit.

— On n'en a pas pour longtemps, madame. Mais il faut que vous veniez avec nous. Votre présence est obligatoire.

Elle céda, mit de longues minutes à choisir un pull-over, et les précéda en direction des sous-sols. L'humidité les saisit.

— Vous cherchez quoi, exactement ? demanda-t-elle après leur avoir déverrouillé l'accès sur une pièce bétonnée et crépie de six à huit mètres carrés dans laquelle elle ne mettait jamais les pieds.

Aucun d'eux ne répondit. Lola prit une photo à l'aide de son téléphone, pénétra à l'intérieur de la cave, remua plusieurs cartons de vêtements d'enfants qui obstruaient le passage. Elle glissa la main sur les murs latéraux, se courba pour inspecter le sol. Elle se redressa, s'empara d'une lampe dans la poche de sa doublure, éclaira le fond de la pièce couvert par d'épaisses étagères supportant des bouteilles de vin, des boîtes de conserve, une luge pour enfant, ainsi que des monticules de revues politiques. Elle parvint enfin, après de nombreuses contorsions, à se glisser jusqu'au mur porteur. Pas la moindre trace d'humidité. Comme pour les autres parois, le mur était totalement sec et ne présentait aucune marque de maçonnerie récente.

— Vous pouvez enfin me dire ce que vous cherchez, au juste ? Peut-être que je peux vous aider... Ça nous évitera d'y passer la nuit...

— On a fini, madame. Désolé du dérangement, coupa Hervé Compostel.

Ils la quittèrent le plus rapidement possible, après lui avoir lu le procès-verbal de perquisition qu'elle refusa à nouveau de signer.

— Je suis désolée, lâcha le lieutenant Rivière sur le chemin du retour.

— Il faut pas. Vous avez bien percuté, l'idée était bonne. Maintenant qu'on a fermé cette porte, on va pouvoir passer à une autre piste.

Mais pour l'heure, il n'y avait pas d'autres pistes.

— Je rentre aux Batignolles pour faire le point avec votre chef de groupe. Je peux vous déposer sur le chemin, si vous le souhaitez.

— Volontiers.

Elle descendit à la hauteur de la place Saint-Michel, à deux cents mètres de son domicile. Sitôt chez elle, elle se précipita sur sa bouteille d'eau, avala un Imurel. Une douleur sourde la saisit de nouveau au ventre. Par réflexe, elle se recroquevilla, chercha la bonne position pour se soulager. Elle déboutonna son pantalon, le retira. Elle allait enfin pouvoir se reposer. En attendant son rendez-vous du lendemain matin, à deux pas de la cathédrale Notre-Dame, devant l'école de commerce à 10 000 euros l'année où étudiait Charline Le Roy Ladurie. Celle-ci, trois ans plus tôt, avait initié sur le réseau social Facebook un mur intitulé *Rest in Peace Alexandre*, en hommage à son meilleur ami.

32

Manon avait été sommée de réfléchir. Elle commençait à comprendre la technique de Milan : la faire mariner dans son jus, au milieu de toxicos amorphes et de Roms agités, pour mieux la fragiliser et obtenir des réponses à ses interrogations.

— Vous êtes sûr pour mon ADN ? avait-elle demandé alors qu'il la conduisait dans les cellules de garde à vue.

— L'ADN ne ment pas. Vous avez une sœur jumelle ?

— Non.

— Alors, cet ADN ne peut être que le vôtre.

S'était ensuivi un cours sur les techniques de prélèvement de l'ADN, une brève digression sur le noyau et la périphérie de la cellule génétique au cours de laquelle Manon décrocha, puis un propos tout aussi technique sur la nécessité d'obtenir dix-huit marqueurs communs entre une trace et un ADN source afin de valider un rapprochement.

Elle n'avait rien retenu de ce cours express de SVT. Les jambes repliées sur elle-même, elle avait patienté des heures entières. Et réfléchi. Comment le tampon hygiénique qu'elle avait utilisé pour faire pénétrer quelques jours plus tôt une puce téléphonique au sein de la maison d'arrêt de Fleury-Mérogis avait-il pu se retrouver au domicile de Sissoko ? Cette question la taraudait. Car, une chose était sûre, elle n'avait jamais mis les pieds à Poissy. Elle revivait la scène, se revoyait dans sa salle de bains en train de baisser son jean puis d'enfiler le Tampax à l'intérieur duquel elle avait créé une petite ouverture à l'aide de la pointe d'un couteau pour y incruster la puce téléphonique.

Qui avait pu savoir ? Elle ne s'était confiée à personne. Pas même à la reine des pipelettes, sa copine Diana. Qui avait pu deviner qu'elle jetterait le Tampax dès sa sortie du parloir, dans une corbeille métallique de l'arrêt de bus de la maison d'arrêt ? Qui était assez vicieux pour plonger la main dans cette poubelle et transporter ce bout d'intimité, pendu à une ficelle, sur une scène de crime ? Qui était l'auteur du meurtre de Sissoko ? Pourquoi l'impliquait-on, elle ? Toutes ces questions se heurtaient dans un petit crâne perturbé, ces derniers jours, cette dernière semaine, par une succession de galères.

Bison devait savoir, lui. Bison venait de perdre ses deux meilleurs amis. Bison était le maître des secrets. Ses relations carcérales, sa connaissance de la nuit parisienne, son entregent, son bagout, les crocs qu'il savait sortir faisaient de lui un éminent personnage du monde de la pègre. Un « beau mec », comme l'avait écrit un journaliste d'un hebdomadaire spécialisé dans le fait divers, qui avait subodoré dans un article de plusieurs pages son rôle d'organisateur de nombreux *go fast* entre le Maroc et la banlieue parisienne que la justice n'avait jamais pu prouver.

On lui avait proposé un repas tiède, à base de riz, Manon avait refusé. Quelques gâteaux secs et un jus d'orange en brique lui avaient suffi. Puis Milan était revenu la chercher.

— Vous avez réfléchi ?

Elle avait réfléchi. En vain. Manon n'avait toujours pas trouvé de parade. Elle se rassit face à lui. Cette fois-ci, pas de gobelet, pas de café. Juste une cigarette se consumant sur le rebord du cendrier, et le téléphone de Manon, désossé.

— Vous m'avez menti, mademoiselle Legendre...

Elle sursauta. Depuis peu, elle ne supportait plus le terme « Mademoiselle ».

— ... et mentir à un policier, c'est mentir à la société. En quelque sorte ça s'appelle un outrage à magistrat... Comme je suis bon, je vous laisse une deuxième chance : quel a été votre emploi du temps de la nuit de vendredi à samedi ?

— J'étais au JDE, je vous ai répondu.

— Toute la nuit ?

Elle ne répondit pas. Il prit les devants.

— J'ai appelé votre taulier, Vercini. Un Corse, n'est-ce pas ?

La bouche fermée, elle confirma d'un mouvement de tête.

— Et lui, il m'a dit qu'il vous avait virée un peu avant minuit...

Pas de réaction.

— OK. Vu que vous semblez fermée comme une huître, je vous propose de mieux faire connaissance, engagea Milan avec cynisme alors qu'il insérait la pointe d'un trombone sur le côté de l'iPhone de Manon.

Il extirpa difficilement la puce nano de son emplacement et la glissa dans le port d'un appareil électrique grand comme une boîte d'allumettes qu'il connecta à son ordinateur. Des dizaines de données s'affichèrent sur son écran. Moins qu'il n'aurait souhaité. Puis commenta :

— Dites donc, c'est pas gentil, ça. On dirait que vous avez fait le ménage, ces derniers jours ?

Manon vidait effectivement de manière régulière les historiques d'appels et le contenu des SMS échangés avec ses correspondants. Sage précaution.

— On a quand même de quoi faire la causerie, ajouta-t-il. Deux cent quarante-sept contacts, record battu ! On en a bien pour tout l'après-midi. Sauf si, d'ici là, votre mémoire vous revient, bien sûr...

Elle ne répondit pas. Attendit la suite. Milan se saisit de la souris de son ordinateur de bureau, cliqua à maintes reprises. Il semblait procéder à un copier-coller. Puis, au bout de deux minutes, après avoir remis la puce dans l'appareil téléphonique, il débuta son questionnement :

— OK. Commençons par le premier numéro. Le 06 27 42 79 XX, identifié dans votre carnet de contacts à Brigitte Abdelaziz. Un mot sur cette Brigitte Abdelaziz ?

— C'est une ancienne collègue.

— Du JDE ?

— Non, ça remonte à sept ou huit ans. J'ai bossé comme serveuse dans une pizzeria, c'est là-bas que je l'ai connue.

— Quelle adresse, la pizzeria ?

— Rue des Pyrénées, dans le 20ᵉ. Le numéro, je ne sais plus.

— Le nom de cette pizzeria ?

— Attendez, vous allez me faire un interrogatoire pour chacun de mes contacts !?

— C'est mon métier, oui.

Elle le fixa. Il attendait.

— Pizzeria Valentino. Mais je crois qu'elle a déposé le bilan.

— OK, on poursuit. Deuxième contact, Cédric Abelard ?

— Je ne sais pas, je ne vois pas. Vous savez, ça fait bientôt dix ans que je possède ce répertoire téléphonique. Si ça se trouve, il y a plein de numéros qui ne sont plus attribués. Il y a peut-être même des gens, dans la liste, qui sont morts sans que je le sache. Vous comprenez ?

Il acquiesça.

— Cédric Abelard, alors, vous ne voyez pas ? insista-t-il.

Elle secoua la tête.

— Appelez-le ! On en aura le cœur net...

— Pardon ?

— Ben oui. On l'appelle, on voit si c'est le fameux Cédric Abélard, et puis le contact permettra peut-être à l'un de vous deux de se souvenir de l'autre.

D'autorité, elle se saisit de son appareil, le réactiva à l'aide de son mot de passe et rechercha l'identité de Cédric Abélard parmi ses contacts. Elle appuya alors sur la touche verte, rêvant secrètement qu'il soit indisponible.

— Mettez le haut-parleur, s'il vous plaît...

Elle obtempéra au moment où le fameux Cédric répondait :

— Salut, chérie ! Ça fait plaisir que tu me rap...

Elle coupa la communication avant qu'il ne termine sa phrase. Le flic sourit.

— Qu'est-ce qui se passe ? C'est qui, précisément, ce Cédric ?

— Une connaissance du JDE. Un client.

— Quel type de client ?

— Un client normal. Un type qui vient boire des verres avec ses potes, qui sollicite des *lap dances* de temps en temps, rien de plus. Qu'est-ce que vous sous-entendez ?

— Un client qui vous appelle « chérie » ?

— Attendez ! C'est pas interdit à ce que je sache, si ? Le JDE, c'est pas un monastère...

Les questions s'enchaînèrent durant plus de deux heures. Jusqu'à ce que Milan arrive aux contacts dont le patronyme débutait par la lettre S. Les initiales M.S. attirèrent son attention.

— M.S., c'est qui ?

Manon était épuisée d'éluder, de mentir ou de développer. Milan la relançait sans arrêt.

— Je sais pas, je vois pas. Un vieux numéro, probablement.

— Pourquoi juste des initiales ?

— Je sais pas, je sais plus. Je pourrais avoir un verre d'eau ?

Milan décrocha son combiné, appela un collègue dans un bureau voisin afin de commander une eau minérale.

— Ça arrive, dit-il après avoir raccroché. Alors, ce M.S. ?

— Je vois vraiment pas.

— On appelle ? proposa l'enquêteur.

— Si vous voulez...

Milan appuya sur la touche verte et passa le combiné à Manon. Elle portait l'appareil à son oreille lorsque la sonnerie du film *Pulp fiction* résonna à deux mètres dans son dos. Elle émanait d'un téléphone qui se trouvait au fond d'un carton situé sur le second bureau de la pièce. Elle appuya sur la touche rouge de son iPhone, comme si l'appareil lui brûlait le doigt.

— Le téléphone du mort, précisa le capitaine Milan. On l'a récupéré à son domicile, à deux pas du Tampax qui supporte votre ADN. Vous avez dans vos contacts la ligne directe de Moussa Sissoko. Et vous prétendez toujours ne pas le connaître ?

— Je suis fatiguée. J'aimerais me reposer, souffla-t-elle.

— Pas de problème. On arrête là et on se revoit plus tard.

— Ma sœur a appelé pour prendre des nouvelles ? s'enquit-elle.

— Votre sœur ? Non, pas que je sache.

— Ça vous serait possible de l'appeler pour la rassurer ?

— Ça vous serait possible de me dire la nature de vos relations avec Moussa Sissoko ? répondit Milan tout de go.

Elle fut conduite en cellule. Ni Milan ni personne ne revint la chercher. Seul un jeune enquêteur lui fit signer sa prolongation de garde à vue.

— La nuit porte conseil, lui glissa-t-il au moment de refermer la lourde porte métallique sur elle.

Elle dormit mal. La planche de bois, légèrement déclive, l'obligea à s'allonger à même le sol. Enroulée dans l'unique couverture qui se trouvait dans la pièce, elle se recroquevilla pour se réveiller avec un violent torticolis. Au petit matin, elle héla un garde. Elle réclama un gant de toilette et une brosse à dents. Elle n'obtint que le droit de frotter à pleines mains son visage torturé de fatigue tandis qu'elle se rinçait la bouche à l'aide du même jus d'orange acidulé que la veille. Puis elle attendit, longtemps. Elle réclama Milan mille fois. Celui-ci ne se manifesta qu'en toute fin de matinée.

— Il paraît que vous vouliez me voir ?
— Je veux rentrer chez moi.
— Pas tant que vous ne m'aurez pas expliqué la nature de votre relation avec Moussa Sissoko.

La tête basse, elle souffla.

— D'accord, d'accord. Je peux boire un café, avant ?

Assise de nouveau face à Milan, elle s'épancha enfin. Elle avait rencontré Moussa Sissoko au Jardin d'Éden quelques semaines plus tôt, ils avaient sympathisé. Le Black voulait la revoir. « Dans l'intimité », lui avait-il précisé. Elle avait accepté, et s'était finalement rendue à son domicile, en taxi, au milieu de la nuit au cours de laquelle Vercini l'avait virée. Elle avait alors besoin d'un réconfort.

— À quelle heure êtes-vous repartie de chez lui ?
— Au petit matin, vers 5 heures. Je voulais à tout prix être revenue pour donner le premier biberon à mon fils.

— Comment êtes-vous rentrée ?
— Pareil. En taxi.
— Comment avez-vous réglé la course ?
— En espèces. Comme à l'aller.
— Sissoko vous est-il apparu stressé, inquiet ?
— Absolument pas. Il paraissait content de me voir.
— Pourquoi m'avoir caché tout ça aussi longtemps ?
— Je voulais pas passer pour une tepu.

Milan s'abstint de la fâcher. À ses yeux, elle était une pute, ni plus ni moins. Il n'avait plus de raison de la retenir. Elle le sentit.

— C'est la légion d'honneur, ça ? questionna-t-elle en visant la médaille encadrée au mur.

Le visage de Milan s'éclaircit.

— Non, juste la médaille d'or du courage et du mérite.

— Et il faut faire quoi pour l'obtenir ?

— Un acte de bravoure. Vous voyez cette cicatrice sur mon avant-bras ? dit-il en soulevant la manche droite de sa chemise. Eh bien, j'ai pris une balle dans le poignet qui est ressortie au niveau du coude. Un an de rééducation.

— Un type vous a tiré dessus ?

— Ouais, un braqueur. Un type de la trempe de votre futur époux qui voulait arracher la mallette d'un diamantaire.

— David n'est pas un braqueur ! s'emporta-t-elle.

— C'est peut-être un tueur, alors. Si ça se trouve, c'est lui qui, du fond de sa cellule, a commandité le meurtre de Sissoko, non ?

Elle se tut. Le laissa s'occuper des dernières modalités avant qu'il ne la libère définitivement.

— Si vous avez des choses sur la mort de Sissoko, je suis preneur. Vous avez ma carte, il me semble.

Elle ne répondit pas.

— Je peux vous raccompagner à Choisy si vous voulez…

— Non, merci. Je vais me débrouiller seule.

Il était plus de 15 heures lorsqu'un taxi la déposa en bas de sa tour. Elle se sentait sale, rêvait d'une douche réparatrice et d'un soin. Ce dernier attendrait. Elle s'abstint de relever son courrier, patienta de longues secondes devant la cage d'ascenseur, déverrouilla la porte de son appartement. L'apocalypse s'était abattue dans le salon. Le téléviseur faisait office de serpillière, des centaines de feuilles volantes et leurs cartons d'emballage, initialement rangés dans sa chambre, léchaient le parquet, la lampe Gallé avait explosé contre la table basse, diverses teintes de rouge à lèvres zébraient la tapisserie. Le trousseau de clés toujours en main, Manon se précipita dans la cuisine. Les tiroirs étaient renversés, leur contenu poivré de miettes de verre et de grès. Le chat, inerte, nageait dans un évier rempli d'eau à ras bord. Manon n'avait plus la force de hurler. Elle fit un pas en arrière, se retint à la baie vitrée, glissa au sol, le regard rivé sur le centre de la table basse où reposait le talon Louboutin qu'elle avait abandonné en fuyant le parking supérieur du centre commercial Vélizy 2.

33

Charline Le Roy Ladurie était belle à mourir. De longs cheveux blonds et bouclés illuminaient un visage fin où perçaient de magnifiques yeux noisette. L'ancienne pensionnaire du lycée Lakanal, sur la commune de Sceaux, résuma la situation d'Alexandre en terrasse d'un café à touristes bordant Notre-Dame. Pour les complexes, tout le monde savait, c'était implicite. Il n'y a guère que les parents qui fermaient les yeux. Des parents trop pris, ou qui faisaient en sorte de ne pas voir. Un père débordé par ses activités de chef de service, une mère rarement présente le week-end à cause de son travail dans l'événementiel.

Lola ouvrit une pochette et en extirpa une impression écran tirée de la vidéo érotique dans laquelle Alexandre avait été filmé à son insu. On y distinguait son partenaire d'un soir, torse nu, regard espiègle, fixant la ceinture de son pantalon. Photo sombre, visage en gros plan. Pas de toile de fond. La réponse ne se fit pas attendre :

— Ben merde alors !
— Quoi ! Vous le connaissez ?

— Pas vraiment. Mais je me souviens bien de lui. On a fait sa connaissance au Metropolis, une quinzaine de jours avant la mort d'Alexandre.

— Le Metropolis ?

— Oui, une boîte de nuit qui surplombe l'autoroute A6 à la hauteur du M.I.N. de Rungis. On y est allés le jour de mes dix-huit ans, un jeudi soir. On n'avait pas cours le lendemain. Pourquoi ? Quel est le lien avec Alexandre ?

Dans d'autres circonstances, Lola aurait précisé que c'était elle, d'habitude, qui posait les questions. Pas là. Là, elle avait envie de faire confiance à cette jeune femme épanouie qui s'essayait aux chaussures à talons.

— J'ai la sensation bizarre que ce garçon n'est peut-être pas tout blanc, répondit Lola en l'observant fixement.

Charline Le Roy Ladurie renversa la tête en arrière et cligna des yeux avant de poursuivre. Lola, elle, avait soudain l'impression d'avoir trouvé une alliée dans cette quête de la vérité, dans cette recherche des causes de la mort d'Alexandre Compostel. Elle attendait la suite.

— Il s'appelait Florent. En tout cas c'est ce qu'il a dit. Avec Alex et deux autres copines, on est arrivés dans la boîte de nuit vers 22 heures. Lui, il a débarqué sur le coup de minuit. On était dans la salle du bas, dans la salle Disco. Et puis il s'est mis à danser avec nous. Avec les filles, on s'est rapidement rendu compte qu'il était gay. Il…

— … À quoi vous l'avez vu ? coupa Lola.

— Les gestes, les attitudes, la manière de danser. Et puis vous savez, ce n'est pas après nous qu'il en avait, c'était après Alex. Et Dieu sait que mes copines ne sont pas des boudins.

— Et chez Alex, est-ce que son orientation sexuelle était marquée ?

— Pas du tout ! Si l'on n'était pas dans la confidence, on ne pouvait pas savoir.

— Même en sortie ?

— Même en sortie, confirma Charline.

Elle rompit le silence qui suivit :

— À un moment donné, le Florent en question a disparu. Puis il est revenu, une bouteille de vodka à la main, et s'est imposé à notre table. Il y a eu un certain malaise, sauf chez Alex qui semblait conquis. Lui qui ne buvait jamais a accepté un premier verre. Puis un deuxième. Je lui faisais les gros yeux, mais il faisait mine de ne pas me remarquer. Au final, avec mes copines, on est retournées sur la piste et on a dansé jusqu'à 3 heures du mat', jusqu'à ce que mon père vienne nous chercher. C'était prévu comme ça. Sauf qu'Alexandre n'est pas rentré avec nous. Il a refusé. Au moment où on est montées avec mon père, on l'a vu partir à pied en compagnie de ce fameux Florent.

— Pour aller où ?

— Aucune idée. Ils ont pris le chemin qui mène vers l'hôtel Mercure. Peut-être bien qu'ils ont fini là-bas, d'ailleurs…

— Vous en avez reparlé, ensemble ?

— Jamais. Je ne vous cache pas que j'aurais bien voulu savoir mais j'attendais que ça vienne de lui.

— Et par la suite, il était comment ?

— Normal. Tout ce qu'il y a de plus normal. Sauf sur les deux ou trois derniers jours. Il a changé du tout au tout, il est devenu complètement renfermé, taciturne. Un autre garçon...

— Il ne vous a pas parlé d'une vidéo, par hasard ? Ou de menaces ou de chantage dont il aurait pu faire l'objet ?

— Non, pourquoi ?

Lola ne répondit pas. De nouveau un silence. Elle réfléchissait. Fallait-il qu'elle en dise plus ? Que lui manquait-il comme informations ? Elle se tourna un peu, lorgna quelques chimères et gargouilles de la cathédrale de Paris, avant de terminer par trois dernières questions.

— Et ce Florent, vous l'avez revu ?

— Jamais. Je ne l'ai pas vu à l'enterrement, en tout cas. J'ai également vérifié sur le compte Facebook d'Alexandre et sur le mur *Rest in Peace* que j'ai créé. Aucun Florent n'est recensé. À mon avis, leur relation n'a pas duré. En tout cas, il ne s'est jamais manifesté.

— Vous avez la date exacte de votre virée en boîte de nuit ?

— Je vous ai dit, le jour de ma majorité. Le jeudi 9 juin 2014.

— Et les parents d'Alexandre, ils savaient ?

— Non. Et d'ailleurs ça mettait Alexandre en colère lorsque j'évoquais le sujet. Moi, je suis sûre qu'ils auraient compris, qu'ils auraient fini par accepter sa différence. Mais pour lui, c'était impensable. Vous savez, dans le centre-ville de L'Haÿ-les-Roses, les résidants peuvent paraître moins ouverts qu'ailleurs. Beaucoup de familles sont issues d'un milieu bourgeois. Chez nous, il y a certaines choses qui se disent moins facilement.

Lola régla le thé commandé par l'étudiante puis fila en direction de la bouche de métro la plus proche. Elle était déjà en retard. Ses crampes abdominales ne passaient pas, elle hésita à retourner chez elle pour s'isoler.

— Vous avez besoin d'aide ? lui demanda une vieille dame sur le quai de la ligne 4.

Lola, pliée en deux au milieu de la foule, serrait les dents. Elle sortit du bout des lèvres l'excuse classique des règles douloureuses, la remercia de sa gratitude, finit par monter dans une voiture bondée. Son front était couvert de sueur, son sac à main lui paraissait lourd, le crissement des roues du métro et ses secousses la maltraitaient.

C'est dans les toilettes du Bastion qu'elle se précipita lors de son arrivée au service sans même avoir salué ses collègues. Elle s'assit, retira entièrement son pantalon et son slip. La crise ne passait pas. Elle prit une profonde inspiration, redressa le buste en arrière, porta ses mains à hauteur de son ventre dur, glissa ses doigts fins le long de la longue cicatrice qui courait du nombril au plexus. Ses yeux s'embuèrent. La douleur était trop forte, elle n'arrivait pas à se soulager. Elle plongea la main droite dans son sac à main, attrapa une boîte plastique rectangulaire, ouvrit le clapet sur son matériel médical. Cette boîte l'accompagnait partout, depuis de trop nombreuses années. Elle hésita à peine, perça l'opercule d'une ampoule puis glissa un instrument à l'intérieur.

Au même moment, la porte d'entrée des toilettes pour femmes s'ouvrit.

— Lola, t'es là ?

Une voix d'homme, celle de Kaminski.

— Lola, il y a du boulot, t'es en retard, magne-toi, bordel !

Elle coupa sa respiration. L'ombre de son chef de groupe se reflétait sur les carreaux de grès clair situés sous la porte de la cabine.

— Hé ! Tu peux au moins me répondre quand je te parle, nom de Dieu ! hurla-t-il en donnant un grand coup de poing sur la seule porte verrouillée.

Lola sursauta, lâcha l'instrument qu'elle tenait entre ses doigts. La seringue, encore pleine, tomba au sol et roula vers lui.

34

Elle avait contacté sa sœur en catastrophe. Messagerie. Rose, elle, avait répondu. Elle se trouvait en compagnie de Jihad et s'apprêtait à sortir chercher ses filles à l'école maternelle du secteur. Rassurée, Manon raccrocha. Puis rappela :

— Rose, vous avez toujours la clé de l'appartement que je vous ai remise ?

— Oui, pourquoi ?

— Vous pouvez vérifier, Rose, s'il vous plaît ?

Manon l'entendit se lever et se saisir de son trousseau qu'elle avait pour habitude de mettre dans une soucoupe posée sur le meuble du téléphone, près de la porte d'entrée.

— Oui, elle est là. Vous voulez que je vous la rende ?

— Non, non... Vous l'avez prêtée à quelqu'un, aujourd'hui ?

— Non. À qui voulez-vous que je la prête ?

— Et vous êtes montée, aujourd'hui ?

Rose répondit par la négative. Elle n'avait reçu aucun mandat en ce sens de la part de Julie. Pas de ménage, pas de repassage à faire, rien.

— Vous êtes sûre que personne n'a pu vous emprunter la clé à votre insu ? demanda Manon.

Rose n'était pas certaine d'avoir bien compris. Elle reformula :

— Sans que je m'en aperçoive ?

— Oui...

— Ben non, je suis restée là toute la journée. Toute seule, précisa-t-elle comme pour écarter toute question supplémentaire. Vous allez bien ? Vous voulez que je vous monte Jihad ? s'enquit la nounou.

Manon n'allait pas bien, ne comprenait rien. Elle se tenait debout dans le salon, au milieu des débris, le talon de sa chaussure Louboutin dans une main. Elle finit par l'enfouir au fond de son sac à main. Elle en sortit la carte de visite de Milan sur laquelle ce dernier avait pris soin de noter à la main un numéro de téléphone cellulaire. Le carton au bout des doigts, elle retourna dans la cuisine. Carotte était presque totalement immergé. Son pelage dorsal, roux, effleurait la surface de l'eau stagnante tandis que sa queue flottait en partie. Que faire ? S'en débarrasser avant que Julie ne rentre ? Vider l'eau du bac ? Contacter la police ?

Une voix hurla de douleur dans son dos. Julie était rentrée de Paris par le premier train. Son chat, celui qu'elle avait adopté pour conjurer le décès de ses parents, était mort.

— Qu'est-ce que t'as fait ? Pourquoi !? cria Julie à sa sœur en lui saisissant les cheveux et en la renversant au sol.

— C'est pas moi, arrête !

Manon n'aimait pas Carotte, pas plus que n'importe quel autre animal de compagnie. À l'arrivée de Jihad, l'avenir du chat avait fait l'objet de vifs échanges. Il n'était pas conseillé de garder un matou de douze ans susceptible de jalouser le nouveau membre de la famille. Julie n'était pas de cet avis. Sa mascotte, son vieux compagnon ne pouvait en aucun cas être un danger. Elle avait promis d'y veiller, de tout mettre en œuvre pour préparer le terrain.

Les deux sœurs roulèrent au sol. La souplesse de Manon lui permit de se dégager, de reprendre le dessus. Jusqu'à maîtriser sa cadette en furie.

— Calme-toi, bon sang ! Je te dis que ce n'est pas moi ! Regarde autour de toi, tu me crois assez stupide et conne pour tout casser chez moi ?

Manon la maintint par les poignets jusqu'à ce qu'elle s'apaise.

— Lâche-moi, c'est bon !

Elles se relevèrent chacune de son côté, s'époussetèrent. L'épais collant de Manon était filé. Julie se dirigea dans le salon, constata à son tour l'ampleur des dégâts. Elle n'en revenait pas.

— T'as fermé à double tour, ce matin, en partant ? demanda Manon dans son dos.

— Pour qui tu me prends ? Bien sûr que j'ai verrouillé. Qu'est-ce que tu crois ?

Trois clés avaient été fournies par la société Fichet lors du récent changement de porte. Chacune des sœurs avait la sienne, et la troisième avait été confiée à Rose. Et la porte d'entrée ne faisait l'objet d'aucune trace quelconque d'effraction. Julie fonça dans sa chambre. À la différence de celle de sa sœur, rien n'y avait été retourné. Elle revint dans la cuisine, plongea sa main dans l'eau froide, retira la bonde. Elle regarda le niveau d'eau baisser et son joli chat s'affaisser comme une serpillière.

— T'as appelé la police ? sanglota-t-elle en lissant le flanc trempé de Carotte.

— Non, répondit Manon.

Le chaos était indescriptible. Les traits de rouge à lèvres indélébiles sur les murs crème, le fracas du téléviseur et de l'Ipad originellement posé sur la table basse, ainsi que les épaisses griffures du parquet valaient profanation. Les dégâts se comptaient en milliers d'euros. Il y avait de la colère dans ce désordre. Une haine confirmée par un autre élément :

— Rien n'a été volé.

— T'es sûre ?

— Certaine. Ils ont vidé ma boîte à bijoux en or au sol sans rien emporter.

Manon ramassa la carte de visite de Milan, le flic versaillais. Elle hésitait à le contacter.

— Il te voulait quoi ce flic, hier matin ?

— Il voulait m'interroger sur le meurtre d'un type que je connaissais à peine, mentit-elle à moitié.

— C'est qui, ce mec ? Je le connais ?

La sœur aînée hésita à lui dire que Moussa Sissoko travaillait à l'hôtel Pierre-Ier. Julie aurait cru encore à un énième mensonge. Elle se contenta de dire qu'elle l'avait croisé deux ou trois fois seulement au Jardin d'Éden.

— Et le flic, il t'a gardée toute la nuit pour un type que tu connais à peine !

— Faut croire.

— Je l'ai appelé, hier après-midi.

— Qui ? Milan ?

— Ben oui. Je voulais savoir si tu allais bientôt sortir, et si je devais m'occuper de Jihad. Et puis t'es ma grande sœur, quand même !

Manon la fixa. Milan s'était joué d'elle lorsqu'elle lui avait demandé si Julie avait cherché à prendre de ses nouvelles. En matière de vice, le capitaine Milan ne semblait pas le dernier. Faute de mieux, c'est pourtant lui qu'elle contacta en priorité :

— Vous voulez compléter votre déposition ?

— J'ai été cambriolée.

— Pardon ?

— Mon appart' a été vandalisé, précisa-t-elle. Tout a été cassé dans le salon.

— Quand ? Hier ?

— Non, ce matin, vraisemblablement. Après le départ de ma sœur pour la fac.

— Qu'est-ce qu'on vous a volé ?

— Rien, justement. Et il n'y a pas de trace d'effraction, non plus.

— Merde ! J'espère que vous êtes bien assurée...

— Pardon !

— Sans effraction, vous n'obtiendrez aucun remboursement.

Le gardien de la paix stagiaire Sapin du commissariat de Choisy-le-Roi leur tint à peu près le même discours. Milan n'étant pas compétent sur des faits commis dans le Val-de-Marne, Manon s'était donc rabattue sur le jeune policier. Il était venu en voisin, à pied, accompagné d'un technicien de scène de crime qui portait à bout de bras une grosse mallette métallique qu'il finit par poser sur la table basse.

Les deux flics firent le tour du propriétaire, s'assurèrent que toutes les fenêtres et portes-fenêtres étaient closes. Muni d'un porte-documents, Sapin dessina un croquis de l'appartement. Son collègue, lui, enfila une paire de gants translucides, sortit sur le palier, et s'attarda sur la porte d'entrée. Aucune trace de pesée. Il fit une moue à laquelle Julie réagit.

— Qu'est-ce qu'il y a ?

— Il y a que ce type de porte est quasi inviolable. Vous avez pris attache avec vos voisins pour savoir s'ils ont entendu ou vu quelqu'un pénétrer chez vous, au moins ?

Les sœurs avaient peu de contacts avec leur voisinage immédiat. Le couple de retraités nîmois qui occupait le F3 du palier avait quitté la tour pour leur résidence secondaire trois semaines plus tôt, tandis que le studio contigu était habité par une jeune comédienne de théâtre dont la troupe se produisait actuellement en province.

Le technicien rentra, ferma la porte d'entrée derrière lui, s'accroupit à hauteur de sa boîte magique d'où il tira sa « trousse à maquillage ». Julie l'observa et le suivit dans la cuisine où il plongea une sorte de pinceau dans un contenant cylindrique noir avant de badigeonner de poudre les rebords de l'évier. Il recherchait des empreintes. Un masque sur la bouche, il progressait de manière méticuleuse, n'omettant aucune partie lisse de la pièce susceptible d'accrocher de jolies traces papillaires. Il poursuivit son travail dans le salon. Il espérait beaucoup de ses recherches sur la coque rigide de l'iPad. Il fut déçu.

— Vous ne recherchez pas sur la table basse ? questionna Julie.

— Non, c'est pure perte. Le bois, s'il n'est pas laqué, n'accroche pas les empreintes.

Le talon Louboutin, lui, était laqué. Manon s'abstint pourtant de le sortir de son sac à main. Les deux policiers poursuivirent leurs recherches. L'un, en glissant son pinceau sur les boîtiers d'archives vidés de leur contenu, l'autre, à quatre pattes, en train de chercher le moindre indice. C'est le gardien Sapin qui découvrit, sous un lot de feuilles éparpillées, un tube de rouge à lèvres de marque Chanel.

Les deux flics se regardèrent. Cette pièce à conviction était particulièrement intéressante, elle avait été utilisée pour repeindre les murs. Donc prise en main par le ou les individus. Sapin décida :

— Recherche ADN en priorité.

Son collègue lui tendit alors une enveloppe kraft dans laquelle il glissa le tube doré avant de retirer un opercule qui allait permettre de la sceller définitivement.

— Et la boîte à bijoux ? Vous ne la prenez pas pour une recherche ADN ? questionna Julie. Elle aussi a été prise en main par les types.

Sapin était gêné. Une note de service, vieille de quelques années, limitait le nombre de scellés à un dans le cadre d'un cambriolage n'impliquant pas de personnalité politique ou n'ayant aucune résonance médiatique. Il n'entra pas dans les détails :

— On va se contenter d'une recherche papillaire.

La chance l'accompagnait. Il avait eu du nez. Son collègue venait d'y relever une jolie empreinte bidelte sur le couvercle. Les deux sœurs se moquaient des termes techniques. Elles reprenaient espoir, la déprime laissait place à la curiosité.

— C'est probablement une paluche de femme ou d'enfant, coupa le technicien. Elle est très étroite. Montrez-moi vos mains.

Julie et Manon, paumes ouvertes, s'exécutèrent. Pourtant, aucune de leurs papilles digitales n'était bidelte.

— Il y a d'autres femmes qui sont susceptibles de toucher à cette boîte ? questionna le jeune flic.

— Non ! réagit au quart de tour Julie, consciente de l'irrégularité dans laquelle se trouvait Rose, la nounou de Jihad, qui faisait de temps en temps le ménage chez elles.

Les deux policiers avaient terminé. Sapin promit de préparer le dépôt de plainte dans la soirée ; à charge pour Manon de se déplacer au poste de police pour le signer. De nouveau seules, elles sortirent des sacs-poubelle de vingt litres qu'elles remplirent. Manon s'absenta cinq minutes, descendit chez Rose, lui demanda de garder Jihad pour la nuit. Elle était épuisée, physiquement et moralement. Elle avait besoin de repos.

Elle ne se réveilla qu'à 10 h 30 le lendemain. Julie, qui était déjà repartie vers Paris, avait passé une grande partie de la soirée à lessiver tant bien que mal les murs du salon. Elle n'était pas totalement arrivée à bout des traînées de rouge à lèvres. Manon se fit un café puis fila dans la salle de bains. Elle ne retira le mode avion de son iPhone qu'au sortir de la douche.

Un nouveau SMS l'attendait : Si Bison veut revoir son fils en vie, qu'il rende ce qu'il a volé. La folie s'empara d'elle.

35

Compostel était au téléphone lorsque Lola se figea sur le pas de la porte restée ouverte. La veille, elle avait été sommée de rentrer chez elle après avoir été mise à pied. Il l'aperçut, se retourna vers la baie vitrée. Elle attendit. Il répondait par monosyllabes à son interlocuteur, l'affaire avait l'air sérieuse. Il conclut par : « J'envoie une équipe dans les plus brefs délais. »

— On n'a rien à se dire, Lola. Rentrez chez vous !

Elle ne bougea pas d'un pouce.

— C'est pas ce que vous croyez. Je ne suis pas une camée !

Il fit enfin l'effort de pivoter sur lui-même.

— Vous êtes maigre comme un clou, Lola. Vous vomissez tripes et boyaux dès qu'on vous chahute un peu.

Lola attrapa la poignée, ferma la porte derrière elle. Personne n'avait à entendre leur conversation. Les larmes lui montaient aux yeux. Elle avait envie de crier sa rage, de hurler, elle serrait les dents.

— J'ai des problèmes de santé, oui. Mais je ne me drogue pas. Ce sont des vitamines que je m'injecte, rien de plus. Des vitamines pour tenir le coup, parce que je tiens à ce boulot, j'aime ce boulot, j'aime servir, rien de plus. Vous n'imaginez même pas comment je souffre de devoir ponctuellement me mettre en arrêt maladie lorsque je fais des crises.

Elle renifla, plongea sa main dans l'une des poches de son pantalon, en sortit une boîte qu'elle déchira sous ses yeux. Il s'agissait d'un détecteur salivaire de stupéfiants qu'elle venait d'acheter dans une pharmacie. Elle décapsula la languette, la glissa sous la langue pour la ressortir et appliquer le tampon contre un buvard.

— Je vous laisse jeter un œil sur le résultat. Moi, je le connais déjà, dit-elle en s'apprêtant à quitter le bureau.

— Lola ! Attendez !

Elle se figea, la main sur la poignée.

— Je vous laisse la matinée pour aller voir le médecin-chef. Vous comprendrez que j'ai besoin d'un avis médical.

Elle acquiesça, quitta les lieux au moment où il récupérait le test. Il patienta de longues secondes. La couleur ne vira pas.

Lola n'avait pas lésiné. Elle avait récupéré son blouson, pris sa carte de transport et foncé dans le 13ᵉ arrondissement, à l'hôpital des gardiens de la paix, là où les policiers blessés en service ou malades depuis une durée supérieure à quinze jours devaient être vus par un médecin de l'administration avant toute réintégration. Le dossier du lieutenant Rivière était épais, le médecin-chef commençait à bien la connaître. Il se prêta à l'exercice de la prise de sang dans le cadre d'une recherche poussée de substances illicites, puis adressa en direct à son chef de service un mail rassurant sur son état de santé. Sans, bien sûr, évoquer la nature de sa maladie, secret médical oblige.

Libérée de cette contrainte administrative, elle se trouvait sur le quai du métro Saint-Marcel lorsqu'elle fut contactée par Compostel :

— Vous êtes où ?

— En bas du boulevard de l'Hôpital, près d'Austerlitz.

— Rapprochez-vous de Choisy-le-Roi. On a une nouvelle affaire…

— Quel genre ?

— Un enlèvement. On se retrouve tous au commissariat, s'entendit-elle répondre.

Son interlocuteur semblait essoufflé.

— On ne poursuit pas l'affaire Popovic !?

— Pas pour le moment. On met le paquet sur l'enlèvement. Il s'agit d'un bébé.

Elle souhaitait en savoir plus. Mais son chef de service avait raccroché. Elle se figea devant un plan des transports en commun parisiens tandis que d'autres étaient absorbés par la lecture des journaux annonçant la lutte acharnée que se promettaient l'actuel président de la République et son ennemi juré, Pierre-Yves Dumas, dans la dernière ligne droite de la présidentielle. Elle sortit finalement du métro, marcha jusqu'à la gare d'Austerlitz, descendit vers le quai de la ligne C du RER puis grimpa dans le premier train en direction de la banlieue sud.

Compostel, Zoé Dechaume, mais aussi le commandant Guillaume Desgranges se trouvaient déjà sur place lorsqu'elle pénétra dans le commissariat. Kaminski lui sauta dessus :

— Qu'est-ce que tu fous là ?

Compostel intervint. Barbe blanche se tut. Comme les autres, il finit par s'asseoir autour d'une grande table en Formica située dans l'arrière-salle de l'accueil du commissariat. Le commandant de l'unité de voie publique de Choisy donna aussitôt la parole à Sapin, le gardien de la paix de son unité qui, le premier, avait été alerté de la disparition de Jihad.

— Ce matin à 11 h 23, j'ai reçu un appel catastrophé de Manon Legendre, une femme qui vit dans la tour Anatole-France, pour me dire que son fils avait été enlevé, balbutia le gardien stagiaire.

— Pourquoi vous ?

— Parce que je la connais. J'ai pris sa plainte pour escroquerie la semaine dernière. Et puis hier, je me suis rendu chez elle suite au cambriolage de son appartement.

Les costumes-cravates de la Crim' le fixaient tous. Kaminski le premier semblait douter de lui.

— Enfin, c'est un cambriolage bizarre parce que rien n'a été volé, en fait... tout comme l'escroquerie à la carte bleue de la semaine dernière, il y a quelque chose de louche...

— Holà ! le calma Compostel. Ça me paraît confus, tout ça. Prenons les choses dans l'ordre. Que vous a-t-elle dit au téléphone ce matin ? Les mots exacts, s'il vous plaît ?

— Que son bébé avait été enlevé à la supérette Casino de Choisy.

— Par qui ? Comment ?

— Justement, elle n'y était pas. C'est la nounou qui a constaté l'enlèvement.

— Et comment s'appelle la nounou ? Elle est où, cette nounou ?

— J'ai pas son nom. Je sais juste que c'est une femme en situation irrégulière d'origine africaine qui vit dans la tour.

— À l'école maternelle de la rue Clemenceau, on a une femme qui a récupéré ses deux filles en catastrophe durant la pause méridienne, intervint le commandant du commissariat. Il y a des chances que ce soit elle et qu'elle ait décidé de prendre la poudre d'escampette.

— … Ou que ce soit elle qui ait kidnappé le bébé, coupa Kaminski qui savait que les enlèvements d'enfants sortaient rarement du cadre familial ou environnemental.

— Il y a eu demande de rançon ?

— Pas à ma connaissance, répondit le jeune policier. La mère et sa sœur sont en salle d'attente, ajouta-t-il d'un coup de menton. Elles ont leurs téléphones avec elles.

— Elles font quoi dans la vie ?

— La sœur cadette est étudiante en philo à Paris. L'aînée, Manon Legendre, travaille dans un night-club.

— Et le père, il est où ?

— J'ai pas demandé.

— Faudrait peut-être commencer par ça. On a l'identité du bébé, au moins ? s'enquit Kaminski.

— Jihad Ribeiro, il va sur ses cinq mois.

— Pardon !?

— Jihad Ribeiro. Le comble, c'est qu'il est né le jour de Noël.

— On me l'avait jamais faite, celle-ci, souffla Kaminski.

— Pour les remarques, on attendra, le tacla Hervé Compostel. Priorité au boulot. Zoé, Richard, Guillaume, vous foncez au Casino. Constatations, auditions de témoins, récupération des bandes de vidéosurveillance, etc., je vous laisse gérer. Lola, vous restez avec moi, on fait le point avec la mère et la sœur. Au boulot !

Exit la discussion matinale. Les deux flics se dirigèrent de concert vers la salle d'attente. Les sœurs se levèrent d'un bond.

— Restez assises, je vous en prie, débuta Compostel. Je vous présente le lieutenant Lola Rivière, je suis le commissaire divisionnaire Hervé Compostel. Nous sommes de la brigade criminelle de Paris et c'est nous qui sommes chargés de l'enquête sur l'enlèvement de Jihad. Soyez assurées de notre soutien le plus total dans cette épreuve.

Lola retrouvait là ce soupçon d'empathie qu'il avait développé face à la mère de Milena Popovic.

— En retour, poursuivit-il, sachez que nous avons besoin de votre entière collaboration. Il est arrivé par le passé, dans des affaires similaires, que des familles nous cachent des choses. Ce n'est pas une bonne idée. On perd du temps, on se met à douter, et ça finit toujours par se retourner contre vous, d'une manière ou d'une autre. En priorité, il nous faut l'identité complète du père de Jihad. Et bien sûr son domicile et le nom de son employeur…

— Ce n'est pas lui, il n'y est pour rien, rétorqua Manon Legendre.

— C'est à moi d'en juger, madame. Pas à vous. Vous devez comprendre que mon service ne peut se contenter de vos certitudes.

— Ça ne peut pas être lui, coupa la sœur cadette. Il est en prison, à Fleury-Mérogis.

Lola regarda son patron. Celui-ci ne broncha pas.

— Identité, numéro d'écrou, s'il vous plaît ?

Manon Legendre, enfin, obtempéra. Lola nota.

— Très bien. Le nom de la nounou et son domicile ?

— Elle s'appelle Rose, elle demeure dans notre tour, au dix-septième étage.

Julie Legendre poursuivit en communiquant son numéro de téléphone.

— Qu'est-ce qu'elle vous a dit, précisément, sur les conditions de l'enlèvement ?

— Elle m'a appelée en panique pour me dire qu'elle était en train de faire les courses à la supérette. Elle avait posé Jihad dans le siège bébé du chariot. Elle s'en est éloignée quelques secondes et, lorsqu'elle est revenue, le chariot avait disparu. Elle s'est précipitée dans les rayons, les a faits un à un, mais elle ne l'a pas retrouvé. Elle est allée voir une caissière qui lui a dit de prendre contact avec la sécurité. À plusieurs, ils ont refait le tour du magasin, ils n'ont rien trouvé. En fait, c'est un quart d'heure plus tard qu'un vigile a découvert le chariot dans le secteur des vins et spiritueux.

— Elle est où, en ce moment, Rose ? relança Lola.

— Elle a peur. Elle n'a pas de papiers, répondit la tante de Jihad.

— Il faut à tout prix qu'on la voie.

— Elle ne viendra pas.

— Il faut qu'on s'assure qu'elle n'a rien à voir dans l'enlèvement.

— Jamais elle n'aurait fait une chose pareille, répondit Manon.

— Qui, alors ? Est-ce que vous avez des doutes sur une personne en particulier ? Des ennemis, peut-être ? s'enquit Compostel.

Manon Legendre fit non de la tête.

— Je vais tâcher de vous trouver Rose et de vous la ramener, promit Julie.

— On nous a également parlé de soucis, ces derniers jours. Une escroquerie à la carte bleue, et un cambriolage, par-dessus le marché ?

Manon se rassit, expliqua tout d'abord qu'elle avait cru à tort que sa petite sœur était impliquée dans l'escroquerie qui avait mis son compte à sec. Quant au cambriolage qui n'en était pas un, elle n'avait aucune explication. Elle fut toutefois bien obligée de reconnaître que Rose était la seule personne à être en mesure de pénétrer dans son domicile sans commettre d'effraction. Lola s'empressa aussi de récupérer une photo récente de Jihad. Mais, hormis la nounou, personne ne pouvait préciser de quelle manière le bébé était vêtu au moment de sa disparition.

— Quelle profession exercez-vous, madame Legendre ? reprit le patron de la Crim'.

— Je suis barmaid dans un night-club.

— Vous avez des biens particuliers ?

— Ma sœur et moi sommes propriétaires de notre appartement. À part quelques économies, rien d'essentiel.

— Et votre mari ?

— On n'est pas encore mariés. Et je peux vous assurer qu'il n'a pas un rond.

— Les causes de son incarcération ? poursuivit Compostel.

— Pour un braquage. Mais ce n'est pas lui, il était au mauvais endroit au mauvais moment.

Compostel ne releva pas.

— Dans ce genre d'affaire, il arrive que les proches soient contactés d'une manière ou d'une autre pour une remise de rançon. Pour votre gouverne, le paiement n'assure en rien la libération de l'otage.

— Vous conseillez quoi ?

— Je vous demande juste de nous aviser si vous recevez une telle demande.

Manon Legendre ne réagit pas. Lola et Compostel se retirèrent à l'intérieur du commissariat. Il se tourna vers sa partenaire.

— Manon Legendre semble avoir oublié de nous dire qu'elle vient de passer trente-six heures en garde à vue au SRPJ de Versailles, déclara Lola en tendant à son chef de service sa fiche d'antécédents judiciaires qu'elle venait d'imprimer.

36

Le commissariat de Choisy-le-Roi s'était transformé en QG de la Crim'. Des équipages entiers de la brigade s'étaient rapprochés, avaient investi les bureaux. Il y avait urgence. Toutes les autres enquêtes étaient mises entre parenthèses, y compris l'affaire Popovic. La vie d'un bébé en dépendait. Une vingtaine de binômes, en civil, arpentaient les rues adjacentes du centre commercial et de la tour Anatole-France, photo du bébé à la main. Un autre équipage s'était transporté illico presto à la mairie de Choisy pour jeter un œil sur les quelques caméras pilotées par la police municipale. Une enquêtrice, interdite de voie publique car enceinte de cinq mois, avait lancé toute une batterie de recherches au sein de la main courante informatisée du commissariat. Trois enquêteurs avaient investi la tour Anatole-France à la recherche de Rose. Mais elle restait introuvable. Et, surtout, les premiers éléments communiqués par Barbe blanche n'étaient pas bons :

— Le chariot de la nounou a été remisé dans la réserve du magasin. L'Identité judiciaire est en route pour le techniquer.

— Parfait !

— Le problème, c'est qu'il a été touché par un grand nombre d'employés et d'agents de sécurité. Le directeur a même ordonné de le vider pour remettre les articles en rayon. C'est sûr, on va y relever des dizaines de paluches et d'ADN... sans compter ceux des clients précédents.

— Et la vidéo ?

— *Out*. Il n'y a pas de vidéo.

— Pardon ?

— Selon le gérant, il y a un flic qui est passé il y a deux jours et qui a saisi le disque dur pour les besoins d'une enquête.

— Un flic ! Quel flic ?

— Il sait pas. Le type lui aurait remis une réquisition mais c'est le bordel dans son bureau, il n'arrive pas à remettre la main dessus.

— Et sur quoi il enquêtait, ce flic ?

— Une histoire d'agression sexuelle qui aurait eu lieu sur le parking de la supérette.

— Et il avait besoin de saisir tout le disque dur ?

— Ouais, apparemment. Il devait en faire une copie et le ramener aussitôt. Vous voulez qu'on fasse quoi, patron ?

— Vous me prenez toutes les identités des employés, je veux le détail complet des personnes qui travaillaient ce matin. Faites-moi également un inventaire précis des conflits au sein du magasin, des personnes mises à pied ou virées au cours des trois dernières années. Et vous me les auditionnez toutes.

L'information suivante ne rassura pas le patron de la Crim'. Elle émanait d'un vieux loup de mer du service, le commandant Duhamel. Celui-ci sortait tout juste de l'école maternelle scolarisant les filles de la nounou de Jihad. Rose était effectivement venue récupérer ses filles à la cantine. Elle avait paru soucieuse, avait prétexté un décès dans sa famille. Et, surtout, n'avait avec elle ni bébé ni landau.

Compostel se dirigea vers le hall du commissariat, visa les deux sœurs qui patientaient dans la salle d'attente, bras dessus, bras dessous. L'aînée semblait stoïque alors que la cadette pleurait en silence. Sans éléments, il n'avait pas le choix. Il appela le procureur de la République dans l'instant :

— Il faut déclencher l'alerte enlèvement ! Une vingtaine de collègues de la brigade des mineurs sont volontaires pour armer la salle de crise, insista-t-il.

Toutes les conditions étaient réunies : la victime était mineure, l'affaire s'apparentait à un enlèvement ou tout au moins à une disparition inquiétante, et la vie du bébé était susceptible d'être en danger. Les médias allaient se ruer au palais de justice, questionner sans relâche le procureur à l'issue de sa conférence de presse. Et puis ils fonceraient en banlieue, fileraient les policiers en civil sortant du commissariat, tenteraient d'interroger les proches, les voisins, les amis. Les téléviseurs, allumés dans tous les foyers, serviraient d'abat-jour. Et le numéro vert, mis en place pour l'occasion, sonnerait sans relâche dans une salle créée à cet effet dans les nouveaux locaux des Batignolles.

Pourtant, le procureur freina des quatre fers.

— Non, on attend. Si on publie l'identité du gamin, ça risque encore de créer des remous dans les milieux politiques et sur les réseaux sociaux... À ce sujet, je vous invite à ne pas occulter la piste islamophobe. Avec un prénom pareil, on n'en est pas à l'abri.

Lola n'avait toujours pas déjeuné lorsqu'elle stationna sous un platane en fleur, dans une allée bordant l'avenue de Paris à Versailles. Elle venait pour la première fois dans les locaux du plus vieux SRPJ de France, l'héritier de la première brigade mobile créée par Clemenceau pour lutter contre les bandes de hors-la-loi qui pullulaient sur les routes de province dans les années 1900. Elle franchit le porche, demanda son chemin, fut dirigée vers une bâtisse en fond de cour.

— Bonjour, je cherche le capitaine Milan ? demanda-t-elle à une femme qui, selon l'indication portée sur la porte de son bureau, était analyste criminelle.

— Bureau d'à côté, répondit-elle sans relever la tête.

La porte était fermée. Lola frappa. Pas de réponse. Elle revint sur ses pas.

— Il travaille, aujourd'hui, le capitaine Milan ?

Elle n'eut pas le temps de répondre. Une voix masculine, en fond de couloir, la coupa :

— Qui le demande ?

— Je suis le lieutenant Rivière, Crim' Paris.

— Enchanté. Milan. Qu'est-ce que tu veux ? demanda-t-il au moment de lui serrer la main fermement et de l'inviter à pénétrer dans son bureau.

— Manon Legendre, tu connais ?

— La fille du Jardin d'Éden ! Bien sûr que je la connais. On se voit beaucoup, ces derniers temps. En tout bien tout honneur, sourit-il. Qu'est-ce qu'elle a encore fait ?

— Rien. Son fils a été enlevé ce matin.

Milan mima la carpe.

— Merde alors ! Je l'ai vu dans ses bras il y a deux jours, ce bébé...

— C'est le pourquoi de ma présence ici. On cherche à en savoir un peu plus sur elle. Et on voudrait surtout savoir ce que tu lui reprochais...

— Mon bureau n'est pas très accueillant. Un café dans notre petit bar clandestin, ça te dit ?

Elle acquiesça, le suivit dans un local de la PJ, s'assit sur une chaise de comptoir alors que Milan prenait la place du barman. Il mit en branle le percolateur tandis qu'il se décapsulait une bière et vidait le fond d'une poche de cacahuètes dans une soucoupe sale. Il n'oublia pas de s'allumer une clope.

— Je ne la connaissais pas avant la semaine dernière. J'étais d'astreinte lorsque la Pénitentiaire, à Fleury, nous a contactés pour nous dire qu'une femme avait tenté de faire rentrer du shit lors d'un parloir. C'est un chien renifleur qui a repéré le cannabis qu'elle avait planqué dans sa culotte.

Cette fois-ci, c'est Lola qui fit la carpe.

— Je ne sais pas si tu es au courant, mais son mec se trouve là-bas, en détention provisoire, précisa Milan en lui tendant sa tasse et du sucre en poudre.

— Oui, on est au courant. Un certain David Ribeiro, surnommé Bison.

— C'est ça. La garde à vue s'est assez bien passée. Elle a fait sa forte tête au début, et puis a bien été obligée de reconnaître l'évidence.

— Tu as interrogé Ribeiro ?

— Pour quoi faire ? inutile. D'autant qu'elle a utilisé l'argument béton : il n'était pas au courant, elle voulait lui faire une surprise, pour égayer son quotidien en prison, a-t-elle dit. Et puis, elle nous a balancé un nom en échange de sa bonne foi : celui du receleur de l'affaire de la place Vendôme.

— Et ce type, il a été interpellé ?

— Aucune idée. On a passé l'info aux collègues de la BRB. L'histoire aurait pu être belle si son ADN n'avait pas matché dans une autre affaire qu'on traite actuellement, poursuivit-il après avoir avalé d'une traite la moitié de sa bière. On a retrouvé son ADN au domicile d'un certain Moussa Sissoko qui a été tué par balles il y a quelques jours du côté de Poissy.

— Et c'est elle ?

— J'en doute. Elle a fini par dire qu'elle avait couché avec lui à son domicile.

— Et ce Moussa Sissoko, il trempait dans quoi ?

— Aucune idée. Du stup', probablement. Ils font tous du stup' en banlieue. En tout cas, il avait une activité déclarée : il travaillait comme portier au Pierre-Ier, un hôtel de luxe du 8e arrondissement.

Avant de repartir, elle obtint l'autorisation de photocopier les deux procédures impliquant Manon Legendre. Soit des centaines de feuillets à lire, à ingurgiter, à confronter.

— La prochaine fois, rapportez-nous une ramette de papier, intervint une secrétaire qui ne supportait plus le bruit du photocopieur. C'est pas comme à Paris, on est contingentés, ici.

Lola laissa dire. Elle retourna dans le bureau de Milan qu'elle trouva avec des écouteurs sur les oreilles. Il les retira en la voyant.

— Oui ?

— Je voulais te remercier avant de partir. En ce qui concerne David Ribeiro, tu as des billes ?

— Pas grand-chose. Faut te rapprocher de la BRB. C'est eux qui ont traité le braquage et qui l'ont foutu au trou. D'après ce que je sais, Ribeiro, aidé de deux complices, aurait monté l'opération. Un beau matin, ils ont bloqué un fourgon de transport d'argent en banlieue nord à l'aide de deux camions-benne et ont plastiqué la porte arrière du fourgon. Résultat : blessure grave du convoyeur qui se trouvait à l'arrière à cause d'un mauvais dosage des explosifs. Ils auraient réussi à s'enfuir avec quelques dizaines de milliers d'euros seulement.

— Et on sait qui sont les deux complices de Ribeiro ?

— Non. Jamais retrouvés. Quant à Ribeiro, il crie son innocence. Pour ta gouverne, son procès débute demain. Verdict prévu après-demain.

Sur le chemin du retour, Lola ne lésina pas. Sur l'A86, elle échappa de peu à l'habituel bouchon qui se formait à la hauteur du tunnel de Fresnes aux heures de pointe. Une surprise de taille l'attendait au commissariat de Choisy. Face à Hervé Compostel se trouvait assise une femme d'origine africaine. Une vieille machine à écrire de marque Olympia sur laquelle le commissaire tapait frénétiquement les séparait. Le lieutenant Rivière tourna la tête en direction de la salle d'attente où Julie s'occupait tant bien que mal des deux filles de la nounou en situation irrégulière.

37

Julie Legendre avait tenté de joindre sans relâche la nounou de son neveu. Celle-ci n'avait jamais répondu, malgré les relances, malgré l'appel à l'aide. Compostel y était également allé de sa touche. Il s'était emparé du portable de l'étudiante en philosophie, avait essayé de raisonner celle qui ne décrochait pas, lui avait promis que son statut de femme en situation irrégulière n'avait aucune importance, qu'il s'engageait sur son honneur à ce qu'elle ne soit pas inquiétée. Remplie de belles paroles, la boîte vocale du téléphone de Rose avait fini par rendre l'âme.

Tour Anatole-France, les deux policiers qui faisaient le pied de grue devant son appartement avaient enfin reçu mandat d'enfoncer la porte. Comme d'autres, ils avaient craint le pire, le suicide, l'acte désespéré, inexplicable. Ils furent rassurés. L'intérieur était rangé, propre, vide. Et les fenêtres fermées.

Les policiers de la brigade fluviale commençaient à sonder les berges de la Seine à la hauteur du pont de Choisy lorsque Rose et ses filles furent interpellées à Bagnolet, près de la gare routière internationale.

— J'ai eu peur.

— Ce n'est pas grave, la rassura Hervé Compostel. L'important, c'est que vous soyez ici. Qu'est-ce qui s'est passé dans le magasin ?

— C'est parce que je ne suis pas en règle que je suis partie...

— Je sais tout ça, Rose. En ce moment, ce n'est pas le plus important. Ce qui compte, c'est le bébé. Il est où, le bébé ?

— Je ne sais pas, moi. Mes filles sont nées en France, poursuivit-elle tandis que ses doigts s'agitaient sur un chapelet comptant une cinquantaine de perles.

— Rose, je vous promets qu'on ne va pas vous renvoyer dans votre pays. Ce que je veux savoir, c'est ce qui s'est passé au magasin, ce matin...

Rose le regardait d'un air soupçonneux. Comment pouvait-elle avoir confiance en lui ? C'était un homme, un flic, il était blanc. Il avait le pouvoir. Sa cravate, même légèrement dénouée, en était la preuve. Il était l'héritier des esclavagistes, des colonisateurs, de ceux qui, aujourd'hui, enfermaient dans des ghettos les Africains et leurs descendants. Compostel s'énervait, il fatiguait, il y avait urgence. Le brouhaha provoqué par des policiers qui circulaient entre la salle de repos et le bat-flanc du commissariat ne l'aidait pas.

— Je vais vous remplacer, intervint Lola qui tenait un gobelet de café dans une main.

— Pourquoi, vous parlez soninké, aussi ?

Elle préféra sourire à cette remarque acide avant de tendre le gobelet à Rose.

— Tes filles, on va pas te les enlever, on ne va pas les placer, débuta Lola en la tutoyant. Je jure sur la

Bible que tu vas rester avec elles, en France, qu'elles ne changeront pas d'école. Et si tu nous dis ce qui s'est exactement passé, je m'engage à t'accompagner à la Préfecture pour tes papiers...

— J'ai rien fait, moi.

— Je sais que t'as rien fait.

Compostel se leva en faisant grincer sa chaise. Le lieutenant Rivière prit sa place. Elle venait d'enfreindre deux principes fondamentaux. L'un était d'ordre constitutionnel – la laïcité –, et l'autre – le non-tutoiement – répondait à une promesse de campagne du président de la République en exercice.

— Dis-moi ce qui s'est passé ce matin...

Rose Diabaté voulait des garanties écrites. Elle les obtint. Lola se saisit d'une feuille vierge, l'enroula autour du chariot de l'Olympia, frappa quelques mots au nom de la République française. Compostel se prit au jeu. Il contresigna le document, l'affubla même d'un coup de tampon à l'effigie de Marianne qu'il emprunta au chef de poste. Elle plia le document et le glissa dans une poche. Puis, enfin, se lança.

Au bout d'une heure et demie de questions acharnées, de relances, de mise en confiance et de cafés, après une pause pipi et un câlin à ses filles, les six pages d'audition pouvaient se résumer comme suit : Rose s'était levée à 5 h 30, avait donné le biberon à Jihad, l'avait lavé dans la cabine de douche de son studio, lui avait mis une couche propre, avait préparé le petit déjeuner pour ses filles, les avait conduites à l'école à 8 h 50, était arrivée devant le centre commercial deux ou trois minutes avant son ouverture, avait installé le bébé dans le siège du chariot, puis s'était enfoncée dans les rayons. Un quart d'heure plus tard, elle avait perdu de vue l'enfant et son chariot alors qu'elle était à la recherche d'une boîte de raviolis à prix discount. Elle avait aidé aux recherches, était même ressortie sur le parking en compagnie d'un vigile. Rien. Personne, parmi le personnel, n'avait aperçu le bébé. C'était à se demander s'il existait. Jusqu'à ce que son chariot soit retrouvé à proximité des bouteilles de champagne. Au bout d'une heure de tergiversations, le gérant avait enfin pris l'initiative de contacter la police. Rose s'était éclipsée avant l'arrivée de la première patrouille.

Rose n'avait pas d'ennemi. Rose n'avait fait de mal à personne, n'était en conflit avec personne. Il fallut une nouvelle dose de patience pour obtenir les identités de tous les voisins qui la payaient en échange de quelques heures de repassage, de ménage ou de couture. Rose n'avait pas le sentiment d'avoir été suivie, Rose n'avait rien remarqué de particulier. Et Rose n'avait rien à voir, absolument rien à voir avec l'escroquerie à la carte bleue subie par Manon Legendre ou avec le vandalisme de l'appartement que Manon partageait avec sa sœur. Rose n'avait fourni la clé de leur appartement à personne, elle le jura sur la Vierge Marie et sur la tête de ce qui lui était le plus cher.

Elle se buta lorsqu'il fut question du père de ses filles. Qui était-il ? Elle refusait de le dire. Des flics, qui écoutaient, de loin, se mirent en colère derrière elle. Des flics qui n'avaient pas la patience de Lola. Des flics pressés de rentrer chez eux, qui ne supportaient pas que cette femme refuse de répondre à des questions simples alors que la vie d'un bébé était en jeu. Lola obtint de s'isoler avec elle. Nouvelle mise en confiance, du genre : « C'est important pour nous, tu comprends ? Parce que si tu nous dis pas comment s'appelle le père de tes filles, on va avoir des doutes sur toi, sur lui. » Mais Rose ne voulait pas le trahir. Car l'homme était un homme bon qui avait des responsabilités importantes. Lola n'avait pas insisté. Elle avait encore plusieurs autres questions. Elle n'en posa qu'une, pourtant :

— À quelle heure, précisément, tu as contacté Manon pour lui dire que Jihad avait disparu ?

Rose la regarda, pas certaine d'avoir bien compris la question. Lola reformula :

— À quelle heure as-tu averti Manon ?

— Je ne l'ai pas appelée. C'est elle qui m'a appelée.

Pour preuve, elle sortit son téléphone à clapet, ouvrit le dossier des appels entrants et sortants, et fit défiler le listing. Rose avait raison. Le seul appel ayant transité entre les portables de Manon Legendre et de Rose Diabaté était un coup de téléphone à l'initiative de la mère de Jihad. Il était horodaté à 11 h 12, soit dix minutes avant que le gérant du centre commercial n'avise la police.

Richard Kaminski, Zoé Dechaume et Guillaume Desgranges n'avaient pas bougé du centre commercial où ils avaient listé, tout l'après-midi, les identités des employés, les noms des fournisseurs, recensé les conflits employeur/employés, employés/employés et enseigne/clients. Sur les dix-huit derniers mois, cent douze personnes avaient été prises la main dans le sac pour des faits de vol, quatre clients avaient causé des esclandres pour de la nourriture avariée ou de la vente de produits contenant de l'huile de palme, une hôtesse avait été démise de ses fonctions pour une erreur de caisse de quelques euros, un vigile avait frappé le gérant parce que celui-ci refusait de lui accorder des temps de pause spécifiques pour procéder à ses prières quotidiennes. Pour finir, l'enseigne était poursuivie aux prud'hommes par l'ancien boulanger de la structure qui dénonçait une rupture de contrat suite à délit de tromperie sur le poids du pain. De nombreux enquêteurs s'activaient à contacter les intéressés, d'autres épluchaient les tickets de caisse de tous les clients de la matinée et transmettaient les coordonnées bancaires auprès des services juridiques afin d'identifier les utilisateurs. Enfin, six policiers avaient pour le moment auditionné quinze chefs de rayon et autant de caissières. Malgré tout, le résultat n'était pas transcendant. Le chariot à roulettes, lui, fut dirigé aux Batignolles pour des recherches de traces approfondies dans la nouvelle cabine « cyano », grande comme la remorque d'un trente-huit tonnes.

À Paris, d'autres flics s'épuisaient à creuser la piste islamophobe. Certains avaient recensé les clients de l'ultra-droite connus du Renseignement territorial dans le Val-de-Marne, d'autres épluchaient au doigt mouillé les centaines de plaintes que le commissariat local avait prises au cours des deux dernières années pendant que les deux sœurs se morfondaient dans la salle d'attente.

— Madame Legendre, on peut vous parler seul à seul ?

Compostel et Lola Rivière se trouvaient sur le pas de la porte. Julie lâcha sa main, Manon les suivit dans un bureau discret, à l'étage.

— Qu'est-ce qui se passe ? Vous avez retrouvé mon fils ?

Le chef de service secoua la tête. Il regarda Lola qui tenait plusieurs feuillets dans une main puis se décida :

— Il semble que vous nous cachiez pas mal de choses...

Elle le fixait, impassible.

— Ma collègue a passé l'après-midi à Versailles. À la PJ de Versailles, précisément. Vous voyez de quoi je veux parler ?

— Attendez ! Ça n'a rien à voir avec la disparition de mon fils, ça !

— C'est à nous d'en juger. Pas à vous. D'autant qu'au passage on a appris qu'un de vos amis venait de mourir...

— Un certain Moussa Sissoko, précisa Lola.

— Hé ! C'est des conneries, ça. J'ai rien à voir là-dedans, moi !

— Vous comprendrez que la coïncidence est bizarre, non ? Un pote qui meurt chez lui à Poissy et, quelques jours plus tard, votre bébé qui est enlevé. Vous nous cachez quoi, madame Ribeiro ?

— Je ne suis pas mariée, je vous ai dit.

— Oui, mais vous allez le faire. Et avec un type en attente de jugement pour un braquage au cours duquel un convoyeur a été blessé...

— C'est pas lui, il est innocent ! se rebella-t-elle.

— Laissez la justice en décider. En bref, je résume : madame fait l'objet d'une escroquerie à la carte bleue, se fait vandaliser son appartement, perd un ami cher chez lequel on retrouve son ADN, se fait « serrer » alors qu'elle tente de faire rentrer du cannabis à son futur mari qui se trouve à Fleury-Mérogis, et son fils se fait enlever en bas de chez elle, le tout en moins de dix jours...

— Pour l'escroquerie, je crois que j'ai une explication...

— Laquelle ?

— Il y a un chauffeur de taxi, Miguel... Je crois que c'est lui qui...

— Qui ?

— Une nuit, alors que Miguel me raccompagnait chez moi après mon boulot, j'ai passé une commande sur un site de fringues pendant la course.

— Vous avez égrené votre numéro de compte devant lui, tout fort ?

— Oui. C'était quelques heures avant l'escroquerie, je crois.

— Vous croyez, ou vous êtes sûre ?

— Je suis sûre.

— Et on le trouve où, ce Miguel ?

Elle sortit son iPhone, communiqua son numéro. Lola le nota à la volée sur l'une des feuilles qu'elle tenait en main.

— Et Miguel, il pourrait avoir enlevé votre fils ?

— C'est pas le style. Escroc, je veux bien. Mais pas ça.

— Qui, alors ? s'enquit Compostel qui ne cachait pas ses doutes à son égard.

— Attendez ! Vous n'allez pas croire que j'ai pu organiser l'enlèvement de mon fils, quand même !

— Arrêtez de crier. Il n'y a personne d'autre que nous, ici.

— Vous êtes vraiment une bande d'enculés et d'incapables !

— Vous ne l'aimez pas, votre fils, rebondit Lola. Vous êtes indigne de lui, même son prénom, vous ne le supportez pas.

Manon Legendre bouillait de colère. Elle semblait prête à lui sauter dessus.

— Qui vous a prévenue de l'enlèvement de Jihad ? reprit Compostel.

— Je vous l'ai dit, c'est Rose.

— C'est faux, reprit Lola. On a la facture détaillée de son téléphone sous les yeux, dit-elle en soulevant les feuilles transmises par l'opérateur. C'est vous qui l'avez appelée, pas le contraire. À 11 h 12, précisément…

— Je ne m'en souviens plus, mentit-elle.

— Faites voir votre iPhone ?

Tous les SMS avaient été effacés.

— Dans le cadre d'un enlèvement d'enfant, madame, les chances de le retrouver vivant s'amenuisent d'heure en heure. Demain, il sera peut-être déjà trop tard.

Manon s'assit, reprit sa respiration, redressa la tête :

— D'accord. Oui, c'est moi qui ai contacté Rose ce matin. Elle était encore au magasin, en train de chercher partout mon fils. Elle m'a confirmé son enlèvement.

— Comment avez-vous été informée ?

— Un SMS reçu à 10 h 37. Je ne l'ai lu qu'une demi-heure plus tard.

— Qu'est-ce qu'il disait, ce SMS ?

— « Si Bison veut revoir son fils en vie, qu'il rende ce qu'il a volé. »

Lola porta les factures détaillées qu'elle tenait dans les mains à hauteur des yeux. Elle chercha l'appel de 10 h 37. Il émanait d'une carte prépayée enregistrée à une identité farfelue : James Bond né le 07/07/07 à Londres.

— Qu'est-ce qu'il a volé, Bison ?

— Il n'a rien volé. Il est en prison depuis trois mois.

Manon Legendre fut rendue à sa sœur. Avec ordre de ne pas bouger de la salle d'attente. Après quelques minutes de réflexion, Compostel rassembla ses collaborateurs, les remercia pour l'investissement du jour, leur fit part des dernières avancées de l'enquête. Puis il s'adressa aux chefs de groupe, commanda les grandes directives pour le lendemain.

Il ordonna une nouvelle enquête de voisinage entre 9 et 11 heures autour du centre commercial, et surtout le placement sur écoute des deux sœurs Legendre, de manière à « verrouiller » leurs échanges et à ne pas se faire doubler dans le cadre d'une éventuelle remise de rançon. Pour finir, il s'adressa à Lola et à Zoé :

— Il faut surveiller les deux frangines. On doit être informés de leurs moindres faits et gestes. Ce soir, vous dormirez chez elles.

38

Lola et Zoé s'étaient regardées. Elles ne remettaient pas en cause l'ordre de leur chef de service mais cette décision chamboulait leurs agendas respectifs et nécessitait certains ajustements pour les quelques heures à venir. Surtout pour Lola qui devait absolument passer par une pharmacie si elle souhaitait veiller en toute tranquillité une nuit entière loin de chez elle.
— Patron ! Qu'est-ce qu'on fait si elles reçoivent un appel des ravisseurs ?
— Vous me prévenez. Et, surtout, vous les empêchez de sortir de leur appart'. On ne doit pas les quitter des yeux.
Elles étaient à moitié rassurées. Cette situation leur semblait incongrue. Dans les films, les flics mettaient systématiquement un véhicule devant le domicile. Compostel, lui, sollicitait un véritable marquage à la culotte.
— Avec ma collègue, on va sécuriser votre appartement pour la nuit, démarra Lola lorsque les deux enquêtrices se présentèrent sur le seuil de la salle d'attente.

— Ça consiste en quoi ? demanda Manon Legendre.
— On s'installe chez vous, dans votre salon, pendant que vous vous reposez dans vos chambres.
— Et mon fils, vous avez des nouvelles ?
— On y travaille.
— Ça veut dire quoi, « on y travaille » ?
— Ça veut dire que cinquante personnes travaillent jour et nuit pour identifier le ravisseur de votre fils, madame Legendre.
— Si je comprends bien, vous nous surveillez, c'est ça ?
— Non, on assure votre protection, coupa Zoé. Je vous promets qu'on ne sera pas intrusives. On vous demandera juste de nous laisser un accès libre aux toilettes et à la salle de bains.

Le hochement de tête de la sœur cadette rassura les deux policières. Ces dernières finirent par se retirer. L'heure n'était pas au copinage.

— T'es plutôt coton, acrylique ou soie ?
— Pardon ? s'enquit Zoé.

Lola reposa sa question. Zoé finit par comprendre et choisit la première option. Sur ce, Lola agrippa sa veste et se précipita à l'extérieur du commissariat. En attendant, Zoé se saisit des derniers procès-verbaux de l'affaire qu'un procédurier était en train de trier et de classer. Elle prit connaissance des dernières déclarations de Rose qui, après plusieurs heures de pression, avait fini par craquer et communiquer l'identité du père de ses filles. Edgar Lebon n'était autre qu'un Réunionnais qui faisait office d'aumônier catholique à la prison de Fresnes. Le chapelet à la main, Rose était en grande détresse lorsqu'elle l'avait rencontré la première fois à la cure de Choisy-le-Roi où elle était venue proposer ses services de femme de ménage. Zoé Dechaume poursuivit ses lectures. Elle feuilleta le long procès-verbal qui résumait l'enquête de voisinage de la tour Anatole-France. Les témoignages recueillis ne permettaient aucune avancée notable, ni sur l'enlèvement de Jihad ni sur le vandalisme de l'appartement des sœurs Legendre.

Manon Legendre ne se fit pas prier. Elle s'enferma dans sa chambre, avec son téléphone, dès leur arrivée au dix-neuvième étage de la tour Anatole-France. Lola et Zoé prirent leur temps avant de se défaire de leurs vestes. Elles patientèrent quelques instants dans le hall, puis pénétrèrent à l'intérieur du salon, à la suite de Julie Legendre, pour découvrir les traces indélébiles de zébrures de rouge à lèvres sur les murs. Les deux sœurs s'étaient débarrassées des débris dans de grands sacs-poubelle qu'elles avaient doublés et transbahutés au sous-sol de l'immeuble. Carotte, le chat, attendait dans une boîte à chaussures faisant office de cercueil, laquelle était posée sur le balcon avant son transport à Asnières-sur-Seine, au cimetière pour animaux.

Le salon était étrangement vide. Il ne restait au sol que l'empreinte d'un canapé. Côté cuisine, seuls les éléments de vaisselle en plastique avaient résisté aux assauts, en particulier les verres et assiettes destinés à Jihad.

— Les toilettes et la salle de bains sont au fond du couloir, sur la gauche, leur indiqua Julie.

— Merci, répondit pour deux Lola.

Elle s'approcha des quelques livres qui peuplaient l'une des rares étagères encore en place.

— Personnellement, je n'ai pas très faim. Mais si vous voulez cuisiner, vous trouverez quelques conserves dans le cagibi.

Zoé lui répondit par un sourire alors que Lola lui tendait une grande poche plastique qu'elle avait conservée avec elle.

— J'ai pris deux slips, un blanc et un rose, je te laisse choisir, proposa Lola à Zoé alors que Julie se dirigeait vers les toilettes.

Lola avait également acheté deux gants, autant de brosses à dents et deux serviettes de toilette.

— Tu es une vraie mère poule. Et pour le dîner, qu'est-ce que tu nous proposes ? Perso, les boîtes, je ne suis pas fan, sourit Zoé.

Elles sélectionnaient sur son cellulaire des menus chinois chez un traiteur assurant la livraison à domicile lorsque Julie revint avec des couvertures et des oreillers plein les bras.

— Je vais installer un tapis de sol dans le salon. Comme ça, vous pourrez dormir à tour de rôle.

Lola et Zoé n'en demandaient pas moins.

— Vous pensez que vous allez le retrouver en vie ?

Lola n'avait pas d'idée, ni de recul. Elle n'avait aucune expérience en la matière. Zoé, elle, avait déjà connu ce type d'affaires. Mais cela dépendait surtout de la cause de l'enlèvement. Celui commis par la femme en mal d'enfant se résolvait bien et rapidement, en général, tandis que l'enlèvement crapuleux se révélait un peu plus complexe du fait de la professionnalisation de son ou de ses auteurs. En l'occurrence, au vu du SMS reçu par Manon Legendre, la disparition de Jihad rentrait dans la seconde catégorie.

— Il n'y a pas de règle. On a des collègues aux quatre coins de Paris en ce moment, nuança-t-elle.

Zoé avala une douzaine de samoussas au bœuf, Lola se contenta de nems aux légumes sans épices après avoir ingurgité en toute discrétion une série de pilules multicolores.

— Vous devriez aller vous coucher, proposa Lola à Julie Legendre tandis que sa collègue s'isolait sur le balcon pour contacter ses parents.

— Je suis incapable de trouver le sommeil…

— Vous allez finir par tomber malade. Vous devriez aller vous reposer dans votre chambre.

— J'ai peur, reconnut-elle.

Lola aussi avait peur. Pour d'autres raisons. Peur de la mort en particulier.

— J'ai appris que vous prépariez un mémoire de philo sur la mort…

— Montaigne et la mort, précisa Julie Legendre.

— Pourquoi ce choix ? s'enquit Lola.

Elles étaient assises à la table du salon, l'une en face de l'autre.

— Peut-être parce que philosopher, c'est apprendre à mourir. Ce n'est pas de moi, c'est Montaigne qui l'a écrit. Et Montaigne est bien placé dans ce domaine. Il a vu mourir cinq de ses six enfants. En fait, il a considéré à un moment de sa vie que la philosophie devait être un remède contre l'angoisse quotidienne que suscite la fatalité de sa propre mort. Par la suite, il a changé d'avis, disant que la mort était trop momentanée pour qu'elle soit l'objet d'un sujet d'étude à part entière.

Lola n'avait comme référence qu'un vague souvenir de la *Lettre à Ménécée* d'Épicure. Elle laissa Julie poursuivre sur les causes d'un tel choix.

— Je me destine à l'enseignement de la philo. Alors, cette thèse ou une autre… Peut-être aussi que la disparition tragique de mes parents y est pour quelque chose.

— Ils sont morts de quoi ?

— Accident de la route. Un petit vieux qui roulait à contresens sur l'autoroute A1 les a percutés de plein fouet. Vous aussi, vous devez avoir un rapport particulier à la mort, non ?

Lola repensa à l'héritière des cimenteries Defoe, à Yasmine Toumi, à l'autopsie de Milena Popovic.

— Ce sont juste des objets d'étude, pour nous.

— Pas davantage ? Vous ne vous y attachez pas ?

— Si, parfois. Il y a des dossiers sur lesquels on a tellement travaillé qu'il arrive un moment où on souffre de ne pas avoir connu la victime de son vivant. Mais ça n'arrive pas si souvent.

— Pourquoi ?

— Peut-être parce que beaucoup de nos clients qu'on retrouve la tête dans le caniveau naviguent dans des eaux troubles.

Julie Legendre finit par se lever de sa chaise. Elle se dirigea vers les étagères, se saisit d'un ouvrage qu'elle tendit à Lola.

— Tenez ! Je vous le prête.

Il s'agissait d'une biographie de Montaigne. Tandis que Zoé s'endormait sur un tapis de sol doublé d'une couverture, Lola passa la nuit à lire de longs passages pour apprendre que les *Essais* de Montaigne s'achevaient sur une invitation au bonheur de vivre.

Elle médita longuement jusqu'au petit matin. Nue face à la glace de la salle de bains, la cicatrice qui lui barrait le ventre la rappela à l'ordre. Sans compter que les enquêtes morbides sur lesquelles elle travaillait n'encourageaient guère à la plénitude.

Relevée de sa mission par d'autres collègues, elle regagna le quartier des Batignolles en compagnie de Zoé. Les y attendait Hervé Compostel, frais comme un gardon.

— On a serré Miguel Dos Santos au milieu de la nuit.

— Où ça ? demanda Lola.

— Dans le 8e. Il prenait un client sur les Champs.

— Qu'est-ce qu'il raconte ?

— Il confirme avoir chargé Manon à plusieurs reprises. En fait, il la raccompagne régulièrement de la rue de Berri à son domicile, lorsqu'elle a terminé son boulot.

— Et pour l'escroquerie à la carte bleue ?

— Il chique.

— Il se souvient de la commande passée dans le taxi, quand même ?

— Oui. Mais il dit qu'à aucun moment il n'a recopié son code. De toute manière, en conduisant, c'est impossible. Et il n'est pas du genre à retenir un code de quinze chiffres. Et puis il a un alibi.

— Lequel ?

— Au moment de la commande Internet effectuée dans le quartier de la Goutte-d'Or à l'aide du code de Manon Legendre, il se trouvait rue Pierre-Ier-de-Serbie, dans le 8e. Le GPS de son taxi est formel.

— Elle est où, précisément, cette rue ? s'enquit de nouveau Lola.

— Dans le Triangle d'or, à proximité de la place d'Iéna.

— On peut lui parler ?

— Si vous voulez. Il est en cellule, au troisième étage. Ne le remuez pas trop, Kaminski s'en est déjà occupé. Et faites vite, Lola, on doit filer à Fleury-Mérogis. J'ai obtenu du juge de l'application des peines un permis de visite notre ami Bison. D'autant qu'il y a du neuf à son sujet…

— Quoi ?

— Il utilise un téléphone « balourd » du fond de sa cellule. La mise sur écoute de Manon Legendre a été payante. Cette nuit, pendant qu'elle était calfeutrée dans sa chambre, elle a échangé plusieurs SMS avec lui au sujet de l'enlèvement de Jihad.

— Pour dire quoi ?

— Elle veut savoir qui a enlevé son fils. Lui, dans ses réponses, il reste évasif. Tout porte à croire qu'il en sait plus qu'il n'en dit dans ses échanges.

La cinquantaine, frêle, petit, basané, Miguel Dos Santos patientait seul au fond de sa cellule lorsque les deux enquêtrices sonnèrent à l'hygiaphone permettant d'échanger avec les garde-détenus. Elles étaient pressées, souhaitaient un entretien bref, informel, de manière à se faire une idée du personnage. Ce fut impossible. Les nouvelles règles, celles du Bastion, étaient strictes : pour cause de sécurité, interdiction à tout personnel non accrédité de pénétrer les locaux. Lola et Zoé patientèrent cinq bonnes minutes dans une salle d'interrogatoire avant que le chauffeur de taxi, accompagné de sa fouille, ne leur soit présenté.

— Vous êtes portugais ?

— Espagnol. Je suis né en Galice, à Vigo.

— Vous avez compris pourquoi vous étiez en garde à vue ?

— Parce que Manon m'accuse d'avoir utilisé son code de carte bleue. Mais ce n'est pas...

— OK, l'interrompit Lola. Comment vous l'avez connue, Manon ?

— En la chargeant à la sortie de son travail. Je suis taxi de nuit, et Paris, la nuit, c'est un petit monde.

— Oui, mais comment en êtes-vous venu à devenir son chauffeur attitré ? Il n'y a pas qu'un seul taxi de nuit à Paris. Pourquoi vous ?

— Peut-être parce que le contact est bien passé. Je lui ai laissé mes coordonnées, elle m'appelait quand elle avait besoin de moi, c'est tout.

Lola doutait. Zoé, elle, s'était assise un peu plus loin et patientait en feuilletant un petit carnet noir en cuir qu'elle avait pioché dans la fouille de Dos Santos.

— Vous la chargiez où ? Vous la déposiez où ?

— Elle montait rue de Berri, devant le Jardin d'Éden, et je la déposais devant chez elle, à Choisy.

— Le prix de la course ?

— Entre 30 et 40 euros.

— Comment elle payait ?

— En espèces.

— Jamais en carte bleue ?

— Jamais.

— Et cet argent, vous le déclarez aux impôts ? poursuivit une Lola piquante.

Dos Santos ne répondit pas. C'est Zoé qui rebondit :

— Ces listings, dans votre carnet, ils correspondent à quoi ?

— Je note les courses que j'effectue.

— Dans quel but ?

Pas de réponse.

Zoé lut à haute voix les pages relatives à une certaine Manon L. :

13/03/17, JDE → Choisy
14/03/17, JDE → Choisy
16/03/17, JDE → Choisy
17/03/17, JDE → P1
17/03/17, P1 → Choisy

Sur l'ensemble des pages, la mention P1 apparaissait à une vingtaine de reprises. Au même titre qu'une autre cliente du chauffeur, une certaine Diana.

— J'imagine que JDE correspond à Jardin d'Éden. Et P1, ça correspond à quoi ?

— C'est pas moi qui ai escroqué Manon. Moi, je l'aime bien, Manon. Jamais je n'aurais pu la voler.

— Ce n'est pas la question. À quoi correspond P1 ?

Dos Santos s'étranglait. L'accent espagnol qu'il avait mis des années à gommer réapparaissait.

— J'ai rien fait, moi. Je suis coupable de rien. Je cherche juste à faire vivre ma famille.

Les deux filles se regardèrent. Il fallait insister même si Compostel, au sixième étage, ne cessait de réclamer le retour de Lola afin de prendre la route de la maison d'arrêt de Fleury.

— C'est quoi, P1 ?

— L'hôtel Pierre-Ier, répondit-il en pleurant à chaudes larmes.

Lola redressa la tête.

— Qu'est-ce qu'elle va y faire, dans cet hôtel, Manon ? poursuivit Zoé.

— C'est pas mon problème, ça.

— Combien de temps elle reste, en général, à l'hôtel ?

— Une heure, deux heures, parfois trois. Ça dépend.

— Ça dépend de quoi ?

— Je ne sais pas.

— Pourquoi notez-vous les courses ? reprit Lola.

Il ne voulait pas répondre. Mais Lola avait une petite idée.

— Vous connaissez un peu le personnel du Pierre-Ier ?

— Un petit peu. De vue.

— Moussa Sissoko aussi, j'imagine, poursuivit-elle de manière espiègle.

Dos Santos hocha légèrement la tête.

— Je parie que c'est lui qui payait les courses de Manon, je me trompe ?

Zoé ne suivait plus. Elle avait un temps de retard sur Lola qui avait photocopié la procédure d'enquête sur la mort de Moussa Sissoko initiée par le SRPJ de Versailles. Un Moussa Sissoko qui exerçait la profession de portier au Pierre-Ier.

Miguel Dos Santos acquiesça.

— Avez-vous déjà effectué des courses pour Moussa Sissoko ?

— Non, jamais.

— Savez-vous où il demeurait ?

— Non.

— Avez-vous déjà conduit Manon sur la commune de Poissy ?
— Non.
— Je vois sur votre carnet que vous avez récemment conduit Manon à Vélizy. Dans quel but ? demanda Zoé qui n'entendait pas être en reste.
— Aucune idée. Je l'ai laissée devant le centre commercial. Je ne pose pas de question, vous savez...
— Il était quelle heure ?
— 6 heures du matin. C'était ma dernière course.

39

Lola Rivière et son chef de service arrivèrent avec une demi-heure de retard. Le lieutenant de détention les attendait à l'entrée de la maison d'arrêt.

— David Ribeiro refuse de sortir de sa cellule.

La situation était rare mais pas inédite. Compostel avait connu un cas similaire quelques années plus tôt, après un voyage qui l'avait conduit jusqu'au centre pénitentiaire de La Farlède dans le Var. Le « col blanc » qu'il désirait auditionner ne souhaitait pas être interrogé. Il avait alors fait demi-tour, profitant des quelques heures de battement avant son retour à Paris pour visiter le musée de la Marine sur la rade de Toulon.

— Il faut insister !

— On l'a fait, le bonhomme est borné.

— Il n'y a pas moyen de négocier ? demanda Compostel.

Le lieutenant de détention grimaça.

— Vous lui avez dit que ça concernait son fils ?

— Il le sait. Il ne veut rien entendre.

— Faut à tout prix qu'on le voie, quitte à aller dans sa cellule...

— Ça va foutre un bordel monstre dans la coursive. Surtout si mademoiselle nous accompagne. Ils vont être comme des chiens enragés.

Compostel insista.

— Laissez-moi cinq minutes.

Lola et Compostel patientèrent. Ils furent finalement rejoints par trois gaillards de la Pénitentiaire dont l'activité première consistait à sécuriser les escortes de niveau 4 entre Fleury-Mérogis et les cabinets de justice.

— Il est converti, Ribeiro ? demanda Lola au lieutenant de détention alors qu'ils se dirigeaient tous dans les entrailles de la prison.

— Ils le sont tous, ici. 70 % de la population carcérale, en Île-de-France, est de filiation maghrébine. Les autres n'ont guère le choix. Pour être tranquilles, ils font ramadan, font semblant de prier ou se laissent pousser quelques poils au menton. Une fois libres, ils s'empressent de brûler leur Coran et de se raser de près.

Les coursives étaient vides, les prisonniers enfermés dans leurs cellules, derrière de lourdes portes. Seul le bruit strident du déclenchement magnétique des grilles métalliques rompait le silence.

— Ribeiro, debout ! hurla le lieutenant de la Pénitentiaire alors qu'il s'apprêtait à desceller l'écrou de la porte de la cellule 22A.

— C'est qui, ces bâtards ! répondit-il en apercevant les deux flics en civil. Je t'ai dit que je voulais pas les voir.

— Ferme ta gueule, Ribeiro ! Et tu bouges pas, sinon j'te fous au mitard pour quinze jours.

La boule de muscles couverte d'un bas de jogging sombre et d'un pull à grosses mailles les fixait froidement. Lola frémit.

— Je suis le commissaire divisionnaire Hervé Compostel, brigade criminelle de Paris. Vous êtes bien le père de Jihad Ribeiro ?

Pas de réponse.

— Votre fils a disparu. Et on pense sérieusement qu'il a été enlevé, poursuivit le flic.

— Je bave pas aux condés.

— Vous étiez au courant ?

— J'te dis que je bave pas aux condés.

Compostel s'énervait. Il changea de ton.

— T'as pas l'air trop ébranlé par cette nouvelle, dis donc ?

Pas de réponse.

— Ta femme a reçu un SMS des ravisseurs. Tu veux connaître son contenu ?

— ...

— C'est marrant, j'ai comme l'impression que tu le connais déjà, le contenu du SMS...

— ...

— « Si Bison veut revoir son fils en vie, qu'il rende ce qu'il a volé. » Ça te fait sourire ?

— ...

— C'est tout ce que ça te fait ? Ton fils se fait enlever et ça te fait sourire ?

— T'es qui, toi, pour me faire la morale ? dit-il, enfin, de sa voix grave.

— Les mecs comme toi, faut les stériliser, lâcha Compostel.

L'un des fonctionnaires de la Pénitentiaire pouffa derrière lui. La bouche de Bison se ferma. Sa tête s'enfonça un peu plus dans son cou. Il était touché.

— Calme-toi, Ribeiro ! coupa le lieutenant de détention qui savait qu'il serait difficile à maîtriser.

— On n'en a pas après vous, intervint Lola qui cherchait à l'attendrir. On veut juste retrouver votre fils sain et sauf.

— Ta gueule ! Si tu veux jacter avec moi, couvre-toi !

La discussion était vaine. Lola changea de stratégie. Elle prit son téléphone, composa un numéro devant lui. Il s'agissait du numéro « balourd » dont il s'était servi au milieu de la nuit pour échanger des SMS avec sa future femme. Pas d'écho, pas de sonnerie, l'appel ne donna aucun résultat.

— Sors d'ici ! commanda-t-elle.

Bison se remit à sourire. Il obtempéra lorsque l'un des Goliath de la Pénitentiaire l'invita à le suivre dans le couloir. La cellule, étroite, sommairement meublée, était assez propre. La peinture, claire, paraissait récente, les murs étaient nus, et le sol était couvert d'un revêtement plastique bleu ciel encore en bon état. Une petite télévision murale était reliée à une prise électrique située à deux mètres cinquante de hauteur, un lit et une table carrée couvraient l'un des grands côtés de la pièce, un rideau en plexiglas protégeait des W-C en émail blanc sans abattant, tandis qu'une glace surplombait un lavabo récuré. Les fripes de Bison parsemaient les quatre coins de la pièce. Lola s'apprêtait à les passer au tamis lorsque Bison bondit :

— Je veux pas qu'elle touche à mes fringues !

— Calme-toi, Ribeiro, intervint de nouveau le lieutenant de détention.

Mais Bison hurlait, il appelait à l'émeute, tandis que les autres détenus de la coursive, enfermés dans leurs cellules, se mettaient à frapper violemment sur les cloisons. Ni Compostel ni Lola ne comprenaient. L'un des matons leur expliqua la raison, pendant que ses deux collègues maintenaient David Ribeiro comme ils pouvaient :

— Si une femme touche à ses affaires, celles-ci deviennent *haram*.

— Pardon ?

— Toutes les affaires touchées par une *kuffar*, par une non-musulmane, sont considérées comme souillées. Il ne pourra plus les porter. À la RATP, ils ont le même problème. Certains conducteurs musulmans refusent de prendre le volant d'un bus si une femme les précédait. Pour lui, vous êtes une mécréante, une *kuffar*.

— OK, je m'en charge, rebondit Compostel.

Le commissaire divisionnaire s'empara des effets personnels de Bison, les retourna un à un, les soupesa. Aucune trace d'un quelconque téléphone cellulaire. Il ressortit tandis que Lola continuait d'ausculter le matériel. Elle observa les montants du lit. Ils étaient soudés. Visa la cuvette des toilettes. Elle était vide de tout élément étranger. Se souleva sur la pointe des pieds. Rien n'était entreposé derrière les barreaux de la lucarne.

— Laissez tomber, Lola, intervint Compostel tout bas. Il nous a baisés. Le téléphone doit être planqué chez un autre détenu.

Mais Lola ne l'écoutait pas. Elle ferma et manipula la bonde du lavabo à plusieurs reprises dans un geste rageur. Elle ouvrit le robinet. L'eau ne coulait pas. Elle tourna le mitigeur de gauche à droite. Ni eau chaude ni eau froide. Elle se pencha, observa le siphon. Il tenait à peine. Elle tira dessus, il chuta au sol pour offrir à la vue de tous un appareil téléphonique miniature à carte prépayée.

Bison se rua sur elle, tel un mort de faim. Les matons de la Pénitentiaire ne purent le retenir. Ils mirent de longues secondes à intervenir.

40

Compostel ne cessait de faire les cent pas. Il questionnait les quelques blouses blanches qu'il croisait. En vain. Aucun médecin, aucune infirmière ne daignait l'informer. Il regarda sa montre. Il patientait depuis plus de deux heures dans ce couloir sans âme au bout duquel une porte le séparait de sa jeune collaboratrice. Il sortit le téléphone de son étui, passa en revue les SMS reçus. Le dernier émanait de Thomas Andrieux. Il hésita à le rappeler pour lui confier ses doutes, sa peur. Lola était fragile, il était inquiet, elle était salement amochée lorsqu'il l'avait hissée dans le camion des pompiers.

— Hep hep hep !

Une femme d'une quarantaine d'années, à deux pas, lui faisait les gros yeux, un doigt pointé vers un panneau signalant l'interdiction de toute communication téléphonique au sein de l'enceinte hospitalière. Elle tenait une chemise à carreaux dans ses mains. Elle avait de magnifiques yeux verts et sa charlotte couvrait à peine de jolis cheveux châtains.

— Enfilez-moi ça ! Vite ! Le sang fait peur aux autres patients.

Une voix douce derrière la fermeté de circonstance.

— Vous pouvez me dire comment elle va ?

— Allez vous changer dans les toilettes !

Il l'observa. Se prit à lire de l'espoir dans son regard. Elle était toujours là, à son retour.

— C'est votre fille ? demanda-t-elle.

— Juste ma collègue... On est flics.

— Elle est solide, votre collègue. Elle finit de récupérer. On vous la rend dans dix minutes, le temps de lui signer son bon de sortie.

— Qu'est-ce qu'elle a ?

— Légère commotion cérébrale et fracture à l'arrière du crâne. On l'a recousue sur quatre centimètres.

— Merci.

— Pas de quoi. C'est mon boulot. Prenez soin d'elle. Je suis le docteur Langlois. Patricia Langlois. Si vous souhaitez revoir votre chemise, vous savez où me trouver, sourit-elle en se saisissant de son vêtement plein de sang avant de retourner en direction du service des Urgences.

Compostel resta interdit. Face à Lola et à son pansement épais digne d'un rugbyman, il reprit très vite ses esprits et chercha à la soutenir alors qu'ils progressaient vers le parking de l'hôpital d'Évry.

— Je n'ai rien aux jambes, patron. Vous pouvez me lâcher.

— Je vais vous raccompagner à votre domicile.

— Non, ça ira. On a un téléphone à techniquer.

— Vous êtes blessée, Lola. Je vous ramène chez vous.

— Je vous dis que ça ira. Je veux savoir ce qu'il y a dans ce foutu téléphone.

Il faisait nuit noire lorsqu'ils distinguèrent le siège de la police judiciaire. Lola avait consulté sa messagerie pendant que le véhicule de Compostel était englué sur le périphérique. Elle avait répondu à certains par textos. Zoé Dechaume, le directeur Thomas Andrieux et son chef de cabinet Éric Moreau, mais aussi plusieurs chefs de groupe de la brigade criminelle dont Guillaume Desgranges, un homme réputé pour sa misanthropie, lui avaient fait part de leur soutien. Mais pas Richard Kaminski.

Le sixième étage avait repris vie. Les équipages qui avaient migré la veille en banlieue sud étaient pour une partie de retour dans les murs, occupés à rédiger les procès-verbaux en retard, ou à fouiner dans les dossiers que les services partenaires avaient bien daigné transmettre. C'était le cas pour Zoé qui s'était accaparé l'épaisse procédure concernant la mort de Moussa Sissoko que Lola avait photocopiée à la police judiciaire de Versailles. Idem pour son chef de groupe et acolyte Guillaume Desgranges, qui se creusait les méninges à comprendre l'implication de David Ribeiro dans l'attaque à main armée d'un fourgon blindé qui lui valait son actuelle incarcération.

Barbe blanche, lui, était enfermé dans son bureau, occupé à entreprendre Edgar Lebon. Le Réunionnais, la cinquantaine grisonnante, aumônier à la prison de Fresnes et curé de la paroisse de Choisy-le-Roi, répondait sans tabou et de manière circonstanciée à chacune de ses questions. Il confirmait avoir accueilli Rose dans la maison du Seigneur, avoir aidé cette femme dans le besoin, de manière matérielle et spirituelle, lui avoir offert le gîte et le couvert. Il confirmait surtout être le père putatif de ses deux fillettes. Il semblait même prêt, si l'enquête le nécessitait, à faire l'objet d'une comparaison génétique. Jamais il ne l'avait rejetée, bien au contraire. Malgré les récriminations de sa hiérarchie qui avait été informée par une paroissienne avisée, il ne l'avait pas abandonnée. Elle logeait depuis dans un studio appartenant à la fondation Abbé-Pierre dont il réglait personnellement les quelques centaines d'euros de loyer. Il lui rendait encore visite, parfois, quand les filles se trouvaient à l'école. Il aimait sa douceur, semblait même jaloux de cet amour démesuré qu'elle portait au Seigneur. Edgar Lebon, lui, était las. Sa ferveur et son attachement à l'Église avaient changé ces dernières années. Il écoutait moins, priait moins, récitait les paroles du Seigneur avec moins de conviction. Il subissait le contrecoup d'une vie passée au service des autres, des brebis égarées qui s'empressaient de l'oublier dès qu'elles se retrouvaient dans le droit chemin.

— Les fidèles sont peu reconnaissants, glissa-t-il en souriant.

Kaminski aurait pu dire la même chose des proches des victimes, il s'abstint. Guidé par le chef de groupe, Edgar Lebon poursuivit sur ses visites au centre pénitentiaire de Fresnes, établissement dans lequel David Ribeiro avait fait un court séjour. S'il évoqua en long et en large son rôle, le curé s'abstint de communiquer les identités de ses fidèles incarcérés, secret de la confession oblige. Devant la photo du visage torturé de Ribeiro, il consentit toutefois à admettre que celui-ci ne faisait pas partie du petit groupe qui suivait ses offices dans la chapelle de la maison d'arrêt. Lebon ne connaissait pas davantage les sœurs Legendre. Il n'avait aucune rancœur contre quiconque. Sa vie était amour, il se disait pasteur au sein d'une communauté qu'il visitait du lundi au samedi, écumant les maisons de retraite de Choisy et des environs, donnant les derniers sacrements, confessant nombre de veuves ou de femmes dans la solitude.

Kaminski ne le retint pas. Il se précipita dans le bureau de Compostel pour résumer les déclarations du curé, alors que Lola recevait le réconfort de Thomas Andrieux, descendu de son bureau pour l'occasion en compagnie de son aide de camp Éric Moreau.

— Je ne le répète jamais assez, il faut rester vigilant, y compris dans des endroits où, en toute logique, nous ne risquons rien.

Hervé Compostel pinça la bouche. Il prit pour lui cette remarque du directeur, il s'en voulait de ne pas avoir su protéger sa jeune collaboratrice des griffes de Bison.

— Prenez du temps pour vous reposer, poursuivit le patron de la PJ parisienne. Et revenez-nous en forme très vite ! En tout cas, bravo ! Si nos amis de la Pénitentiaire étaient aussi pointilleux que vous, il y aurait un peu moins de téléphones dans les prisons.

— C'est une manière d'obtenir la paix sociale, coupa Compostel qui connaissait les conditions de travail très dures du personnel du ministère de la Justice.

— Peut-être, mais c'est nous qui en pâtissons. Personne n'imagine ce qui se trame au cœur des cellules.

Le « nous » renvoyait à la société entière. Sur ce, le directeur s'échappa en invitant Moreau à lui rappeler de diffuser de nouveau la note de service relative aux règles de sécurité en intervention.

— Faites passer le mot : réunion de service dans dix minutes dans la salle de réunion ! cria Compostel avant que les quelques effectifs présents autour de lui ne s'éparpillent.

Le mobilier sentait le neuf, il n'avait jamais servi. Un rétroprojecteur que personne ne savait encore utiliser occupait le centre de la pièce tout autour de laquelle des tables avaient été alignées en forme de rectangle. Il manquait des chaises, toutefois. Arrivé l'un des premiers, Desgranges laissa la sienne à Lola qui tenait entre les mains le portable découvert dans la cellule de David Ribeiro, et colla sa grande carcasse contre le mur porteur. Le maître de cérémonie prit la parole, après avoir invité les retardataires à accélérer le mouvement et sollicité le silence :

— Bien, je sais que peu d'entre vous ont dormi la nuit dernière et que la fatigue s'accumule. Je ne vous ai pas réunis pour vous brosser dans le sens du poil ou pour vous remotiver, je vous connais un peu pour savoir que ce n'est pas la peine. Cette réunion a pour simple but de mettre toutes les informations sur la table et d'organiser le travail pour les heures et les jours à venir…

Compostel était debout, visait tour à tour l'ensemble des effectifs dont certains, en ce premier jeudi de l'entre-deux-tours, auraient préféré se trouver dans leur salon pour suivre le débat entre les deux derniers prétendants au trône de France. Il s'était changé, avait enfilé l'une des nombreuses chemises blanches stockées dans l'armoire de son bureau. Le nœud de sa cravate sombre était serré. Une trace brunâtre sur la ceinture de son pantalon rappelait toutefois l'événement violent de la journée. Un dossier dans une main, il poursuivit par le résumé de la saisine :

— Hier, Jihad Ribeiro, quatre mois, fils d'un voyou incarcéré et d'une fille travaillant de nuit dans un club de strip-tease de la capitale, a disparu alors qu'il était gardé par une nounou sans papiers qui faisait ses courses dans une supérette de Choisy-le-Roi. Au vu de la situation familiale, je rappelle qu'il a été décidé de surseoir au dispositif « Alerte enlèvement ». L'avenir nous dira si nous avons bien fait. Pour l'heure, on a toutes les raisons de croire que Jihad a été enlevé en raison du passif de son père. En effet, Manon Legendre, la mère de Jihad, a reçu un SMS disant explicitement : « Si Bison veut revoir son fils en vie, qu'il rende ce qu'il a volé. »

Lola était conquise. Discours fluide, pas d'accroc. L'homme ressemblait à un général en guerre, motivé, motivant. Rien à voir avec le type silencieux, quelque peu insipide, qu'elle fréquentait depuis peu.

— Qui veut débuter ? poursuivit-il.

Kaminski prit le premier la parole pour résumer tout le travail d'environnement effectué autour de la nounou et en particulier les quelques déclarations croustillantes du curé de Choisy-le-Roi. Un autre chef de groupe, qui avait pris la casquette de la gestion de la scène d'enlèvement au sein du supermarché, évoqua la présence de quatorze traces génétiques différentes relevées sur le chariot de courses utilisé par Rose. Une seule d'entre elles était identifiée au sein du fichier d'empreintes génétiques. Elle correspondait à l'ADN d'un chômeur en fin de droits qui avait fait ses courses deux jours plus tôt au sein de l'établissement, lequel avait été l'objet d'un prélèvement génétique trois ans plus tôt suite à une plainte de sa femme pour violences volontaires. Qui étaient les treize autres ? Impossible de le savoir.

— Peut-être y a-t-il un Judas parmi eux ?

Le mot de Barbe blanche tomba à plat. La voix grave de Desgranges prit le relais :

— David Ribeiro, alias Bison, en est à son quatrième séjour derrière les barreaux. En bref, c'est une crevure spécialisée dans tout domaine, *go fast*, braquages, vols avec violences, outrages, rebellions. Le type est un barge dont le vice n'a pas de limites. En guise d'exemple, un mois avant d'être écroué à Fleury, monsieur s'est gentiment présenté à la mairie de Choisy-le-Roi pendant que madame était encore alitée à la maternité pour reconnaître son fils qui porte de jolis prénoms : Jihad, Mahomet, Abou Bakar.

Un murmure traversa la salle.

— À quoi correspond Abou Bakar ?

— C'est le prénom d'Al-Baghdadi, celui qui s'est autoproclamé calife de l'État islamique. Pour votre gouverne, Bison n'est pas plus *muslim* que moi je suis intégriste à Saint-Nicolas-du-Chardonnet. C'est ni plus ni moins une forme de provoc'...

— Et Manon Legendre, qu'est-ce qu'elle fout avec cette ordure ? questionna un autre, alors que Lola manipulait l'appareil de Bison.

— Il a été portier au Jardin d'Éden, son lieu de travail. Ils se connaissent depuis trois ou quatre ans mais n'ont jamais vécu ensemble, répondit Zoé Dechaume. Il y a un fort rapport de dépendance entre eux. Bison est craint, il est reconnu dans le milieu, il fait office en quelque sorte de protecteur. Et puis il brasse pas mal de fric...

— À propos de fric, rebondit le commandant Desgranges, notre Bison national est actuellement au trou pour un vol à main armée commis au préjudice d'un fourgon blindé que trois hommes encagoulés et gantés ont bloqué dans une rue à sens unique de Stains à l'aide de deux camions-poubelles volés. Ils ont mitraillé le fourgon, et en plastiquant la porte arrière ont grièvement blessé le convoyeur qui se trouvait à l'intérieur. Ça s'est passé il y a six mois. Le problème pour eux, c'est qu'un véhicule de police qui passait par là les a fait fuir plus vite que prévu. Ils se sont emparés d'une toute petite somme.

— Comment ils se sont fait rebecter ?

— Il n'y a que Bison qui s'est fait serrer. Ce con s'est enfui en courant à travers un parc et s'est débarrassé de ses gants et de sa cagoule dans une poubelle. Les deux autres n'ont jamais été identifiés.

— On sait qui ça peut être ?

— Non. Les collègues de la BRB sont secs. Leurs « tontons » ont tellement peur de Bison que personne ne veut balancer.

— Ça pourrait être le lien avec l'enlèvement de Jihad, non ?

— Ils ont gratté 50 000 euros à peine. Je vois mal le patron de la boîte de sécurité enlever un gosse pour récupérer son fric qui, j'imagine, était assuré.

— Et le convoyeur blessé ?

— Il est actuellement dans un centre de rééducation, au bout du Finistère. Pas le profil. Ni lui ni les autres membres de sa famille.

Lola les interrompit tous :

— Il y a un SMS intéressant dans l'appareil confisqué à Ribeiro. SMS reçu, daté d'hier à 22 h 28 : « Le dossier contre ton fils. »

Toute l'assemblée était suspendue à ses lèvres, alors qu'elle continuait ses manipulations :

— Bison a répondu quatre minutes plus tard : « Dis à ton menteur de me rendre visite. »

— Un « menteur » ? s'enquit un jeune procédurier.

— Dans le jargon des voyous, c'est un baveux. Un avocat, quoi, répondit Kaminski qui jouait les vieux de la vieille.

— Attendez ! C'est pas fini... Il y a une photo qui accompagne le SMS transmis par Bison.

L'écran du téléphone à clapet, petit, n'offrait pas une très bonne résolution d'image. On distinguait à peine la présence d'une sorte de dossier relié déposé au fond d'une cavité étroite de forme octogonale. Un dossier orange. Le téléphone passa de main en main. Chacun voulait visualiser la photo. Que contenait ce dossier ? Qui le réclamait ? Pourquoi ? Où cette photo avait-elle été prise ? Et par qui ?

Au vu de la masse d'informations à trier et des actes à produire, un policier fut désigné pour tenir une sorte de main courante sur laquelle tout élément important devait être consigné. De manière à n'omettre aucune piste. Un syndicaliste, qui trépignait depuis un bon moment, prit enfin la parole :

— Tant qu'à travailler quinze heures par jour, il serait souhaitable que des plateaux-repas nous soient livrés !

Le sujet, délicat, revenait sur le tapis à chaque affaire d'importance. Ici et ailleurs. Par le passé, il était arrivé que les enquêteurs piétinent dans le sang sans rien avoir avalé durant vingt-quatre heures.

— Je vais contacter les services techniques, répondit modestement le chef de service. Pour ce soir, j'ai passé commande à une pizzeria. Merci à tous.

Attirés par l'odeur, beaucoup se ruèrent dans une pièce où les attendaient les pizzas tandis que Lola et Zoé regagnaient leurs bureaux respectifs. La seconde ouvrit sa connexion Internet et se brancha sur une chaîne publique pour suivre le débat télévisé entre Pierre-Yves Dumas et le président de la République sortant. La plus jeune voulait en priorité lancer des recherches sur le cliché accompagnant le SMS de David Ribeiro avant de rentrer chez elle pour se reposer.

Pour l'heure, les deux concurrents au poste suprême débattaient sur le thème de l'économie. Zoé coupa le son, adressa un texto à son entraîneur de badminton pour lui dire qu'elle était indisponible pour une période indéterminée, puis se concentra sur l'épais sous-dossier consacré à la mort de Moussa Sissoko. Elle éplucha de nombreux procès-verbaux, survola les auditions des proches, s'arrêta sur le listing et les photos des scellés. La présence d'un tampon hygiénique découvert sur une scène de crime avait de quoi faire sourire. Zoé tourna la tête vers son écran d'ordinateur, visa la bouille de l'ancien maire du 17e arrondissement, Pierre-Yves Dumas. « L'ami de la police », comme il était surnommé dans certains cercles, semblait relativement calme. Elle remit le son, les deux hommes se confrontaient sur la thématique de la politique étrangère. Elle coupa à nouveau, se replongea dans le dossier, prit des notes, chercha un agenda administratif et contacta le service Balistique. Elle se présenta, fournit une référence de procédure, et posa une seule question.

— On a déjà transmis la réponse à la PJ de Versailles, répondit le permanent balisticien. Notre rapport devrait logiquement être annexé dans la procédure, ajouta-t-il.

— Il n'y est pas. Et il dit quoi, ce rapport ?

— Il dit qu'il y a un match avec un autre HV[1]. Même arme, même calibre.

Zoé se redressa d'un coup sur son fauteuil.

— Quel autre HV ?

— Assassinat d'un certain Mehdi Ayache, tué le 21 avril 2017 à Vélizy, dans les Yvelines.

Le week-end précédent. Précisément cinq jours plus tôt.

— Le 21 avril, vous dites ?

— Oui. C'est également la PJ de Versailles qui traite. Je vous adresse une copie de notre rapport, si vous le souhaitez.

Elle le souhaitait. Deux minutes plus tard, le commissaire divisionnaire se trouvait dans son bureau pour apprendre que Moussa Sissoko, chez lequel on avait retrouvé trace du passage de Manon Legendre, avait été tué avec la même arme qu'un certain Mehdi Ayache au volant de sa voiture sur le parking supérieur du centre commercial de Vélizy. À peu près à l'endroit

---

1. Homicide volontaire.

où Manon Legendre avait été conduite par le chauffeur de taxi Miguel Dos Santos.

— C'est elle ! C'est forcément elle qui les a flingués !

— Et pourquoi la PJ de Versailles n'aurait pas tilté ? s'enquit Compostel qui fixait l'écran d'ordinateur.

— Peut-être que le fax de la Balistique s'est perdu.
— Un fax qui se perd ?
— Pourquoi pas ?

Il sourit. Dans les films, on voyait parfois les fax glisser, se coincer derrière un meuble pour n'être retrouvés que plusieurs jours plus tard. Il tourna la tête vers le téléviseur, vit les têtes des deux duettistes s'assombrir.

— Vous pouvez monter le son ?

Zoé Dechaume obtempéra. Les deux candidats au poste suprême s'étrillaient désormais sur la thématique du terrorisme et de la sécurité en général. Aux attaques frontales de son adversaire, le président en exercice répondait qu'il avait créé trois mille postes de policiers et de gendarmes durant son mandat. La banderille suivante fut particulièrement cinglante :

— Vous resterez le président des attentats ! Et moi j'entends être celui de la lutte antiterroriste !

— Je suis celui qui a tenu le pays à bout de bras, monsieur. Vous constaterez que la crise tant attendue par les terroristes n'a pas eu lieu. Et j'ai la prétention de penser que j'y suis un petit peu pour quelque chose. Nos concitoyens ont montré au monde entier des capacités de résilience et de vivre-ensemble que vous ne soupçonniez même pas une seconde chez eux, monsieur Dumas. Sachez que cette fonction présidentielle réclame une chose essentielle : être un rassembleur, un modérateur, ce que vous n'êtes pas.

— Et que faites-vous de la recrudescence de crimes et de délits ? Paris, la banlieue, les grandes villes sont devenus de véritables coupe-gorges. Si vous n'allez pas voir les Français, vous pouvez toujours lire la presse pour vous en faire une petite idée…

Le réalisateur balaya durant quelques secondes l'estrade sur laquelle les soutiens inconditionnels des deux candidats patientaient. Un homme, la soixantaine, peut-être plus, écoutait doctement.

— Lui, je le connais ! dit Lola Rivière qui leur rapportait à chacun une photo faiblement pixelisée du dossier posé dans la cavité octogonale.

— Normal, c'est François Delagarde, le taulier de la société Intercept. Il vient régulièrement au « 36 » tenter de nous vendre ses produits technologiques, répondit Zoé Dechaume. C'est un proche de Dumas.

— Vous êtes encore là, vous ? rouspéta Compostel en s'adressant à Lola.

— Oui. J'ai identifié une date pour la prise de vue de la photo découverte dans le téléphone de Ribeiro.

41

Lola avait tourné vingt bonnes minutes dans son quartier. En vain. Elle s'était rabattue vers le parking Harlay, de l'autre côté de la Seine endormie, là même où les flics stationnaient librement du temps où le « 36 » était implanté au « 36 ». Ces deux derniers jours avaient été longs et compliqués à gérer, les cernes marquaient un visage qui avait perdu de son éclat. Elle but énormément en rentrant. Puis déroula le pansement qui lui ceignait le crâne avant de s'interrompre à la première douleur. Était-ce le pansement ? Était-ce le hasard ? Son regard se porta aussitôt en direction de la photo qui couvrait un mur de son salon. Allongée sur un transat, l'Anglaise Bethany Townsend, lumineuse et reposée, la peau offerte aux caprices du soleil, semblait libre et légère malgré son handicap.

L'idée de la pose de ce cadre était venue du professeur qui la suivait à Singapour. L'objectif était d'apprivoiser la maladie, de la regarder en face. De se préparer au pire, aussi. Elle finit par se coucher, et tenta de s'endormir sur un côté afin de ne pas réveiller sa douleur.

Plusieurs groupes étaient déjà sur le pont lorsqu'elle se réveilla. Quatre enquêteurs auditionnaient les proches et l'employeur du convoyeur de fonds qui avait été gravement blessé dans l'attaque du fourgon blindé. Une autre équipe mettait le paquet sur les antécédents du dénommé Mehdi Ayache, tué à Vélizy la semaine précédente. Quant à Zoé et à son chef de groupe Guillaume Desgranges, ils étaient repartis de bon matin faire un petit tour chez les sœurs Legendre. C'est Zoé qui se fit ouvrir :

— Votre sœur est là ? demanda-t-elle à Julie.

— Elle est dans sa chambre. Vous avez retrouvé Jihad ?

— Pas encore. On peut la voir ?

Julie baissa la tête, progressa dans le couloir et, délicate, poussa la porte de la chambre de sa sœur. Celle-ci était recroquevillée en fœtus, le dos tourné, habillée comme l'avant-veille.

— On aimerait vous parler, madame...

Manon Legendre remua légèrement puis se redressa. En trente-six heures, elle s'était décomposée. Elle les observa, surtout Desgranges qu'elle ne connaissait pas.

— Je veux mon fils...

— On le cherche. On aurait besoin de vous poser de nouvelles questions...

— À quel sujet ? demanda-t-elle une heure plus tard, après une douche réparatrice et un transport en grande pompe au Bastion.

— Au sujet de Mehdi Ayache.

— Qui ça ?

Desgranges sourit. Il s'abstint de répondre. Dix ans plus tôt, en l'absence de caméras, il l'aurait giflée et remise sur sa chaise en la soulevant par sa jolie crinière pour lui faire comprendre qu'on ne jouait pas avec les nerfs des policiers. Depuis, il avait appris à faire preuve de diplomatie.

— Pourquoi êtes-vous allée à Vélizy la semaine dernière ?

Elle fronça les sourcils.

— Vélizy ? C'est où, ça ?

— Vélizy. Le centre commercial Vélizy 2. Votre ami Miguel vous y a déposée la semaine dernière...

— Vous auriez du café ? coupa-t-elle.

— Ne cherchez pas à gagner du temps. Pourquoi êtes-vous allée à Vélizy ? reprit Zoé.

— Pour faire des courses.

La gifle partit. C'était trop pour Desgranges. Il ne supportait pas le mensonge.

— Des courses à 6 heures du mat' ? reprit Zoé qui calma son chef de groupe d'un regard noir.

La strip-teaseuse se frotta la joue. Elle était au bord des larmes. Zoé embraya :

— Je crois qu'on ne s'est pas bien fait comprendre... En ce moment, il y a une centaine de flics qui tournent comme des avions dans tout Paris pour retrouver ton mouflet pendant que, toi, tu nous pipeautes dès qu'on te pose une question. Personnellement, je ne suis pas certaine que tu y tiennes vraiment, à ta graine de djihadiste...

Piquée dans sa fierté, elle se redressa d'un coup. Les deux femmes se faisaient face, debout.

— T'es qui, toi, pour me causer comme ça ? Je l'aime, mon fils, t'entends !?
— Eh bien, montre-le ! Aide-nous !
— J'ai peur. Vous ne comprenez pas que j'ai peur !?
— T'as peur de qui ? De quoi ? Qu'est-ce que t'es allée foutre à Vélizy ?
— David m'a envoyée à un rendez-vous. Je devais récupérer de l'argent pour payer ses frais d'avocat.
— Et ?
— Et le type, Mehdi quelque chose, il s'est fait flinguer sous mes yeux.

Zoé se rassit. La situation était débloquée. Ils pouvaient enfin avancer, moment que choisit Compostel pour frapper à la porte de la salle d'audition et apporter un gobelet de café. Desgranges le récupéra, le remercia et lui ferma la porte au nez. La place d'un chef de service était ailleurs, en aucun cas dans un bureau d'audition.

Lola, elle, avait débuté sa journée au centre de consultation de l'Hôtel-Dieu, sur l'île de la Cité, où un infirmier lui avait changé son pansement. Puis elle avait filé à la gendarmerie de Fleury-Mérogis où elle avait expliqué par le menu les circonstances de l'agression commise par David Ribeiro dont elle avait été victime. Pour la première fois de sa vie, elle déposait plainte. L'adjudant qui lui fit signer son procès-verbal n'en pouvait plus de cette prison. Il y passait sa vie, à démêler le vrai du faux, à confronter les déclarations de détenus qui s'étaient mutuellement planté des coups de fourchette, à identifier le gardien de prison qui avait vandalisé les vestiaires de ses collègues, à consoler les professionnelles de la santé mentale qui étaient harcelées au quotidien, à mener des enquêtes administratives relatives aux visiteurs de prison, à placer en garde à vue les femmes qui tentaient de faire entrer illégalement des produits planqués dans les couches-culottes de leurs bébés. Il la gratifia toutefois d'un joli sourire au moment de la raccompagner sur le pas de la porte de la gendarmerie, après l'avoir gentiment prévenue que la procédure qu'elle venait d'initier risquait de traîner des années au vu des nombreux recours possibles.

Elle allait reprendre le volant lorsqu'elle revint sur ses pas.

— Mon adjudant ! Vous m'avez bien dit que vous vous occupiez des entrées illicites de produits à la maison d'arrêt ?

— Oui.

— La gendarmerie est ouverte le week-end ?

— Bien sûr.

— Et d'autres services peuvent être saisis de ce type d'infractions ? Un service de police, par exemple ?

— Logiquement, non. Le protocole est très clair à ce sujet.

Elle reprit la route. Direction la maison d'arrêt.

— Je souhaiterais voir le lieutenant de détention, demanda-t-elle au planton assis derrière son hygiaphone après lui avoir glissé sa carte de police.

Faute d'autorisation, elle patienta sous la pluie de longues minutes, le cou replié sous les rabats de son col de manteau. Le fonctionnaire donna plusieurs coups de téléphone jusqu'à obtenir satisfaction.

— Dites donc, je vous savais téméraire, mais pas au point de revenir aussi vite…

Elle sourit.

— Qu'est-ce que je peux pour vous ? s'enquit le lieutenant de détention Millet.

— J'aimerais savoir si David Ribeiro a changé d'avocat récemment…

— Hou là ! il faut que je demande au greffe. Suivez-moi !

Il la conduisit dans son bureau, l'invita à s'asseoir. Elle accepta, retira son manteau humide, le plia en deux sur le dossier d'une chaise. Le bureau du lieutenant était couvert de paperasse. Une chatte n'y aurait pas retrouvé ses petits.

— Je cours partout, je n'ai pas un moment à moi. Ici, je fais le pompier de service.

L'adjudant de la gendarmerie de Fleury-Mérogis lui avait à peu près tenu le même langage. Le lieutenant de détention finit par dégager un monticule de documents pour mettre la main sur son clavier d'ordinateur. Il ouvrit un logiciel, chercha le numéro d'écrou de Ribeiro, changea de plateforme et fournit une réponse :

— Houlà ! Du gros calibre, dites donc ! Hier matin, deux heures avant votre venue, il a reçu la visite de Me Michel Zimmer.

— Michel Zimmer ?

— Ouais. C'est un ténor du barreau de Paris. Une pointure. Ce n'est pas le genre à se déplacer en personne. En général, il fait en sorte d'envoyer ses sbires pour les parloirs.

— Et on peut savoir de quoi ils ont discuté ?

— Probablement de son procès. Il débute en ce moment, à Paris. Mais vous devriez vous rapprocher de la PJ de Versailles. Il y a un officier, là-bas, qui bosse sur Ribeiro. Il sonorise tous ses parloirs.

— Le capitaine Milan ?

— Oui. Vous le connaissez ?

— Un peu.

— C'est lui-même qui nous a informés que la copine de Ribeiro allait lui faire rentrer du cannabis en cellule. Sinon, on ne l'aurait jamais deviné...

Lola se figea. Elle n'en croyait pas ses oreilles. Le capitaine Milan, à Versailles, lui avait laissé croire le contraire. Selon Milan, selon la procédure qu'il avait rédigée, la police judiciaire avait été informée de l'entrée illicite de cannabis par l'administration pénitentiaire, et non l'inverse.

— Et pourquoi le capitaine Milan sonorise les parloirs de Bison ?

— Aucune idée. À partir du moment où c'est légal, je ne pose pas de questions, moi...

— À tout hasard, vous avez la réquisition qui lui permet de mettre en place les sonorisations ?

Il regarda son fourbi. Puis, devant la détermination que dégageait Lola Rivière, il entreprit de chercher. Par chance, il tomba très vite sur le document.

— Je peux faire une photocopie ?

Elle réactiva son téléphone cellulaire à l'extérieur de la maison d'arrêt. Dimitri Hérisson avait tenté de la joindre. Obnubilée par l'enlèvement de Jihad Ribeiro, elle avait oublié tout le reste, de la mort violente de Milena Popovic jusqu'à l'existence même du géocacheur et de la mission qu'elle lui avait confiée.

Elle ne prit pas la peine de le rappeler. Il y avait plus urgent : rentrer à Paris, faire le point avec Compostel, et surtout comprendre pourquoi le capitaine Milan avait menti et s'intéressait de si près à David Ribeiro.

42

Hervé Compostel relut à plusieurs reprises la photocopie de la réquisition qui permettait au capitaine Milan de procéder à la sonorisation des parloirs de David Ribeiro. Le document était daté, « marianné » et signé par un certain Victor Pradier, juge d'instruction auprès du tribunal de grande instance de Versailles. Comme de coutume, il était adressé au chef du SRPJ de Versailles, à charge pour celui-ci de faire procéder à tout acte utile à la manifestation de la vérité. En l'occurrence, la réquisition autorisait la sonorisation des parloirs du nommé David Ribeiro, actuellement incarcéré sous le numéro d'écrou 29.347 à la maison d'arrêt de Fleury-Mérogis (91), dans le cadre d'une affaire d'extorsion en bande organisée au préjudice de la société ABC Soleil.

Compostel décrocha son combiné, appela une secrétaire par la ligne interne :

— Mettez-moi en relation avec Victor Pradier, TGI de Versailles, s'il vous plaît.

Il patienta. Longtemps. Et pour cause, Victor Pradier était introuvable.

— J'ai appelé le greffe, monsieur. Personne ne connaît de Victor Pradier au TGI.

Il raccrocha, se connecta à Internet, ouvrit un moteur de recherche. Aucune enseigne intitulée ABC Soleil n'existait sur le ressort du département des Yvelines. Il élargit à tout hasard sa recherche à l'Île-de-France. Pas mieux. Le document qu'il avait sous les yeux était un faux. Un vrai faux, puisque le sceau de la Marianne apposé en bas du document semblait officiel. On y lisait parfaitement, sur le périmètre, les références suivantes : République française, Tribunal de grande instance de Versailles, Yvelines, n° 085.

Compostel rappela la secrétaire :

— Passez-moi le greffe de Versailles !

Quelques secondes plus tard, il était en ligne avec une personne dont il ne pouvait dire si c'était un homme ou une femme :

— Je cherche à savoir qui possède le timbre n° 085 au sein du TGI, s'il vous plaît.

— Pardon ?

La demande paraissait singulière.

— Je cherche à identifier l'émetteur d'un document dont je n'ai que le cachet de la Marianne en bas de page.

Son interlocuteur sembla se satisfaire de cette réponse. Compostel l'entendit poser son combiné, se lever, ouvrir une armoire, faire grincer un classeur. Puis il revint :

— Vous pouvez me rappeler votre nom, monsieur ?

— Pourquoi ? Qu'est-ce qui se passe ?

— Je tiens à faire un contre-appel. C'est la règle.

Le chef de la Crim' s'exécuta avant de raccrocher. Puis patienta. En vain. C'est Thomas Andrieux en personne qui débarla dans son bureau un quart d'heure plus tard.

— Le procureur de la République de Versailles vient de m'appeler. C'est quoi, ce ramdam ?

— Quel ramdam ?

— Il paraît que tu cherches à identifier le bénéficiaire d'une Marianne au sein de son TGI ?

Compostel confirma.

— Eh bien, sache que le timbre n° 085 a été dérobé il y a six mois sur le bureau d'une greffière. Tu peux m'en dire un peu plus ?

Il s'exécuta. Plusieurs pièces du puzzle venaient de s'emboîter. Le capitaine Milan avait constitué un faux avec le timbre sec d'une Marianne volée.

— Je veux garder les pleins pouvoirs sur ce dossier, anticipa Compostel.

— Tu sais très bien que je suis dans l'obligation de saisir l'IGPN. Un flic mis en cause, c'est nécessairement du ressort des bœuf-carottes.

— Ils vont arriver avec leurs gros sabots, ils vont tout foutre en l'air, insista-t-il. Laisse-moi deux jours, le temps de comprendre ce qui le motive.

Le grand patron de la PJ ne répondit pas. Qui ne dit mot consent. Compostel contacta aussitôt Lola. Elle avait coupé sa ligne et se trouvait attablée dans un bistrot du quartier, en compagnie de Zoé Dechaume et de Guillaume Desgranges qui lui résumèrent les dernières déclarations de Manon Legendre :

— En fuyant lors du meurtre de Mehdi Ayache, à Vélizy, elle a cassé un talon de sa chaussure.

Talon qu'elle a retrouvé sur la table basse de son appartement après qu'il a été vandalisé. Il n'y a pas que ça. Son compte Facebook a été piraté à distance, raison pour laquelle elle a été virée du Jardin d'Éden.

Lola repensa aux trois clés de la porte d'entrée de l'appartement. Ni Rose, ni Manon, ni Julie Legendre n'avaient perdu la leur.

— Les types qui ont fait ça cherchaient à la pousser à bout. C'est évident.

— Dans quel but ?

— Peut-être parce qu'ils pensent qu'elle sait où se trouve le fameux dossier... Voire qu'elle a joué un rôle dans son vol...

— Et qu'est-ce qu'elle dit ?

— Elle prétend que non. Elle ne sait pas à quoi correspond ce dossier ni ce qu'il y a à l'intérieur. Et dit que Bison ne lui a jamais parlé d'un quelconque vol de dossier.

À son tour, Lola leur résuma ses dernières trouvailles au sujet du capitaine Milan. Puis leur fit une explication de texte au sujet de la datation de la photo du dossier découverte dans le téléphone que David Ribeiro utilisait du fond de sa cellule :

— La photo est datée du 17 juillet 2016. Elle a été prise à 5 h 12 UTC.

— Comment t'as fait ?

— J'utilise un petit logiciel qui permet de récupérer les données *exif* de l'image. Les données *exif* sont figées, infalsifiables, même si tu trafiques les données de ton appareil photo ou du téléphone utilisé.

Au risque de les perdre, elle n'en dit pas plus. Elle précisa juste qu'à l'époque de la prise de vue,

David Ribeiro était en liberté. De leur côté, ils se contentèrent de ces quelques explications. Contrairement à Barbe blanche, ils avaient toute confiance dans son travail.

Le commandant Desgranges régla l'addition. À lui seul, il gagnait presque autant qu'elles deux. Il pouvait se permettre de payer, même si la formation privée d'infographiste que suivait son fils depuis deux ans lui coûtait les yeux de la tête.

En les attendant, Compostel n'avait pas lésiné. Il avait dressé sur toute la longueur d'une feuille A3 une chronologie des dates essentielles :

17 juillet 2016 : prise de vue d'un dossier posé dans une cavité de forme octogonale
19 novembre 2016 : braquage d'un fourgon blindé à Stains (93), en bordure du parc de La Courneuve
25 décembre 2016 : naissance de Jihad
27 décembre 2016 : reconnaissance de Jihad à la mairie de Choisy-le-Roi par son père
18 janvier 2017 : interpellation de David Ribeiro par la BRB suite à l'enquête sur le braquage du fourgon blindé
11 mars 2017 : date de début des sonorisations de parloir de Ribeiro par le capitaine Milan
21 avril 2017 : assassinat de Mehdi Ayache à Vélizy (78)
Nuit du 21 au 22 avril 2017 : assassinat de Moussa Sissoko à Poissy (78)
22 avril 2017 : interpellation de Manon Legendre à Fleury-Mérogis (91)

24 avril 2017 : nouveau placement en garde à vue de Manon Legendre

Après-midi du 25 avril 2017 : appartement des sœurs Legendre découvert vandalisé

Matinée du 26 avril 2017 : enlèvement de Jihad Ribeiro

26 avril 2017, 11 h 03 : appel anonyme sur la ligne de Manon Legendre ; « Si Bison veut revoir son fils en vie, qu'il rende ce qu'il a volé »

26 avril 2017, 23 h 19 : appel anonyme sur la ligne « balourde » de Bison ; « Le bébé contre le dossier »

27 avril 2017, 9 h 30 : Visite à David Ribeiro d'un nouvel avocat : Michel Zimmer

Il fut fier de présenter son travail de synthèse à Lola Rivière, Zoé Dechaume et Guillaume Desgranges, assis face à lui. Il poursuivit en résumant par écrit les trois axes d'enquête qui lui semblaient majeurs. Il ne voulait rien omettre.

Primo, un enfant, Jihad Ribeiro, faisait l'objet d'un chantage visant et sa mère et son père : « Le bébé contre le dossier. » Du fond de sa cellule, Bison avait répondu, réclamant au(x) ravisseur(s) la venue d'un avocat. Et cet avocat, au dire de Lola, se nommait Michel Zimmer.

Secundo, il était désormais acquis que deux proches de Bison avaient récemment été tués. L'un d'eux, Moussa Sissoko, employé comme portier dans un hôtel de luxe, était connu de Manon Legendre. Si Manon ne connaissait pas le second, Mehdi Ayache, elle avait reconnu avoir vécu sa mort en direct.

Tertio, un lien étroit se dessinait entre un capitaine de police du SRPJ de Versailles et les parents de Jihad. Milan sonorisait tous les parloirs de David Ribeiro tandis qu'il était à l'origine de l'arrestation de Manon Legendre lorsqu'elle avait tenté de faire rentrer du cannabis à Fleury-Mérogis.

D'où de multiples questions :

1) Qui a demandé à l'avocat Michel Zimmer de se rendre au chevet de David Ribeiro ?
2) Que contient ce fameux dossier ?
3) Où se trouve-t-il ?
4) À qui a-t-il été volé ?
5) Dans quel but ?
6) Quel est l'auteur des meurtres de Moussa Sissoko et de Mehdi Ayache, sachant que la même arme a été utilisée lors des deux homicides ?
7) Pourquoi les deux proches de Bison ont-ils été éliminés ?
8) Pourquoi le capitaine Milan s'intéresse-t-il en off aux parents de Jihad ?

— Comment on s'organise, alors ? demanda Lola à son chef de service.

— Faut foncer chez Zimmer et lui mettre la pression, coupa le commandant Desgranges.

— Non, surtout pas ! intervint Compostel. Je connais ce genre de baveux. Je les ai assez fréquentés lorsque j'étais à la Financière. Ils ont le secret professionnel chevillé au corps. Il ne parlera pas…

— Même si la vie d'un bébé est en jeu ? s'offusqua Zoé Dechaume.

— Il dira qu'il n'est pas au courant, ce qui est probablement vrai, d'ailleurs. Tout ce qui se joue en coulisse ne le concerne pas.

— On fait quoi, alors ?

— On fait ce qu'on sait faire. On « gratte » un maximum sur Milan. Je veux tout savoir de lui, dans les moindres détails, carrière, vie familiale, train de vie, etc. Lola, coupa-t-il, rentrez vous reposer. Au moins pour le reste de la journée.

43

Lola passa chez elle se changer. Elle retira sa chemise, enfila un sweat et une veste à capuche. Puis elle ressortit et se dirigea vers l'entrée Harlay du palais de justice.

Même par temps gris, la façade du bâtiment, refaite sous Napoléon III, brûlait les yeux. Les marches de pierres blanches la menèrent directement dans une salle des pas perdus encadrée des quatre monarques majeurs de l'histoire de France. Le marbre rose et les boiseries prirent le relais. Elle redressa la tête vers les hauts plafonds au moment de justifier sa présence auprès d'un gendarme mobile à l'aide de sa carte de police. Celui-ci réclama qu'elle retire sa capuche. Elle obtempéra, il s'excusa à la vue du pansement qui lui couvrait une partie du crâne.

Elle poursuivit son chemin, gravit de nouvelles marches jusqu'à un perron menant à la cour d'assises. Elle trouva porte close, fit demi-tour, dévisagea Saint Louis et Philippe Auguste, s'adressa une fois encore au gendarme. Il lui indiqua un nouveau lieu, situé de l'autre côté du palais. Elle le gratifia d'un sourire. Les allées étaient vides à l'exception d'une niche où se trouvait un avocat en robe en compagnie d'une femme en chaise roulante, le visage brûlé. Un peu plus loin, l'attitude patibulaire et la tenue vestimentaire désinvolte de deux jeunes ne laissaient que peu de doute sur les raisons de leur présence dans ce lieu majestueux.

Elle trouva enfin. La cour d'assises n° 2 se situait au premier niveau, face à l'entrée historique du palais de justice, côté boulevard du Palais. Elle se délesta de son téléphone qu'elle laissa dans une consigne de fortune gérée par un gendarme, puis pénétra dans la salle pour s'asseoir au dernier rang, sur un banc de bois. Face au président et à ses deux assesseurs, un convoyeur de fonds se tenait à la barre. Entre eux, sur une table, étaient disposés les scellés de l'affaire. Il y avait pêle-mêle des étuis de cartouches, une cagoule noire et une paire de gants noirs et fins. Sur le côté gauche se trouvaient plusieurs avocats des parties civiles ainsi que l'avocat général avec son manteau d'hermine. À l'opposé, un seul homme, assis et encadré de deux gendarmes : David Ribeiro. Avec sa tête des mauvais jours, il fixait méchamment l'homme qui, à coups de balbutiements, tentait de retranscrire la peur qui avait été sienne lors de l'attaque commise par Ribeiro et deux de ses complices.

Une vingtaine de mètres séparait Lola du voyou. Il ne l'avait pas remarquée. Elle regarda autour d'elle. Un retraité se trouvait à sa droite et, devant elle, trois jeunes filles paraissaient concentrées sur les débats. Vraisemblablement des lycéennes ou des étudiantes en droit. Les questions du président prirent fin. Autour de lui et de ses assesseurs, certains des douze jurés noircissaient du papier. L'avocat général, à son tour, déclencha son micro :

— Monsieur Canut, vous avez évoqué le handicap qui est le vôtre depuis l'attaque, à savoir la perte totale de l'ouïe du côté gauche. Je vous en remercie. J'aimerais aussi que vous nous parliez de la peur que vous avez ressentie au moment de l'agression...

L'homme obtempéra. Il évoqua les rafales assourdissantes de coups de kalachnikov contre la paroi arrière du fourgon. Mais l'avocat général ne semblait pas satisfait. Il reformula :

— Après l'attaque, vous avez été transporté à l'hôpital Avicenne de Bobigny. Sur place, les infirmiers vous ont changé. Pourquoi ?

Le convoyeur de fonds s'étrangla. Il suait à grosses gouttes. La gravité de l'affaire, la majesté du lieu, le stress du témoignage à deux pas d'un voyou qui le dévisageait l'empêchaient de verbaliser. Son amour-propre, également.

— Ce n'est pas grave. Monsieur le président, poursuivit-il, si vous le permettez, je vais relire un passage des constatations effectuées par la BRB à l'hôpital Avicenne à la suite de la saisie des vêtements de M. Canut : « Nous saisissons d'un pantalon d'uniforme de couleur bleu marine, de taille XL, de marque Balsan, ainsi qu'un sous-vêtement de type Boxer, de taille XL, de marque Athéna, remis à Nous par la structure hospitalière à la suite de l'hospitalisation de M. Jean-Charles Canut. Constatons que ces deux éléments, malodorants, sont maculés d'urine et de selles. Disons que les éléments seront placés sous scellés après un complet séchage. »

Une rumeur traversa la salle. L'avocat général, le représentant de la société, venait de marquer un point auprès des jurés qui allaient, *in fine*, être appelés à se prononcer. Interpellé par le président, Me Zimmer se leva puis se rassit aussitôt. Il n'avait pas de question à poser au convoyeur.

À quelques kilomètres de là, Zoé Dechaume et Guillaume Desgranges creusaient ensemble le passé du capitaine Pierre Milan.

— Il a été décoré de la médaille du courage et du dévouement il y a dix ans, lisait le chef de groupe.

— On sait pourquoi ?

— Ouais, il est intervenu sur un arrachage dans le 8e. Il a pris une balle dans l'avant-bras mais il a réussi à interpeller l'un des agresseurs.

— Où ça ? Dans une bijouterie ?

— Non, sur la voie publique. Un diamantaire luxembourgeois a failli se faire dérober sa mallette remplie de bijoux en sortant d'un hôtel. Sans son intervention, le diamantaire perdait toute sa marchandise.

— Et Milan, il faisait quoi sur le 8e ?

— Il était en congé. Il a précisé aux collègues qu'il faisait du tourisme, répondit Desgranges qui lisait tout haut des pans entiers de la déposition de Milan qui lui avait été transmise par mail par le service des archives de la préfecture de police.

— Du tourisme en étant armé !?

— Ouais, ça arrive. Il y a plein de flics qui gardent leur arme avec eux, moi le premier.

— OK. Sauf que Pierre Milan, il vit en banlieue depuis toujours, il est francilien de naissance. Alors le coup du tourisme, j'ai du mal à adhérer. Et il faisait quoi, le diamantaire, à Paris ?

Desgranges fit défiler la procédure sur son écran, s'arrêta sur l'audition de l'homme d'affaires :

— Il était à Paris pour une semaine. Il exposait dans plusieurs hôtels de luxe.

— Et il n'avait pas de protection rapprochée ?

— Il n'en mentionne pas.

— C'est pas clair, ton histoire. Milan n'est pas clair. Tout comme ses comptes, ajouta Zoé. Le type, il est toujours dans le rouge et il reçoit de fréquents virements PMU.

— Pardon !?

— Ouais, une fois par mois, grosso modo, il touche du fric du PMU. En janvier, 4 231 euros, un peu plus de 6 000 euros en février, idem en mars, et il y a quelques jours il a perçu un montant de 15 976 euros.

— Ça sent le blanchiment, leur souffla Compostel sur le seuil de leur bureau. Les beaux voyous blanchissent l'argent de leurs trafics en jouant sur les champs de courses ou dans les casinos. Ils perdent plus qu'ils ne gagnent mais, lorsqu'ils gagnent, l'argent devient en quelque sorte légal, puisqu'il transite par un organisme officiel. Lorsque nous aurons Milan face à nous, il va se contenter de nous dire qu'il a beaucoup de chance aux courses, qu'il sait miser sur les bons chevaux. Sauf que ce fric, il doit venir de voyous qui lui payent un service avec les revenus de tiercés ou de quintés gagnants. Méthode imparable. Dans le jargon, on appelle ça de la « tricoche ». En bref, Milan renseigne des types en échange de tickets PMU gagnants.

— Genre recherche d'infos dans les fichiers Police pour un employeur ? demanda Zoé.

— Oui. Mais, à ce prix-là, Milan ne doit pas se contenter que de criblages dans les fichiers. Qu'est-ce qu'on sait d'autre sur lui ?

— Que son divorce lui coûte une blinde, qu'il retire régulièrement des sommes rondelettes, qu'il a une fille d'une vingtaine d'années qui fait des études de communication tout en travaillant à la pige pour une société d'événementiel.

— Il habite où ?

— Dans une rue pavillonnaire, à Viroflay, dans les Yvelines.

— Comment il se déplace ?

— Il est motard.

Hervé Compostel hocha la tête. Pensif, il retourna à son bureau.

Au Palais, les débats avaient repris. Silencieux jusqu'alors, Me Michel Zimmer était aux commandes. Tour à tour, une dizaine de banlieusards résidant en Seine-Saint-Denis avaient défilé à la barre pour répondre aux trois mêmes questions : « Connaissez-vous le nommé David Ribeiro, ici présent ? Fréquentez-vous le parc de La Courneuve ? Pouvez-vous nous dire en quelle circonstance vous avez été amené à fréquenter ce parc ? » Chacun leur tour, ils récitèrent leur version : oui, ils connaissaient David Ribeiro, oui, ils fréquentaient le parc de La Courneuve. Le prévenu, dans le cadre de matchs de foot improvisés, faisait toujours office de gardien de but. Certains des jurés sourirent, d'autres, le stylo dans la bouche, semblaient commencer à douter. Car David Ribeiro n'en démordait pas. Si une paire de gants et une cagoule avaient été retrouvées dans une poubelle du parc, c'est parce qu'il s'en était débarrassé à l'issue d'une rencontre sportive.

— Et vous jouez au foot avec une cagoule, monsieur Ribeiro ? avait ironisé l'avocat général.

Il avait répondu de manière affirmative, sans se fâcher. Il ne supportait pas le froid. Son nouvel avocat, exhibant une note de Météo France qu'il fit consigner, en rajouta une couche : il faisait 2 degrés Celsius le matin du braquage.

— Pourquoi vous être débarrassé de ces gants et de cette cagoule alors qu'ils ne nous semblent pas usés ? poursuivit l'avocat général.

— J'avais simplement décidé d'en acheter de nouveaux, répondit Ribeiro.

— Ne serait-ce pas tout simplement parce qu'ils comportent des traces de poudre, monsieur ?

D'un bond, Zimmer se redressa.

— Objection, monsieur le président. Le terme de « poudre » est inadapté. Les résidus de tir, s'il s'agit bien là du propos de mon confrère, sont composés de plomb, de baryum et d'antimoine. Et à ce sujet, j'entends interroger mon client...

— Faites donc, maître, répondit un président qui semblait se lasser.

Lola et les autres spectateurs attendaient. À la première question, ils virent Ribeiro se lever lentement :

— Monsieur Ribeiro, pouvez-vous nous rappeler votre cursus professionnel ?

Il s'exécuta, fournit dans le désordre plusieurs des courts emplois qui avaient été les siens ; pour finir, étrangement, sur une formation de chaudronnier qu'il avait suivie au cours de l'été précédent.

— Chaudronnier, vous dites ? s'enquit Zimmer.

Et Ribeiro de fournir le nom de la société qui l'avait accueilli à la sortie de son troisième séjour carcéral et du tuteur qui l'avait encadré.

— Vous pouvez nous fournir votre fonction précise au sein de cette société ?

Il s'exécuta, précisant avoir fait office de soudeur et avoir travaillé de nombreuses matières métalliques.

Après l'avoir remercié, Zimmer fit intervenir un nouvel expert. Un expert en métallurgie générale. La déposition ne serait pas longue, promit-il. Il n'avait qu'une seule question à lui poser :

— Des traces de plomb, d'antimoine et de baryum ont été retrouvées sur certains effets vestimentaires de mon client. Peuvent-ils résulter de son emploi de chaudronnier ?

La réponse fut claire, limpide :

— Si votre client a travaillé avec ces effets vestimentaires, oui.

Une nouvelle rumeur traversa la salle. L'avocat général, lui, resta coi.

44

Pierre Milan ne se déplaçait pas seulement à moto. Il utilisait un Kangoo blanc aux vitres teintées qui servait parfois de sous-marin au groupe Stups pour planquer dans les cités. Le véhicule était stationné devant son pavillon de Viroflay, tous feux éteints. Zoé, qui ratait une nouvelle fois son entraînement, donna le top départ.

Sur le parking du château de Versailles, Guillaume Desgranges prit les choses en main. Assis côté passager, il sortit de l'habitacle dans le calme, suivi de près par Lola qui portait un sac à dos. Ils traversèrent l'avenue de Paris, progressèrent dans la contre-allée bordée de platanes en fleur tout en évitant les flaques d'eau stagnant sur un sol irrégulier qui reflétaient la lumière diffuse des lampadaires. Un adjoint de sécurité, engoncé dans une parka, était installé sous son abri de plexiglas protégeant l'entrée du « 19 ». La tête penchée sur ce que Lola devina être un téléphone cellulaire, le jeune homme se satisfit de la mine renfrognée de Desgranges et de l'allant des deux flics. Lola prit le relais dans une cour pavée entièrement vide. Elle seule connaissait le chemin. Elle redressa la tête en direction des étages. De la lumière émanait de quelques bureaux. Elle progressa, poussa la porte d'entrée du bâtiment situé en fond de cour, gravit les deux étages à la lueur des blocs lumineux de sortie de secours installés sur chaque palier. Le plancher du deuxième étage grinça sous les pas lourds du commandant Desgranges. Le bureau de Milan se trouvait à portée de main. Ils perçurent un brouhaha, des échanges de cris de joie, de franche camaraderie. La lumière du couloir s'alluma, ils se figèrent, se regardèrent. L'instant dura, la clameur s'éloigna. Fausse alerte. Quelques flics en goguette devaient être en train d'arroser au bar clandestin la résolution d'une affaire ou de se libérer de plusieurs jours d'enquête éprouvants. Lola visa la poignée ovale en céramique, l'agrippa, la tourna. Une lueur traversa son visage, les charnières grincèrent. Ils rentrèrent, refermèrent derrière eux. Desgranges se fendit d'un SMS pendant que Lola se dirigeait vers le fond de la pièce et le bureau de Milan. Un bureau vide de dossiers, nettoyé, sur lequel reposaient un clavier relié à une unité centrale et un ordinateur portable refermé sur lequel était scotché un code-barres. Rien d'autre. Pas de paperasse, aucune procédure. Une lampe-stylo dans la bouche, Lola agrippa les tiroirs. Verrouillés. Tout comme l'armoire que tentait d'ouvrir Desgranges. Elle se saisit de l'ordinateur portable et le posa au sol. Capot ouvert, elle chercha à l'allumer. En vain. La machine était verrouillée par un mot de passe.

— Merde ! On fait quoi ?

Lola ne répondit pas. Elle s'agenouilla au sol, dos à la fenêtre, de manière que sa silhouette ne soit pas visible de l'extérieur.

— Hé ! Tu fais quoi ?

— Chut !

En tâtonnant, elle trouva ce qu'elle cherchait : une trousse de forme rectangulaire qu'elle dézippa et déplia au sol. Elle en sortit un tournevis cruciforme et entreprit de démonter la carcasse. Desgranges insista alors qu'elle posait les vis, une à une, sur le coin du bureau. Puis elle sortit sa machine d'investigation de son sac à dos, l'alluma, s'empara de plusieurs connectiques. En un tour de main, elle relia le disque dur de l'ordinateur portable de Milan à son matériel. Un crépitement se fit jour, le transfert des données débutait.

— Y en a pour combien de temps ? questionna de nouveau Desgranges.

— Vingt-cinq minutes.

Lola ne s'arrêta pas là. Elle se redressa légèrement, porta sa main sur l'unité centrale de Milan, appuya sur l'interrupteur. L'écran éclaira aussitôt la pièce.

— Qu'est-ce que tu fais ? On va se faire repérer…, intervint Desgranges.

Elle réduisit d'un coup de doigt la luminosité de l'appareil. Face à elle, le système Windows réclamait un mot de passe. Trois essais possibles, pas un de plus. Première tentative : pmilan ; second essai : pierremilan. Double échec. Elle insista de nouveau, en changeant les minuscules par les majuscules. L'ordinateur bipa avant de s'éteindre.

— Faut y aller maintenant, s'impatienta le commandant.

Le transfert de données de l'ordi portable se terminait.

— Laisse-moi encore cinq minutes, souffla Lola.

Il la vit se saisir à nouveau de son cruciforme, tirer vers elle le gros disque dur de bureau. Des particules de poussière se soulevèrent. Puis elle retira un clapet latéral, débrancha plusieurs nappes de connexion, réussit à glisser sa main fine dans les entrailles de la machine, tira à elle un énorme disque dur à l'instar du zombie qui arrache le cœur encore palpitant de sa victime. Dans le couloir, des voix se rapprochèrent. Au moins trois personnes, dont une femme. Elle s'immobilisa alors qu'elle venait d'entamer une nouvelle copie bit à bit. Temps estimé : quatorze minutes.

Les étrangers n'en finissaient plus de se rapprocher. Le matériel bourdonnait, vibrait sur le sol. Ils étaient à deux pas lorsque le téléphone de Lola se mit à chanter. Elle se voûta, se plia en deux comme pour étouffer la sonnerie. Stromae hurlait dans cette pièce vide et froide. Lola se saisit de l'appareil qui lui brûlait les doigts, coupa la communication. À l'extérieur, plus un bruit. Lola et Desgranges, figés, se fixèrent. Les rires reprirent enfin, pour devenir de plus en plus lointains.

Le transfert terminé, Lola se dépêcha de remonter les disques durs, de refixer les nappes, de revisser les clapets, de rebrancher les appareils. Le sac à dos sur les épaules, la jeune enquêtrice ressortit en tête, salua même l'adjoint de sécurité en franchissant le porche. Une fois installée dans la voiture conduite par le commissaire Compostel, elle visa l'écran de son téléphone pour se rendre compte qu'elle avait raccroché au nez et à la barbe de Dimitri Hérisson.

— Alors ?

— Alors rien. Milan n'a rien laissé traîner. Et il ferme ses tiroirs à clé, ajouta Desgranges.

Cinq heures plus tard, au milieu de la nuit, Lola le rassura d'un coup de fil :

— Je viens de trouver trace sur la copie de l'un des disques durs d'une commission rogatoire bidon d'un juge qu'il a scannée à la société Intercept pour placer Manon Legendre sur écoute. Il a utilisé la Marianne volée au TGI de Versailles.

— Très fort. Elle date de quand, la demande ?

— Presque trois mois. On fait quoi, patron ? On va le cueillir ?

45

Compostel calma les ardeurs de Lola. Il voulait plus : il souhaitait lire le contenu des écoutes interceptées par Pierre Milan avant de retourner dans les Yvelines. La jeune enquêtrice y consacra le reste de sa nuit et déposa sur le bureau de son chef de service, au petit matin, un CD-ROM sur lequel elle avait constitué deux fichiers. Le premier recensait des dizaines d'heures de conversations téléphoniques de Manon Legendre, fruit des écoutes illégales de Pierre Milan ; le second était la copie intégrale des sonorisations de parloirs de David Ribeiro à la maison d'arrêt de Fleury-Mérogis que Pierre Milan avait également pris soin d'enregistrer sur le disque dur de l'un de ses ordinateurs. Lola avait ajouté sur le CD-ROM un long fichier texte au sein duquel elle avait retranscrit intégralement plusieurs écoutes et un « parloir » afin de montrer la mécanique qui permettait au capitaine Milan de manipuler à la perfection sa proie et d'avoir toujours un temps d'avance.

« Je vous invite à écouter les conversations n° 1568 et 1746. Je ne m'en lasse pas. Lola. » Compostel suivit le conseil laissé sur le petit mot qui accompagnait le colis.

La première, échangée entre Manon Legendre et sa copine Diana, caustique, résumait le rapport que ces filles entretenaient avec leur plastique, ce qui les rendait pour le moins superficielles. La seconde était d'une violence inouïe. David Ribeiro, du fond de sa cellule, s'en prenait ouvertement à sa future femme qui venait de se faire draguer par un commerçant. Les insultes avaient fusé de longues minutes, la « sale chienne » avait à peine riposté. « Soumise », voilà le premier terme qui vint à l'esprit du chef de service en mettant un terme à cette « converse ». Mais ces échanges crus n'avaient que peu de valeur, Compostel le savait. Tout n'était que moyen de se soulager de l'enfermement. De la comédie, du théâtre, du cinoche, du grand art. Car, vu la proximité de Bison avec Moussa Sissoko, le détenu n'était pas sans savoir que sa future femme vendait ses charmes à prix d'or au premier offrant. Il n'y avait guère que Julie Legendre qui avait été protégée de tous ces secrets d'alcôves.

À choisir, Hervé Compostel préférait les frivolités des deux putes. Il cibla leurs échanges et cliqua sur certains d'entre eux qui pouvaient être retranscrits de la manière suivante sans trop en altérer le sens :

Conversation n° 233 en date du 13/02/2017 à 11 h 24, établie entre Manon LEGENDRE dite Monica et Diana SANGARÉ :

Diana SANGARÉ : Salut, meringue.
Manon LEGENDRE : Ça va, négresse ?
Diana : Mmh.
Manon : *What ?*
Diana : J'ai mal au bide, je suis pliée en deux...

Manon : Quoi ? T'as tes règles !?

Diana : Même pas.

Manon : *What* alors ?

Diana : L'autre, cette nuit, il m'a charcutée...

Manon : Qui ?

Diana : Ben tu sais, le mangeur de nems de la place Vendôme *(rires)*...

Manon : Quoi ? Le toy ?

Diana : Ouais...

Manon : Attends ! Il fait un mètre dix les bras levés !

Diana : Ouais, peut-être bien. Mais dans le futal, il a le matos, le bâtard !

Manon : J'te crois pas !

Diana : J'te jure. Il est monté comme un âne... Et en plus, il fait le bourrin.

Manon : Attends, tu pouvais dire non, quand même !

Diana : Pour qu'il aille se plaindre et qu'il salope ma clientèle ! T'es folle ou quoi !

Manon : Il a tenu longtemps ?

Diana : Ouais. Au moins dix minutes.

Manon : Tu lui as pas proposé de le finir à la bouche ?

Diana : Ben si, qu'est-ce que tu crois, pétasse ? Mais, lui, c'est pas son trip.

Manon : Merde ! Tu me diras, ça change de Minizizi et de sa crevette...

Diana *(rires gras des deux filles)* : Ouais, grave. T'as vu, il est en tête des sondages !

Manon : Putain ! Pas de nom sur les ondes !

Diana : Attends, j'ai pas dit son nom, là.

Manon *(sur le ton de la morale)* : Ouais, ouais. Fais gaffe, quand même.

Diana : T'as de ses nouvelles ?

Manon : Non, aucune. Sauf qu'il serait passé au JDE voir Vercini il y a quelques jours.

Diana : Pour ?

Manon : Il cherchait Bison. Il paraît qu'il voulait savoir s'il travaillait de manière régulière les samedis soir.

Diana : Pourquoi ?

Manon : Qu'est-ce que j'en sais, moi ?

Diana : Ça pue, tu crois pas ?

Manon : Je sais pas. Bon, je te laisse, sale catin. Repose-toi !

Diana : Tchao, la meringue.

Conversation n° 879 en date du 21/03/2017 à 15 h 01, établie entre Manon LEGENDRE dite Monica et Diana SANGARÉ :

Manon LEGENDRE : Salut, négresse !

Diana SANGARÉ : Ça va, blanquette ?

Manon : Tu fais quoi, le samedi 6 mai ?

Diana : Qu'est-ce que j'en sais, oim ?

Manon : T'as rien de prévu ?

Diana : Pourquoi ? Tu veux qu'on se fasse une virée ? Tu sais quoi... je rêve d'une bonne thalasso avec un super massage...

Manon : Par des nanas, alors. Parce que les mecs...

Diana : Ouais, ça nous ferait des putains de bonnes vacances. C'est quoi ton plan, alors ?

Manon : Un mariage.

Diana : Pourquoi tu veux m'embarquer à un mariage ? Je connais pas tes amis, moi !

Manon : Qu'est-ce que t'es conne, ma noiraude !

Diana : Putain ! Noooooooon !

Manon : Si.

Diana *(sur le ton de la déception)* : Où ? à Fleury ?

Manon : Yes.

Diana : Cool.

Manon : Ouais. Je vais m'acheter une méga robe.

Diana : Il a demandé ta main ?

Manon : Ouais.

Diana : Au parloir ?

Manon : Ouais.

Diana : Cool. Ça va peut-être l'aider à s'assagir un peu.

Manon : Je vois pas pourquoi tu dis ça ! Il est innocent !

Diana : Ouais, et moi je suis la Sainte Vierge !

Manon : Hé, tu veux venir, ou pas !?

Diana : J'adore les fêtes de mariage. Ça sera qui, ton témoin ?

Manon : Toi. *(Elle se met à rire, Diana hurle de joie.)*

Diana : Trop cool. Je vais te préparer une méga teuf avec les copines pour ton EVJF. *(Comprenons « enterrement de vie de jeune fille ».)* Je vais demander à Vercini qu'on privatise une salle.

Manon : Surtout pas. Je veux rester discrète.

Diana : Pourquoi ?

Manon : Je préfère, c'est tout. À part toi et ma sœur, personne d'autre ne sera au courant.

Diana : Ah !

Manon : C'est mieux comme ça. Surtout à l'approche du procès, faut faire profil bas.

Diana : Je t'aiderai à choisir ton alliance, si tu veux...

Compostel en avait assez entendu. Il stoppa là la récréation pour se reconcentrer.

46

Le visage marqué par la fatigue, Lola s'était réfugiée au comptoir du Gyrophare en attendant l'arrivée du gros des troupes au nouveau siège de la PJ. Elle avait commandé un jus d'orange pressé et lisait les gros titres de la presse régionale. L'enlèvement du petit Jihad n'y était toujours pas relayé. De ce point de vue-là, la mort de Milena Popovic avait du bon.

Son chef de groupe, le commandant Richard Kaminski, sut la retrouver.

— J'ai besoin de toi ! Il y a un bébé qui a été découvert dans la Seine, près d'une écluse...

Barbe blanche avait des valises sous les yeux. Au cours des deux derniers jours, il avait élu domicile sur la commune de Choisy-le-Roi, naviguant entre la tour Anatole-France, le supermarché Casino et le commissariat de police où les effectifs locaux appliquaient ses recommandations à la lettre. Lola attendit la suite :

— Tu as rancard à l'IML pour une reconnaissance. T'as rendez-vous dans une demi-heure avec Manon Legendre.

Épuisée par une nuit sans sommeil, Lola ne réagit pas. Elle pivota, se saisit de son verre, le porta à sa bouche, trouva du réconfort à la première gorgée. Elle n'espérait plus qu'une chose : qu'il débarrasse le plancher, qu'il la laisse seule, dans sa bulle. Chaque mot, chaque phrase serait de trop. Elle ne le supportait plus, le haïssait. Pourquoi ne s'y rendait-il pas lui-même ? Pourquoi lui imposait-il cette énième épreuve ? Pour la faire craquer, incontestablement.

— Après, il faudra que...

— Dégage !

— Pardon !?

— Je t'ai dit de dégager ! Je vais faire le job, mais dégage d'ici...

Pas de véhémence. Une voix atone, un regard tourné vers le percolateur sur lequel s'activait le barman qui ne voulait surtout pas intervenir.

— Tu me parles pas comme ça ! T'as compris ? coupa Kaminski en serrant les poings.

— Vas-y, frappe-moi ! T'en rêves depuis que je suis arrivée dans ton groupe ! lui lança-t-elle en le fixant. Je suis sûre que t'adores ça, frapper les femmes. Tu peux pas les blairer, les femmes... T'as été maltraité par ta mère, c'est ça ?

— Laisse ma mère tranquille ! aboya Barbe blanche.

— Je t'ai dit de dégager... Fous le camp d'ici !

Il hésita. Il n'aimait pas perdre la face. Il finit par sortir.

— Sois certaine que tu vas me le payer, Rivière, lâcha-t-il avant de claquer la porte de l'établissement.

Le palpitant de Lola mit de nombreuses minutes à se calmer. Puis elle quitta les lieux, récupéra son véhicule et fila en direction de la rue de Rome et de la gare Saint-Lazare. Elle mit plus d'une demi-heure à rattraper Bastille.

Elle arriva la première à l'institut médico-légal. Le poupon découvert dans la Seine, à la hauteur de l'écluse de Carrières, reposait dans la salle de représentation. Lola patienta dans la salle d'attente, consulta ses messages. Puis se souvint que Dimitri Hérisson avait tenté de la joindre alors qu'elle fouinait en toute illégalité dans le bureau de Pierre Milan, à Versailles. Elle se fendit d'un SMS d'excuse à son intention alors que Manon Legendre, accompagnée de sa sœur, venait d'arriver à l'accueil.

Les trois femmes furent rejointes par une quatrième : la psychologue de l'institut médico-légal. Celle-ci n'eut aucun mal à savoir qui était l'enquêtrice dans le lot. Si elles avaient toutes des têtes de déterrées, une seule ne pleurait pas. La spécialiste de la santé mentale prit la parole :

— Nous allons nous diriger vers la salle de présentation qui se trouve à une vingtaine de pas sur la gauche, au bout de ce couloir, précisa-t-elle. La pièce est rectangulaire, lumineuse, avec du parquet au sol. Elle est coupée en deux par une cloison de verre. De l'autre côté de la cloison se trouve le corps d'un bébé allongé sur le dos, dans un lit nacelle. Son corps est couvert d'un drap. Vous allez vous approcher de la cloison, vous ne pourrez pas le toucher…

La verbalisation, acte préparant les esprits troublés des familles, prit fin. Lola était démunie, passive, témoin par obligation professionnelle. Elle les suivit, pénétra à son tour dans la pièce de présentation, aperçut le bébé mort, resta en retrait. Jusqu'à ce que Manon Legendre, hystérique, s'effondre contre la paroi de verre.

— C'est pas mon bébé ! C'est pas mon bébé ! Non, c'est pas mon bébé !

La psychologue intervint, lui retint les mains pour l'empêcher de se griffer ou de s'arracher les cheveux, aidée par un garçon de morgue qui accourut au son des hurlements. Elle fut maîtrisée au sol, le 18 fut composé d'un bureau voisin. Alors qu'elle était prise en charge par les secours, Lola s'approcha de Julie Legendre. Elle voulait savoir :

— Ce n'est pas Jihad.

— Vous êtes sûre ?

— Certaine. Jihad a les sourcils plus clairsemés. Je peux savoir pourquoi vous n'avez pas effectué un prélèvement ADN pour savoir s'il y avait un lien filial avec ma sœur ?

Lola n'avait pas de réponse. Kaminski avait tout organisé, peut-être que celui-ci s'était persuadé que le bébé découvert dans la Seine ne pouvait être que le fils de Manon Legendre.

— Elle va être conduite où ?

— Elle part à l'infirmerie psychiatrique, rue Cabanis. Elle risque d'être internée quelques jours.

Julie Legendre avait des raisons d'être en colère. Pourtant, face à ce bébé inconnu, elle était soulagée. Lola en profita pour lui montrer la photo du dossier situé au fond d'une cavité.

— Cette photo a été envoyée aux ravisseurs de Jihad par votre futur beau-frère. Vous ne connaîtriez pas l'endroit de la prise de vue, par exemple ?

Julie fixa le cliché puis le balaya d'un revers de main sans répondre. Elle était désormais pressée de rentrer chez elle se reposer.

Lola quitta l'IML. Le vent s'était levé, la voie Georges-Pompidou était chargée, les péniches avaient repris leur lent balai. Les clés en main, elle se dirigea vers son véhicule. Décida de souffler cinq minutes sur un banc. La violence était masculine, et la souffrance féminine ; voilà les conclusions qu'elle tirait de cette affaire. Ribeiro et Milan étaient des ordures, des bourreaux, les sœurs Legendre, des victimes. Ses pensées furent interrompues par la réception d'un mail. Dimitri Hérisson n'avait pas traîné. Lola n'apprit pas grand-chose de la reconstitution du mail à trous reçu par Alexandre Compostel quelques jours avant sa mort :

Mon cher Alexandre,
Avant de lire ce mail, je t'invite à jeter un coup d'œil à la vidéo que je t'ai transmise en pièce jointe. Inutile de palabrer sur la qualité de cette œuvre ou sur les exploits de ton partenaire, ce n'est pas l'objet de mon envoi. Pour faire court, j'attends de toi la plus grande attention à mes recommandations, sous peine d'être obligé de diffuser ces quelques images sur le Net, et d'en adresser copie à ton paternel que tu chéris tant.
Rends-toi dès demain à la consigne n° 2108, deuxième sous-sol de la gare Montparnasse. Le code d'accès est 204, code qui n'est pas sans te rappeler le numéro de chambre dans laquelle tu t'es adonné à tes premiers plaisirs adolescents. Je te laisse le soin d'y déposer le passe magnétique du bureau de ton père.
Bien à toi.

François Vidocq

La seconde partie des recherches effectuées par Dimitri Hérisson n'était guère plus éclairante. Sur la base de l'adresse mail fr..° !S*$$_#cq@hotm##l.com pleine de scories, le géocacheur avait listé toute une batterie de potentialités parmi lesquelles :

    frederic.cricq@hotmail.com
    françois.vidocq@hotmail.com
    frantz.monlucq@hotmail.com
    françoise.lacq@hotmail.com
    freddie.baylacq@hotmail.com

Hérisson précisait que cette liste, bien sûr, n'avait rien d'exhaustif. Les combinaisons étaient nombreuses et diverses. Restaurer la bonne adresse avec autant d'inconnues était impossible, avait-il conclu. Lola fut déçue. Aucun nom ne lui « parlait », si ce n'est celui de François Vidocq, un bagnard devenu directeur de la police au XIXe siècle, dont les aventures avaient fait les beaux jours des journalistes, écrivains et autres réalisateurs.

47

À son arrivée au Bastion, Kaminski avait mis le grappin sur Compostel. Il s'était empressé de lui rendre compte de l'acte de rébellion matinal de sa subordonnée. Comme à son habitude, le commissaire divisionnaire éluda plus qu'il ne tempéra. Décidément il détestait ce statut d'arbitre qui lui était réclamé. Il sollicitait surtout du temps, pour comprendre, pour réfléchir, pour choisir la meilleure option. Pour le moment, sa priorité était l'enquête sur l'enlèvement de Jihad. Et, dans ce domaine, même si le lieutenant Rivière s'était transportée à reculons à l'IML au dire de son chef de groupe, elle avait montré une grande force de caractère et un investissement sans faille. Il décrocha son combiné, contacta le secrétariat, réclama qu'on lui apporte son arme qui se trouvait dans le coffre du service.

— Vous devriez vous acheter un holster d'épaule, patron. Votre arme dépasse de votre veste, lui glissa Desgranges dans l'ascenseur qui les menait vers le parking.

— Vous avez fait vos trois tirs réglementaires, patron ? s'inquiéta à son tour Zoé qui savait que les commissaires de la PJ, hormis ceux de la BRI, n'étaient pas de grands experts dans le maniement des armes.

— Appelez-moi le lieutenant Rivière au lieu de chercher à me materner, lui répondit-il alors qu'il démarrait son véhicule de service. Et donnez-lui rendez-vous à Versailles.

L'ADS avait changé lorsqu'il se gara devant le siège de la police judiciaire versaillaise. Lola les attendait depuis deux minutes, à l'extérieur de son véhicule, les mains profondément enfouies dans les poches de son blouson.

— Vous me laissez cinq minutes. Je vais voir le patron de la PJ, je lui explique de quoi il retourne. Si vous ne me voyez pas revenir, vous foncez dans le bureau de Milan et vous le placez en garde à vue. Ensuite, vous m'ouvrez ses tiroirs et vous les fouillez.

— À mon avis, il ne va pas se laisser faire. Il risque d'ameuter ses collègues de groupe, aussi…, supposa Zoé.

La situation était délicate, ils le savaient tous. Arrêter un flic au milieu des siens paraissait inconcevable. L'affaire allait sans nul doute virer à l'émeute. L'intrépide Guillaume Desgranges ne se fit pas prier. Il progressait déjà vers l'arrière-cour, là même où il avait failli chuter lourdement contre un pavé déchaussé la nuit précédente. Les deux filles le rattrapèrent.

Rien ne se passa comme prévu. Si Compostel reçut une oreille attentive du directeur de la police judiciaire locale, le capitaine Pierre Milan, lui, ne s'était toujours pas manifesté sur son lieu de travail. Les quatre flics de la Crim' réagirent très vite. Zoé fut chargée de rester sur place, à charge pour elle de forcer les tiroirs du bureau de Milan et d'en faire l'inventaire. Les trois autres coururent comme des dératés jusqu'à leur véhicule et foncèrent en direction de Viroflay, là même où demeurait le policier ripou.

Ils se garèrent à plus de cent mètres du pavillon ceint d'un grand jardin. Desgranges, formé à l'Antigang, prit les devants. Il progressa rapidement le long de la rue, s'arrêta à deux pas du portail fermé devant lequel se trouvait stationné le véhicule Kangoo que Milan utilisait à titre professionnel. Desgranges tira sur la portière conducteur, elle était verrouillée. Il se dressa sur la pointe des pieds, passa la tête par-dessus le mur d'enceinte du pavillon. Pas âme qui vive.

— On fait quoi ? demanda-t-il tout bas à Compostel.

Deux solutions s'offraient à eux. Ou sonner au portail et perdre l'effet de surprise, ou franchir l'enceinte en douce au risque de passer pour des voleurs. Brassards « police » apparents, ils choisirent la seconde option par défaut ; en effet, Milan ne répondait pas à leurs coups de sonnette intempestifs.

Desgranges gravit plusieurs marches qui le menèrent sur le perron de la porte d'entrée. Il toqua. Pas de réponse. Ils redescendirent, frappèrent de toutes leurs forces sur un portail à glissière ouvrant vraisemblablement sur un garage, puis firent le tour du pavillon. Tout était fermé, y compris une porte en bois que le commandant de police se fit un plaisir de défoncer à grands coups d'épaule. Entré le premier, il sortit son arme avant d'explorer les lieux à l'aide d'une puissante Maglite que Lola lui céda. Le sous-sol, tout comme l'étage supérieur faisant office de lieu d'habitation, était vide. Pas de Milan, ni de bébé.

— On fait quoi ? questionna Lola qui tenait dans ses mains plusieurs jeux de plaques de moto qu'elle avait trouvés sur un établi.

— Faut pas traîner. Il faut mettre en place un dispositif de surveillance, répondit Desgranges au quart de tour.

Il était trop tard. Une moto pétaradait dans le quartier. Son moteur se coupa devant le pavillon. Les trois flics se regardèrent. Desgranges prit soin d'éteindre sa lampe puis, d'un geste, incita ses deux collègues à s'accroupir derrière l'établi. Les pas lourds de Milan se rapprochèrent, une clé déverrouilla le portail frontal du pavillon pour offrir sa silhouette à la ligne de tir de l'arme de Desgranges. Ce dernier le laissa pénétrer de deux pas avant d'intervenir :

— Pas un geste ! Police !

Silhouette dans un flot de lumière, on distinguait mal les traits du visage de Milan.

— Ne bouge pas ! Je veux voir tes mains ! insista Desgranges qui se trouvait à cinq mètres à peine.

— Tu ne vas pas tirer sur un flic, quand même ! répondit Milan sur un ton qui semblait sarcastique.

— Détrompe-toi ! Mets bien tes paluches en évidence !

Lola et Compostel se redressèrent au même moment.

— Je suis certain que t'es incapable de tirer sur un flic. T'as pas assez de vice pour ça...

Desgranges avait du vice, la castagne ne lui faisait pas peur, les visites à l'IGPN non plus. Pourtant, il fut incapable de tirer sur la queue de détente au moment où Milan pivota pour s'enfuir.

— Arrête-toi ! hurla à son tour Lola.

Mais Milan n'entendait rien. Il s'enfuyait en courant dans la rue, vers le centre-ville de Viroflay. Lola, la plus réactive, fut rapidement dépassée par Desgranges puis Compostel. Au bout de quelques centaines de mètres elle les avait perdus de vue. Ce sont trois coups de feu qui la guidèrent vers l'église. Deux hommes étaient étendus. Seul Compostel, le Sig Sauer fumant à la main, se tenait debout, dans un état second. Lola accourut, visa la dépouille de Milan doublement touché au thorax, pour se jeter aux pieds de Desgranges dont le corps léchait le sol, face contre bitume.

— Guillaume ! Bordel ! Guillaume !

Lola chercha à le retourner. Il était trop lourd.

— Guillaume ! S'il te plaît ! Guillaume !

Il se mit à geindre. Puis à bouger. Lola tourna la tête vers son taulier. Celui-ci restait penaud, immobile. Un homme, au loin, les observait.

— À l'aide ! À l'aide ! cria-t-elle.

Le témoin s'enfuit. C'est une femme sortant du lieu de culte qui, en fin de compte, prit l'initiative de contacter les secours.

— Hervé ! Aidez-moi ! relança-t-elle.

Elle réussit enfin à retourner Desgranges sur le dos.

— Dis-moi où t'es blessé ! Réponds-moi !

Le chef de groupe était rouge pivoine. Elle chercha un point d'impact, une trace de sang. Rien si ce n'est quelques plumes de la doublure de son blouson. Elle écarta sa veste, aperçut son arme qui se trouvait à la ceinture, souleva son pull-over pour tomber sur son gilet pare-balles.

— Guillaume, parle-moi !

— J'ai mal. Je vais mourir. Dis à mon fils que je l'aime, je t'en prie...

— Y a pas de sang, Guillaume. Tu ne saignes pas !

Lola continuait de chercher, elle tentait de lui retirer son pull et son gilet, n'y arrivait pas. Compostel se présenta enfin. À deux, ils le mirent torse nu. Le projectile tiré par Milan s'était fiché dans le gilet pare-balles, à hauteur du plexus.

— Il a deux ou trois côtes cassées, précisa un intervenant du SAMU dix minutes plus tard. Ses jours ne sont pas en danger. Quant à votre patron, il est en état de choc. Tenez, je vous rends son arme. Faut dire que tuer un homme, pour un flic en costume-cravate, ça doit être dur à gérer...

48

Fermé à la circulation, le centre-ville de Viroflay ressemblait au lieu de départ d'une manifestation pour flics en colère. Il ne manquait que les banderoles, remplacées pour l'occasion par de la rubalise encadrant le cadavre de Pierre Milan abattu par le commissaire Compostel. Aux abords, plusieurs groupes s'étaient constitués. De nombreux enquêteurs de Versailles, soutenus par les flics en civil du commissariat de police voisin de Vélizy, cherchaient à comprendre pourquoi l'un des leurs, une gloire du « 19 », ne se relèverait pas. Plus loin, un groupe moins étoffé rassemblait plusieurs enquêteurs parisiens autour de Lola Rivière. Questionnée de toute part, elle préférait rester muette afin de ne pas engager la parole de son chef de service qui s'entretenait en catimini avec Thomas Andrieux. Au milieu, des techniciens de scène de crime se déguisaient tranquillement en cosmonautes à l'arrière de leur fourgon tandis que les premiers effectifs de l'Inspection générale de la police nationale arrivaient sur place.

Ces derniers, sous la férule d'un contrôleur général qui avait fait l'ensemble de sa carrière au sein du ministère de l'Intérieur d'où il avait été débarqué cinq ans plus tôt à l'occasion du changement de gouvernement, prirent les choses en main. Lola leur remit son arme, celle de son chef de service, ainsi que le gilet pare-balles porté par Guillaume Desgranges. Tout comme Compostel, elle dut également se défaire de son blouson, placé sous scellés, afin que les enquêteurs de l'IGPN vérifient l'éventuelle présence de poudre sur les manches.

— On va vous demander de nous suivre au siège de l'IGPN pour déposer, ajouta un chef de groupe des bœuf-carottes qui ne comprenait toujours pas pourquoi des flics s'étaient entretués sur la voie publique.

Compostel et Lola étaient sûrs de leur bon droit. Au vu du projectile fiché dans le gilet de Desgranges, l'IGPN n'aurait aucun mal à établir une légitime défense absolue. Pourtant, ils devaient accorder leurs violons sur plusieurs points, et en particulier leur virée nocturne dans le bureau de Pierre Milan et la copie de données hors la présence de témoins.

— Vous allez monter dans des véhicules différents. On va vous rapatrier sur Paris, poursuivit-il.

— Il faut retrouver le bébé. Je suis certaine qu'il est encore vivant. C'est Pierre Milan qui l'a enlevé, coupa Lola.

Le flic de l'IGPN ne comprenait rien. De quel bébé parlait-elle ?

Zoé Dechaume se gara au moment où Lola et son chef de service étaient embarqués. Ce dernier la rassura d'un léger sourire.

— Ils vont où ?

— Ne vous inquiétez pas, lui répondit Andrieux. Ils sont pris en charge par l'IGPN, c'est purement formel.

— Et Guillaume ?

— Quelques contusions. Rien de grave. Son gilet a amorti le choc. Il aura un joli bleu pendant quelques jours.

— J'ai perquisitionné le bureau de Pierre Milan, à Versailles, changea-t-elle. J'y ai retrouvé la Marianne volée au TGI et ce téléphone.

Zoé sortit un vieil appareil de sa poche qu'elle avait placé sous scellés.

— C'est le téléphone avec lequel il a revendiqué l'enlèvement de Jihad. Il y avait ça, aussi.

Elle sortit d'une autre poche la reproduction d'une clé de type Fichet. Pierre Milan avait ni plus ni moins profité de la garde à vue de Manon Legendre pour faire refaire la clé de son appartement afin de le vandaliser et noyer le chat de Julie dans l'évier en toute impunité.

— Il faut tout remettre à l'IGPN, Zoé.

— Pardon ?

— L'IGPN récupère le dossier. On n'a pas le choix. Si un flic est mis en cause, c'est eux qui doivent prendre le relais. On ne déroge pas au protocole de saisine.

— Attendez ! On ne va quand même pas lâcher cette affaire sous prétexte qu'un flic est impliqué, si ? Et puis les bœuf-carottes n'ont pas nos moyens !

Elle avait raison, il le savait. Il se rapprocha de son homologue de l'IGPN, discuta cinq minutes avec lui, puis revint vers l'enquêtrice.

— On poursuit en cosaisine. Une de leurs équipes va se transporter *sine die* au domicile de Milan. Vous les accompagnez.

— Merci, monsieur.
— Euh, Zoé !
— Oui ?
— Cosaisine, ça veut dire partage des infos. De toutes les infos. Pas de guerre des polices. C'est clair ?
— Très clair, monsieur.

Zoé avait surveillé de nuit le pavillon de Milan, elle se retrouvait à l'intérieur, de jour, en compagnie de trois officiers de l'IGPN et de deux voisines faisant office de témoins, lesquelles avaient ordre de suivre scrupuleusement toutes les opérations de fouille effectuées par les enquêteurs. Elles ne s'en privèrent pas, entrecoupant ce voyeurisme légitimé par les forces de l'ordre de propos peu amènes à l'encontre de Pierre Milan.

— Il n'avait pas de vie. Il rentrait à n'importe quelle heure du jour et de la nuit. Un beau jour, sa femme en a eu marre. Elle est partie avec leur fille. D'autant qu'il dilapidait tout l'argent du couple.

— De quelle manière ? L'alcool ? s'enquit Zoé qui avait constaté que le bar du salon était bien garni.

— Non. Plutôt le jeu. Sa femme, un jour, s'est réfugiée à la maison à la suite d'une énième dispute. Elle m'a révélé qu'il claquait tout au casino.

— Vous l'avez vu, ces derniers jours ?

— En coup de vent, oui. Il était toujours par monts et par vaux.

— Il vivait seul, ici ?

— Vous connaissez une femme qui veuille partager sa vie avec un ours, vous ?

Zoé sourit. Desgranges, à sa manière, était un misanthrope. Et elle connaissait un grand nombre de femmes qui se seraient satisfaites de cette originalité.

— Vous ne l'avez pas vu en compagnie d'un bébé, ces derniers jours ?

Les deux témoins se regardèrent. La question leur paraissait incongrue.

— Il recevait des visites ?

— Absolument jamais.

Zoé sortit du pavillon alors que les policiers de l'IGPN inspectaient la chambre de Pierre Milan. Elle progressa en direction du fond d'un jardin qui n'était pas entretenu, scruta les arbustes non taillés qui masquaient un mur mitoyen, inspecta l'intérieur d'un cabanon où étaient entreposés une tondeuse à gazon, un bidon d'essence et du matériel de ratissage. Puis elle remonta en direction de la rue, visa la moto, s'approcha du véhicule Kangoo blanc dont elle tenta de percer les filtres sombres collés sur les vitres arrière. Les portières étaient fermées. Elle colla son oreille contre l'habitacle, ne perçut aucun bruit suspect. Elle retourna en direction du pavillon, découvrit un trousseau de clés fixé sur la serrure du portail du garage, revint à toute vitesse vers le véhicule. Elle avait peur qu'il ne soit trop tard. Zoé engagea la seule clé Renault du trousseau dans la serrure, tourna. Pour découvrir un habitacle vide, entièrement vide. Seul un doudou, un petit clown multicolore, trônait sur la moquette sombre de l'arrière du Kangoo.

Où était passé le bébé ? Pour qui Milan travaillait-il ? Zoé ressortit, retourna dans le jardin, inspecta le sol à la recherche d'un bout de terre retourné. Elle ne trouva pas. Elle revint vers la voiture, s'assit à la place du conducteur. Des mégots de cigarettes débordaient du cendrier, un lot de contraventions remplissait le rangement latéral. Elle s'en empara. La plupart d'entre elles avaient été dressées au cours des quinze derniers jours sur la commune de Choisy-le-Roi, en vis-à-vis de la tour Anatole-France. Et deux autres évoquaient un stationnement illicite dans le 8ᵉ arrondissement de Paris, dans une artère adjacente à la rue de Berri où le Jardin d'Éden élisait domicile. Le brigadier Dechaume poursuivit son inspection. À l'exception d'un tournevis à bout plat, la boîte à gants était vide. Elle glissa sa main sous les sièges. Rien. Elle mit le contact, retint le kilométrage, visa l'affichage du GPS intégré, puis coupa le moteur. Elle souleva ses fesses du siège, extirpa son BlackBerry d'une poche de son jean, composa le numéro de téléphone de Lola. Pas de réponse. Elle regarda autour d'elle. Personne en vue, ni dans la rue ni autour du pavillon. Elle ouvrit de nouveau la boîte à gants, sortit le tournevis et arracha comme elle put le navigateur intégré qu'elle coinça à l'arrière de son pantalon, sous sa ceinture.

49

Hervé Compostel et Lola Rivière se trouvaient dans deux bureaux séparés. Vu son rang, le patron de la Crim' était auditionné par un commissaire. Après le Nespresso de convenance, il tenta au mieux d'expliquer les raisons qui l'avaient poussé à enquêter sur Pierre Milan et, surtout, les circonstances précises de la mort du capitaine de police du SRPJ de Versailles. Compostel avait été le premier surpris de sa propre réactivité lorsque Milan, épuisé par des centaines de mètres de course, s'était retourné pour tirer sur le commandant Desgranges qui s'apprêtait à lui mettre le grappin dessus. En pleine course, Compostel s'était saisi de son arme et avait tiré deux coups en direction de celui qui venait de neutraliser Desgranges. S'ensuivit toute une batterie de questions sur sa connaissance de la légitime défense, sa fréquentation des stands de tir, son goût des armes. Compostel n'avait pas tiré depuis plusieurs années, il ne servait à rien de leur mentir. Il eut plus de difficulté lorsqu'il fut interrogé sur les sommations d'usage :

— Connaissiez-vous personnellement le capitaine Milan ?

— Non.

— Le commandant Desgranges le connaissait-il personnellement ?

— Je ne pense pas. Il faudra lui demander.

— Et le lieutenant Rivière ?

— Non plus.

— Milan avait-il des raisons de savoir que vous étiez policiers ?

— ... Oui.

— C'est un petit *oui*.

— On a clairement manifesté notre position.

— De quelle manière ?

— Chez lui, on a crié « Police ! ». Et puis mes deux collègues portaient leurs brassards.

— À quel bras ?

— Bras fort, répondit Compostel qui connaissait le règlement par cœur.

— Et vous ?

Compostel était coincé. S'il s'était équipé de son arme en quittant le Bastion, il avait omis de s'emparer de son brassard et de sa paire de menottes.

— Moi, non.

— Pouvez-vous m'expliquer pour quelles raisons vous vous trouviez avec vos deux coéquipiers à l'intérieur de son pavillon alors que lui ne s'y trouvait pas ?

— On était venus l'interpeller.

— De quel droit êtes-vous rentrés puisqu'il ne s'y trouvait pas ?

— De l'extérieur, on a entendu un bruit. On pensait qu'il était planqué à l'intérieur. D'autant que son véhicule de service était garé juste devant.

— Un bruit ! Pourtant vous n'avez trouvé personne ?

— Probablement un courant d'air, répondit Compostel qui faisait preuve de vice. Une fenêtre, à l'étage, était ouverte.

— Donc, vous le braquez en criant « Police » alors qu'il pénètre dans le garage de son pavillon...

— C'est ça.

— Le local était-il allumé ?

— Pas du tout. On avait juste une lampe pour trois.

— Qui la tenait ?

— Le commandant Desgranges, je crois.

— Vos collègues portaient-ils leurs brassards à ce moment-là ?

— Oui.

— À l'intérieur, sur une échelle de 1 à 10, quel était le niveau de luminosité ?

— 2 ou 3.

— Donc, j'en déduis que, lorsqu'il est rentré chez lui, il n'a pas forcément pu distinguer vos brassards, si ?

Compostel suivait très bien la logique de son contradicteur. Il resta ferme sur les appuis.

— On a crié « Police ».

— Qui ?

— Tous les trois. Ça ne l'a pas empêché de s'enfuir.

— Peut-être parce qu'il a tout bonnement cru que vous n'étiez pas flics, qu'il a eu peur. Mettez-vous à sa place, il débarque chez lui et tombe sur trois silhouettes planquées dans son garage. On imagine plutôt tomber sur des cambrioleurs ou des faux policiers, non ?

— Pendant la course-poursuite, Desgranges et moi avons continué de crier « Police », de lui dire de s'arrêter. Et Desgranges, lui, portait son brassard. Ça ne l'a pas empêché de se retourner et de lui tirer dessus.

— Il avait une fille de vingt ans, l'interrompit le commissaire de l'IGPN.

Compostel dénoua sa cravate, puis se passa la main sur le bas du visage. Vingt ans, ç'aurait également été l'âge de son fils si Alexandre n'avait pas décidé de mettre fin à ses jours.

— Vous laissez une orpheline, monsieur.

— Je ne laisse rien du tout. Je me suis contenté de protéger un de mes hommes, grinça-t-il.

Lola, elle, échappa au sermon. Et pour cause, elle était la moins gradée du trio et n'avait pas assisté aux échanges de tir. Elle eut quand même droit à une longue batterie de questions sur l'enquête liée à l'enlèvement de Jihad et la culpabilité de Pierre Milan. Elle s'en sortit assez bien, sans évoquer une seule seconde la perquisition illicite menée dans le bureau de l'officier de police versaillais la nuit précédente. Mais elle ne fut pas en mesure de dire où se trouvait le jeune Jihad, ni pour qui travaillait Pierre Milan.

— Vous avez annoncé la mort de Milan à sa famille ?

— Toujours pas, répondit le policier qui l'interrogeait. Priorité à la balistique, ajouta-t-il.

— On peut s'en occuper, si vous le souhaitez, proposa-t-elle. Son ex-femme et sa fille habitent dans le 15e arrondissement…

La proposition fit le tour du service. L'annonce de la mort était un exercice délicat et les enquêteurs de l'IGPN n'en raffolaient pas spécialement. Surtout, les bœuf-carottes semblaient noyés. Il leur restait à entendre Guillaume Desgranges qui était annoncé sortant de l'hôpital Montsouris, à photocopier les dizaines d'actes de procédure pondus par la brigade criminelle avant de les lire et de les ingurgiter, à transporter les armes de Milan, de Compostel et de Desgranges et leurs manteaux et blousons susceptibles d'être couverts de poudre à la Balistique et à l'Identité judiciaire, à rechercher et auditionner les témoins potentiels de la fusillade et, plus largement, comme le mentionnaient les actes des magistrats instructeurs, « à recueillir tout acte utile à la manifestation de la vérité ».

— C'est d'accord.

À peine sortis du bâtiment de la rue Hénard, dans le 12e arrondissement de Paris, les deux flics réactivèrent leurs téléphones cellulaires. Lola avait reçu un message de Zoé qui envisageait de lui donner un peu de travail supplémentaire, tandis que le commissaire divisionnaire avait été destinataire d'un appel de l'état-major de la PJ :

— J'ai une mauvaise nouvelle, débuta-t-il alors que Lola s'enquérait par SMS de la santé de Desgranges. David Ribeiro a été acquitté. Il est sorti ce matin de Fleury.

La jeune lieutenant ne réagit pas. Vu la prestation de Me Zimmer la veille, ce n'était pas surprenant.

— Il n'y a pas que ça...

— Oui ?

— Manon Legendre s'est carapatée de l'infirmerie psychiatrique. Elle a bousculé un infirmier au moment de l'ouverture d'une porte, et elle s'est enfuie.

— Cette famille va nous faire chier jusqu'au bout ! lâcha-t-elle. On fait quoi ? On change de programme ?

— Non. On file dans le 15e.

L'accueil de l'ex-femme de Pierre Milan fut glacial. Elle demeurait seule avec sa fille Justine, dans un trois-pièces sombre, au quatrième étage d'un immeuble de la rue Balard. Elle était grande et fine, portait un chemisier échancré et fleuri, un pantalon jean retroussé aux chevilles, avait les ongles des mains nacrés et le tatouage d'un lézard sur le cou-de-pied droit. Dès l'annonce, elle éteignit son téléviseur et s'alluma une clope. Milan et elle avaient vécu maritalement presque quinze ans à Viroflay, dans le pavillon que le policier avait hérité de ses parents. Et puis, lasse de son addiction aux jeux, elle s'était consolée dans les bras d'un autre homme qui lui avait tenu de belles promesses.

Lola regardait les cadres fixés au mur du salon. Une jeune fille souriante, en tenue d'hôtesse, peut-être plus belle que Bethany Townsend, paradait sur la Croisette ou à Deauville, aux côtés d'acteurs primés ou d'actrices reconnues. On y voyait indifféremment Nathalie Baye, Brad Pitt, Uma Thurman ou Tom Cruise.

— C'est votre fille ?

Elle opina du bonnet.

— Qui va payer ses études, maintenant ? demanda la mère de famille éplorée.

Compostel ne savait pas.

— Elle est où ?

— Au Stade de France. Il y a match aujourd'hui. Le week-end, elle travaille comme hôtesse d'accueil, dans l'événementiel. Vous pouvez vérifier, tout est en règle.

— Elle fait quoi, comme études ?

— Elle suit un Master en communication. Ça me coûte les yeux de la tête.

— On a constaté des rentrées d'argent irrégulières sur les comptes de votre ex-mari. Vous pouvez nous expliquer ?
— Il y a des années que je ne l'ai pas vu. Chaque mois, il se contentait de déposer un chèque dans notre boîte aux lettres ou de nous l'adresser par la Poste. L'origine de son fric, c'était le cadet de mes soucis.
— Et votre fille, elle voyait son père ?
— De temps en temps. C'est lui qui lui trouvait des piges à faire dans l'événementiel.
— Nous sommes désolés, lâcha Compostel qui se garda bien de dire qu'il était le principal artisan de cette fin tragique. Le corps de votre ex-conjoint va être transféré dans la soirée à l'IML de Garches, dans les Hauts-de-Seine. Vous pourrez aller le voir là-bas avec votre fille, si vous le souhaitez.
— Qui va payer les obsèques ?

Compostel ne répondit pas. Cette question ne lui avait pas effleuré l'esprit lors du suicide de son fils. À l'époque, faute d'expression de la volonté d'Alexandre, Hervé Compostel et sa femme avaient longuement débattu du mode d'obsèques avant de se séparer pour toujours. Ils avaient fini par opter pour une inhumation.

50

Les flics de l'IGPN étaient prudents. De peur que Desgranges ne communique avec ses collègues avant audition, ils l'avaient récupéré devant l'institut Montsouris où il avait fait l'objet d'un *check-up* complet. Il s'en sortait bien. Deux côtes cassées seulement, et un hématome d'une dizaine de centimètres de diamètre en haut de la cage thoracique qui allait le marquer durant quelques jours. Pour le reste, aucun bobo. Le psychiatre de service n'avait rien décelé malgré une batterie de tests sur le rapport à la mort et la mise en danger. Desgranges ne se sentait pas plus courageux qu'un autre, il se contentait de faire son travail, en conscience, comme une grande majorité de policiers. Sa mission consistant à courir derrière les voleurs, et plus largement les criminels, l'opiniâtre chef de groupe essayait d'appliquer à la lettre ce rôle de chasseur qui demandait parfois du temps et de la patience.

Lola et Compostel rentrèrent directement aux Batignolles. Le nom du quartier était joli et le Bastion ultramoderne, mais il manquait quelque chose à cet ensemble. Sous la férule des architectes, des immeubles magnifiques poussaient comme des champignons tout autour. Pourtant, l'ensemble était froid, vide. À l'instar de la ZAC Tolbiac, éteinte les dimanches et jours fériés, à l'image des quartiers d'affaires périurbains ouverts aux courants d'air, le quartier était triste et désert, éloigné des lieux touristiques et commerçants qui faisaient le charme de la capitale. Les deux policiers furent accueillis à bras ouverts à leur étage par les quelques collègues qui avaient échappé aux missions extérieures. Compostel dut rapidement répondre aux nombreuses interrogations des secrétaires du service sur la santé de Desgranges avant de consacrer quelques minutes à un syndicaliste qui rôdait autour de son bureau afin de glaner des informations dans le but de répondre aux doléances des médias avec le plus de justesse possible. Puis il s'isola et débuta la rédaction d'un rapport circonstancié à destination du directeur de la police judiciaire. Lola, elle, fut vite rejointe par Zoé Dechaume.

— J'ai un cadeau pour toi. Tiens !

Lola découvrit un appareil électronique dont les fils étaient sectionnés.

— Dis donc, tu n'y es pas allée de main morte...
— J'étais pressée. Tu peux faire quelque chose ?

Lola ne répondit pas. Elle avait décidé de la faire languir. Sous ses yeux, elle tourna l'appareil dans tous les sens puis attrapa une paire de ciseaux à bouts ronds afin de désolidariser la façade du GPS de son bloc. Au bout de quelques minutes, l'autopsie du boîtier lui livra une carte mémoire qu'elle attrapa entre le pouce et l'index. Zoé s'assit, observa Lola qui fouillait à l'intérieur de son sac de cyberpolicière. Cette dernière en sortit une grosse trousse qu'elle vida sur son bureau, s'empara d'un petit boîtier dans lequel elle inséra la carte mémoire. Puis elle relia l'appareil à sa machine d'investigation, qu'elle démarra. Des listes brutes de data-données GPS défilèrent à l'écran durant de longues secondes. Elle débrancha son appareil, copia le tout dans un fichier Excel en séparant les dates des coordonnées, puis ouvrit un logiciel de cartographie.

— T'es prête ? demanda-t-elle à Zoé.

Le brigadier acquiesça vivement.

Lola cliqua sur la touche Enter. Le département des Yvelines, les communes de Versailles et de Viroflay se noircirent instantanément. Plus largement, de nombreux endroits de la région parisienne, petite et grande couronnes, avaient été parcourus par le véhicule Kangoo du groupe Stups de la PJ de Versailles.

— On ne peut pas réduire sur les deux dernières semaines ? suggéra Zoé, qui semblait paniquée rien qu'à l'idée de traiter les milliers de données cartographiques extraites du GPS d'un véhicule qui comptabilisait plus de vingt mille kilomètres au compteur.

Le lieutenant Rivière revint sur son tableau Excel, opéra une sélection, puis refit sa manipulation. Versailles, Viroflay, Choisy-le-Roi, Paris 8e, mais aussi un transport surprenant dans le département de la Seine-et-Marne, à Melun pour être précis.

— À quelle date ?

— Le matin de l'enlèvement de Jihad. Et une heure plus tôt, à l'heure de l'enlèvement, le véhicule se trouvait à Choisy.

— Ça te parle, toi, Melun ?

— Non.

Dans le cadre de cette affaire, la préfecture du 77, traversée par la Seine, apparaissait pour la première fois.

— On y va ? proposa Zoé.

Lola ne se fit pas prier. Elle arracha sa veste du dossier de son fauteuil et prit les devants. Elles passèrent discrètement devant le bureau de Compostel, lequel était en pleine discussion avec Thomas Andrieux :

— Ça gronde, à Versailles. Le groupe Stups dans lequel opérait Milan a déposé ses armes sur le bureau de leur patron. Les mecs attendent des explications. Ils envisagent de monter au ministère, ils veulent ta peau. Surtout, ils ne tolèrent pas que tu te sois déplacé sur leur territoire sans un blanc-seing.

— Et puis quoi, encore ! T'as déjà vu un shérif prévenir de sa venue le voleur qu'il envisage d'arrêter ? Je viens d'avoir la Balistique, poursuivit le patron de la Crim'. L'arme avec laquelle Milan a tiré sur Desgranges est la même qui a servi sur les meurtres d'Ayache à Vélizy et de Sissoko à Poissy.

— Quel enculé ! C'est son arme de service ?

— Non, c'est un Glock. Son Sig Sauer était rangé dans son tiroir.

— Il vient d'où, ce Glock ?

— Apparemment, il est allé se servir parmi les armes stockées au greffe du TGI de Créteil en utilisant une énième réquisition qu'il a bidonnée avec la Marianne volée.

— Très fort ! Il nous aura baladés jusqu'au bout !

Mais ce n'était pas fini. Le bébé était toujours introuvable. Alors que Lola conduisait en direction de l'est, Zoé naviguait sur Google Earth à l'aide de son

BlackBerry. À force de visualiser les gros plans, elle avait l'impression de connaître chaque mètre carré de l'île Saint-Étienne de Melun qui avait la forme d'une banane, de sa faculté de droit et de sa maison d'arrêt.

— On dirait l'île de la Cité. C'est le cœur historique de la ville. Il y a même des péniches.

— Ça nous dit pas où est le môme.

— Il l'a peut-être balancé à la flotte...

— Possible, répondit amèrement Lola.

— Tu veux des enfants, toi ? coupa Zoé.

Lola se crispa sur le volant.

— Non.

— Pourquoi ?

— J'ai passé trois ans à Singapour à visualiser des photos de gamins torturés ou abusés par des pédophiles. Ça ne motive pas vraiment...

— Arrête ! Pas à moi. Garde cette excuse pour les autres ! Pourquoi tu ne veux pas de mômes ?

— Je peux pas.

Zoé la regarda. Elle fixait la route.

— Excuse-moi d'être indiscrète mais pourquoi tu peux pas ?

— Je peux pas, c'est tout. Et puis, faut être deux pour faire un gosse...

Zoé sourit. La meilleure copine de sa sœur n'avait jamais eu besoin de personne, surtout pas d'un mec, pour materner.

— Ça veut dire que t'as pas de mec, alors ?

— T'as deviné.

— Pourquoi ?

— T'es obstinée, toi...

— Chez un flic, il paraît que c'est une qualité.

— Et toi, t'en veux des gosses ? rebondit Lola.
— Je sais pas. Je dis pas non. Je commence à y penser. Sauf que moi non plus j'ai pas de mec. Et les mecs bien, ils sont tous pris.
— Il y a Desgranges, non ?
— Guillaume ! Ça va pas ou quoi ! s'exclama Zoé. Guillaume, c'est un ours.
— À ce que je sache, les ours ont des oursons...
Zoé se tut. Desgranges était son meilleur ami, son confident lorsque son père se trouvait au repos sur l'île de Ré. Jamais il n'avait été question de quoi que ce soit entre eux, même s'il était arrivé, au gré de deux ou trois affaires chronophages, que le Parisien offre le gîte à sa collègue banlieusarde afin de lui éviter de longs trajets.

À Melun, la gravité reprit le dessus au moment de traverser un premier bras de Seine. Le véhicule vibra sur la rue pavée puis s'arrêta sur le parking de la Reine-Blanche où, quelques jours plus tôt, Pierre Milan était venu stationner avec son Kangoo blanc. Précisément sur l'emplacement situé aux coordonnées 48.537048 et 2.657746, selon les data-données extraites du GPS.

Les deux filles claquèrent leurs portes. Lola desserra sa ceinture d'un cran, Zoé prit soin de rabattre sa veste sur son arme. Elles pivotèrent sur elles-mêmes, fixèrent les péniches endormies, aperçurent quelques jeunes étudiants pressés de rentrer chez eux avant la tombée de la nuit. L'hôtel de la Reine-Blanche, un « deux étoiles », leur tournait le dos. Lola s'approcha de la rive, scruta les eaux troubles dans lesquelles pourrissaient quelques gardons. Elle aperçut au loin une écluse, repensa à la visite à l'IML en compagnie de Manon Legendre, s'en détourna pour rejoindre Zoé qui se dirigeait vers l'établissement hôtelier. Une cloche tinta au moment où Zoé poussa la porte. Un chibani se présenta au bout de deux minutes. Zoé lui posa des questions, lui parla d'un homme susceptible d'être accompagné d'un bébé, d'une Kangoo blanche. L'homme la regarda bizarrement, il ne semblait pas comprendre. Elle s'apprêtait à insister lorsque Lola lui tapa sur l'épaule.

— Regarde !

— Quoi ? répondit une Zoé qui cherchait à percer le premier voile du crépuscule.

— Non, pas le fleuve. Les panneaux, là ! montra-t-elle avec le doigt.

Un panneau multidirectionnel indiquait, en direction d'un dédale de rues piétonnes, la collégiale Notre-Dame du début du XIe siècle, la paroisse, la maison d'arrêt, la médiathèque. Et la pouponnière.

— Je crois qu'on est sur le bon chemin.

51

— Je te laisse appeler, indiqua Lola Rivière alors qu'elle n'osait pas s'approcher du bébé.

— Non, vas-y, toi. Perso, j'ai rien à prouver, lui répondit Zoé.

Zoé avait raison. Une femme, sous les ordres de Richard Kaminski, devait sans arrêt se dépasser. Lola s'empara de son téléphone, mit le haut-parleur et composa un numéro. Non pas celui de son chef de groupe comme la règle l'imposait, mais directement celui de Compostel, le taulier.

— Vous êtes où ? On fait un débriefing dans cinq minutes…, démarra-t-il.

— À Melun. Je suis avec Zoé.

— Qu'est-ce que vous fichez là-bas ?

— On a retrouvé Jihad.

— Quoi !? C'est une blague ?

— Jihad est vivant. On est avec lui.

— Comment ça ? Comment vous l'avez retrouvé ? Il est où, là ?

Les questions s'enchaînaient. Lola coupa court.

— C'est Zoé, elle a eu l'idée de gratter dans le GPS du Kangoo de Milan, ce qui fait qu'on a retrouvé la trace de Jihad.

Compostel, à l'autre bout, attendait la suite. Lola l'imagina analyser en direct les conséquences que la saisie du GPS, à l'insu de l'IGPN, allaient entraîner.

— Dès l'enlèvement, Milan a pris la route de Melun. Il l'a abandonné dans une pouponnière.

— Comment ça ? Comme dans une église ?

— Non. Tout ce qu'il y a de plus légal. Il s'est fait passer pour un policier du commissariat de Melun mandaté par un juge des enfants du TGI, et leur a déposé le môme qu'il a présenté comme étant le fils d'une mère célibataire sous curatelle, répondit Lola qui tenait dans la main une énième réquisition judiciaire falsifiée par Milan.

— Et il va bien ?

— Il dort à poings fermés. On fait quoi ? s'enquit Lola qui entendit son chef de service se rasseoir.

— Et à la pouponnière, ils n'ont pas senti le coup de vice ?

— Ils n'avaient pas de raison de s'inquiéter. En général, ils ont plus de soucis avec des parents qui souhaitent récupérer leurs mômes que le contraire. Et puis Milan a bien joué son coup. Il s'est servi de l'identité d'un vrai juge pour enfants.

— Beau boulot, Lola !

— C'est Zoé, monsieur.

— Je m'en fous. Bravo !

Elle l'entendit se relever, faire des onomatopées du genre « woah woah woah » qui semblaient exprimer à la fois contentement et surprise. Il continuait de réfléchir. De son côté, Zoé s'approcha du lit de Jihad et prit une photo qu'elle transmit aussitôt à son patron par MMS.

— Vous pouvez rester sur place une petite heure de plus ? demanda Compostel.

— Bien sûr.

— Je vous propose de prévenir Julie Legendre, la tante.

— Parfait ! À mon avis, elle ne va pas traîner.

— Bien joué ! Super boulot !

— Et Guillaume ? Comment il va ? demanda Zoé en se rapprochant du combiné que Lola tenait.

— Il est sorti de l'IGPN sans encombre. Je l'ai renvoyé chez lui. Je crois qu'il était pressé de retrouver son fils.

La « petite heure » en dura presque trois. Au Bastion, le débriefing fut annulé et remplacé par une séance d'échanges téléphoniques avec le Parquet du TGI de Paris, avec ceux de Versailles et de Melun, avec Thomas Andrieux, avec le patron de l'IGPN et avec Julie Legendre. À Melun, l'une des filles dut reprendre la voiture et se rapprocher de la gare pour trouver une épicerie ouverte. Elle y acheta de l'eau minérale et quelques fruits. À son retour, Julie était arrivée et tenait très fort son neveu dans les bras. Lola et Zoé donnèrent peu d'explications. Même si la sœur de Manon Legendre leur paraissait une personne de confiance, il y avait encore trop d'inconnues pour débiter des informations à la pelle. Elles se contentèrent de dire que Pierre Milan, le flic de Versailles, avait joué un rôle actif dans cet enlèvement.

— Vous l'avez arrêté ?

— Il est mort en emportant ses secrets avec lui. Vous avez des nouvelles de votre sœur ?

Manon n'était pas réapparue depuis sa « fugue » de l'infirmerie psychiatrique de la rue Cabanis à Paris.

— Même pas une petite idée de l'endroit où elle se trouve ?

— Non.

Lola et Zoé semblaient en douter. Julie n'avait pas l'air très inquiète de la disparition de sa sœur.

— Et Bison ?

— J'imagine qu'il est rentré dans sa famille. Celui-là, moins je le vois, mieux je me porte. Merci pour tout, consentit-elle à dire en guise d'au revoir, quelques minutes plus tard.

Le volant entre les mains, Lola n'avait jamais paru aussi sereine. Zoé, elle, riait à pleurer. La tension de plusieurs jours et nuits d'inquiétude retombait. L'ancienne enquêtrice du groupe Overdose brancha la radio, fit défiler les fréquences, s'arrêta sur *The Show Must Go On* de Freddie Mercury. Lola fit vrombir le moteur – elle flirtait avec le 180 km/heure – et tira la langue au moment de passer devant un radar de l'A5. Elles se mirent à hurler dans l'habitacle, à chanter plus fort que Mercury, à se libérer des peurs et des doutes qui les avaient tenaillées durant de longues heures. Rien ne pouvait plus les atteindre, Jihad était vivant et rendu à sa famille. Enfin, Lola ralentit, prit l'embranchement de l'A86.

— Qu'est-ce que tu fais ? Tu vas où ? s'enquit Zoé qui entendait au plus vite regagner Paris et rentrer chez elle.

— Au Metropolis, tu connais ?
— Hein ?

Bien sûr que Zoé connaissait le Metropolis ! Night-club surplombant l'autoroute A6, en banlieue sud, le lieu avait reçu la visite de deux générations de Franciliens, y compris Zoé et les collègues de son ancien club de badminton de Saint-Maur.

— T'inquiète ! Je fais juste une vérif' dans un hôtel, à cent mètres de la boîte de nuit.
— Une vérif' ! Quelle vérif' ?
— Une vérif' pour un autre dossier.

Zoé se tut. De toute manière, elle n'était plus à une demi-heure près. Personne ne l'attendait et elle entendait s'octroyer une grasse matinée afin de récupérer. Lola fit déclencher un nouveau radar qui zébra la nuit avant de se garer sur le parking de l'hôtel Mercure, en vue du Metropolis, là où le fils Compostel s'était amouraché d'un jeune éphèbe prénommé Florent.

Les faits remontaient à près de trois ans. Le mois de juin 2014, précisément. Beaucoup trop vieux pour récupérer la moindre donnée de vidéosurveillance. Que venait-elle chercher ? Elle ne savait pas vraiment.

— Tu m'attends ?

Occupée à jouer avec les stations radio, Zoé acquiesça. Lola s'arracha de son siège conducteur, pénétra par l'immense porte à tambour de l'hôtel de quinze étages, et se dirigea vers une jeune hôtesse d'accueil à laquelle il manquait le sourire.

— Que puis-je pour vous ?
— J'ai besoin de renseignements, déclara Lola en tendant discrètement sa carte de police. J'ai besoin de

récupérer le listing de vos clients pour la nuit du jeudi 9 juin 2014.

Visiblement, l'employée ne semblait pas en mesure de répondre. Elle contacta aussitôt son responsable. De trois quarts, Lola en profita pour scruter les écrans de télé qui diffusaient les clips de la chaîne MTV et l'emplacement des caméras disséminées tout autour du hall dont certaines étaient dirigées vers les deux ascenseurs. Un homme en costume rayé à dominante marron arriva enfin pendant qu'un client se présentait au comptoir.

— Que puis-je pour vous, mademoiselle ? dit-il en l'invitant à s'écarter sur le côté.

Lola réitéra sa demande. L'homme tira vers lui un clavier et se mit à consulter sa base de données « clients ».

— J'ai plus d'une centaine de fiches « clients » pour cette nuit-là. Vous les voulez toutes ?

— Une liste me suffira.

Une vieille imprimante crépita de longues secondes, avant que le manager n'arrache le document. Lola s'en saisit et parcourut les noms pendant que l'hôtesse, à quelques mètres, récupérait la pièce d'identité d'un client pour enregistrement et photocopie. Lola chercha la colonne relative aux numéros de chambre. Elle fut déçue.

— Il n'y a pas de nom pour la 204 ?

— Faites voir !

Lola lui tendit l'impression. Il ne fut pas long à répondre.

— Normal. Réservation par Internet. Patientez…

Le responsable se remit à frapper son clavier avant d'abandonner, très vite.

— Je suis désolé. Les données Internet ont été écrasées.

— Et le client a réglé comment ? rebondit Lola, pleine d'espoir.

— En espèces, mademoiselle. Je suis désolé.

Elle quittait le hall, dépitée, lorsqu'elle revint très vite sur ses pas.

— Attendez ! Vous faites systématiquement une copie de la pièce d'identité de vos clients lorsqu'ils récupèrent le passe de leurs chambres ? intervint-elle en faisant écho aux faits et gestes de l'hôtesse d'accueil.

— Hormis pour les habitués, oui.

— Et vous les conservez ?

Oui, l'établissement hôtelier les conservait trois ans. Zoé, impatiente, avait rejoint Lola à l'accueil lorsque le responsable revint un quart d'heure plus tard avec les chemises de photocopies du mois de juin 2014. Un seul Florent avait vu sa carte d'identité photocopiée. Scrupuleux, l'agent de nuit avait indiqué le chiffre 204 en guise de numéro de chambre au dos de la copie. Un certain Florent Juillet né le 24 octobre 1992 à Metz. Domicilié à Grigny, dans l'Essonne.

— C'est quoi, ce dossier, exactement ? s'enquit Zoé en remontant dans la voiture.

Lola s'apprêtait à lui mentir. Elle changea d'avis au dernier moment.

52

Le 1er mai tombant un lundi, beaucoup de flics, tout du moins ceux qui n'étaient pas de permanence comme Lola Rivière, avaient déserté la capitale. Pas Compostel, encore moins Zoé Dechaume et Guillaume Desgranges. Ce dernier pansait ses blessures, et Zoé, qui avait renoncé in extremis à accompagner une délégation de badistes en Bretagne, envisageait de passer ses matinées au gymnase afin de travailler ses slices et ses reverse slices pour aborder au mieux la fin de saison.

Assis à son bureau sur lequel deux épais dossiers se concurrençaient, Hervé Compostel couchait depuis potron-minet ses idées sur une feuille de papier, la porte ouverte sur un couloir silencieux.

— Vous faites quoi ?

Il redressa la tête. Lola Rivière en personne, dans l'encadrement de la porte. Contrairement à la veille, elle ne portait plus son bonnet.

— Je relis le dossier Popovic. Votre tête va mieux ?

— J'ai retiré mon pansement. Vous voulez un coup de main ? demanda Lola qui venait de passer une demi-heure à commander par mail les antécédents judiciaires de Florent Juillet, celui qui avait couché avec le fils de son patron à l'hôtel Mercure de Rungis trois ans plus tôt.

— On est à la rue sur ce dossier. Il faut sérieusement s'y remettre.

Il n'y avait aucun reproche dans les propos de Compostel. Seulement, l'enquête sur l'enlèvement de Jihad Ribeiro, cinq jours plus tôt, avait envoyé toutes les autres affaires aux oubliettes. Le bébé retrouvé, le chef de service pouvait dès lors rééquilibrer les forces, et remettre au moins un ou deux groupes sur l'homicide de la journaliste découverte dans les catacombes à proximité de la tombe de Philibert Aspairt par le géocacheur Dimitri Hérisson.

Il restait beaucoup à faire. La Crim' avait écarté la piste Toumi, du nom de cette fille de candidate à la présidentielle victime d'une overdose rendue publique par la journaliste. Il fallait travailler sur son environnement, et surtout identifier le corbeau, celui qui permettait à la journaliste du *Matin* de vendre du fait divers sulfureux à tour de bras qui fâchait tant Richard Kaminski et nombre de hiérarques du Bastion.

— Qu'est-ce que vous proposez ?

— Milena Popovic est inhumée ce matin. Ça vous dit de m'accompagner aux obsèques ?

— Pardon ? Vous m'avez bien vue ? Je suis en jean ! Il fallait me le dire hier soir, j'aurais prévu une tenue plus adéquate…

Compostel sourit.

— En fait, je ne compte pas trop me faire voir. Vous savez vous servir d'un appareil photo ?

Bien sûr qu'elle savait ! Elle avait empilé les souvenirs durant ses années asiatiques. Les temples du Laos, les palais indonésiens, les îles volcaniques du Japon, la muraille de Chine, les paysages tropicaux de Malaisie et les soleils levants remplissaient son compte Instagram.

— Trouvez-moi un soum' ! On décolle dans une heure.

— Pour quel site ?

— Cimetière du Chemin-Vert, à Argenteuil.

Lola se dépêcha. Par chance, le véhicule utilitaire du service, parfois employé comme véhicule de déménagement par certains policiers, était disponible. Elle récupéra un appareil photo hybride dans l'armoire forte du service puis imprima une vue aérienne du cimetière après avoir fléché l'entrée principale.

De la porte de Clichy, ils ne mirent pas longtemps à se rendre sur place. Mais cette virée, qui les éloignait de la capitale, n'était guère réjouissante. Elle marquait tout bonnement le chemin inverse d'une jeune fille d'origine immigrée qui avait tout mis en œuvre pour échapper à la misère sociale d'une banlieue pauvre. La dépouille de Milena Popovic retournait aux sources, à deux pas de la tour dans laquelle elle avait grandi. Très loin de l'univers bourgeois auquel elle aspirait.

— Je rentre ? demanda le lieutenant Rivière au moment d'approcher de l'entrée du lieu de sépulture condamné par une barrière.

— Non. Garez-vous là, indiqua-t-il en montrant une place de stationnement libre qui offrait une vue dégagée de l'accès principal.

Elle obtempéra, prit soin d'orienter son stationnement de manière à placer l'habitacle arrière du fourgon en vis-à-vis de l'entrée, distante d'une quinzaine de mètres. Elle coupa le moteur. À quelques pas, un homme promenait son chien. Ils attendirent qu'il s'éloigne puis, discrètement, l'un après l'autre, soulevèrent un rideau noir pour s'engager à l'arrière du fourgon à quatre pattes. Ils avaient une demi-heure d'avance.

Les genoux sur la moquette tapissant le sol, Lola procéda à des essais de prises de vue. Son patron, lui, se contorsionna et finit par s'asseoir dos contre la carrosserie, les jambes repliées contre lui. Ils n'osaient parler, de peur que leurs paroles ne transpercent l'habitacle. Ils n'osaient bouger, de peur que leurs mouvements ne trahissent leur présence. Une première femme, porteuse d'une plaque souvenir, arriva et pénétra dans le cimetière par l'accès piétons, contigu à la barrière. Lola eut juste le temps de redresser son appareil et de saisir l'instant à travers la vitre sans tain. Qui était-elle ? Venait-elle pour les funérailles de Milena Popovic ? Aucun des deux policiers ne le savait.

— Vous savez s'il y a une autre inhumation, ce matin ? souffla Lola.

La mimique de Compostel valait réponse. Il n'en avait aucune idée. D'autres visiteurs, seuls ou en couple, arrivèrent. Le bruit de l'obturateur résonna dans le fourgon. Les muscles des cuisses ankylosés, Lola s'agita, grimaça et finit par s'asseoir en tailleur. Elle transpirait.

— Vous allez bien ? questionna tout bas Compostel au moment où un corbillard suivi d'une trentaine de personnes pénétrait dans l'enceinte du cimetière.

Elle ravala sa salive, déclencha le mode « rafale » de son appareil. D'autres grappes de piétons arrivèrent à leur tour. La mine triste, les mains enfoncées dans les poches de leurs épais manteaux, ils venaient saluer une dernière fois la défunte. Lola profita d'un instant de calme pour poser son appareil, ôter sa veste, et retirer l'arme de son étui qu'elle posa au sol. Elle n'eut aucun scrupule à défaire le bouton de son jean et à se débraguetter. Pliée en deux, elle serrait les dents.

— Vous êtes sûre que ça va, Lola ? Vous voulez que je vous remplace ?

C'était hors de question. Elle entendait tenir jusqu'au bout. Elle éluda, usa d'une nouvelle parade :

— Il est enterré où, votre fils ?

Hervé Compostel se rembrunit. Il répondit, toutefois :

— Cimetière du Montparnasse.

Lola connaissait l'endroit. Quelques mois plus tôt, à la Toussaint, elle avait eu droit à la visite de ce cimetière par un retraité de la Crim' qui fleurissait les tombes des policiers de la brigade criminelle morts en service en présence des nouvelles recrues.

— J'ai entendu dire que votre bureau avait fait l'objet d'une « visite », lorsque vous travailliez encore à la brigade financière ?

— C'est vrai. De qui tenez-vous cette info ?

— Je ne sais plus. Et qu'est-ce qu'on vous a volé ?

— Une procédure et quelques scellés. En quoi ça vous intéresse ?

— Je suis curieuse, c'est tout, mentit Lola. C'était quoi, comme procédure ?

— Une procédure mineure. Un type qui avait pénétré un système de traitement automatisé de données de sa faculté de droit pour modifier ses notes.

La cyberenquêtrice Lola connaissait ce type d'infraction. Des types, suffisamment doués en informatique, cherchaient les failles des systèmes, puis s'y introduisaient avant de s'amuser à en modifier les données. Ainsi, il arrivait que des sites d'extrême gauche se retrouvent à véhiculer des idées d'extrême droite, et vice versa. Récemment, le site d'un média gouvernemental avait été piraté par des hackers de Daech.

— Par qui avez-vous été saisi ?

— Une plainte tardive du directeur de la faculté. Un coup de fil anonyme lui a permis d'apprendre que l'un de ses étudiants avait gonflé ses notes pour intégrer une grande école. J'ai fait intervenir vos amis cyberpoliciers, ils ont saisi le disque dur de la fac. Il ne restait plus qu'à entendre le mis en cause quand mon bureau a été cambriolé.

— Et vous savez qui l'a « visité » ?

— Non. Il n'y avait pas de vidéosurveillance, à l'époque. L'IGPN a enquêté, mais ça n'a rien donné.

— Et il s'appelait comment, l'étudiant pirate ?

— Lecygne.

— Et son prénom ?

— Julien, je crois.

Lola souhaitait connaître l'orthographe exacte du patronyme mais elle décida de ne pas insister de peur de paraître trop intrusive.

— Vous ne l'avez jamais rencontré, alors ?

— Jamais. Plus de scellé à disposition, plus de preuve. Et puis, comme je vous ai dit, c'était une affaire mineure, sans grand intérêt. Le dossier a été classé.

— Donc le mec a pu intégrer l'école de son choix ?

— Certainement. On peut dire que sa « débrouillardise » a été récompensée.

— Sauf que c'est peut-être lui qui a cambriolé votre bureau, non ?

— Possible. Ou alors quelqu'un qui voulait me nuire.

— Un collègue ?

— Pourquoi pas. On a tous quelque part notre Kaminski. Vous êtes bien placée pour le savoir, non ?

Lola acquiesça. Sauf que le mail qu'elle avait découvert dans les échanges d'Alexandre Compostel ne pointait pas sur la simple nuisance.

— Il faut que je sorte ! Je n'en peux plus !

Compostel l'observa se redresser, repasser dans la partie avant de l'habitacle et sortir du soum'. Il l'aperçut en train de filer vers un pavillon se trouvant en vis-à-vis du cimetière. Elle sonna au portail et présenta sa carte à la maîtresse de maison. Puis elle s'engouffra à l'intérieur. Le chef de service s'empara de l'appareil photo, tenta de cadrer une image nette. En vain. Il fit alors défiler les photos prises par Lola, reconnut quelques visages dont celui de la maman de Milena Popovic et celui du directeur du quotidien *Le Matin*.

La cérémonie était terminée lorsque Lola revint, soulagée, la sérénité retrouvée et la braguette relevée.

— Ça va mieux ?

— Oui, merci.

— Vous voulez toujours pas me dire…

— Non ! On va voir la tombe ?

Elle n'attendit pas la réponse. Lola fixa l'appareil en bandoulière, et s'engagea dans les allées du cimetière. Elle photographiait les plaques mortuaires lorsque

Compostel la rejoignit. Les corbeilles de fleurs étaient plus belles les unes que les autres. Tout autour de la tombe descellée, deux articles funéraires détonnaient ou par l'émotion qu'ils suscitaient ou par leur beauté. Une plaque supportant la photo de Milena jeune fille signée « À notre fille », et une épitaphe classique, « Nous ne t'oublierons jamais », encadrée d'un lion et d'un renard. Des vers entiers de la fable de La Fontaine revinrent à l'esprit de Compostel. *Le Lion malade et le renard*, resucée d'un apologue d'Ésope, invitait le lecteur à la prudence. Qui avait déposé cette plaque ? Il n'en savait rien. Il osa un coup d'œil en direction du cercueil qui attendait son toit de marbre, puis fit volte-face.

53

Convaincre le brigadier Zoé Dechaume de la suivre dans l'enquête consacrée à la mort d'Alexandre Compostel avait été relativement simple. Et comme Zoé ne pouvait rien cacher à son chef de groupe, ils furent trois à se rendre dans l'après-midi dans l'une des cités les plus sensibles de la banlieue parisienne, à une trentaine de kilomètres des Batignolles. La présence d'un homme costaud ne paraissait pas superflue dans cette virée officieuse.

Florent Juillet vivait seul au quinzième et dernier étage d'une tour de la Grande Borne à Grigny, pas très loin de la mosquée. Lola avait stationné son véhicule un peu en retrait, de manière à ne pas trop se faire remarquer. Mais les gamins de la cité, guère plus âgés que douze ans, eurent tôt fait de les identifier. Plusieurs coups de sifflet rebondirent sur les murs des barres d'immeubles avant de s'évanouir au rythme de la fuite des dealers dans les caves. Malgré l'état de Guillaume Desgranges, ils progressèrent à marche forcée, jusqu'à pénétrer dans un hall dont une ouverture à double vitrage était étoilée et plusieurs portes métalliques de boîtes aux lettres arrachées. Par chance, l'ascenseur fonctionnait. Couloir sombre, éclairage défectueux, trappe d'accès au toit forcée, le lieu semblait le rendez-vous idéal de voyous prêts à en découdre avec les CRS en leur balançant parpaings et autres boules de pétanque sur le crâne. À tâtons, aidés d'une lampe-stylo, les trois policiers trouvèrent enfin l'appartement. La sonnerie fonctionnait. Derrière la porte, l'œilleton s'obstrua. Quelqu'un les observait.

— C'est qui ? entendirent-ils.

— Police ! réagit Lola qui avait saisi sa carte tricolore d'une main pendant que l'autre tenait fermement la crosse de son arme.

Ils le sentirent hésiter. Il finit par entrouvrir. Desgranges, au diapason de sa collègue, poussa très fort. Lola prit aussitôt les choses en main.

— Florent Juillet ? dit-elle, l'air sévère.

— Qu'est-ce qui se passe ?

— Florent Juillet ?

Il les observa de la tête aux pieds. La fliquette lui paraissait anorexique tandis que l'homme semblait sorti tout droit d'un tambour de machine à laver. Derrière eux, une troisième policière referma la porte avec calme.

— Oui. Qu'est-ce que vous voulez ?

— Alexandre Compostel ! Tu connais ? lui lança-t-elle méchamment.

— Alexandre qui ?

Un coup de poing dans le ventre le foudroya. Desgranges semblait ronchon.

— Elle t'a posé une question. Alors, arrête de faire le mariolle... Alexandre Compostel, tu connais ?

Plié en deux, le cul en appui sur le dossier d'un canapé, il n'osait plus parler. C'est Lola qui compléta la question :

— Le Metropolis, une boîte de la banlieue sud, ça te parle ?

Juillet se mit à déglutir. Oui, il semblait se souvenir.

— Alors ? Tu vas parler ou bien je te file une secouée que t'es pas près d'oublier ?

— Vous n'avez pas le droit...

— Pas le droit de quoi, connard ? poursuivit Desgranges en lui retournant une claque.

— Putain ! arrêtez, arrêtez ! Je vais vous expliquer...

La garde à vue sauvage semblait payer.

— T'as intérêt à te dépêcher ! lui suggéra Desgranges pendant que Zoé le calmait d'un geste discret.

— On t'écoute..., reprit-elle alors que ses deux collègues débutaient le tour du propriétaire.

— Je peux m'asseoir ? J'ai mal, dit-il en se tenant le ventre.

— Non ! On t'écoute, ordonna Lola qui souffrait certainement plus que lui.

Le locataire pâlissait à vue d'œil. Il semblait avoir du mal à trouver les mots.

— T'as besoin d'aide ? lui suggéra à nouveau le policier, perfide, en se retournant vers lui.

— Je me souviens de lui. On m'a demandé de le draguer...

— Qui, quand, comment, pourquoi ?

Sèche, la question. Le trio d'enquêteurs paraissait pressé. Ils n'entendaient lui laisser aucun répit.

— Qui ? je ne sais pas. C'est un type qui m'a envoyé un mail en me disant qu'il y avait du fric à se faire.

— Tu te fous de notre gueule ? cria le commandant qui revenait à la charge.

— Non, je vous jure. Je ne sais pas comment le type a eu mon adresse. Peut-être parce que je suis référencé sur un site d'escort boys. En tout cas, il m'a proposé 10 000 euros.

Sifflement moqueur de Desgranges.

— Je vous jure que c'est vrai !

Lola, elle, le croyait. Elle reprit les commandes.

— Commence par le début, s'il te plaît...

— Au début, je n'y ai pas cru. D'autant qu'on me parlait de cette somme de 10 000 euros qui m'attendait dans une consigne.

— Quelle consigne ?

— Gare Montparnasse.

— Quand tu dis *on*, tu parles de qui ?

— Un prénom de roi, je crois... Charles, Pierre, ou un truc dans le genre, répondit Juillet qui semblait être en froid avec l'histoire de France.

— François ?

— Oui, c'est ça !

— T'as conservé les mails ?

— J'avais pour ordre de les effacer puis de formater mon disque dur.

— Et tu l'as fait ?

— Ben non, répondit-il benoîtement.

Desgranges avait de nouveau mal aux côtes. Il s'assit sur un coin du clic-clac, qu'il imagina supporter une quantité non négligeable d'empreintes ADN différentes, et laissa Lola poursuivre. Elle s'installa devant l'ordinateur de bureau qui couvrait un angle de la pièce principale.

— Ton code !

Florent Juillet obtempéra. Impression bizarre de ne plus être chez soi, d'être soumis à l'occupant. Il se rapprocha, composa son mot de passe et cliqua sur l'icône webmail. Lola reprit les commandes du clavier, pénétra dans le carnet d'adresses, tapa « François » et trouva en quelques secondes ce qu'elle cherchait. Un certain François Vidocq lui avait effectivement écrit trois ans plus tôt. À deux reprises. Elle fit apparaître le contenu du premier message. Juillet n'avait pas menti. Un inconnu lui avait proposé 10 000 euros pour charmer Alexandre Compostel et filmer à son insu leurs ébats. Une photo d'Alexandre Compostel, la « cible », vraisemblablement prise à la sortie de son lycée, était jointe au courriel.

— Qu'est-ce que tu cherches, au juste ? lui demanda Guillaume.

Elle ne répondit pas. Elle poursuivit ses manipulations jusqu'à ce que l'affichage de l'en-tête technique complet du mail apparaisse. Des lignes de script compliquées à comprendre pour un profane.

— T'as l'air de bien t'y connaître en informatique ? questionna Guillaume alors que Zoé fouinait dans les tiroirs de Juillet.

Toujours pas de réponse. Concentration, traduction. Elle débuta sa lecture par le bas, fit un copier-coller du numéro IP à l'aide de la souris, et en parallèle mit en route Internet Explorer. Elle trouva le site qu'elle recherchait, entra l'adresse IP dans la barre de recherche et cliqua sur Enter pour apprendre finalement que le fameux François Vidocq s'était servi du réseau Orange.

— C'est vague comme source, commenta Desgranges.

— Probablement un taxiphone. Tous les cybercafés fonctionnent avec le réseau Orange.

— T'as quel âge ? grogna Desgranges en s'adressant au giton.

— Vingt-quatre.

— T'es connu de la Justice ?

— Non, répondit-il alors que la moue de Lola semblait dubitative.

Desgranges lui claqua une beigne, avant d'insister :

— T'es connu, oui ou non ?

— Un peu.

— C'est quoi *un peu* ?

C'est Zoé qui répondit. Elle tenait entre ses mains les minutes de deux affaires judiciaires pour lesquelles Juillet avait respectivement écopé d'une admonestation et de six mois de prison avec sursis pour un vol de valeurs au préjudice d'un amant et pour avoir fait « travailler » deux amis contre rémunération au sein de son appartement.

— C'est tout ?

— Non. Je me suis fait alpaguer pour proxénétisme mais l'affaire a été classée.

— Quand, où ?

— C'était dans la forêt de Versailles, il y a trois ans.

— Trois ans ? reprit Lola.

— Oui, une quinzaine de jours avant que je reçoive les mails.

— Qui a traité l'affaire ?

— La PJ de Versailles.

Les trois flics se regardèrent.

— Et le nom de l'OPJ, insista Desgranges. Tu t'en souviens ?

— Non.

— Milan ? Pierre Milan ?

— Oui, c'est ça !

Le téléphone de Lola sonna. Hervé Compostel, encore et toujours. Elle obtint le silence complet avant de répondre.

— Oui ?

— Je vous dérange.

— Non. Je suis chez moi, je me repose.

— Vous pouvez ramarrer ? L'affaire de l'enlèvement rebondit.

— Quoi ? Jihad a encore disparu !?

— Non. C'est son père. On a découvert son cadavre.

— C'est une blague !

— Non. Il a l'arrière du crâne défoncé.

— Je vous retrouve où ?

— Cimetière de Thiais, dans le Val-de-Marne.

— Encore ! s'exclama-t-elle alors qu'elle avait passé sa matinée aux abords de celui d'Argenteuil.

— Vous voyez où c'est ?

Lola ne voyait pas. Son GPS la guiderait.

— Et moi, je vous suis ?

— Toi, t'es libre ! J'espère que t'en as bien profité, de tes 10 000 euros. Parce que l'ado avec qui t'as couché, il s'est suicidé à cause de toi, pauvre merde ! lui balança Desgranges.

Lola avait envie de l'étriper. Elle prit sur elle de ne pas lui refermer la porte au visage. Desgranges n'eut pas autant de scrupules.

Directement impliqué dans l'enlèvement de Jihad Ribeiro, feu Pierre Milan apparaissait trois ans plus tôt dans l'environnement de Florent Juillet, homosexuel notoire qui se prostituait sur Internet.

— C'est peut-être le hasard, proposa Zoé sur le chemin du retour.

— J'y crois pas. Pour moi, ce type, il bouffait à tous les râteliers. Une sacrée planche pourrie ! clama Desgranges.

— Tu vas probablement pouvoir identifier l'adresse mail utilisée par le commanditaire, non ? s'enquit Zoé.

— J'en doute. En général, ce genre de voyous n'utilise jamais très longtemps les mêmes adresses.

françois.vidocq@hotmail.com. L'adresse faisait partie des propositions de Dimitri Hérisson, le géocacheur. L'identité collait à celle d'un individu condamné aux travaux forcés avant de devenir directeur de la police au cœur du chaotique XIXe siècle.

— Il a également fait office de détective privé, ajouta Zoé qui consultait sa fiche Wikipédia sur son BlackBerry.

54

Lola ne pouvait se permettre d'arriver au cimetière en compagnie de Zoé Dechaume et de Guillaume Desgranges. Et les reconduire sur Paris lui aurait fait perdre une heure de plus. Ils se firent déposer à une station de tramway qui les remonterait jusqu'à la porte d'Italie où ils pourraient récupérer un métro.

Le cimetière de Thiais représentait plus de cent hectares de superficie répartis en cent trente divisions. Deuxième cimetière parisien par la taille, il n'avait pas la réputation du Père-Lachaise ou du Montparnasse. En effet, hormis Jean-Luc Delarue ou, plus récemment, le physicien et philosophe Bernard d'Espagnat, les illustres personnages le boudaient et préféraient laisser les emplacements vacants aux dizaines de victimes de la canicule de 2003 dont les corps n'avaient pas été réclamés par les familles, ou encore au terroriste Amedy Coulibaly, inhumé en secret dans une tombe anonyme.

Lola pénétra par l'entrée principale, visa le plan qui situait les principaux monuments aux morts. Puis elle se dirigea vers le poste de garde. Une femme sans âge, les cheveux gris et sales, la renseigna.

— Vot' macchab' se trouve division 104. Dans le columbarium. Vous êtes à pied ?

— Oui...

— Je peux vous y conduire. C'est pas tout près.

Lola refusa. Elle préférait marcher.

— Dirigez-vous vers la stèle du don du corps, alors. Vous serez presque arrivée.

La stèle du don du corps n'était autre qu'un monument érigé à la mémoire de ceux qui avaient donné leur corps à la médecine, afin que leurs proches, pour gommer l'absence d'obsèques et de dépouille, puissent se rabattre sur un lieu de recueillement.

Elle avait fait un bon kilomètre lorsqu'elle remarqua un premier véhicule de la police technique et scientifique garé sur l'avenue de l'Est. À proximité se trouvait Richard Kaminski. Lola fut soulagée d'apercevoir son chef de service au moment où celui-ci se redressait. Il se trouvait à l'aplomb du cadavre de David Ribeiro étendu sur le ventre en plein milieu d'une étendue de verdure pigmentée par des plaques de marbre.

— Il est mort comme il a vécu : dans la violence.

Compostel faisait référence à l'épanchement sanguin provoqué par un violent coup porté à l'arrière du crâne de Bison. Des caillots de sang séché nourrissaient désormais quelques décimètres carrés de pelouse.

— C'est l'arme du crime ? s'enquit Lola en visant un gros marteau à manche en bois qui se trouvait au sol, à deux pas du cadavre.

— J'en doute. Il n'y a pas de trace de sang dessus. Et, selon les collègues de l'IJ, la forme carrée de l'outil ne correspond pas à l'empreinte du coup sur l'arrière du crâne. Une chose est sûre : il a été frappé par surprise, d'autant qu'il n'y a aucune trace de lutte. Et la pelouse n'a pas été piétinée.

— Il y a des témoins ?

— Non. Un visiteur l'a découvert en début de matinée. Mais ça a très bien pu se passer hier en soirée.

Lola tourna sur elle-même. Le lieu était gigantesque et désert. Aucun immeuble aux alentours, aucun point de vue, à l'exception du centre commercial Belle Épine et de son cinéma situé à trois cents mètres à vol d'oiseau. Et des plaques funéraires partout, sur les tombes, au pied des stèles et des cavurnes creusées dans le sol et sur les columbariums. Par où commencer ?

— On fait quoi, patron ?

David Ribeiro avait mille raisons de mourir. Et sa mort n'allait pas véritablement causer de préjudice à la société. Il devait avoir autant d'ennemis potentiels que Manon Legendre possédait de contacts dans son répertoire téléphonique. Il semblait bien inutile à Compostel de se creuser les méninges sur les causes de cette mort violente, l'enquête n'aboutirait pas.

— Pour une crevure, le minimum : constatations sommaires, assistance autopsie, audition du gardien du cimetière et basta. On a assez de dossiers en portefeuille pour s'en coltiner un de plus.

Lola avait toutes les raisons de se satisfaire de la mort d'un homme qui s'en était pris à elle lors de leur visite à Fleury-Mérogis. Sa plaie, à l'arrière du crâne, tardait à cicatriser même si elle avait retiré tout le bandage quarante-huit heures plus tôt. Elle se mit à tourner en rond, soulevant ici et là les plaques et les pots de fleurs, à la recherche d'une trace de sang éventuelle.

Elle revint à proximité de Bison, s'accroupit, observa son visage buriné, son sourcil taillardé, ses lèvres épaisses. Mort, il faisait encore peur. Lola enfila des gants, débuta une palpation.

— Patron ?

Compostel, qui s'était éloigné, revint.

— Il avait ça sur lui, dit-elle en lui tendant une arme de poing par le canon. Faites gaffe, je ne l'ai pas neutralisée.

Il s'agissait d'un Kimar 92, le pistolet le plus couru dans les cités. Compostel se retourna, retira le chargeur, activa la culasse à deux reprises afin d'éjecter le projectile engagé dans le canon.

— Patron ?

Elle venait de découvrir deux autres objets dans une poche intérieure du blouson de Bison : un burin et une cartouche de ciment express. Tout le nécessaire pour desceller une plaque et la recoller. Elle se redressa, fixa les plaques de marbre incrustées dans le sol. L'une d'elles apparut descellée de son socle. Elle s'en approcha, la fit glisser du puits qu'elle protégeait.

— Patron ? Venez voir !

La cavité, de forme octogonale, était vide. Elle correspondait en tout point à la prise de vue datée du 17 juillet dernier que Bison avait transmise à un correspondant inconnu. Mais le dossier de couleur orange qui avait été l'enjeu de la libération de Jihad avait disparu. Lola lut la plaque :

— *Maurice Legendre (1954-2005) et Josiane Legendre née Marchand (1955-2005)*. Ce sont les parents de Manon et Julie Legendre !

— Jolie planque. On aurait pu le chercher longtemps, ce dossier…

— Ça ne nous dit pas qui l'a tué…

— Probablement celui avec lequel il a négocié le dossier. Il a dû être suivi et s'est fait surprendre alors qu'il descellait la cavité.

— Possible. Ça peut être l'une des deux frangines, aussi. Pour ma part, je serais très fâchée de découvrir qu'on a vidé l'urne de mes parents de leurs cendres pour planquer un vulgaire dossier.

— Ils sont morts de quoi, les parents ? s'enquit Compostel.

— Ils se sont tués en voiture sur l'A1 alors qu'ils se rendaient à Bruxelles pour chercher leur fille aînée qui avait fugué.

Ce rebondissement agaçait Compostel. L'affaire Milena Popovic méritait un investissement à plein temps, pas une enquête en pointillé. Mais l'enlèvement de Jihad, le rôle de Milan et maintenant la mort de David Ribeiro réclamaient des réponses concrètes. Il se voyait dans l'obligation de remettre des effectifs sur cette enquête.

— L'idéal serait de savoir ce qu'il y a dans ce dossier et à qui il appartient…

— Et de savoir pour qui travaillait Milan, ajouta Lola.

— Ça, je m'en charge dès demain, répondit Hervé Compostel. Je veux absolument que vous vous occupiez en priorité du meurtre de Milena Popovic. Faites-vous aider de Zoé et de Guillaume, si besoin…

Tant qu'on ne lui collait pas Barbe blanche dans les pattes, tout lui allait. Mais elle ne put lui dire qu'elle était obnubilée par un autre dossier. Une affaire classée. Celle du suicide de son fils. C'est entre chien et loup qu'elle repartit seule de ce cimetière des oubliés.

55

Google ne lui fut pas d'une grande aide. Le patronyme Lecygne était commun, il semblait y avoir autant de Julien Lecygne référencés sur le Web que de Philippe Martin. L'homéopathe Julien Lecygne tenait un cabinet en Corrèze, un J. Lecygne avait parcouru le tour des deux Charentes en VTT en moins de dix-sept heures, un énième Julien Lecygne proposait des cours de mathématiques et de physique sur le site leboncoin.fr, un autre avait même été, durant quelques mois, assistant parlementaire à l'Assemblée nationale, etc. Elle ajouta d'autres occurrences à ses recherches, « faculté de droit », « hacker », « triche ». En vain. Sans date ni lieu de naissance, sans précision sur la faculté de droit fréquentée par le tricheur, elle était désarmée. Lola renonça, passa une heure supplémentaire à se creuser les méninges sur François Vidocq. Et, de la même manière, hormis les références à l'histoire de la police, la Toile regorgeait d'informations d'ordre généalogique, biographique, ou tout simplement géographique puisque cet ancien bagnard et père de la police judiciaire, outre le fait d'avoir inspiré nombre d'écrivains, avait donné son nom à une rue d'un village de la Somme.

Elle changea finalement de poste, se connecta sur les fichiers de police. *Bis repetita.* Tour à tour, elle entra les deux patronymes sur les fichiers à sa disposition. Personnes recherchées, cartes grises, permis de conduire, antécédents judiciaires, et même le nouveau fichier comportant les milliers d'individus radicalisés. Son imprimante vomit trois pleines pages de références. Trois François Vidocq demeuraient dans l'Agenais, un autre dans les Hauts-de-Seine, et les Lecygne pullulaient sur tout le territoire. Elle se concentra sur le créneau vingt / quarante ans, il restait une pleine page de Lecygne. C'était encore trop, beaucoup trop. Elle abandonna, s'empara de sa veste, referma son bureau à clé, et fila sur l'île de la Cité où elle stationna son véhicule de permanence entre deux camions de la société Batignolles qui travaillait à plein régime, y compris les jours fériés, afin d'opérer au plus vite le déménagement du « 36 ». La déception la frappa une nouvelle fois. Les archives du « 36 », situées au rez-de-chaussée, étaient exceptionnellement non consultables.

— C'est dans le cadre d'une affaire criminelle en flag, tenta-t-elle auprès d'un administratif.

— Je suis désolé. J'aimerais bien vous aider mais les dossiers sont inaccessibles durant une semaine, ajouta-t-il en visant un déménageur qui empilait les cartons sur un chariot.

Elle repartait lorsqu'il l'interpella :

— Vous connaissez le service source ?

— Oui ! La brigade financière, rue du Château-des-Rentiers.

— Vous devriez essayer là-bas, en général chaque service garde une pelure des dossiers.

De peur que l'info ne remonte aux oreilles de Compostel, Lola voulait à tout prix éviter cette option. Elle n'avait plus le choix, ni le temps d'attendre. Elle voulait comprendre au plus vite, reprit son véhicule et fila directement dans le 13e. Paris déserté le temps du week-end, elle se gara vite fait, à deux pas de la tour abritant la sous-direction financière de la police judiciaire parisienne dont le transfert aux Batignolles était prévu pour le mois de septembre. Elle se présenta au planton de garde, signa un registre, puis emprunta l'ascenseur en direction du cinquième étage. Un permanent, averti par le planton, l'accueillit.

— C'est pour quoi ?

— Je cherche des éléments sur un type qui a fait l'objet d'une enquête.

— Pour quel fait ?

— Intrusion dans un système de traitement automatisé de données. Le type s'appelle Julien Lecygne. C'est tout ce que j'ai.

— Et tu lui veux quoi, à ce Julien Lecygne ?

— On cherche des billes sur lui. Il est peut-être mêlé à un meurtre.

— Et il est passé chez nous, ce type ?

— Passé, je ne crois pas. Mais, en tout cas, il a fait l'objet d'une enquête il y a trois ans environ. Toi, ça fait combien de temps que tu bosses ici ?

— Six mois. Je suis arrivé en sortie d'école, précisa-t-il alors qu'il lançait une recherche sur l'ordinateur du secrétariat. J'ai trouvé. Suis-moi, l'invita-t-il après avoir noté la référence du dossier sur un Post-it.

Ils débouchèrent dans une grande pièce sombre peuplée de rayonnages couverts de dossiers empilés à la verticale.

— Si tu veux conserver le dossier, laisse-moi une contremarque.

— Je préfère en faire une copie, plutôt, répondit Lola lorsqu'elle s'aperçut que la procédure qu'il lui tendait était relativement fine.

En fait, seul le rapport de synthèse de la procédure adressé au procureur de la République l'intéressait. Tout y était résumé, et l'identité complète du mis en cause apparaissait en gras :

Le commissaire divisionnaire Hervé Compostel
Officier de police judiciaire
En fonction à la brigade financière

À

Monsieur le Procureur de la République
Près le Tribunal de Grande Instance de Paris

OBJET : Rapport général d'enquête relatif à l'enquête préliminaire menée à l'encontre de Julien Lecygne pour intrusion dans un système de traitement automatisé de données.

PIÈCE JOINTE : La procédure n° 2014/89 comprenant 66 feuillets et 4 scellés.

Le 13/06/2014, à la suite d'une dénonciation anonyme, le directeur de l'université Paris-Dauphine déposait plainte contre X du fait de l'intrusion et de la modification frauduleuses dans un système de données de la part d'un ancien étudiant en Master de droit de la faculté.

> Ce dépôt de plainte intervenait quelques jours avant la prescription des faits et l'écrasement des données relatif aux recommandations de la CNIL.
>
> Un transport sur site, diligenté avec le soutien des enquêteurs spécialisés de la brigade aux fraudes et technologies de l'information, confirmait l'intrusion et la modification de nombreuses données du dossier de notations du nommé **Julien Lecygne, né le 14 avril 1987 à Neuilly-sur-Seine (92)**, et domicilié 53, avenue Charles-de-Gaulle à Neuilly-sur-Seine (92), étudiant à Paris-Dauphine entre octobre 2008 et juin 2011.
>
> Si la falsification de ses résultats lui permettait d'obtenir la mention « très bien » à son Master de droit et d'intégrer « Sciences Po », l'exploitation de l'historique des données permettait de constater qu'il avait triplé voire quadruplé la plupart de ses notes de modules.
>
> Dès lors, au vu des éléments susmentionnés, l'enquête pourrait utilement être poursuivie dans le cadre d'une commission rogatoire afin d'opérer perquisitions et saisies dans l'environnement immédiat du susnommé.
>
> Le commissaire divisionnaire
> Hervé Compostel

Le vol des scellés avait finalement mis un coup d'arrêt à cette enquête. Faute de preuve, Julien Lecygne n'avait jamais été convoqué, encore moins fait l'objet d'une perquisition.

56

Hervé Compostel avait prévenu Thomas Andrieux. Exceptionnellement, il avait besoin de sa journée du mardi 2 mai. Le directeur de la PJ aurait dû tiquer. Les meurtres à répétition n'autorisaient pas le chef de la Crim' à prendre un congé, même minime. Pourtant, il ne dit rien. Depuis le retour de « convalescence » de Compostel, celui-ci ne s'était encore autorisé aucun repos.

— Ne t'éloigne pas trop de Paris et reste joignable, surtout !

— Ne t'inquiète pas, lui avait répondu le commissaire divisionnaire qui tenait un e-billet TGV en main.

Andrieux était rassuré à son sujet. La greffe semblait prendre. Installer un ancien taulier d'un service d'enquête financière à la tête de la prestigieuse brigade criminelle avait été une décision délicate à prendre. Il y avait un monde entre le dépouillement des livres de comptes et le traitement des criminels de sang. D'un côté les cols blancs, les puissants, les riches ; de l'autre les sanguins, les vicieux, les désaffiliés. Mais au milieu, les victimes étaient toujours les mêmes : les faibles, les pauvres, les naïfs, les dupes.

Compostel avait remisé son véhicule au poste de police de la gare de l'Est, puis avait grimpé à bord du premier train, en première classe. La voiture était bondée. Nombre de ses voisins, visages concentrés, relièrent leur ordinateur aux prises électriques puis se mirent à travailler sur leurs dossiers. Chaque minute, chaque seconde comptait. Le monde allait vite, il ne fallait pas qu'il s'échappe. Aujourd'hui, il s'en voulait d'avoir fonctionné comme eux, comme une pile, dans un contre-la-montre constant. Il aurait souhaité se lever au milieu de tous et leur crier sa rage, les prévenir des dangers. Il s'abstint, les observa quelques instants de plus puis se détourna en direction d'une banlieue qui défilait au galop.

Il se réveilla deux heures plus tard, au moment où le conducteur annonçait la proximité de la gare de Luxembourg. Il dérangea son voisin, fila dans les toilettes se rafraîchir le visage. Puis attendit à sa place que le flot des pressés, agglutinés contre les portes, descendent et courent sur le quai pour gagner leur rendez-vous. Compostel, lui, marcha d'un pas tranquille jusqu'au bout du quai. Un vieil homme, petit et bossu, muni d'une canne et coiffé d'un chapeau en feutre l'attendait. La caricature du commerçant juif. Pourtant, l'homme n'était pas juif.

— Otto Asselborn. Bienvenue à Luxembourg.

— Merci de m'accueillir. Je vous offre quelque chose ?

Les deux hommes s'assirent à la table d'une brasserie, au milieu des pigeons.

— Vous ressemblez à Félix Nussbaum. On vous l'a déjà dit, peut-être...

Asselborn opina du bonnet.

— Oui, merci. Mais, moi, je ne fais pas dans la peinture. Plutôt dans le diamant.

— C'est pour ça que je suis là. Mais, n'ayez crainte, je ne m'intéresse ni à vous ni à vos activités.

Le vieillard sourit.

— Je n'ai aucune crainte. De toute manière, si j'avais quelque chose à me reprocher...

— Je suis là de manière officieuse, précisa Compostel. Rien de ce que vous me direz ne sera consigné.

— Je vous écoute.

Après avoir bu son café d'une traite, Compostel se décida à tout révéler. S'il souhaitait des réponses claires, il avait tout intérêt à montrer sa sincérité. Il résuma en quelques mots la manipulation d'une strip-teaseuse par un flic qui s'était servi de moyens de police pour arriver à ses fins, puis en vint à l'agression à laquelle le diamantaire avait échappé une décennie plus tôt dans le 8e arrondissement de Paris. Pour conclure, Compostel lui présenta une photo du policier ripou afin de lui remémorer l'événement. Asselborn fit la moue.

— Je le croiserais aujourd'hui, je serais dans l'incapacité de le reconnaître. Pourtant, je lui dois une fière chandelle...

Compostel le fixa. Il attendait une suite.

— ... J'avais la mallette menottée au poignet et je peux vous dire que les deux agresseurs n'auraient pas hésité à me couper la main pour l'embarquer s'il n'était pas intervenu. Votre Milan, il a été super pro.

— Il a d'ailleurs reçu une médaille par la suite.

— Oui, je sais. Je l'ai revu au procès. Un chic type, on a déjeuné ensemble sur la place Dauphine.

— Au Caveau du Palais ?

— On y mange très bien. Vous connaissez ?

— J'ai travaillé quelques mois au 36 quai des Orfèvres, répondit Compostel. Comment s'est déroulée l'agression ? reprit-il.

— Officiellement ou officieusement ?

Le visage de Compostel s'éclaircit. Le vieillard de quatre-vingt-six ans reprit la parole :

— En fait, lors de la plainte et le jour du procès, on a un peu arrangé la vérité. Officiellement, Milan passait par hasard dans la rue au moment où je me faisais agresser par deux voyous qui voulaient récupérer la marchandise que je proposais aux joailliers de la place de Paris. Lorsque j'ai pris le coup de crosse derrière la nuque, Milan a bien réagi. Il a dégainé, un des types lui a tiré dessus en le blessant à la main, mais Milan a riposté et a réussi à interpeller l'un des deux pendant que le second s'enfuyait. Sauf que Milan n'était pas là par hasard. En fait, il était là pour me protéger, pour assurer ma protection.

Compostel s'en doutait. La « tricoche » n'avait pas de secret pour lui. Des flics par bus entiers grattaient des billets en servant de chauffeur ou de bras armé pour le service d'une clientèle huppée ou pour encadrer des soirées mondaines.

— C'était la première fois que vous utilisiez ses services ?

— Oui, et je ne l'ai pas regretté. Il doit encore s'en souvenir, d'ailleurs, je lui ai laissé un joli chèque en guise de compensation. Parce que, si je vous parle aujourd'hui, c'est peut-être un peu grâce à lui.

— Et par quel canal vous l'avez connu ?

Silencieux, Asselborn fixa Compostel qui crut un instant qu'il hésitait à répondre. Le Luxembourgeois reprit :

— À l'époque, j'avais une succursale sur le port de Marseille. C'est mon frère qui la gérait. Un beau jour, un homme d'une quarantaine d'années est entré dans la boutique, a demandé à s'entretenir avec mon frère pour lui proposer de sécuriser les lieux. Mon frère a gentiment refusé, on n'avait aucun souci, notre activité était relativement discrète. Le soir même, mon frère a retrouvé les quatre pneus de sa voiture crevés. Et le lendemain matin, la devanture du commerce recevait deux impacts de chevrotine. Quelques jours plus tard, le même type est revenu pour renouveler son offre.

— Et donc, vous avez accepté ses services.

— Bien sûr. On n'avait pas le choix. Vu le nombre de clients autour de la Méditerranée, il nous fallait un pied-à-terre dans le Sud. Et Marseille était mieux desservie que l'Italie. Donc on a employé un de ses sbires à temps complet pour sécuriser le commerce qui n'avait pas besoin de l'être. Cette pratique, dans les Bouches-du-Rhône, c'est culturel.

— Et c'est ce même type qui vous a dégotté Milan ?

— Oui. Et je ne le regrette pas. Milan était discret, il travaillait bien, un vrai pro. Sauf que je ne savais pas qu'il était flic. Moi, on m'avait vendu la mission d'un agent de sécurité titulaire d'un port d'arme, pas d'un policier en congé qui servait de gros bras pour gonfler ses fins de mois.

— Et l'employeur de Milan ?

— Une belle crapule à qui on remettait une enveloppe bien épaisse à chaque fin de mois. Il aurait utilisé les mêmes pratiques dans les quartiers nord de Marseille. Il donnait un billet aux voyous des cités pour aller casser la gueule aux ouvriers et se pointait le lendemain pour proposer ses services, sécuriser le matériel et les hommes. Personne n'était dupe, la pratique est vieille comme le monde.

— Vous n'avez jamais signé de contrat avec lui ?

— Jamais. Tout se faisait sous le manteau. Même son nom était bidon. Il se faisait appeler François Vidocq. C'est drôle, non ?

— Comment avez-vous mis fin à votre collaboration avec lui ?

— Le plus simplement du monde. À la mort de mon frère, je me suis débarrassé du commerce. Je n'avais plus l'âge de courir à Marseille tous les quatre matins. D'autant que les temps de transport n'étaient pas encore ce qu'ils sont devenus...

— Et chez ce Vidocq, il y avait quelque chose de vrai ?

— Son accent, peut-être. Et encore...

Un faux blaze, voilà ce que ramenait Compostel à Paris. Il attendait mieux de ce voyage express. Il s'autorisa pourtant une visite de la vieille ville avant de rebrousser chemin et de regagner les Batignolles en milieu d'après-midi. Il y retrouva Lola qui s'escrimait avec le rapport que l'Identité judiciaire avait rendu à la suite des constatations opérées au sein de l'appartement de Milena Popovic.

Alors concentrée sur les catacombes, le lieutenant Lola Rivière n'avait pas accompagné son chef de service et son chef de groupe perquisitionner le domicile de la journaliste. Cette dernière demeurait dans le 11ᵉ arrondissement, à l'angle des rues de la Folie-Regnault et du Chemin-Vert, au cœur du « little Bogota » et de ses commerces bigarrés, où les milliers d'expatriés colombiens avaient pris l'habitude de se rassembler et de regarder les matchs de foot sud-américains tout en mangeant des pains de maïs garnis de viande ou de fromage. Une main sur Google Earth, l'autre sur le rapport photographique de l'IJ, Lola découvrait cet environnement où une boulangerie, une épicerie, une brasserie, une laverie et une banque avaient pignon sur rue. La rue du Chemin-Vert était à sens unique, le stationnement payant. Des poteaux, scellés dans le béton, empêchaient le stationnement anarchique sur les angles du carrefour. Puis, dans les pas du photographe, Lola poussa la porte du n° 134 correspondant à un immeuble de six étages. Le digicode était en bon état de fonctionnement, mentionnait le rapport. Elle progressa dans un couloir, gravit l'escalier sur trois étages pour se retrouver sur un palier desservant quatre appartements. La porte d'entrée du domicile de Milena Popovic ne présentait aucune trace de pesée ou d'effraction lors de la prise de vue du photographe de l'Identité judiciaire. Puis elle pénétra à sa suite dans l'appartement. Le chaos était indescriptible. Lola nota la présence de rideaux couvrant la grande baie vitrée du salon et les traces de sang constellant le parquet. Les fenêtres étaient closes. Elle referma l'album, feuilleta un autre document, épais et technique, concluant à l'absence totale d'empreintes digitales exploitables.

Réfléchir à distance, sur la base de photographies, ne servait à rien. Il fallait donner du corps, du sens aux clichés. Il fallait se déplacer pour « prendre la température ». Lola s'empara de son arme, de sa veste kaki et d'un porte-documents renfermant la photo de Milena Popovic. En un bond, elle fut sur place. Un couple se trouvait à l'intérieur du Lavomatique tandis qu'une petite file d'attente s'était constituée devant la boulangerie. Lola observa tout ce joli monde, préféra se diriger vers l'immeuble de la journaliste. Mais le porte-à-porte qu'elle engagea ne s'avéra guère payant. Seuls sept occupants des vingt appartements répondirent à ses appels. Cinq d'entre eux ne connaissaient pas leur voisine, et les deux derniers restèrent circonspects en apprenant son décès. Aucun n'avait été témoin du moindre tapage diurne ou nocturne la semaine précédente. Lola se contenta de laisser des « collantes » dans les boîtes aux lettres, à charge pour les locataires ou propriétaires absents de la recontacter. Elle finit par se réfugier au Chemin-Vert où elle s'attabla pour commander un thé. Lola feuilletait son porte-documents lorsque la patronne de la brasserie vint prendre commande :

— Vous enquêtez sur Milena ?

Lola redressa la tête pour la rabaisser aussitôt sur la photo de la journaliste, à vue.

— Vous la connaissiez ? s'enquit Lola.
— Oui, forcément. Elle vivait à côté depuis trois ans.
— Seule ?

— Oui. Elle n'était pas du genre à s'encombrer. Ça ne l'empêchait pas de recevoir des visites, par contre...

— C'est-à-dire ?

— Ben vous devez être au courant. Elle fréquentait un gars de chez vous.

— Pardon ?

— Oui, un flic. La cinquantaine, toujours bien fringué, il roule en C5.

— Une C5 !

— Ouais, une berline bleu marine avec gyrophare sur le tableau de bord. Même qu'il se garait toujours sur l'emplacement livraisons, là, devant, montra-t-elle.

57

Lola eut du mal à se redresser. Le parc automobile de la préfecture de police était immense. Mais elle ne connaissait qu'un seul propriétaire d'une berline de marque Citroën C5 au sein de la « grande maison » : Thomas Andrieux, autrement dit le directeur en personne.

— Patron ! J'ai une piste pour Milena Popovic !

Excitée comme une puce, Lola Rivière était revenue illico au Bastion. Compostel, les yeux rivés sur son Mac, quitta d'un clic de souris le site de l'URSSAF sur lequel il opérait quelques recherches.

— C'est délicat, enchaîna-t-elle.

Compostel l'observa de pied en cap. Il s'amusait du mystère dont elle semblait être porteuse. Devant son silence, elle poursuivit :

— Milena Popovic recevait la visite d'un policier. Un policier que vous connaissez…

— Il fait partie de la Crim' ?

— Pas vraiment…

— Éric Moreau ?

— Non. J'ai peur que ça vous chagrine un peu, monsieur…

— Qui, bon sang ?
— Le directeur.

Compostel hésita entre le rire et la consternation. L'allure bonhomme de Thomas Andrieux, son état d'esprit casanier et l'attention continue de sa femme ne prêtaient guère à la théorie du batifolage. Pourtant, le chef de la Crim' se souvenait fort bien du refus du directeur d'enquêter sur les fuites récurrentes des affaires de police judiciaire dans la presse et en particulier sur le site LeMatin.fr.

— Qu'est-ce qui vous fait dire ça ?
— J'ai un témoin, monsieur. La gérante d'une brasserie.
— Elle est crédible ?
— Oui. Le véhicule C5 du directeur se gare régulièrement devant son commerce.

Compostel éclata de rire. Il ne pouvait plus s'arrêter. Lola, à l'entrée de la pièce, semblait décontenancée.

— Qu'est-ce qu'il y a ? Qu'est-ce que j'ai dit ?

Mais Compostel ne s'arrêtait plus. Il en pleurait, soulagé que le directeur, son ami, soit hors de cause. Il réussit enfin à glisser deux mots :

— Andrieux n'a jamais su conduire, Lola. Je ne suis même pas certain qu'il sache différencier la pédale de frein de l'accélérateur.

— C'est qui, alors ?
— Ça ne peut être que le chauffeur du directeur. C'est lui, la plupart du temps, qui conduit la C5.

Lola s'en voulut. Heureuse de sa découverte, elle était allée trop vite en besogne. Penaude, elle s'apprêtait à quitter le bureau lorsque Compostel la rattrapa :

— Lola !

— Oui ?

— Bien joué. C'est du bon boulot. Cet élément explique pas mal de choses, en particulier les nombreuses fuites dans la presse.

Elle le remercia d'un sourire puis retourna dans son antre, au milieu des siens, où Kaminski ne mit pas longtemps avant de lui sauter sur le colback.

— T'en es où des recherches que je t'ai commandées sur les catacombes ?

Il parlait du mètre cube de paperasse relatif aux plaintes déposées pour vol de ferraille ou aux mains courantes correspondant à des intrusions illicites dans les sous-sols de la capitale. Lola faillit mentir. Mais la pile, déposée sur un coin de son bureau, n'avait pas bougé d'un iota.

— J'ai pas eu le temps.

— Ce serait bien que tu le trouves. Et rapidement ! J'te rappelle que jusqu'à preuve du contraire tu bosses pour mon compte !

Lola préféra fuir que de répondre. Foncer rue Saint-Guillaume, dans le 7e arrondissement de Paris, lui semblait beaucoup plus profitable, même si cette nouvelle virée ne rentrait pas dans le champ de l'affaire Popovic.

Devant Sciences Po, elle dut se faire un passage. Des grappes d'étudiants en mal de cigarettes étaient agglutinées devant la prestigieuse école, jusqu'au milieu de la chaussée. L'enquêtrice n'eut aucun mal à franchir la sécurité du site. Et pour cause, elle ne déparait pas dans cet univers où certains étudiants, pas moins jeunes qu'elle, s'adressaient à leurs comparses en anglais ou en allemand. Elle chercha son chemin au milieu de cet essaim qui lui donnait le tournis, déboucha dans la bibliothèque où les MacBook Air semblaient avoir le monopole, fit demi-tour. C'est en français qu'elle demanda son chemin à une jeune fille qui ressemblait comme deux gouttes d'eau à Charline Le Roy Ladurie, la meilleure copine d'Alexandre Compostel. Pour faire bonne figure, elle récupéra un *Libération* offert gracieusement, puis se dirigea vers le service administratif. Sa requête paraissant originale, un directeur fut appelé à la rescousse.

— Je souhaiterais consulter le dossier d'un étudiant, réitéra-t-elle en présentant sa carte de police de manière discrète.

— Vous avez une commission rogatoire ? s'enquit le jeune quadra qui lui faisait face.

— Non.

Aucune enquête n'était ouverte sur le fameux Julien Lecygne. Au contraire, la disparition dans les locaux de la brigade financière des scellés judiciaires l'incriminant avait mis un coup d'arrêt total à l'action publique.

— Dans ce cas, je ne suis pas en mesure de vous aider.

— Sans trahir de secret, vous pouvez peut-être me dire combien de temps il a été scolarisé ici, non ?

— Son nom ? demanda tout bas le directeur.

— Julien Lecygne.

— Ah !

— Vous connaissez ? questionna Lola en réponse à l'exclamation de son interlocuteur.

Il se mit à sourire, avant de se lâcher :

— C'est un petit débrouillard. Je pense qu'il fera une belle carrière...

Visiblement, la triche de Julien Lecygne aux fins d'intégrer Sciences Po avait dépassé la frontière de la fac de droit.

— Il était déjà assistant parlementaire à l'Assemblée nationale lorsqu'il a été ennuyé par la police. Il a très vite démissionné. Aujourd'hui, je crois qu'il a monté sa propre boîte et qu'il gravite dans le milieu de la sécurité, ajouta le directeur. Je peux savoir pourquoi vous enquêtez sur lui ?

Lola grimaça. Elle ne pouvait lui répondre.

— Et chez vous, il a triché, aussi ?

Le directeur visa l'assistante administrative, assise derrière son bureau. Elle était en ligne. Il pouvait parler librement.

— Bien sûr qu'il nous a dupés, poursuivit-il en la raccompagnant jusqu'à la porte. Comme à l'université Paris-Dauphine, il a réussi à pénétrer notre système. Sauf que Sciences Po a un certain standing. On ne pouvait pas se permettre de déballer cette info sur la place publique.

Lola comprenait. Cette affaire ne pouvait qu'ajouter au désarroi des citoyens français vis-à-vis d'une classe politique très largement jugée corrompue et incompétente.

Si elle ne parvint pas à se faire communiquer son dossier, elle réussit toutefois à obtenir copie de la photo de Julien Lecygne qu'elle plia et glissa dans une poche intérieure de sa veste. Le directeur administratif raccompagna Lola jusque dans le hall, elle le remercia avant de se débarrasser du quotidien qu'elle n'avait jamais compté ouvrir. Puis elle sortit dans la rue en relevant son col de veste. Face à elle, la librairie Sciences Po.

Ce qu'elle n'avait pas vu jusque-là lui sauta aux yeux. Les armes de l'université Sciences Po Paris – un lion faisant face à un renard – s'affichaient sur la devanture du commerce. Elle fit aussitôt demi-tour et rattrapa son interlocuteur dans les escaliers.

58

Guillaume Desgranges était l'homme de la situation. Face à un flic, de surcroît chauffeur du directeur, il fallait un coriace. Desgranges était capable du pire, il était sans limites. Et, comme jamais auparavant, le chef de la PJ et son chef de service lui avaient donné carte blanche. C'est au quatrième sous-sol du Bastion, alors que Nicolas Fernandez bichonnait la C5 de son patron, que le chef de groupe de la Crim', seul, l'accosta.

Fernandez avait le grade de gardien de la paix. Et la fonction de voiturier. Fondu de mécanique auto, il avait atterri en sortie d'école de police au service central automobile basé dans le 13e arrondissement de Paris. L'arme à la ceinture sur le bleu de travail, il y passait ses journées à faire des vidanges ou à changer les ailes ou les pare-chocs des véhicules de police abîmés lors des patrouilles ou des courses-poursuites. Puis il avait trouvé une niche. Il était devenu, au début des années 2000, l'un des deux pilotes de l'écurie Police nationale qui participaient au championnat de France de rallye. Il avait marqué quelques points et cassé deux voitures avant de devenir formateur dans le domaine de la conduite rapide, sur l'autodrome de Linas-Montlhéry. À peu près tous les effectifs des brigades anticriminalité de France étaient passés au volant, sous ses ordres. Mais depuis deux ans, il avait décidé de revenir à Paris.

— En somme, t'as jamais fait de police ? questionna Desgranges alors que Fernandez continuait de lustrer le capot.

— Jamais. Mais tu sais, je ne suis pas le seul. Si tu regardes bien, il y a plein de mecs dans les bureaux qui ne savent même pas où est rangée leur arme.

Desgranges le savait. Il avait lu un ou deux rapports de la Cour des comptes et de l'Inspection générale de l'administration qui préconisaient de remplacer ces emplois de bureau occupés par des fonctionnaires de police par des administratifs qui présentaient l'avantage de coûter moins cher à l'État.

— Et comment t'as fait pour devenir le chauffeur du directeur ?

— J'ai passé des tests. Et on m'a laissé le choix entre le patron de la DGSI et celui de la PJ.

— Et hormis conduire le patron à ses rendez-vous, tu fais quoi lorsque tu as du temps libre ?

— Parfois j'ai des commandes. Il m'arrive d'aller remettre des plis en main propre à la Préfecture ou à Levallois.

— Et tes horaires de travail, c'est quoi ?

— Je dois être disponible de 8 heures à 19 heures. Parfois, je reste plus tard. Il suffit qu'un rendez-vous s'éternise. D'autres fois, je suis libéré plus tôt. Le directeur est assez cool.

Nicolas Fernandez aimait bien discuter. Il aimait évoquer son métier et les compétences requises, à savoir disponibilité, bonne présentation et discrétion.

— Vu ton poste, tu dois être au courant de plein de petits secrets, alors ?

Le chauffeur redressa la tête.

— Comment ça ?

— Sur les soucis du directeur, les histoires d'avancement, les affaires en cours...

— Ouais, bien sûr.

— T'es marié ?

— Euh... Ouais. Pourquoi tu me demandes ça ?

— Des enfants ?

— Deux.

— Quel âge ?

— Des jumeaux de seize mois.

— Tu habites où ?

Fernandez hésita.

— Attends ! Qu'est-ce que tu cherches à savoir, là ?

— Je cherche juste à causer, c'est tout...

— Montreuil.

Desgranges connaissait bien la commune de Montreuil, sorte d'appendice du quartier de la République, où se mélangeaient bobos et voyous. Montreuil était surtout relativement éloigné du domicile de Milena Popovic.

— Et ça se passe bien avec ta femme ?

— Hé ! Ça va pas ? Est-ce que je me mêle de ta famille, moi ?

Desgranges sourit. Le commandant de police faisait trente kilos et une bonne tête de plus que Nicolas Fernandez, il ne risquait rien. Il poursuivit :

— Je voulais savoir parce que, ces derniers temps, j'ai vu le véhicule du directeur garé plusieurs fois à l'angle des rues de la Folie-Regnault et du Chemin-Vert...

Le chauffeur du directeur devint blême. Desgranges ne lui laissa pas le temps de se ressaisir.

— Ça te dirait qu'on monte discuter cinq minutes dans mon bureau ?

Une main sur le montant de la portière conducteur, une autre enserrant son chiffon, Fernandez regarda partout. Il était en panique. Il finit par claquer la portière.

— Alors ? débuta Desgranges une fois assis face à un chauffeur mieux habillé que lui.

Mais Fernandez restait silencieux.

— Ne m'oblige pas à te placer en garde à vue...

— Et de quel droit tu me placerais en GAV ? rétorqua le chauffeur du directeur. Je n'ai rien à me reprocher...

— Dis-moi ce que tu fabriques rue du Chemin-Vert ?

— Tu le sais très bien.

— Je veux l'entendre de ta bouche...

Les deux hommes se toisaient. Mais Fernandez n'était pas en mesure de résister longtemps aux assauts.

— J'allais chez Milena Popovic.

— Pour quoi faire ?

— À ton avis ? Tu veux que je te fasse un dessin ?

Desgranges faillit lui en coller une. C'est le statut de flic de Fernandez qui le retint. Il reprit :

— Pour quoi faire ?

Fernandez déglutit.

— On couchait ensemble.

— Depuis quand ?

— Deux ans.
— Ta femme le sait ?
— À ton avis ?
— Ta femme le sait, oui ou non ?
— Non.
— T'es sûr ?
— Oui.
— Pourquoi tu la trompes ?

Fernandez était incapable de répondre à cette question.

— Pourquoi tu trompes ta femme ?
— Je sais pas, ça s'est fait comme ça...
— Comment *comme ça* ?
— Le coup de foudre.
— Je t'écoute...
— Le coup de foudre, quoi ! Un regard, un échange, et puis on s'est revus...
— Où ?
— Chez elle, pardi !

L'audition avançait bien. Desgranges était satisfait. Il passa à l'étape numéro deux.

— Ton histoire de coup de foudre est jolie. Mais tu avoueras que l'amourette du petit chauffeur et de la journaliste d'un quotidien national, ça fait un peu roman Harlequin, tu ne crois pas ?
— Comment ça, *Harlequin* ?
— Je veux dire que c'est pas crédible...
— Comment ça, *pas crédible* ?
— C'est du pipeau. Elle t'a jamais aimé.
— Qu'est-ce que t'en sais ?
— J'en sais qu'elle avait quelqu'un d'autre...
— C'est faux !

— Où est-ce que vous vous êtes rencontrés ?

— À une réception à laquelle M. Andrieux était convié.

— Je parie que c'est elle qui t'a abordé alors que tu patientais au volant de ta voiture, avec le gyro sur le tableau de bord pour frimer, non ?

— T'es un connard !

— Je suis un connard mais c'est la vérité. Elle t'a fait du rentre-dedans et toi, t'as pas pu t'empêcher de foncer la tête la première dans le piège...

— C'est faux !

— Je suis même sûr que lorsqu'elle t'invitait à dîner elle réclamait la note pour se faire rembourser par son employeur...

— Connard !

— Je te dis qu'elle avait un autre mec...

— Des conneries ! hurla-t-il.

— Elle couchait avec son rédac' chef. C'est lui-même qui nous l'a avoué, lâcha placidement Desgranges.

— Je ne te crois pas.

Il ne le croyait pas. Pourtant, le doute était permis. Le commandant de police changea d'angle d'attaque.

— Raconte-moi ce qui s'est passé...

— Comment ça *ce qui s'est passé* ?

— ...

— Il s'est rien passé. Je suis pour rien, moi, dans tout ça !

— *Tout ça*, reprit Desgranges. C'est quoi *tout ça* ?

— Ben sa mort. Je ne suis pour rien dans sa mort, moi !

— Sauf que la voiture du dirlo était garée en bas de chez elle le jour de sa mort...

— Qui vous a dit ça ?

— Un témoin.

— Eh bien, votre témoin, il ment !

— Pourtant, c'est le même témoin qui nous a dit que tu étais régulièrement garé en bas de chez elle...

— C'est des conneries. J'ai rien à voir avec sa mort. Et puis la C5 du patron, elle était toute la semaine dernière au garage sud de Rungis pour contrôle technique ! Tu peux vérifier, si tu veux !

Fernandez venait de marquer un point. Desgranges le fixa. Celui-ci tenta une autre stratégie :

— Tu l'as vue quand, pour la dernière fois ?

— Il y a huit jours. J'ai rien à voir dans sa mort. Votre témoin, je veux être confronté à lui !

Inutile d'organiser une confrontation. Tous les éléments produits par Desgranges étaient faux. Jusqu'à la relation supposée entre la journaliste et son rédacteur en chef. Pour autant, ce rapport entre la journaliste et le flic mettait en lumière certains éléments :

— J'ai longtemps cru que c'était Éric Moreau qui balançait à la presse. Maintenant, je sais d'où viennent les fuites, lâcha le flic de la PJ.

— C'est pas moi, je vous jure. Elle était toujours au courant avant tout le monde. C'est pas parce que je couchais avec elle que c'est moi qui bavais !

— À moins qu'elle couche avec un autre flic, je ne vois pas qui pourrait en être à l'origine...

— C'est pas moi. Et je peux le prouver.

— Vas-y, je t'écoute !

— Lorsqu'elle a pondu le papier sur votre échec face aux amants maudits moins de deux heures après leur libération, j'étais en province, dans ma belle-famille.

Je n'étais pas au courant de l'évolution de l'enquête, je ne savais rien.

— Elle a quand même tenté de t'appeler, non ?

— Oui, bien sûr. Elle m'appelait tout le temps, elle aimait se faire confirmer des éléments avant de les diffuser dans la presse. Mais je n'étais jamais à l'origine des infos qu'elle possédait.

— Et t'as pas tenté de le savoir ?

— Bien sûr que si. Elle répondait toujours la même chose, un truc assez abscons : « Les ondes n'ont pas de frontières. »

Desgranges l'observa comme s'il rencontrait un extraterrestre.

— Qu'est-ce qui va se passer pour moi ? reprit Fernandez.

— On va vérifier si ce que tu nous dis tient la route. J'imagine que, en attendant, le directeur va te reclasser à un autre poste, ou dans une autre direction. Et ces derniers temps, elle t'a parlé de soucis en particulier ?

— La dernière fois que je l'ai vue, elle m'a dit qu'elle se sentait manipulée. Je n'y ai pas pris garde. Il faut dire qu'elle avait sans arrêt des cas de conscience vis-à-vis des affaires qu'elle sortait. Je crois que ce métier n'était pas fait pour elle.

— *Manipulée ?*

— Oui, c'est le terme exact.

— Et elle t'a parlé des catacombes ?

— Non.

— Merci. Tu peux retourner bichonner ta voiture, termina Desgranges, sarcastique.

Fernandez parti, Desgranges retrouva Zoé Dechaume et Lola Rivière. Une fois n'est pas coutume, les deux femmes ne semblaient guère pressées d'obtenir les conclusions de l'entretien que venait de mener le chef de groupe.

— Milena Popovic était à Sciences Po Paris avec Julien Lecygne. Ils suivaient tous les deux le même cursus, annonça Zoé à son chef de groupe.

Desgranges mit quelques secondes avant de connecter. Il avait laissé du jus dans l'entretien qu'il venait de mener avec le chauffeur du directeur, il lui fallait récupérer.

— Celui qui faisait l'objet d'une enquête par le patron ?

— Le même, répondit Lola qui rentrait tout juste de la rue Saint-Guillaume.

En bref, Julien Lecygne apparaissait de près ou de loin dans deux dossiers. Tout comme Pierre Milan, qui, outre le fait d'avoir manipulé Manon Legendre, avait traité la garde à vue d'un homosexuel qui avait couché avec le fils Compostel.

— C'est le hasard, c'est tout. Pour votre gouverne, les filles, il y a quelques années j'ai gratté sur un véhicule de location qui a servi à un enlèvement et qui, quelques semaines plus tard, a été emprunté par la victime d'un meurtre. Et il n'y avait aucun lien, absolument aucun, entre ces deux événements.

— Sauf qu'il y a un autre lien, et pas des moindres, poursuivit Lola : Julien Lecygne a été assistant parlementaire à l'Assemblée nationale avant qu'il ne soit dénoncé pour trafic de notes. Tu sais de quel député ?

Desgranges ne savait pas. Et il n'avait pas très envie de jouer aux devinettes.

— De Pierre-Yves Dumas, le candidat…

— Oui, merci, je sais qui c'est.

Desgranges resta silencieux, puis se ressaisit :

— Paris est un petit monde, Lola. Ne tire pas de conclusions trop hâtives. On accumule tellement de données dans nos enquêtes qu'on tisse un peu trop facilement des liens.

Mais Lola n'en démordait pas. Deux hommes, Julien Lecygne et feu Pierre Milan, « tournaient » autour de trois affaires distinctes : le suicide d'Alexandre Compostel consécutif au vol de scellés, la mort de la journaliste Milena Popovic dans les catacombes, et la manipulation de Manon Legendre précédant le meurtre de David Ribeiro.

— Qu'est-ce que vous complotez, tous les trois ? s'enquit Hervé Compostel qui venait aux nouvelles.

— Vous savez, Julien Lecygne, celui que vous n'avez pas réussi à faire condamner il y a trois ans, eh bien c'était une relation de Milena Popovic…, lâcha Lola.

— Et alors ?

Pour Hervé Compostel, l'affaire Julien Lecygne était prescrite, close, à mettre aux oubliettes.

— Ils ont fait leurs études ensemble à Sciences Po, continua-t-elle.

Desgranges baissa la tête. Zoé, elle, ne savait que penser de cette information.

— On ne va pas se mettre à soupçonner tous ceux qui ont joué à la marelle avec elle, si ? répondit-il, agacé. Tenez, j'ai une petite commande pour vous, ajouta-t-il. J'aimerais que vous grattiez sur ce nom au niveau registre du commerce et URSSAF. Visez en priorité le département des Bouches-du-Rhône et n'hésitez pas à remonter assez loin dans le temps...

— C'est quoi ? demanda-t-elle en récupérant le Post-it que lui tendait son chef de service.

— Le nom du type qui aurait loué les services de Pierre Milan pour assurer la protection du diamantaire luxembourgeois, répondit le chef de la Crim' qui se mit à raconter sa petite escapade dans le Grand-Duché.

Lola pencha la tête vers le bout de papier sur lequel apparaissait le nom de François Vidocq. Un frisson la parcourut. Elle redressa la tête vers Zoé, qui ne la regarda pas. François Vidocq, de nouveau. Le même blaze que celui qui avait orchestré le vol des scellés de l'affaire Julien Lecygne. Elle en était convaincue désormais, tout était lié.

59

De retour dans son bureau, Lola griffonna à la volée sur une feuille de papier une sorte d'organigramme reliant les principaux protagonistes des trois affaires sur lesquelles elle travaillait officiellement ou officieusement. D'instinct, elle plaça au cœur du schéma le duo François Vidocq / Julien Lecygne. Peut-être parce que ces deux personnages posaient problème : l'un naviguait en eaux troubles depuis de très nombreuses années en usant vraisemblablement d'une fausse identité ; et l'autre, ancien étudiant de Sciences Po, avait disparu des écrans radar. Et ni le flic ripou Pierre Milan ni la journaliste de fait divers Milena Popovic ne pouvaient désormais aider Lola à les démasquer.

— Je vois que tu prends le temps de dessiner, dis donc ! lui balança un Kaminski jamais en manque de verve. T'en es où des recherches que je t'ai commandées sur les catacombes ?

— J'avance, mentit Lola qui ne l'avait pas entendu pénétrer dans son bureau.

— Dépêche-toi ! Je veux un point complet demain à la première heure !

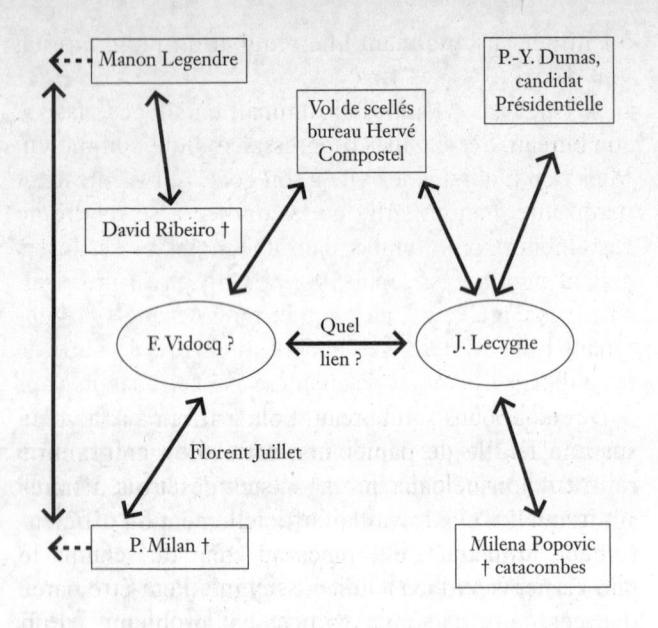

```
  ←--- [Manon Legendre]              [P.-Y. Dumas,
           ↕                          candidat
                     [Vol de scellés  Présidentielle]
     [David Ribeiro †]  bureau Hervé
                       Compostel]

     [F. Vidocq ?] ←— Quel —→ [J. Lecygne]
                     lien ?

           Florent Juillet

  ←--- [P. Milan †]            [Milena Popovic
                                † catacombes]
```

Lola rangea sa feuille, se connecta sur sa boîte mail où elle retrouva trace d'une réponse en anglais reçue quelques heures plus tôt qui émanait de la société Microsoft basée à San Diego. La firme américaine refusait toute communication de données relatives au compte francois.vidocq@hotmail.com en l'absence d'un cadre juridique valide. Et Lola n'avait aucun mandat légitime pour enquêter sur la manipulation orchestrée à l'égard d'Alexandre Compostel. Elle tira une bouteille d'eau minérale d'un pack qu'elle rangeait sous son bureau, avala une grande gorgée, puis se décida enfin. Elle pensa à Pierre Milan, coutumier du fait. Car elle s'apprêtait à l'imiter en bidonnant une réquisition judiciaire en vue d'arriver à ses fins.

À vingt pas, Compostel ruminait en silence, assis à son bureau. Ses équipes progressaient, tout comme lui. Mais rien n'allait assez vite à son goût. Lui-même avait perdu une grande partie de la journée à se rendre au Luxembourg pour tomber dans une impasse. Les pistes étaient nombreuses, mais il n'arrivait pas à prioriser. Pire, ses enquêteurs, au premier rang desquels le lieutenant Lola Rivière, semblaient avoir pris le parti de travailler à l'instinct, de manière isolée, chacun dans son coin. En bref, il ne contrôlait plus rien, se raccrochant à l'idée que leur motivation allait offrir, à un moment donné, le déclic tant attendu. Mais ce moment n'arrivait pas.

Faute de mieux, il se connecta sur le réseau sécurisé du service, ouvrit les dossiers partagés et se mit à lire les procès-verbaux en retard. Débutant par la retranscription de l'entretien informel que Lola et Zoé avaient eu avec le chauffeur de taxi Miguel Dos Santos, Compostel poursuivit sur la lecture de quelques écoutes que Lola avait pris soin de coucher sur le papier. Le Pierre-Ier, l'un des palaces de la capitale, revenait en boucle. La nuit, Dos Santos y déposait régulièrement Manon Legendre et une autre fille du Jardin d'Éden prénommée Diana, lesquelles restaient rarement dans l'établissement plus de deux ou trois heures. Et les clients n'étaient autres que des princes arabes vivant plusieurs mois par an au Pierre-Ier, des personnages publics, des hommes politiques, des VIP de passage à Paris ou encore des stars du show-biz, à en croire les écoutes interceptées entre Manon Legendre et feu

Moussa Sissoko, le portier du palace, le proxénète de ces dames, celui qui orchestrait tout de son poste, celui qui répondait à la demande des libidineux friqués de l'établissement de luxe.

Même si les conversations semblaient croustillantes, Compostel en avait assez de lire. Il céda et attrapa le CD-ROM d'écoutes que Lola avait constitué à l'issue de leur visite officieuse des locaux de la PJ de Versailles. Parmi les 1 761 conversations, 3 546 SMS et 326 messages parvenus sur la boîte vocale, il sélectionna au hasard comme on zappe sur sa télé dans un état de semi-conscience, abrégeant les écoutes qui lui semblaient inintéressantes pour passer à d'autres. Compostel en avait entendu une cinquantaine lorsqu'une petite série de communications codées lui permit de comprendre le fonctionnement précis du système mis en place.

Conversation n° 167 en date du 11/02/2017 à 2 h 39 établie entre Manon LEGENDRE et Moussa SISSOKO :

Manon LEGENDRE : Allô ? *(Musique de Sting en fond sonore, niveau très élevé.)*

Moussa SISSOKO : Salut, ma beauté. T'es au JDE ?

Manon : Mmh.

Moussa : Tu taffes jusqu'à quelle heure ?

Manon : 4 heures.

Moussa : Cool, ma gueule. Wesh, une livraison de roses, ça te branche ?

Manon : Combien ?

Moussa : 2 000.

Manon : Ouah ! C'est pas Minizizi, j'espère ?

Moussa : Non, ma gueule. C'est fini avec lui.

Manon : Et je connais le fleuriste ?

Moussa : Non. C'est un nouveau sur le marché.

Manon : Elles viennent d'où, les roses ?

Moussa : Du Liban. La marchandise du Liban est propre, ma belle. Par contre, il veut un reçu…

Manon *(après un silence)* : Quel type de reçu ?

Moussa : Un BBFS.

Manon : Hein ! Putain, Mouss, tu sais très bien que je ne veux pas…

Moussa : Cool ! J'ai un certif' pour le rosier. Garanti sans pucerons.

Manon : Il date de quand, le certif' ?

Moussa : Un petit mois. *(Insistant :)* 2 000 roses, ma gueule…

Manon : OK, à quelle heure la livraison ?

Moussa : Miguel t'attendra devant le JDE à 4 heures.

SMS n° 433 en date du 11/02/2017 à 3 h 57 émanant de Miguel DOS SANTOS :

« Suis devant JDE. Je vous attends. »

SMS n° 434 en date du 11/02/2017 à 4 h 12 à destination de Diana SANGARÉ :

« Suis au P1, jardin 113, pour tailler rosier libanais. Mission max : une heure. »

SMS n° 435 en date du 11/02/2017 à 4 h 15 émanant de Diana SANGARÉ :

« OK. »

SMS n° 436 en date du 11/02/2017 à 5 h 09 émanant de Diana SANGARÉ :

« Ça va ? »

SMS n° 437 en date du 11/02/2017 à 5 h 14 à destination de Diana SANGARÉ :

« Tout va bien. Rosier taillé. Miguel me raccompagne at home. »

Hervé Compostel stoppa là ses écoutes. Il avait à peu près tout compris. Seul le terme BBFS lui était inconnu. Malgré l'heure, il se permit de contacter Sabatier, son alter ego de la Mondaine. L'homme partit d'un rire gras à l'évocation de cet acronyme, avant de se reprendre :
— Ça signifie *bareback sex*.
Le patron de la Crim' traduisit littéralement par *sexe à cru*. Ou sexe sans préservatif.
— Dis-moi, tu pourrais te renseigner sur une certaine Diana qui bosse comme hôtesse au JDE ?
— T'es toujours dans ton affaire d'enlèvement de bébé ?
— Ouais.
— OK. Je contacte le groupe Cabarets et je t'envoie ce que j'ai par SMS.

Compostel raccrocha, attrapa son manteau et sortit du bureau. Moussa Sissoko mort, il n'y avait plus aucun danger à se rendre au Pierre-Ier, au cœur du Triangle d'or.

Une nuit noire s'était abattue sur l'hôtel de luxe lorsqu'il stationna à une centaine de mètres. Il observa le voiturier, puis se dirigea vers la porte à tambour qui se déclencha à son arrivée.

— Le bar est fermé, monsieur, intervint le portier, reconnaissable à son chapeau noir à liseré rouge et à sa redingote.

Compostel s'amusa de la remarque. Il connaissait la problématique des palaces et des agents de sécurité qui, juridiquement, ne pouvaient empêcher les touristes et autres quidams de pénétrer dans les hôtels offrant un service de restauration.

— Je souhaite voir le chef de la sécurité, répondit-il en montrant sa brème.

— Excusez-moi, monsieur. Suivez-moi, monsieur.

Ils traversèrent le hall et ses colonnades, progressèrent sur un tapis rouge menant à la salle de restauration, puis, par une porte dérobée, entrèrent dans les coulisses du palace pour descendre en direction des cuisines. Le local du directeur de la sécurité, entièrement vitré, était étroit. Un homme d'une soixantaine d'années redressa la tête et retira ses lunettes de vue lorsque Compostel se présenta.

— Il y a des collègues à vous qui sont déjà venus perquisitionner le casier de Moussa Sissoko...

— Oui, je sais. Les collègues de Versailles.

Le chef de la sécurité confirma. Il tenait dans la main la carte de visite d'un collègue de Pierre Milan.

— Je m'intéresse surtout à elle, précisa Compostel en sortant la photo de Manon Legendre. Vous la connaissez ?

Le patron d'une vingtaine de vigiles rechaussa ses lunettes avant de se saisir du cliché. Compostel connaissait déjà la réponse. L'homme ne souhaitait surtout pas de mauvaise publicité autour de l'établissement qui l'employait à prix d'or pour offrir une protection totale à des clients qui souhaitaient échapper à tout sentiment de surveillance mais aussi et surtout à la présence de paparazzi.

— Non. Jamais vue. C'est qui ? Un rat d'hôtel ?

— Juste une pute. Une pute de luxe pour un hôtel de luxe, précisa le flic en le fixant.

— Jamais vue, précisa son interlocuteur.

Compostel n'insista pas. Là n'était pas le but de sa visite.

— J'aurais besoin du listing clients pour la nuit du 16 au 17 juillet 2016…

Le 17 juillet 2016, la fameuse nuit où le dossier qui avait servi de monnaie d'échange contre la libération du fils de Manon Legendre avait été pris en photo.

— … et de votre main courante événement, par la même occasion.

— Vous pouvez me redire votre nom et votre service, s'il vous plaît ?

— Compostel, brigade criminelle.

— Je connais bien le groupe « vol à la tire » de la BRB. Moi-même, je suis flic à la retraite. J'ai fait une grande partie de ma carrière aux Renseignements généraux.

Le directeur de la sécurité jouait désormais la carte de la sympathie. Mais Compostel était pressé d'en finir.

— Vous pouvez m'imprimer le listing ?

L'ancien flic pivota sur son siège, attrapa la souris qu'il fit jouer sur l'écran de son ordinateur. Mais, bizarrement, le système réseau de l'hôtel de luxe ne répondait pas. Impossible d'ouvrir le moindre document.

Le locataire des lieux promit de faire intervenir au plus vite un technicien afin de lui transmettre par mail le listing des clients dans les plus brefs délais.

— Et pour ce qui est de la vidéosurveillance ?

— 17 juillet, ça fait plus de six mois. La réglementation est stricte, les données sont écrasées au bout de trente jours.

Bonne réponse. Hervé Compostel retrouva la sortie tout seul. Il savait qu'il ne tarderait pas à recevoir un appel de Thomas Andrieux. Le monde des palaces, celui de la sécurité, celui de la police étaient imbriqués. Leurs grands pontes fréquentaient les mêmes raouts, s'échangeaient de manière officieuse des tonnes de renseignements. En bref, ils se rendaient service mutuellement.

Le voiturier grimpait au volant d'un Porsche Cayenne lorsque Compostel boutonna son manteau pour regagner son véhicule. Au coin de l'hôtel, il changea d'idée et s'orienta vers une rue adjacente. Il trouva enfin, à l'arrière du pâté d'immeubles, l'entrée du parking privatif du palace. Sa carte de police, une nouvelle fois, fit figure de sésame. L'homme qui se trouvait dans sa casemate, moustache poivre et sel, gestionnaire des entrées et des sorties de véhicules, revivait depuis la mort de Moussa Sissoko, au même titre que l'ensemble des voituriers.

— C'était une ordure ! Il triplait son salaire grâce aux pourboires qu'il encaissait.

Compostel compatit. La pratique voulait que le client donne les clés de sa Ferrari au portier, qui recevait en règle générale un gros billet au passage, avant de les remettre à un voiturier qui se chargeait de remiser le véhicule au parking. La pratique voulait également que les pourboires soient partagés avec la brigade des voituriers.

Compostel ne lui montra pas la photo de Manon Legendre, ni aucun autre cliché. Il se concentra sur les anecdotes que l'employé du palace distillait avec de francs sourires. Le chef de la Crim' eut ainsi droit au récit d'une scène mémorable entre une princesse de sang royal et son garde du corps à l'arrière d'un coupé sport. Après une demi-heure d'écoute, cette amitié naissante, soutenue par un billet de 50 euros, permit à Compostel de repartir avec le listing des immatriculations de véhicules garés dans le parking durant la nuit du 17 juillet.

Il grimpait au volant de sa voiture au moment où Thomas Andrieux faisait sonner son portable. Compostel ne répondit pas. Il préféra lire le SMS que Sabatier, le chef de la Mondaine, lui avait transmis au sujet de Diana, la meilleure amie de Manon Legendre.

60

Compostel se réveilla au milieu de la nuit. Depuis trois ans et le suicide d'Alexandre, les insomnies étaient son lot quotidien. Mais là, il le sentait, ce réveil en sursaut n'était pas lié à la mort de son fils. L'énigme Pierre Milan le prenait aux tripes, avec ce sentiment paradoxal de souffrir de ne pas aboutir tout en se sentant utile dans le cadre de la résolution d'une enquête.

Au volant, sur la route qui le menait aux Batignolles, il mit en ordre ses idées autour d'une intuition qu'il refusait pour le moment de partager avec quiconque. À son arrivée au Bastion, il se précipita dans le bureau du procédurier qui centralisait l'ensemble des procès-verbaux et des scellés de l'affaire de l'enlèvement de Jihad Ribeiro. À force de fouiller, il trouva. Le carnet de Miguel Dos Santos avait été photocopié page par page. Son visage s'éclaircit lorsqu'il constata que le chauffeur de taxi avait répondu à une commande dans la nuit du 17 juillet 2016. Manon avait bien été transportée, à 1 heure du matin, du JDE au Pierre-Ier.

Une lueur rose orangé se profilait à l'horizon lorsqu'il s'installa à son bureau. Il débuta tout d'abord par la rédaction d'une réquisition judiciaire qu'il avait laissée en suspens. Elle concernait la fille de Pierre Milan, étudiante en Master de communication, et était destinée à l'URSSAF : *Prière de bien vouloir me communiquer tout élément relatif à la dénommée Justine Milan, domiciliée 86 rue Balard à Paris 15e, et en particulier le listing de ses contrats d'embauche au cours des trois dernières années.*

Puis il sortit de sa poche le listing de plaques d'immatriculation que lui avait remis le gardien du parking du Pierre-Ier. Pas moins de quarante berlines étaient à cribler. Le patron de la Crim' farfouilla dans ses tiroirs à la recherche de ses codes puis accéda enfin au fichier des cartes grises. Les deux premières immatriculations recensées renvoyaient à des véhicules de société. La troisième appartenait à un célèbre horloger suisse. La quatrième concernait une société de location de véhicules de luxe installée dans le 16e arrondissement. Il avait criblé une vingtaine de véhicules lorsqu'il se décida à aller se servir un café à la machine. Ses recherches étaient poussives. Le contenu d'une carte grise de société ne lui permettait pas de remonter jusqu'au conducteur. Malgré tout, il poursuivit. Le vingt-septième véhicule était immatriculé en Hollande. Impossible d'identifier son conducteur sans la collaboration des autorités bataves. Compostel sourit en creusant sur la Mercedes suivante. Elle appartenait en nom propre à Pierre-Yves Dumas, encore en lice pour la candidature à la présidence de la République. Le patron de la Crim' reprit en main le listing sur lequel étaient notés les horaires d'entrée et de sortie des clients motorisés. L'homme politique était arrivé aux alentours de 21 h 30, était reparti au petit matin, un peu avant 8 heures. Dans quelle chambre, dans quelle suite avait-il dormi ? Le document n'en disait rien. Compostel reprit ses recherches. Le trente-quatrième véhicule appartenait au Pierre-Ier, et le suivant correspondait à une Harley-Davidson, propriété d'un célèbre artiste français habituellement domicilié en Suisse. Le commissaire divisionnaire clôtura ses recherches sur une Aston Martin appartenant à un nouvel attaquant du Paris Saint-Germain en résidence au Pierre-Ier en attendant que le club lui trouve un appartement à la hauteur de son standing.

Les premiers effectifs de la Crim' remplissaient les murs lorsqu'il décida de se concentrer sur Diana Sangaré, celle qui faisait parfois des *pole dances* en duo au JDE avec Manon Legendre, celle qui louait de temps en temps son corps aux riches Saoudiens ou qui se prélassait dans les piscines privées des milliardaires russes, celle qui fonctionnait en binôme avec Manon afin d'échapper à toute entourloupe de la part des clients. Ses derniers antécédents judiciaires, suite à grivèlerie de taxi, révélaient qu'elle demeurait dans un studio situé à deux pas de l'église d'Alésia, dans le 14e arrondissement. Surtout, depuis deux mois, celle qui avait omis de déclarer ses revenus faisait l'objet d'une fiche de recherche émise par le Trésor public. Compostel se releva, alla frapper à la porte de Lola Rivière. Celle-ci était également à l'ouvrage.

— J'ai une mauvaise nouvelle, patron, débuta-t-elle alors qu'elle avait les yeux rivés sur son compte de messagerie professionnel. Microsoft m'a répondu cette nuit, le compte francois.vidocq@hotmail.com est inactif depuis plus de deux ans. Il n'y a plus aucun moyen de l'identifier.

— Merde ! il nous a baladés, cet enfoiré ! Vous faites quoi, là, maintenant ?

— Je bosse sur les infractions commises autour des catacombes.

— Ça vous dit, une petite virée du côté de la porte d'Orléans ?

— J'ai déjà pas mal de boulot, monsieur.

— Laissez tomber les catacombes. J'ai besoin de vous. Je m'occupe de Kaminski et de ses humeurs. On décolle dans cinq minutes.

Les deux policiers descendirent dans les sous-sols et récupérèrent le véhicule de Compostel.

— Qu'est-ce que vous lui voulez, à cette Diana ?

— Au Pierre-Ier, Manon Legendre et elle fonctionnaient en duo comme des alpinistes qui se sécurisent mutuellement en retenant la corde. Elles marchaient main dans la main.

Lola ne comprenait pas. Il précisa :

— Avant chaque rendez-vous, celle qui passait à la casserole envoyait un SMS à l'autre pour l'aviser du numéro de la chambre et de la durée de la prestation. De cette manière, l'une pouvait prévenir la police au cas où l'autre ne donnerait pas de nouvelles une fois la prestation effectuée. Peut-être que Diana pourra nous communiquer des renseignements en ce qui concerne la nuit du 17 juillet…

Lola en doutait. Ce type de filles ne parlait jamais. À l'ombre du clocher de l'église d'Alésia, elle prit les choses en main. À l'aide de son passe PTT, elle pénétra dans le hall d'immeuble occupé par Diana Sangaré, passa devant la loge de la concierge, puis s'engouffra dans la cage d'ascenseur, étroite et grillagée, en compagnie de son chef de service. Collés l'un à l'autre, ils remplissaient l'habitacle. Lola, gênée, fut soulagée d'arriver sur le palier du troisième. Elle trouva le minuteur avant de viser les quatre portes sans nom ni numéro. Laquelle correspondait à celle de la danseuse du JDE ? Lola ne savait pas. Elle se mit à tendre l'oreille, se déplaçant derrière chaque porte à pas de chat sur le parquet grinçant.

— C'est là ! chuchota-t-elle à son supérieur après quelques minutes d'écoute.

— Vous êtes sûre ?

Non, elle n'était pas certaine. Mais il lui avait semblé entendre une femme glousser derrière une porte sans œilleton. Elle frappa.

— Qui c'est ? s'entendit-elle répondre.

— La concierge !

— Qu'est-ce que vous voulez ? questionna la femme qui zozotait sévèrement.

— Quelqu'un a déposé un gros bouquet de fleurs pour vous !

Le vice de Lola paya. La porte s'ouvrit sur une jolie Black de vingt-cinq ans, pieds nus, dont la nuisette laissait transpercer des seins opulents qu'un chihuahua tenu dans les bras cachait à peine.

— Police ! coupa Lola avant de s'engouffrer dans l'appartement.

Au milieu trônait un lit dans lequel un homme se recouvrit la tête.

— C'est qui, lui ? demanda Compostel.

— Mon mec, répondit Diana tandis que le canidé geignait.

Hervé Compostel n'en crut pas un mot.

— Lève-toi, habille-toi, dégage ! ordonna-t-il sans complaisance.

— Qu'est-ce que vous voulez ? demanda Diana qui sauta sur son téléphone.

Les deux flics restèrent silencieux. Mais pas immobiles. Lola récupéra le portable des mains de la pute, puis se fixa du côté de la baie vitrée sans perdre de vue l'homme qui tentait de se couvrir le sexe des mains tout en enfilant son pantalon de toile. Ils attendaient qu'il déguerpisse avant de passer aux choses sérieuses.

— Manon Legendre, tu connais ? débuta Compostel.

— Oui.

— Elle est où ?

— Je sais pas. Je n'ai plus de nouvelles d'elle depuis qu'elle a été virée par Vercini.

— Tu mens !

— ...

— Et le Pierre-Ier, tu connais ? enchaîna-t-il.

— Non.

La gifle résonna dans toute la pièce. Le chien valsa. Compostel n'avait pu s'en empêcher.

— Vous avez pas le droit ! Je vais déposer plainte !

Compostel lui en tira une deuxième qui l'envoya valser au sol.

— Le Pierre-Ier, tu connais ?

— Et Moussa Sissoko, tu connais ? rebondit Lola.

— Qu'est-ce que vous me voulez ?

— Ce que t'a dit Manon au sujet du « dossier »...

— Quel dossier ?

— Le dossier volé la nuit du 17 juillet...
— Hein ?

Si elle faisait semblant de ne pas savoir, elle jouait très bien la comédie.

— Arrête de chiquer !
— Je vois pas de quoi vous voulez parler...
— Du dossier qui a été volé pendant que Manon faisait la pute au Pierre-Ier, il y a six mois.
— ...
— Avec qui elle a couché, Manon, le 17 juillet ?
— Comment voulez-vous que je sache, moi ? s'énerva la Blackette. Hé ! qu'est-ce que vous faites, là ? s'agaça-t-elle en voyant Lola fouiller dans l'historique du téléphone.

Mais Compostel la retint.

— Vous n'avez pas le droit !
— Ta gueule ou je t'embarque ! Je te rappelle que t'as une fiche au cul pour 15 000 euros d'arriérés au Trésor public.
— C'est qui, Minizizi ? s'enquit à son tour Lola.
— Hein ! Quoi ?
— Arrête de chercher à gagner du temps. C'est qui, Minizizi ? Le 17 juillet, à 2 h 12, ta copine Manon t'envoie un SMS : « En rdv avec Minizizi chez Pierre. » C'est qui, ce Minizizi ?
— Je sais pas. Manon a dû se tromper de destinataire.

Compostel lui tourna une troisième calotte.

— C'est qui, ce Minizizi ? aboya Compostel à son tour.
— Vous êtes malades ! Vous n'avez pas la moindre idée à qui vous avez affaire...

Rien ne la ferait parler. Elle avait peur.

Le patron, lui, était sûr de son fait : David Ribeiro alias Bison avait profité des coucheries de Manon avec un client pour aller dépouiller son appartement et tomber sur le « dossier » qu'il avait ensuite cherché à négocier.

Et David Ribeiro en était mort.

Les deux enquêteurs ne furent pas au bout de leurs surprises lorsqu'ils croisèrent Manon Legendre dans le couloir en sortant de chez sa meilleure copine.

61

Hervé Compostel ne se connectait plus sur sa messagerie professionnelle. Il n'en trouvait plus le temps. Il ne relayait pas les notes de service administratives ni les télégrammes de mutation, ne lisait plus les notices AFP, se désintéressait des blagues potaches qui tournaient en boucle sur les réseaux. Par conscience professionnelle, il jeta toutefois un œil à la liste et tomba sur l'adresse générique de l'URSAFF. Il ouvrait la pièce jointe lorsque Lola, sa bouteille d'eau minérale à la main, passa devant son bureau.

— Vous en êtes où ? demanda Compostel.

— Pour la voiture du directeur, j'ai vérifié. La C5 se trouvait bien au garage pour la visite technique la semaine dernière. Ça va être difficile d'habiller Fernandez pour le meurtre de la journaliste.

— Il n'est pas de taille, il n'a pas le profil. Ça se voit comme le nez au milieu de la figure, ce type est un gentil. Je doute qu'il soit capable de faire le moindre mal à une mouche...

— Je gratte sur Minizizi aussi, coupa-t-elle. Je suis certaine d'avoir déjà entendu ce nom-là sur les écoutes. Je les reprends une à une.

Compostel la regarda. Il y avait près de mille huit cents conversations enregistrées.

— Il y en a pour des jours !

— Je me concentre sur les converses échangées entre les deux putes, patron.

— Parfait. Faites-vous aider de Zoé, si besoin.

Il n'avait pas besoin de le lui dire, Guillaume Desgranges et le brigadier Dechaume, chacun un casque sur les oreilles, épluchaient depuis une heure les écoutes dans leur bureau. Elle n'ajouta pas, non plus, qu'elle venait de raccrocher avec un fonctionnaire du ministère des Affaires étrangères, lequel, dix ans plus tôt, avait été le tuteur de Milena Popovic lors de sa première année de scolarité à Sciences Po Paris. Elle avait rendez-vous avec lui sur les quais de Seine, à la hauteur des Invalides, à quelques encablures du Quai d'Orsay. Elle abandonna Hervé Compostel, assis dans son fauteuil, les yeux rivés sur un long listing de piges effectuées par Justine Milan au profit de l'agence Prestige France. La fille du flic ripou se transformait en hôtesse d'accueil dès que le Stade de France hébergeait un événement sportif ou culturel, dès qu'un salon était organisé à la porte de Versailles. De quelques heures à deux semaines, les missions l'entraînaient également sur la Côte d'Azur, en particulier à Cannes au mois de mai, mais aussi à Nice en marge du carnaval. Le flic ouvrit son moteur de recherche et se lança à l'assaut du site de l'agence d'événementiel. De magnifiques photos d'hôtesses vantaient la qualité de la société présente sur des programmes aussi divers que des rendez-vous sportifs, des défilés, des cocktails ou des réceptions. Il ne prêta pas attention à la présentation de l'équipe dirigeante. Il cherchait en priorité un contact, un téléphone. Il allait se saisir du combiné lorsque Zoé Dechaume et Guillaume Desgranges vinrent à sa rencontre.

— On a identifié Minizizi, patron !
— Alors ?
— C'est pas vraiment un inconnu, précisa le chef de groupe. C'est Pierre-Yves Dumas, ajouta-t-il après avoir respecté un temps de silence.
— Quoi ! Qu'est-ce que vous me chantez ? répliqua-t-il alors qu'il observait maintenant Zoé qui semblait confirmer les propos de son mentor.
— Écoute n° 233 du 13/02/2017, monsieur, intervint-elle.

Compostel se saisit de sa souris, ouvrit le dossier dans lequel il avait copié l'intégralité des écoutes effectuées en toute illégalité par Pierre Milan, fit défiler la liste jusqu'à cliquer sur la conversation en question. Les voix rieuses de Manon et Diana envahirent l'espace.

— Vous pouvez avancer le curseur jusqu'à 1,15 mn…
Il obtempéra, pour entendre précisément ceci :

[…]
Diana : J'te jure. Il est monté comme un âne… Et en plus, il fait le bourrin.

Manon Legendre : Attends, tu pouvais dire non, quand même !

Diana : Pour qu'il aille se plaindre et qu'il salope ma clientèle ? T'es folle ou quoi !

Manon Legendre : Il a tenu longtemps ?

Diana : Ouais. Au moins dix minutes.

Manon Legendre : Tu lui as pas proposé de le finir à la bouche ?

Diana : Ben si, qu'est-ce que tu crois, pétasse ? Mais, lui, c'est pas son trip.

Manon Legendre : Merde ! Tu me diras, ça change de Minizizi et de sa crevette...

Diana (rires gras des deux filles) : Ouais, grave. T'as vu, il est en tête des sondages !

Manon Legendre : Putain ! Pas de nom sur les ondes !

Diana : Attends, j'ai pas dit son nom, là.

Manon Legendre (sur le ton de la morale) : Ouais, ouais. Fais gaffe, quand même.

Diana : T'as de ses nouvelles ?

Manon Legendre : Non, aucune. Sauf qu'il serait passé au JDE voir Vercini il y a quelques jours.

Diana : Pour ?

Manon Legendre : Il cherchait Bison. Il paraît qu'il voulait savoir s'il travaillait de manière régulière les samedis soir.

Diana : Pourquoi ?

Manon Legendre : Qu'est-ce que j'en sais, moi ?

Diana : Ça pue, tu crois pas ?

Manon Legendre : Je sais pas. Bon, je te laisse, sale catin. Repose-toi !

Diana : Tchao la meringue.

Compostel ferma le dossier, redressa la tête vers le couple d'enquêteurs.

— On a vérifié, le 13 février dernier, c'est Pierre-Yves Dumas qui était en tête des sondages, mentionna

Zoé, l'air grave. Avec deux points devant le président de la République.

Le chef de la Crim' ne chercha pas à s'assurer de cette information. L'identité du député du 17ᵉ arrondissement apparaissait aussi dans le listing de quarante véhicules stationnés au Pierre-Iᵉʳ la fameuse nuit du samedi 16 au dimanche 17 juillet 2016. Les deux flics le virent se saisir de son téléphone, se lever et leur tourner le dos pour fixer Paris :

— Thomas ? C'est Hervé. Tu peux me dire qui est le « baveux » de Pierre-Yves Dumas ?… Non, ne t'inquiète pas, je t'expliquerai plus tard. Mes amitiés à ton épouse.

Il raccrocha. Ni Zoé ni Desgranges n'entendirent la réponse du directeur de la PJ. C'est Compostel qui, après s'être retourné, se fit le relais :

— Pierre-Yves Dumas a pour avocat Mᵉ Zimmer. Celui-là même qui a sorti d'affaire David Ribeiro.

Quelques pièces supplémentaires du puzzle venaient d'un coup de s'emboîter. Zoé reprit la parole :

— C'est Dumas qui s'est fait dérober un dossier pendant qu'il couchait avec Manon Legendre. Le fameux dossier que David Ribeiro a dû tenter de négocier contre rémunération. Et qui, plus tard, lui a permis de se faire défendre par Zimmer.

— Ouais. Et comme Pierre-Yves Dumas n'est pas un imbécile, il s'est dit que Manon Legendre était dans le coup, précisa Compostel. Il a mis du monde sur l'affaire, en particulier Pierre Milan, qu'il a chargé de la placer de manière illicite sur écoute. Milan, exécuteur des basses œuvres, et Dumas, commanditaire.

— Pourtant, on n'a rien trouvé qui les relie, monsieur…, intervint Desgranges.

— Vous avez raison. Je doute que Dumas, à l'approche de l'élection, se salisse les mains. Il y a forcément un intermédiaire, un chef d'équipe.

Zoé vit son taulier se réapproprier son fauteuil, ouvrir un nouveau logiciel et effectuer quelques manipulations. Ses recherches n'aboutirent pas. À l'exception d'une menace de mort transmise par courrier anonyme, le candidat Dumas n'avait déposé aucune plainte lors des derniers mois. Surtout pas une plainte pour vol.

— Il habite où, Dumas ? demanda Zoé.

— Dans un hôtel particulier, au 28 rue Daubigny, quartier Malesherbes.

Elle avança de quelques pas, s'empara du téléphone, composa le 17.

— Central 17, j'écoute, répondit le standardiste du commissariat après quelques secondes de mise en attente.

Elle se présenta, passa sa requête, communiqua le numéro de téléphone de son chef de service, puis raccrocha. Ils patientèrent trois minutes avant que le standardiste ne rappelle. Le visage de Zoé s'éclaircit lors de sa prise de note. Un équipage du commissariat s'était déplacé le 17 juillet 2016 à 3 h 11 au 28 rue Daubigny pour une intrusion alarme relayée à 2 h 49 par une société de sécurité privée. Les effectifs intervenants avaient découvert une fenêtre forcée au rez-de-chaussée de la villa. La visite domiciliaire, au milieu de la nuit, n'avait rien révélé. Faute de requérant, les policiers avaient quitté les lieux en épinglant un mot sur la porte d'entrée, à charge pour les occupants, dès leur retour, de se signaler au commissariat.

— On fait quoi, maintenant ? s'enquit Desgranges qui savait qu'il allait être délicat de traiter le cas Pierre-Yves Dumas à quelques jours de la date fatidique.

La situation était inédite. Ses effectifs lui réclamaient une décision, mais Compostel devait tout d'abord en référer à ses autorités. Cela allait de soi s'il entendait conserver son poste et le salaire inhérent.

Lola, sur les bords de Seine, avait moins de scrupules. Le type qui lui faisait face était directeur de cabinet au sein du ministère des Affaires étrangères où il était en charge du développement international. Il passait plus de cent cinquante jours par an dans les avions, à faire le tour des ambassades. Il l'invita dans une brasserie de luxe installée sous les arches du pont Alexandre-III.

— Comment vous m'avez reconnu ? lui demanda-t-il. Il y a au moins deux cents personnes dans le secteur.

— Je suis flic, ça doit être l'instinct, sourit-elle.

Il l'observa, elle visa son alliance à la main gauche. Il se reprit et, après avoir bu une gorgée de café, se mit à parler de son cursus à Sciences Po et du tutorat qu'il avait exercé auprès de Milena Popovic.

— Tuteur, ça consiste en quoi ?

— La prise en charge administrative des première année, des conseils, un soutien moral. Parfois plus, si affinités.

— Et pour vous, il y avait des affinités ?

— Oui et non. Non, parce qu'elle avait un petit ami à l'époque. Mais pour ne rien vous cacher, j'avais un peu le béguin. C'était une fille brillante, d'autant plus méritante qu'elle venait d'un milieu défavorisé. C'était une « ZEP ».

— Une « ZEP » ?

— Oui, elle a bénéficié d'une convention « zone d'éducation prioritaire » pour intégrer l'école. Et je vous assure que ce n'est pas simple.

— Pourquoi ?

— Parce que les étudiants classiques considèrent qu'on leur ouvre les portes de l'école et qu'ils prennent les places d'autres personnes plus méritantes. Parce que, au quotidien, ces élèves ont à peine les moyens de se payer un café dans les bars de la rue Saint-Guillaume et sont condamnés à emprunter les livres dans les bibliothèques plutôt que les acheter. Ça me faisait de la peine de la voir manger ses plats Tupperware en cachette pendant que les autres faisaient la queue chez Fauchon. Ce qui fait qu'il m'est arrivé de lui offrir à déjeuner. Mais ça n'a pas duré…

— Pourquoi ?

— Un jour, elle m'a dit que je lui payais à manger parce que j'avais pitié d'elle, de sa condition de fille d'immigrés. C'était vrai, mais je crois aussi que j'éprouvais quelque chose pour elle. Et puis il y avait son copain, aussi. Un type qui a fini par être surnommé Pipotin…

— Pipotin ?

— Oui, en fait, c'est le surnom générique des étudiants de Sciences Po. On nous apprend surtout l'art de la rhétorique, celui de convaincre son auditoire avec des arguments passe-partout. Mais lui, il méritait ce surnom plus que les autres…

— Pourquoi ?

— Parce qu'il a réussi à pipeauter tout son monde, même l'administration. Il a réussi lors de sa fac de droit à pénétrer le système infor…

— Julien Lecygne ?

— Vous connaissez ?

— Julien Lecygne était le petit ami de Milena Popovic ?

— Oui. Depuis le lycée, d'ailleurs. Quand j'en parlais avec Milena, elle disait que sans lui elle serait restée au fond de son trou à rats, dans sa banlieue paumée, à faire des travaux de couture ou des ménages dans les tours d'Argenteuil. Je crois que c'est lui et sa famille qui l'ont aidée à monter son dossier ZEP.

— Ils continuaient de sortir ensemble ?

— Non. Elle a fini par le quitter.

— Pourquoi ?

— Aucune idée. Je l'avais perdue de vue, ces dernières années.

— Et lui ?

— Lui, jusqu'à ses déboires avec la justice, il a réussi à mener un petit bout de chemin en politique comme assistant parlementaire. Depuis, je ne sais pas.

Julien Lecygne avait disparu de la circulation. À tout hasard, elle lui posa une question subsidiaire :

— Et le nom de François Vidocq, ça vous fait penser à quelque chose ?

Le fonctionnaire du MAE réfléchit. Mais il n'eut pas d'idée. Il interrompit Lola lorsqu'elle sortit son porte-monnaie.

— Non, laissez, c'est pour moi.

Elle n'insista pas. En échange, elle lui remit un cliché. Celui où il apparaissait à l'entrée du cimetière, porteur de la plaque funéraire supportant un renard et un lion.

— Ah ! Je comprends mieux maintenant comment vous m'avez reconnu.

Il réclamait une note au serveur lorsqu'elle lui posa une dernière question :

— Vous savez qui était le parlementaire pour lequel Lecygne a été assistant ?

— Bien sûr. Sa photo risque de fleurir sur les murs de tous les locaux administratifs de France d'ici à quelques semaines. Mais, d'après ce que j'ai compris, les policiers dans leur ensemble ne le verraient pas d'un mauvais œil, si ?

Il faisait référence à Pierre-Yves Dumas. Elle ne répondit pas. Depuis son retour de Singapour, elle n'avait même pas pris la peine de s'enregistrer sur les listes électorales de son arrondissement.

— Ce changement n'a pas l'air de vous satisfaire ?

— Je suis encarté à gauche. Donc, si Dumas passe, je risque sérieusement de perdre mon job au Quai d'Orsay.

La vie politique avait ses secrets que Lola était loin d'appréhender.

62

Richard Kaminski n'arrivait plus à rien. Exécrable mais brillant, ses statistiques parlaient autrefois pour lui. « 83 % d'affaires sorties », lâchait-il fièrement lors des soirées arrosées devant d'autres chefs de groupe qui n'avaient jamais fait l'effort de tenir à jour leurs chiffres. Personne ne lui répondait, même si beaucoup considéraient que ce résultat était tronqué par tout un tas d'artifices. Barbe blanche, en effet, comptabilisait par exemple parmi les affaires résolues les scènes de crime violentes qui, au gré des investigations, s'avéraient être des suicides. Pourtant, depuis le déménagement au Bastion, rien n'allait plus. Les échecs se succédaient, son pourcentage de réussite s'effondrait. La faute des femmes, toujours plus nombreuses dans les services de police, bien sûr. La faute des nouveaux locaux, également, des bureaux fades, sans vie, sans couleur, sans histoire.

Cette fois-ci, il n'avait pas pu s'en empêcher. La distance, le recul qu'il s'imposait lors de chaque affaire avait disparu. Cette fois-ci, il n'avait rien délégué à ses effectifs. Il avait mis les pieds dans le plat. Se trouvait face à lui Manon Legendre, laquelle avait complètement disparu de la circulation à la suite de sa fugue de l'infirmerie psychiatrique de Sainte-Anne sise rue Cabanis dans le 14ᵉ arrondissement de Paris. Depuis peu en charge de la mort de David Ribeiro, tué en plein cœur du cimetière de Thiais, dans le Val-de-Marne, Kaminski avait un grand nombre de questions à lui poser.

— Vous étiez passée où ?
— Chez ma copine.
— Son nom ?
— Diana Sangaré. On bossait ensemble au JDE.
— Pourquoi n'êtes-vous pas rentrée chez vous, à Choisy-le-Roi ?
— Besoin de souffler.
— Même pas pour revoir votre fils ?
— Ma sœur s'en occupe très bien.
— Vous savez qu'il a été retrouvé, au moins ?
— À votre avis ? sourit-elle.

Bien sûr qu'elle était au courant. Elle savait même que Bison, son futur époux, avait été tué.

— Qui vous en a informée ?
— Ma sœur, par l'intermédiaire de Diana.
— Ça n'a pas l'air de beaucoup vous toucher ?
— Vous voulez que je sois touchée après toutes les galères que j'ai eues à cause de lui ?
— Vous l'avez revu après sa sortie de prison ?
— Non.
— Vous avez cherché à le revoir ?
— Non.
— Et lui ?
— Non.
— Vous avez été en contact d'une quelconque manière avec lui ?

— Non.
— Vous savez où il a été tué ?
— Oui.
— Vous savez comment ?
— Juste ce qu'en disent les journaux. « Un homme bien connu des services de police, récemment acquitté dans une affaire de braquage de fourgon blindé, retrouvé sans vie dans l'enceinte du cimetière intercommunal de Thiais. L'hypothèse d'un meurtre n'est pas exclue par la brigade criminelle de Paris qui a été saisie de l'enquête par le parquet de Créteil. »
— Ouah ! Quelle mémoire !
— Merci.
— Vous connaissez ce cimetière ?

Le visage fermé, Manon le fixa. Elle n'entendait pas l'ensorceler comme elle avait coutume de le faire avec les hommes. Il semblait trop orgueilleux et suffisant pour s'ouvrir. Et puis, pour une fois, elle n'attendait absolument rien de cet échange qu'elle souhaitait le plus bref possible.

— Arrêtez de me poser des questions dont vous connaissez déjà la réponse. Venez-en au fait, qu'on en finisse !

— Ils sont morts de quoi, vos parents ? rebondit Kaminski en se frottant la barbe.

— Accident de voiture.
— Dans quelles conditions ?
— Je sais pas. J'y étais pas.
— Votre sœur nous a dit qu'ils se sont tués sur l'autoroute en allant vous chercher à Bruxelles où vous aviez fugué.

— Je ne vois pas en quoi ça concerne la mort de Bison, ça !

L'entreprise de déstabilisation ne prenait pas. S'il ne le savait pas encore, il apprenait que Manon Legendre était une coriace, une guerrière. D'autres que lui auraient dit qu'on ne se dépoile pas devant des centaines de mâles en rut sans une certaine force de caractère.

— Est-ce que Bison connaissait le lieu de sépulture de vos parents ?

— Il n'était pas fichu de se souvenir de la date de naissance de son fils, ce connard !

— Est-ce qu'il vous a accompagnée, au moins une fois, vous ou votre sœur, sur la tombe de vos parents ?

— C'est pas une tombe.

— Je réitère : est-ce qu'il vous a accompagnée, au moins une fois, vous ou votre sœur, sur le lieu de sépulture de vos parents ?

— C'est possible, je ne m'en souviens pas.

— Il a été retrouvé devant la cavurne qui abritait les cendres de vos parents...

— Je l'apprends, répondit-elle de manière froide.

— Et la cavurne était ouverte...

— ...

— Et les cendres de vos parents ont disparu.

— Je ne sais pas quoi vous répondre, dit-elle alors que Kaminski avait l'impression qu'elle se fragilisait.

— On subodore qu'il avait planqué quelque chose à la place des cendres...

— Ça veut dire quoi *subodore* ?

— On pense qu'il est venu chercher un truc planqué dans la cavurne de vos parents.

— Quoi, précisément ?

— Je comptais un peu sur vous pour me l'apprendre, balança Kaminski qui s'énervait.

— Je suis désolée, je ne peux pas vous aider.

— Vous n'avez pas une petite idée ?

— Non.

— Un dossier, par exemple ? Le fameux dossier qui lui était réclamé en échange de la libération de Jihad ?

Elle secoua la tête.

— Il est mort comment, au fait ? s'enquit-elle.

C'est Kaminski qui la fixa, cette fois-ci. Hors de question de répondre. Il garda le contrôle de l'audition :

— Vous faisiez quoi du samedi 29 au dimanche 30 avril dernier ?

— Vous me soupçonnez ?

— Je vous demande ce que vous avez fait les 29 et 30 avril.

— Je vous l'ai dit, j'étais chez Diana.

— Elle peut le confirmer ?

— J'en doute, elle bossait au JDE.

— Quelqu'un d'autre peut le confirmer ?

— Non. Sauf si vous arrivez à faire parler son chihuahua.

La réponse fit son effet. Kaminski se redressa d'un bond et tenta de la gifler par-dessus le bureau. Elle esquiva son geste avant de lui porter à son tour un coup de griffe. Médusé, il la vit récupérer son sac à main et sortir du bureau sans demander son reste. Il se retourna dans tous les sens, porta sa main sur sa pommette gauche, chercha en vain un témoin, hésita à hurler, à la retenir, à lui coller une procédure pour violences à agent de la force publique. Il avait déjà fait pire. Il se ravisa.

Son combat était perdu d'avance. Kaminski n'avait aucun élément matériel à son encontre, et Bison avait mille ennemis potentiels susceptibles de l'avoir suivi dans le cimetière. Pourtant, le coup violent frappé à l'arrière du crâne avait quelque chose de très féminin.

Au sortir de son rendez-vous, Lola avait filé chez elle pour déjeuner. Elle avalait un jus de carotte lorsqu'elle salua son meilleur ami, Google. Ce dernier, sourd, aveugle et muet, savait tout faire, tout trouver, à condition de bien le guider. La jeune enquêtrice remplit le champ principal, cliqua sur l'onglet images, puis sélectionna des préférences par date. Des milliers d'images correspondant à Pierre-Yves Dumas s'affichèrent sur l'écran de son MacBook personnel. Dumas au micro d'Europe1, un pastiche de Dumas aux côtés de Mussolini et Hitler, Dumas souriant, Dumas torse nu à la plage, Dumas en colère, Dumas avec un casque de chantier, Dumas caricaturé, Dumas à l'âge de vingt ans, Dumas en train de courir dans le parc Monceau, Dumas au bras de Sophie Marceau, Dumas au Salon de l'agriculture, Dumas devant le mur de Berlin, Dumas en salle du conseil municipal du 17e arrondissement, etc. Le pavé numérique l'aidait à surfer de page en page, à remonter le temps et les événements. Un homme politique ne pouvait rien cacher. Internet avait tué l'intimité. Lola s'arrêta sur sa remise de la Légion d'honneur par Nicolas Sarkozy, puis elle repartit dans les méandres du Web pour tomber sur Dumas en train de piloter à distance, tel un enfant, un drone miniature tricolore. Plusieurs costumes-cravates, les mines ravies, l'entouraient. Sur le cliché, l'objet volant, muni d'une mini caméra qui renvoyait des images sur un écran géant, était flou. Pas la tête du trentenaire qui veillait sur les manipulations effectuées à l'aide de la télécommande par l'homme politique. La photo semblait avoir été prise à l'occasion d'un salon, sur un stand qui affichait clairement ses couleurs : Securidrone ou le drone au service de la sécurité des concitoyens. Lola haleta. Lola ravala sa salive. Lola posa son jus de carotte, exporta le cliché sur le bureau de son ordinateur, et revint sur l'interface gérée par son meilleur ami. Elle voulait tout savoir de Securidrone. Car elle avait reconnu sans erreur possible le gérant du stand : Julien Lecygne en personne.

63

La photo avait été prise à l'occasion des derniers « César de la sécurité privée », une manifestation qui se déroulait une fois tous les deux ans au parc des expositions de Villepinte. À force de persévérance, Lola avait fini par pénétrer le site de l'organisateur qui louait des emplacements à prix d'or aux sociétés qui désiraient présenter et vendre leurs produits. Parmi elles, Securidrone, mais aussi beaucoup d'institutionnels européens et anglo-saxons qui venaient mettre en avant leurs derniers produits afin de grignoter des parts sur un marché qui tirait les bénéfices de plusieurs campagnes d'attentats islamistes au cours des trois dernières années. Sans le dire ni l'avouer expressément, la conjoncture leur était devenue favorable sur un territoire qui, d'habitude, se prêtait peu au lobbying.

Lola referma le clapet de son ordinateur, enfila sa veste et sortit. Elle traversa le pont Saint-Michel, zigzagua entre les chiures de pigeons qui marquaient le sol du boulevard du Palais puis, côté nord de l'île de la Cité, elle bifurqua sur le quai de la Corse et s'engouffra dix mètres plus loin dans le hall du magnifique tribunal de commerce. La situation était délicate, elle n'avait pas pris rendez-vous. À force de patience, elle finit par obtenir de s'installer derrière un poste de travail avec une connexion temporaire d'une heure pour mener à bien ses recherches. Pour en sortir déçue. La société Securidrone, dont le siège social se situait à Puteaux, dans le quartier de La Défense, avait été créée deux ans plus tôt par un certain Julien Mancel né le 14/04/1987. Et elle ne recensait aucun employé. Pourtant, Lola était sûre d'elle. L'homme qui prenait la pose à côté de Pierre-Yves Dumas n'était autre que Lecygne, avec un front plus large et le visage moins juvénile. Ce n'est qu'à l'extérieur, dans le vent charrié par la Seine, qu'elle se décida à contacter Zoé Dechaume :

— Tu peux filer sur mon bureau, s'il te plaît ?

Zoé Dechaume obtempéra et se laissa guider. Elle trouva rapidement ce que Lola réclamait, en l'occurrence une pochette verte contenant les éléments glanés sur Julien Lecygne. Y figurait l'extraction du mail qu'elle avait faite à partir de l'ordinateur du fils Compostel, un cliché extrait de la vidéo érotique sur laquelle il apparaissait en compagnie du prostitué payé par le fameux François Vidocq, mais aussi et surtout copie du rapport de synthèse concernant Julien Lecygne, celui qui avait gonflé ses notes après avoir pénétré le système informatique de sa faculté de droit.

— J'y suis. Qu'est-ce que tu veux ?

— La date de naissance de Julien Lecygne. Elle doit apparaître sur le rapport de synthèse.

Lola l'entendit feuilleter le dossier puis s'arrêter. Elle lut à haute voix :

— 14 avril 1987 à Neuilly-sur-Seine.
— T'es géniale !
— J'ai rien fait. Tu veux sa filiation, aussi ?
— Je parie que sa mère s'appelle Mancel.
— Comment tu sais ?
— Lecygne a changé d'identité, probablement à la suite de ses déboires. Pour se refaire une virginité. Tu fais quoi, là, maintenant ?
— Rien. Pourquoi ?
— Ça te dit de m'accompagner à La Défense ?
— OK.
— Je suis là dans une demi-heure.

L'enquêtrice raccrocha, revint sur ses pas, s'empressa de noter le numéro SIRET de la société Securidrone et fila sans prendre connaissance des statuts. Elle en avait assez. Zoé patientait devant le Bastion depuis un bon quart d'heure lorsque Lola la récupéra au vol.

— Tu ne devineras jamais ! débuta Zoé en grimpant à la place du mort. La boîte de ton Julien Mancel, elle a fait l'objet de deux articles récents. Dont l'un était paru l'année précédente dans *Le Matin*, signé par Milena Popovic en personne.

Lola n'en fut pas surprise. Elle expliqua placidement à Zoé la relation que Julien et Milena avaient entretenue durant leurs années postadolescentes.

— Tu as avisé Compostel de notre transport ? s'enquit Zoé alors que Lola tournait sur le boulevard circulaire de La Défense sans trouver la moindre place de stationnement.

— Non.

— Tu devrais. Si Lecygne est toujours en contact avec Pierre-Yves Dumas, ça va nous retomber dessus.

— Jusqu'à preuve du contraire, personne n'est au-dessus des lois. Pas même les politiques. Et puis, vu la relation de Lecygne avec Popovic, on a toute légitimité pour l'entendre et le convoquer au service.

Zoé ne répondit pas. Mais le jusqu'au-boutisme de Lola ne présageait rien de bon. Elles finirent par se garer et, malgré la hauteur de la tour Ève, à Puteaux, elles se perdirent à plusieurs reprises devant les coursives et autres passerelles qui noyautaient le quartier d'affaires. Au pied de l'édifice, Lola s'arrêta. Le hall, sécurisé par des vigiles immenses, ressemblait à celui de l'immeuble de Los Angeles sauvé par Bruce Willis dans *Piège de cristal*. Suivie de Zoé, elle s'avança pour franchir les portes vitrées.

Pas de boîte aux lettres, nulle référence aux sociétés implantées dans la tour, il fallait nécessairement en passer par les deux « monstres » présents derrière leur rotonde. Lola se lança :

— Bonjour, on cherche la société Securidrone.

— Vous avez rendez-vous ?

— Non. On veut juste savoir si c'est bien ici.

— Désolé, je ne suis pas habilité à répondre à ce type de questions, répondit l'un des deux golgoths.

Les deux filles se regardèrent. Le robot qui leur faisait face semblait difficile à raisonner.

— J'ai une carte magique, rebondit Zoé en sortant sa brème.

La carte de police tricolore dérida leur interlocuteur.

— Ah ! Désolé, je ne pouvais pas deviner, s'excusa-t-il. Qu'est-ce que vous voulez savoir, précisément ?

— L'étage, le nombre d'employés, l'identité du gérant.

L'agent de sécurité sortit d'un tiroir un classeur plastifié avant d'en tourner les pages.

— Neuvième étage. J'ai un seul nom pour cette société.

— Lequel ?

— Julien Mancel, poste 93423, répondit-il en levant la tête vers l'ascenseur qui venait de s'ouvrir sur un sexagénaire quittant l'immeuble de bureaux.

— Il y a des résidants, ici ?

— Non, rien que des sociétés.

— On peut voir la liste ? questionna Lola.

Le vigile hésita, regarda autour de lui, puis poussa le classeur sur le bat-flanc en direction des deux policières. Elles se jetèrent sur le listing pour s'arrêter sur les noms de sociétés domiciliées au neuvième étage. L'une d'entre elles leur sauta aux yeux. Elles ne pipèrent mot, pourtant.

— Elles sont liées, toutes ces sociétés ? demanda Lola.

— Elles sont regroupées par maisons mères, oui.

— Et Securidrone est rattachée à quelle maison mère, s'il vous plaît ?

— À SecuriFrance. La filiale possède tout le neuvième étage.

Les deux filles eurent le même réflexe : sortir leur téléphone et prendre en photo la liste desdites sociétés. Parmi elles, les deux enquêtrices en connaissaient une : Intercept, la boîte qui avait emporté le marché des écoutes téléphoniques gérées par la police judiciaire parisienne. Une autre était surtout connue de leur patron Hervé Compostel. Car la société Prestige France faisait aussi partie de cette même maison mère.

Finalement, elles rebroussèrent chemin. Ce supplément d'informations nécessitait des recherches complémentaires. Elles n'avaient pas rejoint leur véhicule que l'un des deux vigiles décrochait son téléphone.

64

Zoé s'était enfermée dans le bureau de Lola. L'une était connectée sur les fichiers de police, l'autre sur Google. D'un bout à l'autre de la pièce, ça phosphorait. Chaque minute était l'occasion d'une nouvelle trouvaille. La maison mère SecuriFrance disposait d'une quinzaine de filiales. Parmi elles, Securidrone, la boîte gérée par Julien Lecygne, fils de Mme Mancel ; et Prestige France, société spécialisée dans l'événementiel dirigée par la mère de Julien Lecygne, qui employait à la pige des dizaines de jeunes femmes belles et présentables, dont la fille de Pierre Milan. La société Intercept, spécialisée dans les écoutes, engendrait de gros bénéfices, tandis que le patron de la maison mère, qui n'était autre que le beau-père de Julien Lecygne, cumulait diverses activités : intervenant « Sécurité » dans trois écoles préparant des Masters spécialisés dans le domaine de la cybersécurité, membre de la chambre professionnelle des détectives privés, et conseiller « Sécurité » de Pierre-Yves Dumas.

Lola ne parut pas plus surprise que ça. Les pièces continuaient de s'emboîter :

— C'est quoi, son nom ?

— François Delagarde. Il a même son rond de serviette sur BFM. Il est invité sur les plateaux dès que les débats portent sur le monde de la sécurité.

Lola pianota sur son ordinateur de bureau. Sa recherche matcha :

— Il est connu.

— Hein ?

— Ouais, en tant que personne morale. Une vieille affaire, au milieu des années 1970, du côté de Marseille.

— Quel type de dossier ?

— Banqueroute. Il a organisé son insolva...

— Quoi ? Pourquoi tu t'arrêtes ?

— La boîte qu'il dirigeait, à l'époque...

— Vas-y, accouche !

— C'était une boîte de sécurité. Elle portait le nom de Vidocq.

— Putain de merde !

Porte fermée, Guillaume Desgranges fut rapidement mis dans la confidence. Il était d'accord, tout s'emboîtait, tout était imbriqué. Lui-même connaissait François Delagarde ; il leur apprit qu'il dirigeait même une société de protection rapprochée. Il avait gagné quelques années plus tôt le marché des écoutes téléphoniques pour toute la préfecture de police, et sa proximité avec Pierre-Yves Dumas, ancien maire du 17e arrondissement de Paris et porteur du projet « New 36 », lui avait permis de remporter l'appel d'offres relatif à l'équipement sécuritaire de tout le bâtiment. Un marché de plusieurs dizaines de millions d'euros.

— Delagarde sert d'homme de main, de bras armé de Dumas. En plus, les renseignements qu'il est susceptible de glaner dans les milieux de la sécurité ne sont pas négligeables. Les deux hommes se connaissent depuis de nombreuses années. Dumas, lui, a fait profiter à Delagarde de son soutien pour obtenir divers marchés dans une période « tout sécuritaire », il a même fait bosser son beau-fils comme assistant parlementaire jusqu'à ce que celui-ci soit poursuivi pour la manipulation de ses notes. Mais Delagarde attend encore plus de Dumas, surtout si celui-ci devient président. Il y a de nombreux marchés qui vont s'ouvrir dans le cadre du développement de la sécurité privée. Surtout si Dumas remporte l'élection...

— Genre ?

— Genre privatisation de la police des autoroutes, équipement des polices municipales, développement de la biométrie, etc. De fait, lorsque Dumas s'est retrouvé piégé par Manon Legendre et David Ribeiro, il s'est tout de suite tourné vers Delagarde pour régler le problème et mettre la main sur le dossier qui lui a été dérobé à son domicile. Et Delagarde, lui, a décidé de faire « bosser » Milan, dont la fille est ponctuellement employée par sa compagne. Le beau-père de Lecygne s'est servi de Milan pour manipuler Manon Legendre, tuer les complices de Bison et tenter de récupérer le dossier.

Dumas et Delagarde étaient cul et chemise. Julien Lecygne n'avait probablement rien à voir dans cette affaire. Au contraire de celle ayant entraîné le suicide du fils de leur patron. C'est Lola, cette fois-ci, qui exposa tout haut ses idées :

— Suite à la dénonciation anonyme reçue par les services de police, Julien Lecygne, alors assistant parlementaire, savait qu'il était condamné à la relégation politique s'il était poursuivi. C'est donc son beau-père, Delagarde, qui, avec l'appui de Pierre Milan, s'est chargé de mettre une chèvre dans les pattes du fils Compostel. Delagarde, usant d'un pseudo, l'a menacé de diffuser les images de sa relation sexuelle s'il ne récupérait pas le passe magnétique du bureau de son père. Le passe remis dans une consigne, Delagarde a dû user des services de Milan pour aller voler les scellés de l'affaire Lecygne dans le bureau du taulier. Sauf que le gamin n'a pas supporté le poids de la culpabilité et la mise en cause de son père par l'IGPN.

— Ça se tient. Mais ça n'explique pas la mort de Milena Popovic ! répondit le commandant Desgranges.

— Je suis sûre que Lecygne est dans le coup. Ils sont sortis ensemble du temps où ils étaient à Sciences Po, elle a même pondu un article sur ses drones l'année dernière. Il y a forcément un lien, insista Lola.

Hervé Compostel fut surpris de les voir débarquer dans son bureau tous les trois ensemble. Il plissa les yeux, les observa l'un après l'autre. Leurs visages exprimaient à la fois satisfaction et gêne.

— Qu'est-ce qui se passe ? demanda-t-il en se levant.

— On a identifié les commanditaires de l'enlèvement de Jihad..., débuta Lola.

— Je vous écoute...

— Il s'agit de Pierre-Yves Dumas et de François Delagarde, monsieur.

— Pardon ?

Lola ne répéta pas. Il avait très bien entendu. Il connaissait les deux hommes, en particulier le second qui fréquentait régulièrement les services de la police judiciaire dans le cadre de la maintenance du système d'écoute permettant aux brigades de procéder chaque année à des centaines d'interceptions judiciaires. Il n'osa pas leur avouer qu'il avait même joué à deux reprises sur le golf de Bièvres, en sa compagnie et celle de Thomas Andrieux.

— Vous avez des éléments matériels ?

Lola secoua la tête.

— Non, monsieur. Mais notre démonstration se tient. Dumas s'est fait cambrioler par David Ribeiro au moment où il couchait avec Manon Legendre au Pierre-Ier. Après, il a tout mis en œuvre, avec la complicité de son ami Delagarde, pour récupérer le dossier dérobé.

Zoé compléta, histoire de finir de le convaincre.

— De quel dossier vous parlez ? On n'a retrouvé aucun dossier. On n'est même pas sûrs qu'il existe, ce fichu dossier !

Compostel se faisait l'avocat du diable, Desgranges et les filles le savaient. Cela ne présageait rien de bon.

— Je suis désolé, il me faut plus que des supputations ou qu'une simple vue de l'esprit. Aucun juge ne voudra suivre. Et puis je vous rappelle que l'élection a lieu dans quatre jours…

Ses propos avaient valeur de sentence. Il ne servait à rien d'insister.

— Attendez ! on ne va pas les laisser s'en sortir comme ça, quand même ! se révolta Lola.

Il ne répondit pas. Elle insista :

— Delagarde, il est né à Marseille. Dans les années 1970, il a même eu une société qui portait le nom de Vidocq.

Les mâchoires de Compostel se crispèrent. Il savait qu'elle avait raison, que sa théorie tenait la route.

— Si on attend qu'il soit élu, on ne pourra plus rien faire, précisa Zoé. Avec l'immunité présidentielle, il va nous échapper.

Mais rien ne prenait. C'est Desgranges qui abattit la dernière carte :

— Lola a retrouvé l'adresse francois.vidocq@hotmail.com dans l'ordinateur de votre fils, également...

— Pardon ?

Desgranges laissa un blanc, le temps qu'il digère. Puis il poursuivit :

— Votre fils, il ne s'est pas suicidé. Il a été poussé au suicide.

Nouveau temps mort. Compostel haletait. De quoi lui parlait Desgranges ? Comment se faisait-il qu'il soit au courant ? Que lui avait dit Lola que lui-même ne savait pas ?

— Votre fils a été manipulé par François Delagarde dans le cadre de l'affaire Lecygne... Vous savez, ce type qui a trafiqué ses notes au sein de sa fac de droit pour intégrer Sciences Po.

À proximité, Lola était déconfite, rouge pivoine. Hervé Compostel ne cessait de la fixer. Des larmes lui montaient aux yeux. Desgranges poursuivit :

— Delagarde n'est autre que le beau-père de Lecygne. Et pour que le fils de sa compagne échappe à toute poursuite judiciaire et à un arrêt brutal d'une carrière toute tracée, il a organisé le vol des scellés.

— Et comment il aurait manipulé mon fils ? riposta Compostel en postillonnant.
— C'est votre fils qui a volé le passe magnétique de votre bureau. Il a fait l'objet d'un chantage… à cause de son homosexualité.

Le poing de Compostel s'écrasa sur le visage de Desgranges. Ce dernier ne bougea pas d'un centimètre. Il lui en fallait plus pour plier. Les trois enquêteurs sortirent, laissant leur taulier seul avec sa peine.

65

Lola s'était évaporée. Zoé l'avait cherchée, en vain. Elle ne décrochait pas son téléphone, non plus. Elle ruminait au volant de son véhicule, coincée entre la porte Maillot et La Défense dans le trafic qui ramenait les travailleurs parisiens dans leurs banlieues ou qui poussait les plus chanceux vers Deauville. Elle ne cessait de penser à Compostel, à sa douleur de père meurtri, à cette manière, brutale, de lui faire comprendre qu'il n'avait pas su déceler l'homosexualité de son fils. Elle avait honte, aussi, de ne pas avoir eu le courage de lui parler, d'avoir préféré se confier à d'autres. Leur relation allait en pâtir, nécessairement. Comment pourraient-ils se parler, désormais ? Comment pourraient-ils continuer à collaborer ? Lola avait surtout la haine contre cette tripotée de voyous en cols blancs, des profiteurs avides de fric surfant sur les vagues de l'insécurité. L'un espérait en tirer un maximum de voix pour se faire élire au sommet de l'État, les autres vendre et s'enrichir en profitant des peurs diffusées en continu par des chaînes de télé ou des médias multipliant leurs chiffres dès la moindre révélation d'un fait divers sordide.

Lola n'avait pas de barrière, pas de limite, à l'exception de cette maladie sourde qui la faisait souffrir, dont le traitement la hantait. Plus que jamais, son avenir professionnel semblait se refermer devant elle. À persister, à jouer la rebelle, elle finirait par être radiée de l'Administration. Ce monstre froid allait la broyer, elle, petite femme fragile et insoumise. Paradoxalement, elle n'avait plus peur. Sa visite était légitime, républicaine au sens premier du terme. Avenue Charles-de-Gaulle à Neuilly, elle embraya dans une contre-allée afin de gagner cent mètres, puis fixa le gyrophare sur le toit de son véhicule. Elle se sentit soudain un peu plus invincible.

Malgré un visage devenu plus sévère, les deux vigiles de la tour Ève la reconnurent aussitôt.

— Contactez-moi Julien Mancel ! ordonna-t-elle froidement.

Dupont et Dupont appelèrent. Personne ne répondit.

— Désolé, madame.

— Il n'y a pas de secrétaire dans cette thurne ? s'emporta-t-elle.

Ils ouvrirent à nouveau leur annuaire. Puis trouvèrent enfin un correspondant. Pour apprendre que Julien Mancel se trouvait à l'heure actuelle en déplacement en province. Lola rebondit sur-le-champ.

— Je veux voir la patronne de Prestige France !

Les deux cerbères se regardèrent. Ils pianotèrent un nouveau numéro interne pour tomber sur la secrétaire particulière de Mme Delagarde. Le locuteur finit par se faire comprendre. Une policière souhaitait rencontrer de toute urgence la patronne de Prestige France dans le cadre d'une enquête. La mise en attente fut longue, cinq à six minutes, jusqu'à ce que Lola fût autorisée à se diriger vers le neuvième étage. L'un des vigiles l'accompagna à l'ascenseur, lui badgea l'accès avant qu'elle ne s'envole. Une femme pulpeuse, outrageusement maquillée, faux ongles et minijupe genre secrétaire de chez Marc Dorcel, l'accueillit d'une voix de crécelle.

— Mme Delagarde souhaite connaître l'objet exact de votre venue, lieutenant ?

— Ça concerne une de vos employées à la pige, précisa Lola.

— Donnez-moi son nom et la commission rogatoire, je vais vous renseigner, si vous le désirez.

— Je préfère traiter directement avec elle, coupa Lola. C'est assez délicat...

— Comme vous voudrez.

— Dites ! Vous avez un distributeur de boissons, ici ?

— Oui, au fond à gauche, répondit-elle en indiquant le long couloir qui traversait la tour.

Lola plongea la main dans une poche de son jean, en tira une pièce de deux euros. Il fallait qu'elle boive. Elle suivit la direction indiquée, aperçut plusieurs employés par les portes restées ouvertes. Tous en costume, certains portaient casque et micro audio sur la tête, d'autres, les yeux rivés sur des écrans 25 pouces, ne la remarquèrent même pas. Elle trouva enfin le puits énergétique pour tomber sur une affiche manuscrite : *En panne.*

— Vous auriez une fontaine à eau, dans le secteur ? demanda-t-elle en penchant la tête à l'intérieur d'un bureau.

— Non, désolé, répondit le type qui donna un coup d'œil à sa montre par la même occasion.

Lola retourna s'asseoir dans la salle d'attente. Sa bouteille d'eau lui manquait, elle s'asséchait. Elle se releva, retourna frapper à la porte de Miss Dorcel. Celle-ci la rassura, Mme Delagarde n'en avait plus pour longtemps. Lola se concentra sur son téléphone, vida les mails et SMS superflus qui encombraient la mémoire de son appareil, fila dans les toilettes pour s'asperger le visage. Elle patientait depuis plus d'une heure lorsque la patronne de Prestige France consentit enfin à l'accueillir. Mme Delagarde était l'élégance même, et sa robe aux couleurs automnales faisait ressortir sa blondeur. Malgré tout, ses yeux gris la rendaient froide, et le port de chaussures à talons dominatrice.

— Que puis-je pour vous ? débuta-t-elle au milieu du couloir.

— J'enquête sur la mort d'un homme. Un certain Pierre Milan. J'aimerais savoir si vous le connaissez, ajouta Lola Rivière en dépliant la photo du flic ripou.

— Non. Je devrais ?

Elle avait à peine regardé.

— Sa fille travaille pour vous. Pierre Milan était flic.

— Il y a plus de quatre cents personnes qui travaillent pour Prestige France, précisa-t-elle. À temps complet ou à temps partiel. Je ne connais pas tout le monde. Euh… Vous visitez tous les employeurs de proches de vos victimes, madame ? questionna-t-elle de manière piquante.

— On a des raisons de penser que Pierre Milan gravitait dans l'univers de SecuriFrance.
— Vous êtes de quel service, déjà ?
Lola sourit. Mme Delagarde s'agaçait, ça se sentait.
— Brigade criminelle de Paris, 36 rue du Bastion à Paris 17ᵉ. Je pense que vous connaissez le lieu, c'est une relation de votre mari et de votre fils qui est à l'origine de la construction du nouveau siège de la PJ...
La patronne de Prestige France plissa ses yeux ternes entourés d'un fin trait noir.
— Rappelez-moi votre nom ?
— Lieutenant Rivière. Lola Rivière. J'aimerais aussi voir Julien, s'il est disponible ?
— Il n'est pas là.
— Il est où ?
— En déplacement.
— Il rentre quand ?
— Dans trois jours. Qu'est-ce que vous lui voulez ?
— J'ai une ou deux questions à lui poser. Je peux vous laisser une convocation à son intention ? À charge pour vous de la lui remettre lorsqu'il rentrera...
Lola n'attendit pas la réponse. Elle notait déjà sur un document officiel la date et l'heure de la convocation, ainsi que son numéro de poste. Avant d'ajouter :
— La convocation, je la mets à quel nom ? Julien Mancel ou Julien Lecygne ?
La banderille fit son effet.
— Ça ne va pas se passer comme ça ! J'appelle de suite mon avocat !
— Je vous ai également noté le motif de la convocation, précisa Lola au moment de lui remettre le document officiel.

Elle put lire : « Motif de la convocation : *AFFAIRE MILENA POPOVIC (MEURTRE)*. »

— C'est quoi, encore, cette histoire ? Julien n'a rien à voir avec cette fille, vous m'entendez ! Je vous jure que vous allez me le payer ! On a des relations, nous ! Vous pouvez dire adieu à votre boulot ! Je vous assure que votre carrière est terminée !

Lola avait visé juste, elle le sentait. En quelques phrases, elle avait ouvert la boîte de Pandore au sein même des murs de SecuriFrance. L'info allait très vite faire le tour des murs et de la famille.

L'enquêtrice sortit avant que Mme Delagarde ne fasse intervenir les vigiles. Elle ne put s'empêcher de pénétrer dans les toilettes, au rez-de-chaussée de l'immeuble, pour boire une gorgée d'eau au robinet. Elle n'avait pas encore récupéré son véhicule qu'elle fut saisie de crampes d'estomac violentes comme jamais elle n'en avait encore connu.

66

La nouvelle l'avait ébranlé. Hervé Compostel avait quitté précipitamment le Bastion. Fuir, encore et toujours. Après la mort de son fils, il avait fui le monde, s'était isolé sur son voilier, avait navigué au gré des vents, au cœur des embruns, loin de cette France qu'il chérissait tant, loin de sa femme qu'il n'avait pas cherché à retenir, loin de la tombe d'Alexandre qu'il n'avait jamais eu le courage d'aller voir ou de fleurir, rêvant parfois qu'une vague l'emporte ou que son bateau chavire.

Il l'avait aimé, chéri, l'avait soutenu, encouragé, accompagné dans le cadre de ses compétitions de tennis, lui avait offert les plus belles des raquettes, les plus légères et les plus chères, avait loué les services du meilleur coach de la région, avait même fait le *sparring-partner* sur leur petit terrain privatif. Il se souvenait aussi de quelques footings autour du parc de la Roseraie, de la souffrance qu'ils partageaient dans la côte raide de la chapelle, des arrêts minute à la fontaine pour se rafraîchir alors que le soleil les cajolait. Il l'avait accompagné plusieurs fois au cinéma, également. Ils avaient vu tous les films de super-héros. Pour le reste, il ne se rappelait plus rien. Les petits moments, les interstices de la vie s'étaient effacés de sa mémoire. Il n'en subsistait rien. Et il en souffrait.

Les yeux secs, dans les gradins du stade de tennis de La Croix-de-Berny, alors qu'il fixait deux « handisports » frappant la petite balle jaune avec énergie, Compostel contacta son ex-femme. Il avait besoin d'elle, plus que jamais, besoin de piocher du souvenir dans sa mémoire. Elle ne décrocha pas. Il ne laissa pas de message. Sa femme, elle, était partie dans le Sud, pour se reconstruire, refaire sa vie, et non pour se morfondre. L'un peinait à écrire son livre de souvenirs, l'autre souhaitait définitivement tourner la page, faire un bébé avec un autre homme avant qu'il ne soit trop tard.

Il se leva, se dirigea vers le mur de tennis contre lequel Alexandre avait frappé des milliers de coups afin de parfaire son revers lifté, observa un long moment une trentaine de rugbymen à l'entraînement, divisés en deux groupes, parmi lesquels l'athlétique Guillaume Desgranges aurait, sans souci, pu trouver une place de choix. Compostel regrettait son geste, ce coup de poing réflexe. Il fallait qu'il l'appelle, qu'il s'excuse. Mais il n'y arrivait pas. Il n'était pas de leur trempe, il se sentait couard, fragile, faible. Il faisait un bien mauvais général, avançant d'un pas, reculant de deux. Pas comme ces rugbymen qui, organisés, s'affrontaient la tête en avant, cherchant parfois à percer la ligne ennemie à l'instinct.

Andrieux interrompit sa réflexion. Le ton qu'il employait semblait plus dur qu'à l'accoutumée. Le téléphone du directeur n'arrêtait pas de carillonner. Il venait de recevoir coup sur coup l'appel d'un avocat et celui de François Delagarde, le patron de la société Intercept, qui lui réclamaient le pourquoi de la venue d'une enquêtrice dans les locaux de la filiale SecuriFrance.

— Hervé, tu veux que je te rappelle qui est Delagarde ? C'est le monsieur « Sécurité » du futur président, bordel de merde !

— C'est ton pote de golf, aussi. Non ?

— Et alors ? Je te demande juste de m'expliquer le bordel que tes hommes sont en train de foutre à quatre jours de l'élection. C'est quand même pas compliqué, si ?

Le patron de la Crim' n'était pas du tout certain que des hommes soient à l'origine de ce « bordel ». Sur ce coup-là, il imaginait plutôt un duo d'enquêtrices. Il se trompait.

— J'enquête à la fois sur un enlèvement et sur un meurtre, Thomas. Et les deux affaires nous mènent dans l'entourage de ton ami.

— Je te rappelle aussi que c'est le patron d'Intercept. Tout ça va nous péter à la gueule ! On n'a pas besoin d'un scandale supplémentaire au sein de la PJ alors qu'on est à peine installés dans les nouveaux locaux !

Compostel se moquait des scandales. Il militait pour une police propre, qui échappe à toute collusion avec le pouvoir politique, les médias ou la finance. Et tout « ami de la police » qu'il était, François Delagarde n'était pas au-dessus des lois. Il était surtout, au dire de Desgranges, celui qui avait poussé son fils à se pendre à un arbre en fleur du parc de la Roseraie.

— Je te laisse, Thomas, j'ai un double appel.

— Hervé, Her...

Hervé raccrocha et remit son appareil dans son étui. Pas pour longtemps. Le numéro personnel de Guillaume Desgranges s'afficha à l'écran. Compostel hésita à répondre. Il savait que le temps était signe d'apaisement. Il finit malgré tout par décrocher.

— Je suis désolé, Guillaume, débuta-t-il.

— Je me fous de vos excuses, patron. Je ne vous appelle pas pour ça...

Compostel fronça les sourcils. Son interlocuteur, cash, continuait de l'appeler « patron ». Un bon signe. Surtout, il n'avait pas l'air en colère.

— Qu'est-ce qui se passe ?

— C'est Lola. Elle est à l'hosto.

— Hein ?

— Elle a fait une crise. C'est peut-être l'appendicite. Elle est au Val-de-Grâce.

— Quand ? Où ?

— Il y a moins de deux heures. Elle est allée à La Défense déposer une « collante » à Julien Lecygne sur son lieu de travail. Au retour, elle a fait une crise. C'est un passant qui l'a découverte inanimée ; il a contacté les secours.

— L'appendicite. Vous êtes sûr ?

Desgranges n'était sûr de rien.

— Il y a un autre problème, patron...

— Je vous écoute, s'enquit Compostel qui retournait en toute hâte vers son véhicule de service.

— Julien Lecygne, il est en bas. Il réclame des explications au sujet de sa convocation. Il veut savoir ce qu'on lui reproche.

— Faites-le patienter. J'arrive.

Compostel ne croyait absolument pas à l'hypothèse de l'appendicite. Alors qu'il roulait à tombeau ouvert en direction de l'île Seguin, il se reprocha de ne pas avoir demandé dans quel service Lola avait été transférée. Les couleurs suaves de Sisley, collées sur la façade du nouveau siège de la PJ, freinèrent ses ardeurs. Pourtant, mieux que personne, il savait que cette tempérance architecturale cachait le dénouement de bien sombres tragédies. Il se précipita dans le bâtiment pour se diriger directement vers la salle d'attente où Lecygne faisait les cent pas depuis plus d'une heure. Ce dernier s'emporta sur-le-champ. La jeunesse, sans doute.

— Je croyais que la police était assujettie à une charte d'accueil ! Je vous assure que je vais me plaindre auprès de l'IGPN de la rue Hénard ! aboya-t-il.

Julien Lecygne faisait bien sûr référence au délai d'attente. Il montrait également qu'il connaissait bien la Maison, citant pêle-mêle le service interne chargé des récriminations et son adresse. Compostel laissa dire. Il rencontrait pour la première fois le fameux Julien Lecygne, celui sur lequel il avait enquêté à la brigade financière, celui contre qui il avait accumulé assez d'éléments pour intrusion dans un système automatisé de données. Preuves incriminantes qui avaient disparu de son bureau quelques jours avant le suicide de son fils.

— Suivez-moi ! Je vais vous recevoir dans mon bureau, on sera plus au calme pour discuter.

Lecygne obtempéra. Il colla au train du commissaire sur les trente mètres qui les séparaient de la pièce occupée par Compostel. D'autorité, Julien Lecygne s'assit.

— Vous avez la convocation ? s'enquit le commissaire, très calme.

Lecygne sortit la feuille de type A5 pliée en deux. Compostel reconnut de suite l'écriture de Lola. Son visage s'éclaircit en pensant à la jouissance qui avait dû être celle du lieutenant Rivière lors de la remise du document à sa mère.

— Qu'est-ce qu'il y a ? Qu'est-ce qui vous fait sourire ?

Le flic resta muet. Il décrocha son téléphone, contacta son secrétariat à qui il ordonna de trouver dans les plus brefs délais Guillaume Desgranges.

— Je suis vraiment désolé pour l'embarras qu'on vous cause. On m'a dit que vous étiez un proche de François Delagarde ?

— Oui, c'est mon beau-père. J'aimerais bien savoir ce qu'on me reproche, exactement ?

— Rien, monsieur. Soyez-en assuré. D'après ce que je sais, vous étiez un proche de Milena Popovic aussi. C'est bien ça ?

— Un proche, non. Mais je la connaissais. Je ne l'ai pas vue depuis des années, précisa-t-il. En tout cas, ça n'explique pas pourquoi votre collègue a été si intrusive avec ma mère…

— Je suis désolé. Veuillez recevoir toutes mes excuses, au nom de la brigade criminelle. Ce n'est pas la première fois qu'elle agit ainsi. Je vais faire en sorte de la recadrer et que ça ne se reproduise plus.

— Merci, je n'en attendais pas moins, répondit le trentenaire qui semblait prendre un peu plus d'aisance dans son fauteuil.

Compostel allait lui proposer un café lorsqu'on frappa à la porte. Desgranges et Zoé Dechaume entrèrent dans la foulée.

— Guillaume, Zoé, je vous présente M. Julien Mancel, ou devrais-je dire Julien Lecygne ? Mlle Rivière l'a convoqué pour la semaine prochaine dans l'affaire Popovic. Mais il semblerait qu'il ait devancé l'appel. Je vous laisse le soin de l'auditionner.

— Attendez ! C'était pas prévu, ça ! coupa Lecygne.

— Pendant que vous y êtes, placez-le en garde à vue, ordonna Compostel.

— Dans quelle affaire, patron ? demanda Desgranges qui semblait découvrir un nouveau flic.

— Pour le meurtre de Milena Popovic. Pour le reste, on verra plus tard.

— Hé ! Ça ne va pas ! Je veux un avocat ! cria-t-il alors que Desgranges, qui s'énervait déjà, l'arrachait de son fauteuil par le col de sa veste.

Zoé attendit que son chef de groupe et le gardé à vue, qui faisait la carpe, sortent de la pièce. Elle trouvait la mesure prématurée.

— On n'a pas de billes, patron. C'est un peu précipité, non ?

— Vous avez carte blanche.

— Carte blanche ? Ça veut dire quoi ?

Compostel, fidèle à lui-même, ne répondit pas. Cela voulait dire que le duo s'engageait sur une série d'auditions où déni et intime conviction allaient se retrouver au centre des débats. Il enfila sa veste et sortit. Il n'aimait pas plus les hôpitaux que les cimetières. C'est pourtant vers l'un d'eux qu'il se dirigeait.

67

Le Val-de-Grâce disposait de plusieurs chambres VIP. Quelques présidents de la République s'y étaient fait soigner, tout comme beaucoup de militaires de retour de campagne. La structure, qui devait fermer ses portes un ou deux ans plus tard, comprenait encore plusieurs services de chirurgie, de cardiologie, de psychiatrie mais aussi de gastroentérologie. C'est à ce titre que Lola avait été dirigée vers ce vieil hôpital militaire érigé dans le 5e arrondissement, sur l'ancien potager d'une abbaye.

Après avoir montré patte blanche, Compostel avait franchi l'entrée protégée par une société de sécurité privée qui gardait le site en lieu et place de soldats de l'armée depuis cinq ou six ans. La pratique était courante, désormais, y compris dans les écoles de police et casernes de CRS. Pour des raisons financières, pour réduire la dépense publique, pour remettre les effectifs sur le terrain, les sites sensibles, les centaines de « points d'importance vitale » couvrant le territoire n'étaient plus protégés par les forces de l'ordre mais par des effectifs désarmés et badgés au nom de sociétés privées. Celle du Val-de-Grâce portait le nom très *punchy* de Securiguard et employait une trentaine de gros bras aux casiers judiciaires pas toujours vierges, afin de garder et de surveiller les quelques hectares de surface accueillant, outre l'hôpital du Val-de-Grâce, une école militaire et l'église éponyme.

Une sonde reliée à son coude droit, Lola était en pleine conversation lorsqu'il pénétra dans sa chambre, un bouquet de jonquilles à la main. Il crut d'abord à la visite d'un médecin ; ce n'était pas le cas. Il venait de reconnaître Julie Legendre, la future prof de philosophie, la tante de Jihad. Assise en tailleur sur son lit, Lola s'empressa de glisser un épais dossier orange sous ses draps tandis que la visiteuse trouvait rapidement un prétexte pour s'échapper. Compostel ne posa pas de question. Le médecin urgentiste du service venait de lui apprendre la maladie de sa collaboratrice. Il comprenait désormais son célibat, sa solitude, ses congés récurrents, ses arrêts maladie.

— Je vous ai menti, patron, débuta-t-elle, le sourire aux lèvres. Je ne suis pas rentrée de Singapour parce que je ne supportais plus le pays. C'est tout simplement parce que mon état, là-bas, a empiré, et qu'il fallait que mon suivi médical soit plus strict.

— Je m'attendais à vous trouver dans le coma, branchée de partout. Je vous préfère dans cet état-là.

— Merci. J'ai commis l'erreur de boire de l'eau du robinet. Ça m'a foudroyée. J'ai fait une crise au moment de remonter dans la voiture… Ils me réalimentent à l'aide de la sonde, ça va déjà mieux. Je devrais sortir demain matin.

— L'urgentiste m'a dit que vous aviez besoin de vous faire opérer ?

Lola détourna le regard vers la fenêtre. Puis elle revint l'affronter :

— J'ai un Crohn. C'est une maladie héréditaire. Côlon et intestin grêle enflammés, douleurs abdominales et diarrhées à répétition, fistules anales, et j'en passe. Ils veulent encore me retirer un mètre de boyaux.

— Encore ?

— Oui, ce sera la quatrième fois que je passe sur le billard. Il me reste à peine deux mètres de tuyaux. Vous connaissez Bethany Townsend ?

— Qui ?

Lola récupéra son iPhone, tapa le nom sur Google, puis présenta le cliché de l'ancien top-modèle britannique à son taulier.

— Elle est belle, non ?

Compostel confirma, même s'il trouvait que l'omniprésence de tatouages gâchait l'ensemble.

— Elle a surtout deux poches de stomie sur le ventre, et c'est à ça que je suis condamnée si personne ne vient à bout de cette putain de maladie.

— L'urgentiste m'a dit que le stress était souvent facteur d'aggravation...

— Je ne vais quand même pas m'arrêter de vivre sous prétexte que la moindre contrariété peut réactiver le mal, si ?

Il ne répondit pas. Il évita surtout de lui proposer à nouveau un poste adapté à son état de santé.

— Merci pour les fleurs. Vous les avez cueillies dans le jardin de l'hôpital ? s'enquit-elle, malicieuse, puis elle se leva et se dirigea vers la baie vitrée donnant sur le dôme de l'église du Val-de-Grâce.

Derrière, au milieu d'une cour pavée, se trouvait la statue de Dominique Jean Larrey, médecin-chirurgien des armées napoléoniennes. Puis, dans la profondeur, deux cents mètres plus loin, le croisement des rues du Val-de-Grâce et Henri-Barbusse, là même où ils étaient descendus dix jours plus tôt ramasser le cadavre dénudé de Milena Popovic.

— L'aumônier militaire est passé, tout à l'heure. Il fait le tour des chambres, tous les jours, des fois qu'il y ait des brebis égarées qui désirent se confesser. Vous ne devinerez jamais de quoi on a parlé...

— De Dieu, j'imagine.

— Non, de sa Maison, plutôt. De son église et de Philibert Aspairt.

— Qui ça ?

— Philibert Aspairt. Vous savez, le type qui, sous la Révolution, s'est perdu dans les catacombes. On a retrouvé Milena à côté de sa stèle. Eh bien, c'était le portier du Val-de-Grâce. Et il y a un accès par l'église.

— Vous ne vous arrêtez jamais, vous, dites donc !

— Il y a quelque chose que j'aimerais vérifier, patron. Si vous pouviez m'obtenir en urgence les relevés de comptes de la filiale SecuriFrance, ça m'arrangerait. Pour un ancien patron de la brigade financière, ça ne doit pas être trop compliqué, si ?

Cette fille fragile méritait la médaille du courage. Il ne la lui proposa pas, il savait qu'elle s'empresserait de la refuser. Elle restait face à la lumière du printemps, belle et tenace. Il observait son dos. Il la vit porter une main sur son visage.

— Je suis désolée pour votre fils. J'aurais aimé avoir le courage de vous l'annoncer moi-même, dit-elle, changeant de nouveau de sujet, au moment de se retourner.

Elle pleurait.

— Je ne vous en veux pas. À force de refuser l'évidence, elle finit par vous sauter au visage.

— Merci. Quelque part, on se ressemble. On est tous les deux des fugueurs. Moi, je suis partie à l'autre bout du monde pour fuir ma maladie, en espérant qu'elle ne survivrait pas au voyage. Et vous, vous avez fui ce pays pour échapper à la souffrance. Mais je crois qu'on a eu tort tous les deux...

— À savoir ?

— À savoir que la mort est en nous et qu'on n'a pas d'autre choix que de l'affronter, de l'apprivoiser. C'est Julie Legendre qui m'a permis d'ouvrir les yeux, ou plutôt Montaigne, son objet d'étude.

— C'est pour ça qu'elle était là, tout à l'heure ?

— Non. Vous saviez que Montaigne avait perdu la plupart de ses enfants en bas âge ? Chaque fois il s'en est relevé.

— C'était une autre époque.

— Peut-être. N'empêche que votre devoir est d'accepter, de vous reconstruire et de servir.

— Finalement, vous n'êtes pas que flic. Vous êtes thérapeute, aussi.

Elle rit, avant de se reprendre.

— Je crois plutôt qu'on vient d'entamer une thérapie de groupe, non ?

— Il faut que je retourne au service, Lola. Reposez-vous.

— Je compte sur vous pour la société SecuriFrance ?
— Vous pouvez.

De son poste de guet, elle patienta de longues secondes avant de le voir sortir puis se diriger vers l'église du Val-de-Grâce.

68

Guillaume Desgranges et Zoé Dechaume avaient passé leur soirée à remplir de la paperasse. La notification de la garde à vue de Julien Lecygne, son relevé d'empreintes, les avis téléphoniques à magistrat, à médecin, à avocat, à famille, avaient pris plus d'une heure. Le médecin de permanence, occupé à examiner une demi-douzaine de voleurs à l'arraché au commissariat du 12e arrondissement, avait tardé à se présenter, tandis que le ténor du barreau Michel Zimmer avait usé des deux heures réglementaires avant de venir voir son client pour une demi-heure d'entretien. *In fine*, il était plus de minuit lorsque l'enrobage administratif de la garde à vue fut clos. Lecygne réclama alors à manger et il souhaitait se reposer. Sa stratégie était clairement affichée : il entendait gagner du temps. Zimmer fut invité à revenir au Bastion aux aurores pour assister à la première audition.

Lola portait un gros sac à dos lorsqu'elle débarqua en milieu de matinée. Elle avait peu dormi, travaillé une partie de la nuit dans son lit du Val-de-Grâce, et étudié des listings entiers de la société SecuriFrance qu'elle son chef de service lui avait transmis. Puis, son bon de sortie en poche, elle s'était longuement arrêtée au poste de garde de l'hôpital avant de filer prendre une douche chez elle.

Assis derrière son ordinateur, Compostel assistait à la première déposition de Julien Lecygne lorsqu'elle se présenta. Douze heures de garde à vue étaient déjà écoulées, et les flics de la Crim' n'en étaient qu'aux prémices. Nom, prénom, date et lieu de naissance, cursus scolaire, compétences et métiers exercés, etc. En bref, l'heure était au curriculum vitae de Julien Lecygne, histoire de faire connaissance, de s'apprivoiser. Sauf que cet interrogatoire n'avait rien d'un entretien d'embauche même si Lecygne, assis aux côtés de son avocat, semblait serein.

— Sans élément, ça ne va pas être simple... Il ne lâchera rien en présence de son baveux, dit-il sans détourner le regard de son poste de travail.

Lola ne commenta pas.

— Merci pour l'envoi des listings... Vous saviez que la boîte de sécurité du Val-de-Grâce, Securiguard, était l'une des filiales de SecuriFrance...

Il l'observa. Il ne voyait pas où elle voulait en venir.

— Et ?

— Et rien. Juste que SecuriFrance est implanté aux quatre coins de la France, c'est tout. Si vous avez besoin de moi, je suis dans mon bureau, précisa-t-elle.

Compostel se concentra de nouveau sur les propos de Lecygne qui était en train d'expliquer quelques étages plus bas, dans une pièce borgne, qu'il avait arpenté la France durant deux ans afin de décrocher des contrats de gardiennage pour la société dirigée par son beau-père. Et, au vu de la forte hausse du chiffre d'affaires, il avait fait du bon boulot. Son salaire, plus élevé que celui des ministres, en était la preuve. Puis le commissaire l'écouta parler de la journaliste :

— J'ai connu Milena au collège. En classe de cinquième. Ma mère tenait absolument à ce que je fréquente un établissement public, ce qui fait que je me suis retrouvé au collège Jean-Zay à Argenteuil, en plein milieu de la ZEP. Milena était brillante, c'était la meilleure de la classe. Toujours assise au premier rang, discrète, timide. En cours d'espagnol, il y avait un élève, installé derrière elle, qui n'arrêtait pas de lui tirer sa tresse et de se moquer d'elle en utilisant des mots de serbe. Un jour, je me suis levé, et je l'ai frappé devant tout le monde. J'ai été collé par la prof mais j'ai gagné l'amitié de Milena. Le lendemain, elle m'a rapporté une part de gâteau que sa mère avait préparé. J'ai dû refuser car il y avait d'autres garçons qui nous observaient. Mais une complicité était née. En fait, je suis devenu en quelque sorte son protecteur. Je suis intervenu une autre fois en cours de sport suite aux agressions répétées de plusieurs filles de la classe qui ne cessaient de lui baisser son jogging pendant les matchs de volley ou de basket. À partir de là, notre complicité s'est renforcée. Et un jour, elle m'a invité à son anniversaire. J'étais le seul.

Zoé l'écoutait, Desgranges frappait le clavier de ses gros doigts aussi vite qu'il le pouvait, et Zimmer pianotait sur son téléphone en attendant la suite.

— C'est en troisième qu'on a vraiment commencé à sortir ensemble. Elle venait souvent à la maison, ma mère l'aimait bien d'autant qu'elle avait un vrai potentiel, elle travaillait beaucoup, avait une moyenne de 18 sur 20 dans toutes les matières, y compris en sport. Mais, à la fin de l'année, il était question qu'elle s'inscrive dans une filière technique, genre BEP ou CAP. C'est là que ma mère est intervenue pour la première fois. Elle a d'abord invité les parents de Milena à la maison pour un goûter, et faire connaissance. Ils n'ont pas osé venir. Alors c'est elle qui est allée les voir, leur dire que Milena était brillante, qu'il fallait vraiment qu'elle poursuive au lycée, qu'il fallait l'encourager à devenir quelqu'un, qu'elle en avait les moyens. C'est comme ça que Milena et moi avons poursuivi tous deux au lycée Victor-Hugo. On n'était plus dans les mêmes classes mais on passait tout notre temps ensemble et elle dormait de temps en temps chez moi. Elle a choisi la filière scientifique, moi j'ai suivi le cursus économie. Cela ne nous a pas empêchés de nous inscrire dans une fac de droit, en classe prépa. C'est ma mère qui l'a aidée à remplir son dossier de bourse.

Les deux flics connaissaient la suite dans les grandes lignes. Lecygne avait trafiqué ses notes pour intégrer Sciences Po, au contraire de Milena Popovic qui s'était appuyée sur son statut ZEP et ses excellents résultats pour atterrir rue Saint-Guillaume.

— Je l'ai vue pour la dernière fois il y a quelques mois. En fait, il y a près d'un an, mon beau-père a décidé de monter une nouvelle boîte au sein de sa société dans le domaine de la sécurité aérienne. L'idée de départ était le contrôle sécuritaire effectué par des drones munis de caméras portatives. J'ai donc décidé d'en prendre les rênes. Et j'ai contacté Milena pour qu'elle me fasse un peu de pub dans son quotidien.

— Elle a accepté ? s'enquit Zoé.

— Au début, non. En fait, depuis notre séparation, on était en froid. Mais quand je lui ai rappelé qu'elle serait probablement caissière dans un supermarché de quartier si ma famille ne l'avait pas poussée, elle a fini par dire oui.

— C'était quand, ça ?

— Il y a six mois.

À l'époque où Milena Popovic commençait à sortir scoop sur scoop.

— Et pourquoi vous vous êtes séparés ?

— Ça ne vous regarde pas. C'est privé, ça, se rebella-t-il.

Zimmer redressa la tête d'un coup et s'adressa à l'assemblée, tel le maître des lieux et du droit :

— Je rappelle que mon client est libre de répondre ou de se taire !

Les deux flics, de concert, décidèrent d'arrêter l'audition. Inutile de le fâcher. Ils avaient surtout le sentiment que les réponses aux futures questions allaient se révéler beaucoup plus compliquées à recueillir.

Lola recopiait les plaques d'immatriculation de véhicules franchissant la barrière d'une enceinte publique sur une vidéo diffusée en mode rapide lorsque Zoé vint lui proposer d'aller déjeuner. Une page entière était couverte de lettres et de chiffres. Lola figea la vidéo sur un véhicule de société blanc.

— J'arrive, dit-elle avant de s'empresser de relever la plaque minéralogique et d'attribuer trois étoiles à ce véhicule que ses vitres fumées rendaient particulièrement suspect.

Zoé, Desgranges et elle encadraient leur taulier en direction du Gyrophare lorsqu'ils virent sortir du parking du « 36 » Michel Zimmer au volant d'une magnifique Corvette bleue de la fin des années 1950. Celui-ci semblait profiter de la pause méridienne pour aller se ressourcer loin du 17e arrondissement.

Lola s'arrêta un moment, laissant partir ses collègues devant. Elle sortit son téléphone, chercha la ligne de son géocacheur préféré. Dimitri Hérisson répondit sur-le-champ.

— Ça vous intéresserait de relever un nouveau challenge ? Ce n'est pas vraiment une énigme, mais je vous garantis l'adrénaline…

— Et qu'est-ce que je gagne ? Je vous rappelle que vous me devez déjà un déjeuner…

— En complément, je vous propose plutôt un dîner…

69

Les quatre flics déjeunaient en silence. Compostel ne cessait de penser à la manipulation dont avait été victime son fils, Zoé et Desgranges gardaient du jus pour entreprendre Julien Lecygne, et Lola s'impatientait de retourner à ses recherches qui n'étaient pas totalement abouties. Surtout, leur épuisement était tel, après une douzaine de jours d'enquête, qu'ils n'avaient plus la force de parler. Hormis le taulier de la Crim', ils avaient tous coupé la sonnerie de leur cellulaire. Ce moment devait rester celui du calme ; un repos du guerrier respecté par le patron de la brasserie qui, en tant qu'ancien flic, savait que le cliquetis des couverts sur la porcelaine des assiettes leur paraissait déjà insupportable.

Blasé, Compostel ne réagit pas plus que ça lorsque son téléphone vibra. Le directeur de la PJ le réclamait. Thomas Andrieux désirait savoir comment se déroulait la garde à vue de Julien Lecygne. Il annonçait surtout le retour au siège de la PJ de Me Zimmer, accompagné cette fois-ci de François Delagarde. Le coup de téléphone d'Andrieux se voulait informatif :

— Delagarde vient de m'appeler. Il est en salle d'attente, avec Zimmer. Il dit que son beau-fils n'a rien à voir avec la mort de Popovic. Il veut être auditionné.

Compostel sourit. La parole du patron de Securi-France semblait sujette à caution au regard des récents éléments que l'enquête avait révélés. Le chef de la Crim' se garda bien de les lui communiquer. Il savait pertinemment qu'une amitié vieille de trente ans ne s'effritait pas à l'aide de quelques éléments de langage.

— On va s'en occuper, répondit-il posément alors que son cœur palpitait plus que de raison.

— Ne le brusque pas. Il est malade.

— Malade ? s'enquit-il en fixant Lola qui se trouvait en face de lui.

— Ouais. Les *swings* et les *drives*, pour lui, c'est terminé.

Hervé Compostel n'en apprit pas plus. Il ne voulait rien savoir, de peur de tomber dans l'empathie à l'égard d'un homme qui était responsable du suicide de son fils. Il raccrocha, se leva avec lenteur, sous le regard attentif de la tablée, puis se dirigea vers le zinc où il régla l'addition.

Son cœur battait la chamade sur le chemin du retour. Il transpirait. Il avait peur de la rencontre, de l'affrontement, ne se sentait plus maître de lui, était capable du pire. Ses jambes avaient du mal à le porter, il se sentait fébrile.

— Je vais le recevoir, patron ! lança Lola dans son dos au moment de franchir la porte-tambour du bâtiment.

Compostel ne se retourna pas. Il analysa l'information, finit par reconnaître que c'était la meilleure solution. Zoé, à son tour, joua sa partition :

— Vous nous accompagnez au troisième pour l'audition de Lecygne ? On ne sera pas trop de trois pour le faire craquer.

Il accepta et laissa Lola partir seule vers le sixième étage. Elle sortit de l'ascenseur, passa devant la salle d'attente sans tourner la tête, progressa vers son bureau qu'elle déverrouilla, s'installa à son poste. Elle se connecta sur les fichiers Police, cibla celui des certificats d'immatriculation, entra une dizaine de numéros de plaques minéralogiques et lança sa recherche. Elle se releva, sa bouteille d'eau à la main, puis fila dans la salle des imprimantes chercher les résultats. Elle était prête.

C'est un homme rachitique, cerné, usé, qui l'accueillit. François Delagarde l'attendait, seul, assis, sur un fauteuil en tissu, le dos courbé, les mains jointes posées à mi-cuisses. Il avait cinquante-quatre ans, il en paraissait soixante-dix.

— Suivez-moi !

Il accompagna l'enquêtrice dans son bureau. À petits pas. Il finit par s'asseoir. Lola se connecta sur un logiciel de rédaction de procédures, ouvrit un nouveau document, l'enrichit de l'identité de François Delagarde qu'elle connaissait par cœur, puis lui adressa enfin la parole :

— Je vous écoute…
— Mon fils n'a rien…
— Votre fils ?
— Oui, je considère Julien comme mon fils. Je disais que mon fils n'a rien à se reprocher. Il est innocent, conclut-il de son accent marseillais qui n'avait plus rien de chantant.
— Qu'est-ce qui vous rend si catégorique ?

— Si j'en crois ce qui m'a été rapporté, Milena Popovic est morte le samedi 22 avril. Or, à cette date, je ne l'ai pas quitté un instant.

— Qui vous a dit qu'elle était morte ce jour-là ? s'enquit Lola.

Le cadavre de la journaliste avait effectivement été découvert le 22, mais il n'était pas exclu qu'elle ait pu être tuée la veille au soir, après la diffusion de son dernier article horodaté à 18 h 31.

— Je suis bien informé, vous savez. J'ai comme ami personnel votre directeur. Et, pour tout vous dire, j'ai consacré ma vie à aider la police.

— De quelle manière ?

— C'est mon entreprise qui a équipé votre nouveau bâtiment dans le domaine sécuritaire. Et c'est une de mes filiales qui gère les écoutes téléphoniques pour toute votre direction. Je fais régulièrement des dons pour votre orphelinat, aussi.

Lola sourit. À une époque pas si lointaine, les pare-brise de la capitale étaient constellés d'autocollants de l'orphelinat de la police nationale. Cela permettait aux propriétaires de gagner, momentanément, la sympathie des patrouilleurs, et ainsi d'échapper à des sanctions parfois onéreuses.

— À propos d'équipement, j'ai le regret de vous dire que la vidéosurveillance du parking souterrain ne fonctionne toujours pas.

— C'est une question de jours. Mais avouez quand même que le système biométrique mis en place au septième étage est révolutionnaire, non ?

Elle l'admit, avant de reprendre le contrôle de l'audition :

— À propos de vos sociétés, vous pourriez m'énumérer l'ensemble des filiales de votre maison mère ?

— Dans quel but ? Je suis venu vous dire que Julien n'a rien à voir avec la mort de Milena Popovic et vous me questionnez sur ma société ? Je suis fatigué, mademoiselle. Je suis un traitement assez lourd. J'aimerais qu'on abrège.

— J'entends bien, monsieur. Mais je ne vous demande pas de remonter à la société Vidocq. Je veux juste la liste des sociétés que vous contrôlez.

Delagarde soutint son regard. Pourquoi évoquait-elle la société Vidocq ? Où voulait-elle en venir ? Il n'en savait rien.

— Je peux savoir si Julien va bien, au moins ?

— Il va bien. Soyez rassuré. Alors, ces sociétés ?

Delagarde déglutit. Puis il se lança. Lola les nota toutes sur le procès-verbal d'audition, avant de s'emparer du listing qui lui avait été communiqué par son chef de service. Il en énuméra une quinzaine.

— Vous en avez oublié une, monsieur.

— Laquelle ?

Elle répondit par une autre question :

— J'imagine que vous avez un gros parc automobile pour l'ensemble de ces sociétés, non ?

— Je n'ai pas fait le compte. Peut-être cinquante, soixante, je ne sais pas. Il faudrait que je demande à mon directeur logistique. Mais je ne vois vraiment pas en quoi ça concerne notre affaire.

— Désolée si je parais un peu… offensive. Déformation professionnelle.

Il fit mine de ne pas lui en vouloir. Qu'elle poursuive.

— Et Pierre Milan, vous connaissez ?

— Non. C'est qui ?

Même fatigué, Delagarde restait concentré. Déstabiliser un tel client paraissait compliqué.

— Pourtant, vous l'avez employé pour protéger un diamantaire luxembourgeois dans les rues de Paris, il y a une dizaine d'années…

— Je pense que vous faites erreur.

Lola ne faisait pas erreur. Elle s'était promis de ne pas rentrer dans le conflit avec cet homme responsable de la mort d'Alexandre Compostel. Elle se reprit et se concentra sur l'affaire Popovic :

— Donc, vous disiez que vous étiez en mesure d'apporter des éléments innocentant votre beau-fils…

— Oui. Le jour de la mort de Milena Popovic, nous avons passé la journée ensemble au bureau, à faire le point sur la société Securidrone.

— Quelqu'un peut le prouver ?

— Ma parole ne suffit pas ?

— Non, je suis désolée. Parlez-moi de Securidrone…

Delagarde sembla hésiter, puis il se décida à répondre :

— C'est l'avenir. On propose un système de vidéo-surveillance par drone à des sociétés. Cela leur offre des économies substantielles dans le domaine de la sécurité puisqu'elles peuvent, du coup, baisser le nombre d'agents de sécurité au sol.

— Et vous avez beaucoup de clients ?

— Ça se met en place tout doucement. Pour l'instant, on survole plusieurs chantiers d'immeubles en construction. On évite ainsi les vols et les dégradations. On ne sera pas bénéficiaires avant quelques années mais c'est bel et bien un marché d'avenir.

Lola en était convaincue. Milena Popovic également, si l'on considérait l'article qu'elle avait pondu sur la société gérée par Julien Lecygne.

— J'imagine que le papier de Mlle Popovic vous a été profitable, non ?

Delagarde acquiesça d'un mouvement de tête. Il n'avait plus la force de sourire, les commissures de ses lèvres ne bougeaient plus. Il se contenta d'un :

— Je peux savoir ce que vous a déclaré Julien ?
— Pourquoi ?
— Je le connais, il est capable de dire n'importe quoi pour satisfaire la police. D'autant que la mort de Milena l'a fragilisé.

L'enquêtrice arrêta de pianoter, le fixa.

— Vous avez peur de quoi ?
— Au point où j'en suis, je n'ai plus peur de rien. Je peux avoir un verre d'eau, s'il vous plaît ?

Delagarde paraissait résigné. Lola chercha un gobelet autour d'elle, n'en trouva pas. Elle se leva, s'excusa et se promit de revenir très vite. Elle revint dix minutes plus tard, l'homme d'affaires n'avait pas bougé d'un pouce. Elle lui remplit un verre qu'il porta à sa bouche en tremblant. Elle détourna les yeux.

— Alors ? Qu'est-ce qu'il vous a déclaré ?

Lola Rivière fit mine de ne pas entendre. Elle ne voulait surtout pas dire que son beau-fils n'était pas si fragile que ça, qu'il se rebellait à chacune des questions que le trio lui posait, qu'il se défendait comme un beau diable. Elle reprit son questionnement :

— La société Securidrone possède aussi un parc automobile, non ?

De nouveau le jeu du chat et de la souris…

— Évidemment. Il faut bien transporter les drones sur les chantiers, répondit-il.
— Combien de véhicules ?
— Deux ou trois.
— Quel type de véhicules ?
— Des utilitaires.
— Quel type d'utilitaires ?
— Je ne sais pas. Des fourgons, j'imagine.
— Qui sont remisés où ?
— Au siège, à Puteaux.
— Et Julien, il utilise quel type de véhicule ?
— Une Audi.
— Exclusivement ?
— Oui.
— Il lui arrive d'utiliser les fourgons de la société ?
— Possible, je ne sais pas. Il faut lui demander.
— Tout à l'heure, vous avez oublié de me parler de la société Securiguard…
— …
— Vous savez, cette société qui gère la sécurité du Val-de-Grâce…
— J'ai oublié. C'est une toute petite structure, vous savez.
— Vous faites des essais de drones dans ce secteur ?

Lola connaissait déjà la réponse. La capitale était interdite de survol aérien, y compris par drone.

— Je ne crois pas.
— Vous ne croyez pas, reprit-elle alors qu'elle feuilletait un dossier à la recherche d'éléments. Ah ! Voilà. Le samedi 22 avril, un véhicule de type Boxer dont la plaque d'immatriculation indique son appartenance

à la société Securidrone pénètre dans l'enceinte du Val-de-Grâce.

— …
— Un commentaire ?
— Non. Je ne… je ne sais pas. Faites voir ?

Lola fouina de nouveau dans sa paperasse. Elle savait pourtant où chaque document était rangé. Au bout de deux minutes, elle finit par sortir une photo couleur du véhicule Boxer extraite de la vidéosurveillance installée au Val-de-Grâce qu'elle s'était empressée de réclamer en quittant l'hôpital. Elle la présenta à son client. Delagarde s'en empara. La feuille tremblait entre ses mains fatiguées, pleines de taches de son.

— Vous êtes certaine que c'est un véhicule Securidrone ?
— Le fichier ne ment pas.
— C'est peut-être une doublette, non ?

Voilà que Delagarde parlait comme un flic. Il sous-entendait qu'un véhicule de même type et de même marque était équipé d'un faux jeu de plaques. La pratique était bien connue des voyous. De Pierre Milan, également, chez qui de nombreuses plaques trafiquées avaient été découvertes pour anonymiser sa moto avant qu'il aille commettre ses crimes.

— D'autant que les vitres sont fumées. On n'aperçoit pas du tout le conducteur, ajouta Delagarde en soutenant le regard de l'enquêtrice.
— Le véhicule est resté quarante-trois minutes dans l'enceinte du Val-de-Grâce…
— Ça peut être l'un des employés de Securidrone qui utilise ce véhicule, non ?

— Possible. On le saura très vite, ils font tous l'objet d'une audition, en ce moment, mentit-elle. Et une équipe de l'Identité judiciaire vient de partir au siège de votre société pour faire des analyses poussées à l'intérieur du fameux véhicule Boxer.

— Vous faites les choses en grand, c'est rassurant.

— Pourtant, depuis six mois, on était particulièrement « maltraités » par Milena Popovic. Ah ! Dernier élément : le fameux Boxer a fait l'objet d'une contravention pour stationnement gênant en bas du domicile de la journaliste une heure avant de pénétrer dans l'enceinte du Val-de-Grâce.

— J'aimerais boire, s'il vous plaît ?

— Votre beau-fils vient d'avouer, monsieur Delagarde, lui dit-elle en remplissant son gobelet.

L'homme digéra. Lola ne lui laissa pas de répit.

— Il dit qu'il n'y avait rien de prémédité, il parle de coup de colère, d'un conflit au sujet de notes trafiquées. Elle lui aurait révélé l'avoir balancé de manière anonyme à la police il y a quelques années...

— ...

— Moi, je crois surtout que c'est une question de lutte des classes. Le petit-bourgeois est jaloux de la réussite de la fille d'immigrés qu'il a sortie de sa tour HLM d'Argenteuil.

— Ce n'est pas lui ! Il ment.

Les mots de Delagarde claquèrent comme un coup de tonnerre. Delagarde se rebellait, il jetait ses dernières forces. Lola plissa les yeux. Elle attendait un complément :

— C'est moi. C'est moi qui l'ai tuée. Julien n'a rien à voir avec tout ça.

70

Le vice de Lola avait payé. Julien Lecygne, bien soutenu par son avocat, n'avait rien avoué. Delagarde, affaibli par la maladie, était tombé dans le piège. Lola n'était pas très fière d'elle mais, grâce à la proximité de Kaminski, elle savait qu'il fallait parfois franchir la ligne jaune pour faire tomber les voyous. Pourtant, elle n'était pas convaincue par les premières déclarations de l'homme d'affaires.

Compostel avait moins de scrupules. Le meurtrier de son fils allait très vite se retrouver derrière les barreaux, pour le restant de ses jours.

— Il n'en a plus pour longtemps, patron. Il ne sera probablement jamais jugé, il a un cancer du pancréas, mentionna Lola en lui tendant le certificat médical dressé par un urgentiste dans le cadre de sa garde à vue pour meurtre. Sitôt mis en examen, il sera transféré dans une structure hospitalière.

Durant toute sa vie, cet homme avait triché sans jamais connaître la case prison. Et il laissait un bel empire à sa compagne et à son beau-fils en guise d'héritage.

— Comment il explique son geste ? s'enquit Hervé Compostel.

— Il y a six mois, fort des informations confidentielles qu'il obtenait par le biais de sa boîte de sécurité, mais aussi et surtout par un système de dérivation des écoutes téléphoniques que l'une de ses sociétés gérait pour le compte de la police, il est allé voir Milena Popovic pour lui refiler des infos sur des affaires judiciaires.

— Dans quel but ?

— Son idée était de manipuler l'électorat dans le cadre de la présidentielle. Il est un soutien inconditionnel de Pierre-Yves Dumas. De fait, il a inondé les médias d'affaires criminelles, de manière quasi quotidienne. Ainsi, la société paraissait un peu plus anxiogène, et ça encourageait les électeurs à voter pour un militant de la cause sécuritaire.

La police judiciaire avait travaillé trois ans plus tôt sur un candidat d'extrême droite à une élection locale qui avait employé la même stratégie, mettant le feu aux véhicules de ses concitoyens pour faire porter le chapeau à la population des quartiers défavorisés.

— Et Dumas, il est au courant de tout ça ?

— Delagarde dit que non. Mais j'ai du mal à le croire.

— Donc Popovic profitait de ses infos pour vendre du papier, et lui, il profitait de la sinistrose ambiante pour s'implanter un peu plus sur le marché sécuritaire.

— Ouais. Sauf que Milena Popovic a dû comprendre qu'elle se faisait manipuler. Et elle a décidé de tout balancer. Il est allé chez elle pour tenter de la raisonner. Il a échoué. Il l'a étranglée. Il est reparti au siège de sa société, a emprunté un véhicule utilitaire aux vitres teintées, est revenu à Paris pour transbahuter le cadavre de Milena Popovic, a fait le ménage dans l'appartement, a dénudé le corps, puis l'a transporté au Val-de-Grâce pour le déposer dans les catacombes.

— Beau boulot, Lola.

— Merci. Mais j'aimerais bien organiser une confrontation entre lui et Lecygne.

— Pourquoi ? C'est carré, non ?

Le regard plein d'assurance de Lola suffit à le faire céder. Elle rejoignit Zoé à qui elle réclama son aide. Désirant rester concentrée tout au long de la confrontation entre Lecygne et son beau-père, elle lui demanda de retranscrire les échanges pendant qu'elle dirigerait les débats.

Une demi-heure plus tard, tout était en place. Zoé avait choisi la plus grande salle d'audition, celle où l'on pouvait tenir à dix. Les deux gardés à vue se retrouvèrent côte à côte, séparés par Guillaume Desgranges dont la charpente servait de cloisonnement artificiel. Me Zimmer, lui, s'était positionné derrière son jeune client tandis que Zoé Dechaume faisait face à tout ce beau monde. Lola se trouvait debout, à portée de son épais dossier de travail posé sur un coin de la table. Delagarde regardait ses genoux, et Lecygne fixait le système de vidéosurveillance installé par les équipes de son beau-père lorsque Lola débuta en s'adressant au plus jeune :

— Monsieur Lecygne, êtes-vous lié d'une quelconque manière à la mort de Milena Popovic ?

— Non.

Un « non » ferme sanctionné par une mimique de contentement de son avocat.

— Et vous, monsieur Delagarde ?

Celui-ci exprima des difficultés à redresser la tête.

— Monsieur Delagarde ? reprit Lola.

— Oui, j'ai entendu... C'est moi qui l'ai tuée, finit-il par lâcher après un long silence.

La chaise de son beau-fils crissa sur le sol en béton tandis que le visage de Zimmer se figeait.

— Vous pouvez développer, monsieur Delagarde ? poursuivit Lola qui semblait éprouver de la jouissance à mettre du monsieur à toutes les sauces.

Le doyen paraissait épuisé. Lola lui versa de l'eau. Mais l'homme la refusa.

— Tout ce que je vous ai dit tout à l'heure est conforme à la réalité, résuma Delagarde.

Lola n'insista pas. Elle s'empara du procès-verbal d'audition, en lut de longs passages à haute voix. Delagarde opina du bonnet.

— Un commentaire, monsieur Lecygne ?

Les mâchoires serrées, le trentenaire tourna la tête dans tous les sens. Il cherchait le soutien de son avocat situé derrière lui. Ce dernier, perdu, se déroba.

— Alors ? insista Lola.

— J'ai rien à dire.

— Vous étiez au courant ?

— Non.

— Votre beau-père aurait emprunté un véhicule de la société que vous gérez. Surprenant, non ?

— Les clés sont à disposition de tous, au siège... Attendez !

Lola et Zoé relevèrent la tête, dans l'attente d'une révélation.

— Oui ?

— Regardez-le. Vous ne voyez pas qu'il est malade ! Il est épuisé, il raconte n'importe quoi !

— Pourtant, tout ce qu'il dit semble concorder.

Un long silence suivit. À court de paroles à retranscrire, Zoé s'arrêta de pianoter. Elle leva la tête vers une Lola qui proposait une moue espiègle qu'elle ne lui connaissait pas.

— Vous voyez bien qu'il n'a pas la force de tuer quelqu'un, bon sang de bonsoir ! hurla-t-il alors que Lola feuilletait son dossier.

Elle acquiesça.

— Tais-toi, Julien ! le coupa Delagarde. Zimmer, dites-lui de se taire !

— Vous vous trouviez où, le samedi 22 avril dernier, monsieur Lecygne ? rebondit-elle.

— Au bureau.

— Toute la journée ?

— Toute la journée.

— Quelqu'un peut le prouver ?

Il réfléchit. Son alibi principal, François Delagarde, avait modifié sa version. Il bégaya.

— Je n'ai pas compris. Quelqu'un peut le prouver, oui ou non ?

Sa tête basse valait réponse.

Lola extirpa une liasse de photos de son dossier. Dans le silence, elle les feuilletait. Jusqu'à en sortir une sur laquelle le corps dénudé de Milena Popovic apparut, prise de face sur la table d'autopsie. Elle la lui colla sous le nez.

— Elle était belle, non ?

Excepté le visage couvert de sang, une peau laiteuse s'ouvrait sur deux petits seins. Lecygne ferma les yeux.

— Et vous, vous en pensez quoi ? demanda-t-elle en se tournant vers Delagarde.

Le malade détourna la tête.

— Peut-être que celle-ci est moins… violente, suggéra Lola en sortant une nouvelle planche sur laquelle le dos nu de la défunte était zébré de griffures horizontales.

Delagarde se mit à tousser violemment. Était-ce la vision de ce corps meurtri ou bien le résultat d'un jour de souffrance ? Les deux enquêtrices n'auraient su dire. Zimmer se porta à sa hauteur, lui tapota le dos pour mieux faire passer sa quinte de toux. Lola lui servit à nouveau de l'eau.

— Qu'est-ce que vous cherchez, enfin ? se rebella Lecygne.

— Regardez bien les traces, monsieur. Si un homme seul avait tiré le cadavre sur plusieurs mètres dans les boyaux des catacombes, les marques de traînée ne seraient pas horizontales…

Lecygne fit mine de ne pas comprendre.

— … elles seraient verticales. Vous comprenez où je veux en venir ?

Zoé, bien assise, ressentait de la jouissance chez sa partenaire. Rien ne lui avait échappé. Elle vivait là un moment de grâce comme il y en avait peu dans une carrière. Le corps de Milena Popovic avait été transporté par deux personnes, l'une la tenant par les poignets, l'autre par les chevilles. Et le dos de la défunte avait raclé le sol sous le poids du corps.

Lecygne osa un regard vers son beau-père. Celui-ci, visage fermé, ne broncha pas. Il n'était plus en mesure de l'aider, était à court de solutions.

Un lourd silence s'était installé dans la pièce. Lola et Zoé attendaient une parole de Lecygne. Une explication. Un aveu. Car, des deux hommes, lui seul avait la force d'avoir étranglé la journaliste.

— Je peux parler en privé à mon client ? demanda soudain Zimmer.

Les deux enquêtrices se regardèrent. Me Zimmer et Julien Lecygne avaient déjà usé de leur demi-heure d'entretien confidentiel. Mais, devant le blocage de la situation, aucune d'elles n'y vit d'inconvénient. Lola contacta un policier qui vint chercher Delagarde, puis descendit en vitesse dans le hall du Bastion, un sac à dos sous le bras, à la rencontre de Dimitri Hérisson qui patientait depuis une heure.

71

— Mon client veut revenir sur ses déclarations, débuta Zimmer avant de se reculer contre le dossier de sa chaise.

Zoé Dechaume, de nouveau derrière l'écran, s'empressa d'ouvrir un procès-verbal d'audition vierge avant de consigner les propos de Julien Lecygne. Ce dernier se lança :

— C'est vrai, j'ai participé au transport de Milena dans les catacombes. Mais ce n'est pas moi qui l'ai tuée.

Les doigts de Zoé s'agitèrent sur le clavier tandis que Lola s'était positionnée en appui contre le mur, dans le dos du gardé à vue. Faute de question, Lecygne poursuivit :

— En fait, le 22 avril, je me trouvais au siège, seul dans mon bureau, lorsque mon beau-père a débarqué en panique. Là, il m'a expliqué que Milena voulait tout balancer, qu'elle avait compris qu'elle était manipulée, qu'il lui avait même proposé de la rémunérer. Elle a refusé, elle était décidée à tout révéler. François s'est mis en colère et l'a étranglée.

Lecygne souffla, le temps que Zoé finisse d'enregistrer la dernière phrase, puis il reprit :

— Je lui ai demandé s'il était certain qu'elle était morte, il a répondu « oui ». Il s'est assis face à moi, et on a réfléchi. On s'est dit qu'il fallait appeler la police.

— Qui *on* ?

— Moi. Mais il a refusé. Il a dit qu'il allait retourner sur place, pour nettoyer. Pour se débarrasser du corps. Mais il avait besoin d'aide.

— Et ?

— Et il a eu l'idée de prendre un véhicule aux vitres fumées afin d'échapper à toute vidéosurveillance. On a attendu que la nuit tombe, on est retournés chez Milena, François a enfilé une paire de gants, il a déshabillé son corps, a récupéré son téléphone, et puis on a transporté en toute discrétion le corps enroulé dans un tapis jusque dans le Boxer.

— Qui conduisait ?

— Lui.

— Qui a eu l'idée des catacombes ?

— Lui. Il savait que sur le site du Val-de-Grâce, dans l'église, il y avait un accès aux catacombes. On... il voulait juste se débarrasser du corps dans un endroit où il avait peu de chances d'être retrouvé.

C'était sans compter sur Dimitri Hérisson, l'adepte du géocaching.

— Vous avez fait quoi des effets personnels de Mme Popovic ?

— Je ne sais pas. Il faut demander à François.

— Comment avez-vous fait pour ouvrir la grille menant aux catacombes ?

— Au siège, on a un double de tous les accès surveillés par nos sociétés.
— Il est où ce double, maintenant ?
— On l'a remisé au siège.
— Qui a ouvert la grille ?
— C'est François.
— On devrait retrouver l'ADN de votre beau-père sur le trousseau, alors ?
— Euh... le mien aussi. C'est moi qui ai remis en place le trousseau.

Lola savait qu'il mentait comme un arracheur de dents. Elle savait également que jamais personne ne retrouverait les effets personnels de Milena, ni son téléphone. Elle se satisfit de ces premiers éléments jusqu'à ce que Julien Lecygne intervienne une dernière fois, histoire de se dédouaner de toute participation volontaire à un recel de cadavre. Zimmer lui avait probablement fait la leçon :

— François m'a menacé si je refusais de l'aider...
— De quelle manière ?
— Il m'a dit qu'il allait ressortir de ses tiroirs des scellés qui prouvaient que j'avais triché pour intégrer Sciences Po.

Lola fixa Zoé. Elles savaient toutes deux que Compostel, de son bureau, suivait de près les événements.

— Quels scellés ? s'enquit Lola qui faisait mine de ne rien comprendre.
— Je ne sais pas. Je sais juste que des scellés ont disparu des bureaux de la brigade financière, il y a trois ans. Mais moi je n'ai rien à voir dans cette histoire.

Lecygne était malin. Il polluait un peu plus cette enquête en impliquant son beau-père mourant dans une histoire de vol de scellés que la police n'avait aucun intérêt à remettre sur le tapis. Lola ne mordit pas à l'hameçon, étant convaincue qu'aucun scellé ne serait jamais retrouvé. Elle se contenta d'une clôture classique alors qu'elle regroupait l'ensemble de ses notes de procédure :

— Vous allez être déféré devant un juge d'instruction et sans doute mis en examen pour homicide volontaire et recel de cadavre.

Lecygne se leva dans la foulée de son avocat qui tenta de le rassurer d'un léger sourire. Le nom de Pierre-Yves Dumas n'avait été prononcé à aucun moment, à la grande satisfaction de Zimmer. Le gardé à vue fut ramené à sa cellule, et Zimmer reconduit en direction de l'ascenseur.

— Je vous raccompagne à votre voiture, maître.

Lola appuya sur le bouton du troisième sous-sol.

— Vous pourrez me contacter pour me donner le nom du magistrat saisi et l'heure de déférement ?

— Je n'y manquerai pas, répondit l'enquêtrice en sortant de la cage d'ascenseur. Vous êtes garé où ?

— Là-bas, indiqua Zimmer d'un mouvement de tête en direction de son cabriolet.

Son visage s'assombrit très vite au moment où il aperçut le coffre de son véhicule ouvert.

— C'est quoi, ça ? interrogea-t-il en accélérant le pas.

La carrosserie présentait une trace de pesée tandis que des dizaines de feuilles dactylographiées et de factures léchaient le bitume à l'aplomb du coffre.

Un classeur rigide de couleur orange, vide, se trouvait encore à l'intérieur.

— J'appelle la sécurité, réagit Lola alors que le ténor du barreau de Paris se penchait déjà sur les documents.

— C'est pas à moi, ça !

— Ne touchez pas ! Il y a peut-être des empreintes, dessus.

— Je ne vois pas ce que ça fait là, ça ! Je vous dis que ce n'est pas à moi. Mon coffre était vide !

— Pas même une procédure ? questionna Lola à la vue du classeur de couleur orange.

Il fit « non » de la tête tandis que Lola se penchait sur une feuille dactylographiée adressée à M. Pierre-Yves Dumas, 28 rue Daubigny à Paris 17e, qui émanait d'une banque panaméenne. Le seul montant en gras comptait sept chiffres à gauche de la virgule.

— Pierre-Yves Dumas, c'est bien l'un de vos clients, non ?

— Oui, euh... mais...

Zimmer semblait hésiter. Devait-il ramasser les feuilles volantes ? Devait-il s'en désintéresser ? Il n'eut pas le temps de se décider. Compostel et Desgranges déboulèrent.

— Qu'est-ce qui se passe ?

— Me Zimmer s'est fait fraquer le coffre de son véhicule. Mais il dit que les documents ne sont pas à lui.

— Y a quoi sur ces papiers ?

— Des relevés de comptes, au nom de Pierre-Yves Dumas. En particulier du Panamá et des îles Caïmans, précisa Lola qui était penchée sur plusieurs documents.

Panamá, Caïmans, les derniers paradis fiscaux à la mode.

— OK, on ramasse et on place sous scellés, ordonna l'ancien patron de la brigade financière, lorgnant le classeur orange qui ressemblait étrangement à celui que Lola avait caché sous ses draps lorsqu'elle se trouvait dans sa chambre d'hôpital lors de la visite de Julie Legendre.

— Attendez ! Je n'ai pas dit que je voulais déposer plainte, réagit Zimmer.

— C'est à vous, ou pas ?

— Il dit que non, coupa Lola.

— Alors on ramasse !

— Putain ! C'est quoi, ce bordel ? Ne me dites pas que vous n'êtes pas fichus de sécuriser le parking privé de votre bâtiment !

— …

— Et la vidéosurveillance ?

— Elle ne sera mise en place que la semaine prochaine, maître. On est désolés. Les travaux ont pris un peu de retard. Soyez rassuré, on va vous remettre tous les documents nécessaires pour votre assurance. Je vous invite à suivre le commandant Desgranges, il va prendre votre plainte.

Desgranges ne se fit pas prier. Lola, elle, se dirigea vers une poubelle, à une vingtaine de mètres, où elle retrouva son sac à dos à l'intérieur duquel ne restait qu'un arrache-clou qui avait permis à Dimitri Hérisson de forcer le coffre du cabriolet de Zimmer.

Épilogue

— Vous êtes allée voter, Lola ?
— Non. Je ne suis pas inscrite sur les listes électorales. Et vous ?
— Dès l'ouverture.

La jeune enquêtrice ne voulait pas en savoir davantage. Ils s'étaient retrouvés place Denfert-Rochereau, à proximité de l'entrée officielle des catacombes, celles que les touristes avides de sensationnel visitaient. Ce lieu-ci ne les intéressait pas. Ils avaient leur compte des sous-sols de la capitale, d'autant qu'ils seraient probablement obligés d'y retourner d'ici quelques mois, en compagnie d'un juge d'instruction et de Julien Lecygne, dans le cadre d'une reconstitution. Il ne fallait plus compter sur François Delagarde, il venait de mourir à l'hôpital pénitentiaire de Fresnes.

Ils descendaient côte à côte le boulevard Raspail lorsqu'il la questionna de nouveau :
— Vous avez pris une décision ?

La question n'était pas très claire mais Lola savait à quoi elle se référait.

— Oui.
— Et alors ?

Elle ne répondit pas. Elle aimait cette tendresse. Était-ce celle d'un père en mal d'enfant ou celle d'un amoureux ? Elle n'aurait su dire. Il lui saisit la main, elle ne la rejeta pas. D'autres couples arpentaient les trottoirs de la capitale en direction des bureaux de vote, ou tout bonnement dans le cadre de leur promenade dominicale.

— Je ne vous ai pas encore félicitée pour le coup que vous avez joué à Zimmer.

— De quoi vous parlez, au juste ?

— Ne faites pas la maligne. Vous savez très bien…

— Non, je suis désolée, je ne vois pas, répondit-elle le plus sérieusement du monde.

— Le dossier orange de Dumas au pied du coffre du véhicule de Zimmer ?

— …

— Je l'ai aperçu sous vos draps lorsque je suis allé vous rendre visite au Val-de-Grâce. Je sais que c'est Julie Legendre qui vous l'a remis. Il y a juste un élément que je ne maîtrise pas : qui a forcé le coffre du véhicule de Zimmer puisque vous étiez en audition avec lui et son client ?

Lola s'arrêta, reprit sa main et se tourna vers l'homme qu'elle avait vu planté une heure durant devant un photocopieur-scanner le soir de la découverte du dossier orange.

— Je vous réponds à une condition, dit-elle de manière malicieuse : je veux savoir qui a inondé le Web des fiches de comptes bancaires panaméens de Pierre-Yves Dumas, avant-hier.

— OK, vous avez raison. Gardons nos petits secrets, c'est mieux ainsi, concéda-t-il avec une certaine forme de complicité.

Il y avait d'autres questions qui resteraient à jamais sans réponse, des secrets qui s'envolaient outre-tombe avec leurs détenteurs. Était-ce l'existence du dossier sulfureux de Pierre-Yves Dumas qui avait poussé Bison à cambrioler son hôtel particulier, ou cette prise de guerre était-elle le fruit du hasard ? Ils ne sauraient jamais. Lola et Compostel reprirent leur marche.

— J'ai revu votre notation à la hausse. Et j'ai décidé de vous affecter à compter de la semaine prochaine dans un autre groupe. Desgranges est d'accord pour vous récupérer.

Lola se moquait de sa notation. Mais le changement de groupe la rassurait. Elle allait enfin pouvoir échapper aux griffes de Kaminski, qui se cassait les dents depuis plusieurs jours sur la résolution du meurtre de David Ribeiro, découvert à proximité de la cavurne des parents Legendre.

— Ça vous dirait de m'accompagner en mer, cet été ? J'envisage de faire le tour de la Corse.

— J'ai le mal de mer, patron. Je suis désolée. Et puis j'ai décidé de profiter des vacances pour me faire opérer.

Elle ne le vit pas se mordre les lèvres. En attendant, elle devait un dîner à Dimitri Hérisson.

— Par contre, vous pouvez toujours proposer votre balade au médecin de l'hôpital d'Évry. Vous savez, celle qui vous a prêté un vêtement lorsque je suis allée me faire recoudre la tête. Je peux vous dire qu'elle avait le béguin pour vous, ça se voyait comme le nez au milieu de la figure.

Il avait conservé son numéro. Un groupe de personnes était agglutiné derrière la vitrine d'un commerce qui diffusait le compte à rebours de l'élection. Ils se rapprochèrent pour voir apparaître le visage du vainqueur. Ce n'était pas celui de Pierre-Yves Dumas, battu à plate couture malgré des sondages très favorables au cours des derniers mois.

— Justice est faite ! soliloqua Hervé Compostel. Je crois que je n'aurais pas pu supporter d'avoir sa photo sur les murs de mon bureau.

Au même moment, un commentateur expliquait que la diffusion anonyme de ses comptes panaméens lui avait été vraisemblablement fatale dans la dernière ligne droite de la campagne.

— On y va ?

Compostel acquiesça. Ils reprirent leur marche, traversèrent, empruntèrent le boulevard Edgar-Quinet, franchirent le portail, marchèrent lentement le long des allées. À son tour, elle lui prit la main à quelques pas du caveau à l'intérieur duquel se trouvait la dépouille du jeune Alexandre Compostel.

Ma profonde reconnaissance à plusieurs membres de ma famille de cœur et d'adoption : Richard Marlet, Laurent Collomb, Jean-Luc Balthazar et Louis Pauty.

Ma famille de sang n'est pas en reste. Je remercie chaleureusement mes proches pour leur soutien et encouragements. J'ai une pensée particulière pour mon parrain et mon filleul qui souffrent de la même maladie que mon héroïne de papier.

Un grand merci aux équipes de Fleuve Éditions, et en particulier à Marie Eugène qui m'a accompagné tout au long de ce projet.

Composition et mise en pages
Nord Compo à Villeneuve-d'Ascq

Imprimé en France par **CPI**
en septembre 2018
N° d'impression : 3029821

POCKET – 12, avenue d'Italie – 75627 Paris Cedex 13

S28653/01